译文纪实

The Sixth Extinction
An Unnatural History

Elizabeth Kolbert

[美]伊丽莎白·科尔伯特 著　　叶盛 译

大灭绝时代
一部反常的自然史

上海译文出版社

如果说在人类的发展道路上存在着任何危险的话，那也并非是在人类自身的生存问题上，而是在于实现了有机体演化的终极反讽——在人类通过自身的心智实现自我认知的那一刹那，生命已经毁灭了它最美丽的那些造物。

——E·O·威尔逊

无数个世纪过去了，然而一切都发生在今天。

——豪尔赫·路易斯·博尔赫斯

目　录

序　言

据说，初时一切皆混沌不清。[①] 这个故事同样如此，它始于一个全新物种的崛起，时间可能是在 20 万年前。彼时，这个物种还不曾有名字——任何东西都没有名字——但这个物种却有着赋予事物名字的能力。

如同所有年轻的物种一样，这个新物种最初的地位也是岌岌可危的。他们数量不多，占据的地盘仅限于非洲东部的一个狭长地带。慢慢地，这个种群的数量逐渐增长，但很可能曾经又重新减少到几千人——以某种标准来看可以说几近灭绝的边缘。

这个物种的个体既非十分敏捷，又非十分强壮，也算不上子孙众多。然而，他们格外地机智灵巧。渐渐地，他们拓展到了更广大的地域上，面对不同的气候、不同的猎食者以及不同的猎物。通常的栖息地限制或地理约束似乎对他们都不起作用。他们穿越河流、高原和山脉。在沿海地区，他们采集贝类；深入内陆，他们则捕猎哺乳动物。无论他们定居到哪里，都能适应并创新。到达欧洲的时候，他们遇到了与自己非常相像的物种，但后者更敦实，可能也更强壮，并且已经在那块大陆上生活了很久很久。他们与这些原居于此的生物交配繁衍，并以各种方式将其赶尽杀绝。

后来再看，这个事件的结局其实是个范例。在这个物种继续扩张领地的过程中，他们遭遇的动物是自身的 2 倍、10 倍甚至 20 倍之大：有巨型猫科动物；有如塔一般高的熊；有如象一样大的龟；还有站起来高达 4.5 米②的树懒。这些动物更强大，往往也更凶猛。但它们繁育的速度太慢，最终被彻底消灭了。

虽然是一种陆地生物，但带着那永恒的创新精神，这个物种也跨过了大海。他们到达了岛屿，那里是演化的方外之地，是珍禽异兽的居所：有鸟类能产下 30 厘米长的巨蛋；有像猪一样大小的河马；还有巨型蜥蜴。习惯了与世隔绝的生活，这些生物无力对抗新来者或其所携带的旅伴（大多是老鼠）。于是，这些生物也大多消亡了。

这个过程继续着，适应了某地就会重启征程，历经成千上万年，直到这个不再年轻的物种已然扩张到了地球的每一个角落。

---

① 在本句及下一句中，作者几乎完全套用了美国著名科学作家蕾切尔·卡森的成名作《环绕我们的大海》中第一句话的原文，以此向卡森致敬。而卡森原句又借用了《圣经·创世记》开篇的意境。——译者

② 原书所有单位为英制，译文均换算为公制。后略。——译者

此时，有几件同时发生的事情得以让智人（*Homo sapiens*）——他们已经给自己起了这样一个名字——以史无前例的速度繁衍后代。仅在一个世纪之中，人口的数量就翻了一番，之后又翻了一番，然后又是一番。广阔的森林被他们砍伐掉了。人类是有意为之，为的是填饱自己的肚子。也有无意为之的事情，他们把生物从一块大陆带到另一块，重组着地球的生物圈。

与此同时，一种更奇怪也更激进的转变正在进行之中。人类发现了地表之下蕴藏的能源之后，开始改变大气层的组成。结果是，气候以及海洋的化学组成也都发生了改变。有些植物与动物改换了生存地来适应这种变化：它们或是爬上高山，或是向着极地迁移。但是还有许多物种发现自己无处可逃——初时是数百种，然后是数千种，而最终可能是数百万种。物种灭绝的速度猛增，而生物圈的构成不断改变。

此前，不曾有别的生物像这样改变着这颗星球上的生命。不过，的确曾经发生过其他具有可比性的事件。在遥远的过去，极其极其偶然的情况下，这颗星球曾经历过如此巨大的扭转，以致生命多样性急剧减少。在这样的远古事件之中，有五次是灾难性的，足以令其单独归为一类，这就是所谓的“五次大灭绝”。就在人类发现了这些灾难性事件的同时，他们也领悟到自己正在引发又一次新的大灭绝。这似乎是个荒谬的巧合，但也可能根本就不是巧合。这次灭绝是否会达到前五次大灭绝的程度？现在下结论还为时尚早，但人们已经称之为“第六次大灭绝”了。

第六次大灭绝的故事，至少根据我所选择的内容来说，分为十三章。每一章的主线是在某一方面具有代表性的一个物种：美洲乳齿象，大海雀，还有一种在白垩纪末期与恐龙一起消失的菊石。本书前面几章所涉及的物种已经灭绝了，因此这一部分主要是在介绍远古的大灭绝及其曲折的发现过程，自法国博物学家乔治·居维叶以始。本书的第二部分讲的是发生在当下的事情，在日益支离破碎的亚马孙雨林中，在迅速变暖的安第斯山坡面，在大堡礁的外围海域里。我选择前往这些特定地点的原因对于一个记者来说都很普通，无非是那里有个科考站，或者是有人邀请我参与一次科考活动。当今正在发生巨变的范围是如此之大，以至于我可以随便去往某处，只要在正确的指引之下，都能发现灭绝的现象。本书中还有一章所讲述的灭绝差不多算是发生在我家后院里——很可能也同时发生在你家后院里。

如果说灭绝是一个令人恐惧的话题，那么大灭绝就更是如此。但这同时又是一个令人感兴趣的迷人话题。在接下来的文字之中，我要尝试着去表述其两面性——既有我们所了解到的事实带来的兴奋，也有与之俱生的恐惧。我希望，本书的读者在掩卷之时，能够对于我们活在其中的非凡一刻心存感激。

第　一　章

第六次大灭绝

巴拿马金蛙（*Atelopus zeteki*）

巴拿马中部有一座安东的埃尔巴耶（El Valle de Antón）镇，坐落于一座大约一百万年前形成的火山口之中。火山口宽逾六公里，然而当天气好的时候向四周望去，参差不齐的山体看起来就像是一座残塔的内墙。小镇上有一条主街，一个警察局，以及一个露天集市。集市上除了各式各样当地常见的巴拿马礼帽和色彩丰富艳丽的刺绣之外，还有着世界上样式最为繁多的金蛙小玩偶。有在叶子上休憩的金蛙，有坐直了身子的金蛙，还有让人难以理解的抱着手机的金蛙。有的金蛙穿着蓬蓬裙，有的金蛙摆出了跳舞的体态，还有的金蛙叼着烟嘴抽烟，模仿着富兰克林·罗斯福总统广为人知的抽烟姿势。金蛙的颜色就像是出租车的黄色，上面还有暗棕色的斑点，特产于埃尔巴耶镇附近的地区。在巴拿马，它被当作幸运的象征，样子还被印到了彩票上（至少曾经如此）。

就在十来年前，在埃尔巴耶镇周围的山上还很容易看到金蛙。这种蛙有毒，所以才有这样鲜艳的颜色，在丛林的地被层上显得很突出。有人计算过，一只金蛙皮肤内的毒素就能杀死一千只普通大小的老鼠。在离埃尔巴耶镇不太远处有一条溪流，俗称千蛙溪。过去沿着那条小溪走，你会看到很多很多的金蛙在岸上晒太阳。一位曾经去过那里的两栖爬行动物学家是这样告诉我的："那儿太不可思议了——绝对太不可思议了！"

后来，埃尔巴耶镇周围的蛙开始消失了。这个问题最初是在巴拿马边境以西的哥斯达黎加发现的，人们那时并未意识到这将是一场危机。当时，一名美国的研究生正在那里的雨林中研究蛙类。她回到美国待了一段时间来写学位论文，而当她回到雨林中时，却找不到任何蛙类了，实际上，任何种类的两栖动物都找不到了。她当时不知道发生了什么，但既然需要研究蛙类，她就在东边更远的地方找了一个新的研究区域。起初，新地点的蛙类看起来很健康，然后，同样的事情再次发生：两栖类消失了。疫霾在雨林中持续扩散着。到了 2002 年，在埃尔巴耶镇以西 80 公里处的圣菲（Santa Fe）镇周边，山丘与河流中的蛙类都一扫而光了。在 2004 年，这类小动物的尸体开始出现在更加靠近埃尔巴耶镇的地方，埃尔科佩（El Copé）镇附近。此时，来自巴拿马和美国的一组科学家已经得出了结论：金蛙正面临着灭绝的危险。他们决定要努力保留住一个残存种群，于是将两种性别的金蛙各选几十只，从森林中移到室内喂养。但是，不管是什么杀死了这些蛙类，它的动作比生物学家们担心的还要快。在生物学家们能够按计划采取行动之前，冲击波已经来了。

我最初读到埃尔巴耶镇金蛙的事情，是在一本给小朋友看的自然科学杂志上，杂志还是从我的孩子那里随手拿来的。① 那篇文章的配图全是五彩缤纷的照片，有巴拿马金蛙，还有其他一些色彩绚烂的动物。故事介绍了这场灾难蔓延的过程，以及生物学家们为了阻止它所做的努力。他们本来希望能够在埃尔巴耶镇建一栋新的实验研究设施，但却没能及时完工。生物学家们要与时间赛跑，挽救尽可能多的动物，即使根本没地方喂养它们。那么，最终他们是怎么做的呢？他们把这些小动物送去了“一家蛙旅馆，妥妥儿的”。这家“神奇的蛙旅馆”——真的是一家有床有早餐的当地小旅馆——同意让蛙住进他们提供的一批客房（里面的水箱）中。

“有生物学家们随叫随到，这些蛙们享受到了顶级的住宿条件，不但有女佣，还有客房服务。”文中如此写道。蛙们还能吃到美味而新鲜的食物——“事实上，新鲜到能够自己跳到盘子外面去。”

---

① Ruth A. Musgrave, “Incredible Frog Hotel,” *National Geographic Kids*, Sept. 2008, 16–19. [原书注明了重要的引用文献，由于这些资料大多没有中文译本，所以均直接给出原文，供有兴趣的读者检索。——译者]

看到这家“神奇的蛙旅馆”之后又过了几周，我偶然读到另一篇有关蛙的文章，却有着不一样的视角。[①] 这篇文章刊登在《美国科学院院报》上，作者是两位两栖爬行动物学家，来自加州大学伯克利分校的戴维·韦克（David Wake）和来自旧金山州立大学的万斯·弗里登堡（Vans Vredenburg）。文章的标题是《我们是否正处于第六次物种大灭绝之中？——来自两栖动物世界的观点》。两位作者在文中指出“在这颗星球的生命发展史中已经出现过五次大规模的物种灭绝事件”。他们称这些灭绝事件“导致了生物多样性的严重丧失”。第一次发生在奥陶纪晚期，约4.5亿年前。当时生命的主要形式还都局限在水中。最具破坏性的一次发生在二叠纪末期，约2.5亿年前，几乎把地球表面上所有的生命全部扫荡干净了。这一事件有时也被称为“大灭绝之母”或“大灭亡”。距今最近也最为著名的物种大灭绝发生在白垩纪的尾声。除了恐龙之外，这次灭绝还扫除了蛇颈龙、沧龙、翼龙以及菊石。[②] 韦克和弗里登堡认为，从两栖动物的灭绝速率来看，与大灭绝类似的灾难性自然事件正在发生。他们的文章只配了一张照片：十几只黄腿山蛙身体浮肿，肚皮朝天躺在岩石上，生机全无。

---

① D. B. Wake and V. T. Vredenburg, “Colloquium Paper: Are We in the Midst of the Sixth Mass Extinction? A View from the World of Amphibians,” *Proceedings of the National Academy of Sciences* 105 (2008): 11466 - 11473.

② 分类学上严格定义的恐龙并不包括生活在海里的蛇颈龙和沧龙，以及会飞的翼龙等，所以是并列关系。——译者

小朋友的杂志选择了刊登活蛙而非死蛙的照片，我很理解个中缘由。“两栖动物叫客房服务”——明显有着比阿特丽克斯·波特[①]式的故事魅力。对于想要把这种故事魅力宣之于众的创作冲动，我也同样理解。不过，从我作为记者的视角来看，那本小朋友的杂志似乎把故事的主旨掩埋掉了。想象一下，自从约五亿年前出现第一只有脊椎的动物以来只发生过五次的事件，无论是什么，都足以称为极度罕见。当前，第六次这样的事件正在发生之中，甚至差不多就是在你眼皮底下发生——这样的念头对我而

① 比阿特丽克斯·波特（Beatrix Potter）是19世纪末期英国女性儿童文学作家、插画家，人称“波特小姐”。所著故事的主人公多为拟人化的小动物，最出名代表为彼得兔。——译者

言直如当头棒喝。毫无疑问，这样一个更庞大、更阴暗、意义远远更为重大的故事，才更值得讲述。如果韦克和弗里登堡是正确的，那么我们这些活着的人不仅仅目睹了生命史上最罕见的事件之一，还一手促成了它。那两位作者在文章中评论道："一个像野草一样的物种，无意之间获得了一种能力，能够直接影响其自身的命运，以及这颗星球上大多数其他物种的命运。"读过韦克和弗里登堡的文章几天之后，我订了一张飞往巴拿马的机票。

埃尔巴耶两栖动物保护中心（EVACC）位于一条土路旁边，距离那个卖金蛙玩偶的露天市场不太远。保护中心的大小跟郊区那种农庄差不多，占据了一个死气沉沉的小动物园一角，紧挨着一笼尤其死气沉沉的树懒。整栋建筑里塞满了水箱，有的靠墙堆成一摞，更多的堆在房间中央，就像是图书馆书架上的书籍一样。像狐猴树蛙这样的物种占据了较高的水箱，因为它们生活在森林的树冠层中；而较矮的水箱主要为大头盗蛙这样的物种服务，因为它们生活在森林的地被层上。有几只水箱里养着突角囊蛙，它们会把产下的卵放在一个袋子里带在身上；而相邻的几只水箱里养着盔头蛙，它们会把产下的卵背在背上。另有几十只水箱则专门留给了巴拿马金蛙。

金蛙走路的样子与众不同，缓慢而悠闲，看起来就像是努力想要走直线的醉汉。它们的腿纤细而修长，黄色的口鼻部是个突起的尖端，眼睛非常深邃，仿佛是在警觉地打量着这个世界。虽然听起来可能会让人觉得有些愚蠢，但我还是要说：它们看起来很有智慧。在野外，雌体金蛙把卵产在浅浅的流水中，而雄体金蛙则在长满苔藓的石头上保卫着它们的领地。在EVACC，金蛙的每个水箱中都有通过软管提供的流动水流，模拟了它们曾经生活过的溪流，让它们得以在其中繁育后代。在其中一条人造的小溪中，我看到了一串小小的像珍珠一样的卵。在旁边的一块白板上，有人用西班牙文激动地写下了一句话：产卵了！

EVACC差不多位于金蛙活动地域的中心，但却被设计为一个完全与世隔绝的地方。任何未经彻底消毒的东西都不能进入建筑内，就连这些蛙，在进入保护中心之前，都用漂白剂稀释溶液处理过。人类访客都要穿上特殊的鞋子，并把提包、背包以及在外面用过的装备都留在室外。进入水箱的水也要进行过滤和特殊处理。这个地方彻底封闭的特性会让人联想到潜水艇，或是一个更妙的比喻——大洪水之中的方舟。

EVACC的主任是位名叫埃德加多·格里菲思（Edgardo Griffith）的巴拿马人。他个子很高，肩膀很宽，圆圆的脸上总是挂着开朗的笑容。他的两只耳朵上各戴着一只银耳环，左小腿上有个蟾蜍骨架图案的巨大文身。格里菲思如今已经30多岁了，他18岁之后的生活几乎全都专注于埃尔巴耶镇的两栖动物保护。而且，他还把他的妻子也变成了一个“蛙人”，而她本来是以

一只巴拿马金蛙

“和平队”[1] 志愿者的身份来到巴拿马的美国人。当这些两栖动物的小小尸体开始出现在这一地区时，格里菲思是第一个注意到的人，并且独自收集了数百只两栖动物，安置在旅馆里。等到 EVACC 一建成，这些动物又被转移到了保护中心这里。如果说 EVACC 是一艘方舟，那么格里菲思就是掌舵的挪亚，不过却要承担更长久的责任，因为他投身于此的时间已经远远不止于 40 天了。[2] 格里菲思告诉我，这份工作的关键在于了解这里的每一只蛙。“对我来说，它们之中的每一只都与大象有着一样的价

① 由美国政府于 1961 年组建，向欠发达国家派驻志愿者进行援助计划的组织。——译者

② 典出《圣经·创世记》，挪亚在方舟上住了 370 天，其中最开始的 40 天一直是大雨如注。——译者

值。”他说道。

我第一次到访 EVACC 的时候，格里菲思带我参观了那些已在野外灭绝的物种仅存的代表。除了巴拿马金蛙之外，还包括 2005 年才刚刚发现的拉氏缨肢树蛙[①]。我到 EVACC 的时候，那里只剩下一只拉氏树蛙了，也就意味着像挪亚那样保留一对雌雄个体以繁育后代的可能性显然已经没有了。这种树蛙的皮肤是微微发绿的棕色，带有黄色的斑点。它们大概有 10 厘米长，脚大得不成比例，这让它们看起来就像是笨拙的大孩子。拉氏缨肢树蛙生活在比埃尔巴耶镇海拔更高的森林里，卵就产在树洞中。这种树蛙的雄性养育孩子的方式非常与众不同，甚至可能是独一无二的：它们会让年幼的蝌蚪啃食自己背部的皮肤。格里菲思说，他觉得在 EVACC 最初的紧急收集行动中，可能有许多其他的两栖物种被遗漏了，结果就此灭绝。具体的数字很难说，因为它们之中大多数很可能都是科学界所未知的。“太惨了，”他告诉我，“我们甚至还不知道这些两栖动物的存在，就已经失去了它们。”

“即便是埃尔巴耶镇的普通人，也注意到了这件事。”他说道，“他们会问我：‘那些蛙发生什么事情了？我们再也听不到蛙叫了。’”

---

① 在关于蛙类灭绝的新闻报道中常被简单译作巴拿马树蛙。——译者

几十年前，关于蛙类种群正在崩溃的最初一批报道流传开来，而一些该领域的权威专家却对此持怀疑态度。毕竟，两栖动物是这颗星球上最出色的幸存者之一。今天蛙类的远古祖先是在大约 4 亿年前从水中爬上岸的。到了 2.5 亿年前则演化出了一批最早的代表物种，它们后来分别演化成现代两栖类的各个目——首先是蛙与蟾蜍，其次是蝾螈和火蜥蜴，第三类是一种诡异的无脚生物，称为蚓螈。这就意味着，两栖类不仅存在的时间比哺乳类和鸟类更长，甚至早在恐龙出现之前就已经生活在地球上了。

两栖类（amphibian）其名源自希腊文，意为“双重生活”。它们大多仍与水环境有着紧密的联系，而那正是它们在演化之路上出发的地方。（古埃及人就认为，蛙类是每年尼罗河泛滥时陆地与水交配的产物。）蛙卵没有硬壳，必须要保持湿润才能发育。很多蛙类，比如巴拿马金蛙，都会把卵产在溪水中。也有些蛙在短时存在的池塘中产卵，或在地下产卵，甚至是在自己吐出来的泡沫所筑成的巢中产卵。除了把卵背在背上或放在袋子里的蛙之外，还有些蛙把一串串的卵像绷带一样缠在自己腿上。还有两种叫作胃孵蛙的蛙类在不久前双双灭绝了，它们会把卵吞到胃里携带，最终从嘴里吐出发育好的幼蛙。

两栖动物演化出来的时候，地球上所有的陆地还连在一起，组成一块单一的大陆，称为泛古陆。自泛古陆分裂以来，两栖动物适应了除南极大陆之外各个大陆上的不同生存条件。在全世界范围内，逾 7 000 个两栖物种得到了鉴定，其中大多数发现于热带雨林之中。只有个别的两栖动物，比如澳大利亚的沙山蛙，可以生活在沙漠之中，还有个别的能生活在北极圈内，比如木蛙。像春雨蛙等在北美地区常见的蛙类能够忍耐冬季的冰天雪地。即便是从人类的视角来看长得很相像的两栖动物群体，其漫长的演化史导致其基因很可能迥然不同，差异之大就像是蝙蝠与马。

戴维·韦克是那篇把我引向巴拿马的文章的作者之一，同时也是最初拒绝相信两栖动物消失事件的学者之一。那还是 20 世纪 80 年代中期的事情，韦克的学生去内华达山脉①进行蛙类采集，却空手而归。韦克记得自己在 20 世纪 60 年代做学生的时候，内华达山脉的蛙类多到让人躲不开。“如果你在河边走，可能一不小心就会踩到它们身上。”他告诉我，“它们无处不在。”韦克当时觉得自己的学生可能去错了地方，或者只是不知道该如何寻找。然而，一名有着多年野外采集经验的博士后告诉韦克，他也没找到任何两栖动物。“于是我说：好吧，我跟你一起去，去一些肯定能找到蛙的地点。”韦克回忆道，“于是我带他去了这个肯定能找到蛙的地方，但我们只找到了几只蟾蜍。”

情势之所以如此令人困惑，原因之一在于出问题的地域太广

① 世界上有三处内华达山脉，文中所指应为美国加利福尼亚州东部的内华达山脉，属人口稀少地区。——译者

了。蛙类的消失似乎不仅限于人口密集、环境受到极大影响的地区，还包括了相对未受人类破坏的地区，例如内华达山脉和中美洲的山地。在20世纪80年代末期，一位美国的两栖爬行类学者来到了哥斯达黎加北部的蒙特韦尔德（Monteverde）云雾森林[①]保护区，想要研究金蟾蜍的繁育习性。[②]她花了两个野外考察季来进行寻找，然而在那些曾经能遇到大批金蟾蜍缠绕在一起蠕动交配的地方，只搜罗到一只孤零零的雄性。（金蟾蜍现在被确定为已灭绝物种。它们的颜色其实是明亮的橙色，与巴拿马金蛙的亲缘关系很远。它们的眼睛后部长有一对腺体，因此严格来讲属于蟾蜍。）差不多与此同时，在哥斯达黎加中部，生物学家发现有若干个当地特有的蛙类种群已经崩溃了。稀有而高度特化的物种正在消失，而人们更为熟知的物种也面临着同样的命运。在厄瓜多尔，常会造访人们后院花园的詹氏蟾蜍，同样也在几年之内消失了。而在澳大利亚东北部地区，当地曾经最为常见的南日蛙也已经难觅踪影了。

从澳大利亚的昆士兰州到美国的加利福尼亚州，究竟是哪位神秘的凶手杀害了一个又一个种群的蛙类？说起来或许有些讽刺，又或许算不上讽刺，最初的线索来自一个动物园。位于华盛顿特区的美国国家动物园曾经成功地繁育了原产于苏里南

① 云雾森林（cloud forest）是指林冠层常年或季节性地被云雾所环绕的森林，多见于热带及亚热带山地。——译者

② Martha L. Crump, *In Search of the Golden Frog* (Chicago: University of Chicago Press, 2000), 165.

（Suriname）的钴蓝毒箭蛙，前后有很多代。后来，差不多是一天之内，在动物园水箱里繁育出来的钴蓝毒箭蛙开始陆续死亡。动物园里的一位兽医病理学家在死去的箭蛙身上取样，用扫描电子显微镜对样品进行研究。他发现，蛙的皮肤上有一种奇怪的微生物，并最终鉴定为一类叫作壶菌的真菌。

壶菌几乎无处不在，从树冠的顶端到地下深处都有它们的身影。而这个特定的壶菌物种此前却从未发现过。实际上，它太过特别了，生物学家们不得不为它专设了一个新的属以便分类。它的双名法命名被定为"*Batrachochytrium dendrobatidis*"（Bd），其中"batrachos"这个词根在希腊文中的意思是"蛙"。

那位兽医病理学家把美国国家动物园里受感染的箭蛙身上取得的样品交给了缅因大学的一位真菌学家。后者对这种真菌进行了培养，并把获得的真菌送回了华盛顿。当健康的钴蓝毒箭蛙暴露在这种实验室里培养出来的 Bd 面前时，它们也生病了，并在三周之内死去。接下来的研究表明，Bd 干扰了蛙类通过皮肤吸收重要电解质的能力，最终导致它们患上了相当于心肌梗塞的疾病。

应该说，EVACC 还是一个正在搭建的项目。我拜访这个保护中心的那一周里，一支来自美国的志愿者队伍也在那里帮他们建造一个展厅。这个展厅未来将对公众开放，所以从生物安全防护的角度考虑，这个展厅的空间必须与保护中心的其他区域隔离开来，并设有专用入口。展厅的墙上有洞，以后会嵌入玻璃箱。在洞的周围，有人画上了山地的景致，非常像你走到屋外抬头望向山上所能看到的景色。整个展厅的亮点在于一个满是巴拿马金蛙的大展箱。志愿者们正在其中为金蛙们建造一个近一米高的水泥人工瀑布。不过水泵系统似乎出了点问题，而在这个没有五金商店的山谷中又很难找到可以替换的零件。志愿者们很多时候似乎都是在闲晃，在等待。

我花了不少时间跟他们一起闲晃。与格里菲思一样，所有的志愿者都是蛙类爱好者。我得知他们之中有好几个人在美国的工作都是动物园的两栖动物饲养员。其中一个人还告诉我说，蛙毁了他的婚姻。这些志愿者的奉献精神令我感动。正是这样的奉献精神把蛙类带到了“蛙旅馆”中，又建起了 EVACC，并让它运营至今——虽然它还没有彻底完工。然而与此同时，就在那勾画出来的绿色山峦与人造瀑布之间，我又不可抑制地感受到一种极度悲伤的情绪。

埃尔巴耶镇周围的森林中几乎已经没剩下什么蛙类了，这清楚地证明了把动物运进 EVACC 的举动有其正当价值。然而，这些蛙类在保护中心里生活的时间越长，就越难解释它们出现在这里的意义。人们发现，那种壶菌并不需要两栖动物也能生存。这就意味着，即便它把一个地区全部的两栖动物都杀死了，它还能继续存在下去，做着壶菌该做的事情。因此，如果把 EVACC 里面的金蛙重新放归埃尔巴耶镇周围真实的山地中，它们还是会生病，之后死亡。（虽然真菌能够被漂白剂消灭，但显然无法对整个雨林进行消毒。）在 EVACC，每一个人都会告诉我，这个中心的目标是要保留这些物种，直到它们能够被放归自然，在森林中重建种群。而他们每一个人也都承认，他们无法想象这一目标如何才能真正完成。

“我们不得不指望这一切会突然间好转起来。”卡了壳儿的人造瀑布项目的负责人，休斯敦动物园的两栖爬行动物学家保罗·克伦普（Paul Crump）告诉我说，“我们不得不指望奇迹出现，让我们把一切恢复原状，就像什么都没发生过一样。我现在说出来的这些话听上去真是有点愚蠢。”

“关键是要把它们送回大自然中，这在我看来越来越像是一个幻想。”格里菲思说。

壶菌横扫埃尔巴耶镇之后并未就此停下脚步，而是继续向东前进。自从它从西方进入巴拿马以来，现在已经侵入了另一边的哥伦比亚。Bd 已经扩散到整个南美高地，并沿着澳大利亚东海岸南下，跨海进入新西兰和塔斯马尼亚。它还横扫了整个加勒比海地区，并出现在意大利、西班牙、瑞士和法国。在美国，它好像是从几个地点辐射开来的，而非像一圈圈涟漪那样的波纹状。无论从哪方面来看，目前似乎都没有任何手段可以阻止它。

与声学工程师谈论的“背景噪声”类似，生物学家提出了“背景灭绝”。在正常时期——这里的“时期”指的是地质学上的一整个地质时期——物种灭绝的发生频率很低，甚至比物种形成的频率还低，我们称之为背景灭绝速率。在不同类型的生物中，这一速率是不同的；通常所用的表达方式是每百万物种年中的物种灭绝数量。计算背景灭绝速率是一件要在实验室中完成的科研工作，包括梳理整个数据库中的化石。目前研究得最为彻底的一类动物可能要算是哺乳动物了，[①] 其背景灭绝速率估计约为每百万物种年 0.25 种。也就是说，以今天地球上生存的约 5 500 种哺乳动物来计算，按照背景灭绝速率，你可以期待每 700 年看到一个哺乳类物种消失——再次强调，这是非常粗略的估计。

物种大灭绝则截然不同。有别于背景的嗡嗡声，大灭绝会是一声巨响，是灭绝速率图上的一个尖峰。安东尼·哈勒姆和保罗·魏格纳是来自英国的两栖爬行动物学家。他们在这一领域写了很多文章，把物种大灭绝定义为这样一类事件：能够“在并不太长的地质时期内消除掉全世界生物种类中非常可观的一部分”。[②] 另一位专家戴维·雅布隆斯基认为大灭绝的特征是“在全球范围内”快速发生的“生物多样性的本质性丧失”。[③] 研究二叠纪末期大灭绝的古生物学家迈克尔·本顿使用了生命演化树的比

---

① 感谢 John Alroy 为我介绍了背景灭绝速率计算的复杂性。更多相关信息参见：“Speciation and Extinction in the Fossil Record of North American Mammals,” in *Speciation and Patterns of Diversity*, edited by Roger Butlin, Jon Bridle, and Dolph Schluter (Cambridge: Cambridge University Press, 2009), 310 - 323。

② A. Hallam and and P. B. Wignall, *Mass Extinctions and Their Aftermath* (Oxford: Oxford University Press, 1997), 1.

③ David Jablonski, “Extinctions in the Fossil Record,” in *Extinction Rates*, edited by John H. Lawton and Robert M. May (Oxford: Oxford University Press, 1995), 26.

喻："在物种大灭绝期间，演化树上的大量树枝被截断，就像是有一个手持巨斧的神经病发动了疯狂攻击。"① 另一位古生物学家戴维·劳普则试图从受害者的角度来看待这个问题："生物物种在大多数时间里只有很低的灭绝风险。但这种相对安全的情况却被偶尔才会出现的高危期不时打断。"② 由此，生命的历史整体上是"偶尔被恐慌打断的长久安逸"。

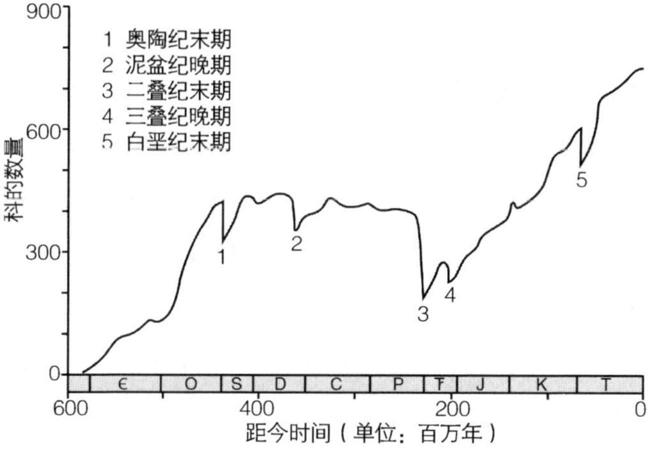

根据海洋生物化石记录确定的五次物种大灭绝，造成了物种多样性在科的层面上急剧下降。即便某一科中只有一个物种挨过了大灭绝，这个科也可算作幸存者。由此可以想象，在物种层面的损失规模更加巨大

在大恐慌的时期，一大类曾经占据支配地位的生物可能会彻

---

① Michael Benton, *When Life Nearly Died: The Greatest Mass Extinction of All Time* (New York: Thames and Hudson, 2003), 10.

② David M. Raup, *Extinction: Bad Genes or Bad Luck?* (New York: Norton, 1991), 84.

底消失，或者降级为次要角色，几乎就像是整个地球正在经历一场大换角。这类大规模的物种消失令古生物学家们推测，在物种大灭绝事件中——除了所谓的五次大灭绝之外，还有很多次规模较小的类似事件——通常的生存法则不再奏效。环境条件的变化是如此剧烈或如此迅速，抑或既剧烈又迅速，以至于演化的脚步完全跟不上。事实上，那些在正常情况下用来对付生存威胁的性状，反而可能在这种极端异常的环境中成为致命因素。

目前还没有关于两栖动物背景灭绝速率的严谨计算结果，部分原因在于两栖动物的化石非常罕见。不过几乎可以肯定，这一速率低于哺乳动物的背景灭绝速率。[①] 大概每一千年左右才会有一种两栖动物灭绝。这个物种可能来自非洲，或是来自亚洲，或是来自澳洲。换句话说，一个人目睹这样一次灭绝事件的几率接近于零。然而，格里菲思已经观察到了几种两栖类的灭绝。差不多每一位在野外工作过的两栖爬行动物学家都目睹过若干起这样的灭绝。（就连我，在为写作这本书做调研的时候，也遇上了一个两栖类物种的灭绝，还有三四个物种像巴拿马金蛙一样已经在野外范围内灭绝了。）“我选择两栖爬行动物学作为毕生的事业，是因为我享受与动物一同工作的时光。”亚特兰大动物园的两栖爬行动物学家约瑟夫·曼德尔森曾经写道，“我从未想过我的研

① John Alroy, personal communication, June 9, 2013.

究会重现古生物学中的事件。”[1]

今天，两栖动物“享受”着世界上最为濒危的动物纲这一与众不同的地位。根据计算，它们的灭绝速率可能比背景速率高了四万五千倍。[2] 然而，还有其他许多物种的灭绝速率也在接近两栖动物的水平。据估计，全部造礁珊瑚虫物种的三分之一、全部淡水软体动物物种的三分之一、鲨鱼和鳐鱼物种的三分之一、全部哺乳动物物种的四分之一、全部爬行动物物种的五分之一，以及全部鸟类物种的六分之一，都在走向各自的灭亡。[3] 物种的消失无所不在：在南太平洋也在北大西洋，在北极也在撒哈拉，在湖水中也在岛屿上，在山巅之上也在山谷之中。如果你懂得如何寻找，在自家院落里也有可能追踪到正在发生的灭绝事件。

对于物种消失的原因，有着各式各样似乎完全不相干的解释。但是，只要对这类事件进行足够深入的追踪，你就会不可避免地找到那个共同的根源——“一个像野草一样的物种”。

Bd有能力自行移动。在显微镜下能够看到这种真菌产生的孢子长着细长的尾巴，能够像螺旋桨一样推动孢子在水中前进。它们也能被溪流或是一次暴风雨之后形成的地表径流带到更远的

---

① Joseph R. Mendelson, “Shifted Baselines, Forensic Taxonomy, and Rabbs' Fringe-limbed Treefrog: The Changing Role of Biologists in an Era of Amphibian Declines and Extinctions,” *Herpetological Review* 42 (2011): 21 - 25.

② Malcolm L. McCallum, “Amphibian Decline or Extinction? Current Declines Dwarf Background Extinction Rates,” *Journal of Herpetology* 41 (2007): 483 - 491.

③ Michael Hoffmann et al., “The Impact of Conservation on the Status of the World's Vertebrates,” *Science* 330 (2010): 1503 - 1509. See also *Spineless—Status and Trends of the World's Invertebrates*, a report from the Zoological Society of London, published Aug. 31, 2012.

地方。(可能正是这类扩散作用导致巴拿马的疫情向东发展。)但是，这类运动无法解释这种真菌为何能差不多同时出现在世界上如此之多相距遥远的地区，包括中美洲、南美洲、北美洲以及澳洲。有一种理论认为 Bd 是随着非洲爪蟾的运输而遍及全球的。在 20 世纪 50 年代至 60 年代，非洲爪蟾被用于女性的孕检，因为雌性非洲爪蟾在注射了怀孕女性的尿液之后，会在几小时内产卵。令人感兴趣的是，非洲爪蟾虽然广泛感染了 Bd，但它们自身似乎并不会受到有害的影响。第二种理论认为真菌是由北美牛蛙引入欧洲、亚洲以及南美洲的，或有意为之，或无意为之。这种动物的出口是为了满足人类的食用消费需求。北美牛蛙也广泛感染了 Bd，但似乎并不会受其伤害。第一种理论已经被称为"走出非洲"，而第二种则或许可以被称为"蛙腿汤假说"。

无论是两者之中的哪一种，从病原学上来看都是一样的。如果不是被人类装到轮船和飞机上，一只携带 Bd 的蛙不可能从非洲前往澳洲或从北美洲前往欧洲。这种在今天看来毫不稀奇的跨大陆物种重组，在 35 亿年的生命史上可能是前所未有的。

即便现在 Bd 已经横扫巴拿马的大部分地区，格里菲思还是会偶尔外出为 EVACC 采集物种样本，寻找幸存者。我为自己的访问选定的时间，恰好能赶上一次这样的采集之旅。一天晚上，我和他以及两名建造瀑布的美国志愿者一起出发了。我们向着东方前进，穿过巴拿马运河，在一个叫塞鲁阿苏尔(Cerro Azul)

的地区过夜，落脚点是一间用2.5米高的钢铁栅栏围起来的旅社。拂晓时分，我们开车来到了查格雷斯（Chagres）国家公园入口处的警卫站。格里菲思期望能够找到EVACC所短缺的两个品种的雌蛙。他取出了由政府颁发的采集许可，展示给警卫站无精打采的官员看。几只营养不良的狗跑出来围着卡车闻来闻去。

离开警卫站，道路变成了由深深的车辙串在一起的一连串土坑。格里菲思在卡车的CD播放器里放了一张吉米·亨德里克斯（Jimi Hendrix）[①] 的专辑，而我们就随着跃动的节拍颠簸前行。蛙的野外采集需要很多装备，所以格里菲思还雇了两个人来帮忙。在一个叫作洛斯安赫莱斯（Los Ángeles）的小小村落，最后几间房子前面，那两个人从薄雾之中现身出来。我们继续颠簸前进，直到前面的路无法让卡车通行为止。于是，我们所有人都下了车，开始步行。

满是红泥的小路蜿蜒穿过雨林。每走几百米，就会有一条稍窄的小路从主路上穿过。这些路径是切叶蚁制造出来的，它们来回走了上万甚至是上亿次，不停把草叶碎片带回自己的居所。（它们的巢穴看起来就像是一堆锯末，能够覆盖街心花园大小的一片地域。）来自休斯敦动物园的美国人克里斯·贝德纳尔斯基（Chris Bednarski）警告我要躲开那些兵蚁，它们即便是死了也会把颚留在你的小腿里面。“这东西真的会把你搞得一团糟。”他

① 美国黑人摇滚乐吉他手及歌手，20世纪60年代流行音乐界的超级明星。——译者

说道。来自托莱多动物园的另一个美国人约翰·查斯顿（John Chastain）扛着一根用来对付毒蛇的长钩子。贝德纳尔斯基又向我保证道：“幸运的是，那些真正能够给你带来麻烦的生物很稀少。”吼猴在远处吼叫着。格里菲思指给我看美洲豹在松软地面上留下的脚印。

大约一个小时之后，我们来到了一个在树林中开辟出来的农场。地里零乱地长着一些玉米，但附近没有人。很难说是农场的主人已经放弃了这块贫瘠的雨林土地，还是只不过恰好今天不在。这时，一群翡翠绿色的鹦鹉突然冲向空中。又过了几个小时，我们走进了一小块林中空地。一只蓝色的大闪蝶轻快地掠过，双翼与天空一样颜色。这里有一间小木屋，但已经破败不堪了，于是乎所有人都选择睡在外面。格里菲思帮我吊起了一张床——某种介于帐篷和吊床之间的东西，必须要挂在两棵树之间才行。它位于底部的一条狭缝就是入口，而顶部则要用来遮挡肯定会出现的雨水。当我爬进这东西里面时，感觉就像是躺在一口棺材里。

那天晚上，格里菲思用便携式燃气炉煮了一些米饭。然后，我们在头上绑好头灯，向着附近低处的一条溪流蹒跚而行。很多两栖类是夜行动物，所以看到它们的唯一方法就是在黑暗之中寻找。这件事情做起来就像听起来那么困难。我不断滑倒，不断违反着雨林中的第一安全守则：任何东西，如果你不知道它是什么，就永远不要伸手去抓。在我又一次摔倒之后，贝德纳尔斯基指给我看，就在旁边的一棵树上有一只跟我拳头差不多大的狼蛛。

经验丰富的猎人寻找蛙类时，会向森林中射出一束光，注意观察蛙的眼睛的反光。这一路上格里菲思看到的第一只两栖动物是一只圣何塞柯克兰蛙，正在一片叶子上休憩。这种蛙属于一个较大的“玻璃蛙”科，之所以起这个名字是因为它们半透明的皮肤甚至能显露出体内器官的轮廓。眼前这只玻璃蛙是绿色的，缀着微小的黄点。格里菲思从包里取出一副医用手套戴上，站在那里一动不动。突然，他的手像飞镖一样疾速伸出，势如苍鹭，将那只蛙一把抓在了手里。接下来，他用另一只空着的手拿起一支看起来像棉签的东西刮了刮蛙的肚皮，然后把棉签放进了一个小小的塑料管中。这个样品以后会被送到实验室里分析是否有 Bd 感染。因为这种蛙不是他想要寻找的品种，格里菲思把它放回叶子上。然后，他取出了自己的照相机。那只蛙面无表情地回瞪着相机镜头。

我们继续在暗夜之中搜寻。有人发现了丘盗蛙，通体橘红色，如同森林地被层的颜色。还有人发现了沃氏蛙，看起来就像一片鲜绿的树叶。对于找到的每种生物，格里菲思都按流程操作：一把抓起来，在腹部取样，然后给它拍照。最后，我们还偶遇了一对正在“抱合”的巴拿马盗蛙——这是两栖动物做爱的方式。这一次，格里菲思没有打扰它们。

格里菲思想要捕到的两栖动物之一是突角囊蛙。这种蛙的鸣叫声很独特，就像是开香槟的声音。当我们正在一条溪水中央蹚着水前进时，突然就听到了这种叫声，仿佛是从四面八方同时传来似的。一开始，这声音听起来好像就在身边，但当你靠过去时，它似乎又跑远了。格里菲思开始模仿这种叫声，用双唇发出香槟酒瓶塞弹出时的声响。

最后，格里菲思觉得是我们其他人蹚水的动静吓跑了这些蛙。他一个人走到前面，而我们大家原地不动，在及膝深的水中站了很久。当格里菲思终于挥手示意我们过去时，我们发现他面前有一只黄色的大蛙，长着长长的脚趾和像猫头鹰一样的面孔。它坐在一根树枝上，比视线稍高。格里菲思此行要为 EVACC 找一只雌性的突角囊蛙。于是，他猛地伸出手去，抓住了这只囊蛙，把它翻过来查看。如果是雌性突角囊蛙，腹部会有一个育儿袋，但这只没有。格里菲思给它取了样，拍了照，然后放回了树上。

“你是个帅小伙。”他轻声对那只囊蛙说。

午夜时分，我们开始返回营地。格里菲思唯一决定带回来的是两只小小的蓝腹丛蛙以及一只颜色发白的蝾螈。他自己和两名美国志愿者都不知道这只蝾螈具体是什么物种。蛙和蝾螈都放在了塑料袋里，还加了一些树叶以保持潮湿。我突然意识到，这两只蛙和它们的后代（如果能有后代的话），以及它们后代的后代（如果也能有的话），都永远不会再踏足这片雨林了，反而要在无菌玻璃箱中度过一生。那天夜里下了雨，我睡在棺材一样的吊床里做了一个鲜活的噩梦。醒来之后，我唯一还能记起的梦中场景，就是一只明黄色的蛙，正叼着烟嘴抽烟。

第　二　章

乳齿象的臼齿

美洲乳齿象（*Mammut americanum*）

大灭绝可能是今天的孩子们必须要面对的第一个科学概念。一岁大的孩子就开始玩恐龙玩具，两岁大的孩子就会懂得这些小小的塑料玩具代表着一些非常巨大的动物，或者至少也会对此有一个模糊的概念。如果他们学东西很快的话——或者换种方式来说，学用马桶很慢的话——那么这些穿着尿布的孩子就已经能理解：曾经有过很多种不同的恐龙，但它们在很久以前就死光了。（我自己的几个儿子在蹒跚学步的时候就能和一套恐龙玩具玩上几个小时。这些恐龙放在一个塑料垫子上，上面画有一幅侏罗纪或是白垩纪的森林场景，其中最醒目的是一座正在喷发岩浆的火山，如果你按上去，它还会发出一种吓人的吼叫声，不过听起来其实很可爱。）这些情况似乎表明，物种大灭绝这个概念对于我们来说是显而易见的。然而，事实并非如此。

亚里士多德写了10卷《动物史》，却从未考虑过动物可能真的有跌宕起伏的历史。普林尼[①]的《博物志》中既描述了真实存在的动物，也描绘了神话故事中的动物，却没有记述已经灭绝的动物。大灭绝的概念也不曾在中世纪或文艺复兴时期突然出现，彼时“化石”（fossil）这个词用于指代从地下挖出来的所有东西，所以才会有“化石燃料”[②]这个说法。在启蒙运动中，主流观点认为，每一个物种都是伟大的、坚不可摧的“生命链条”中的一环。正如亚历山大·蒲柏在他的诗作《人论》中所写的：

> 一切不过是零件，组成非凡的整体，
> 其躯体是自然，其魂灵是上帝。

当卡尔·林奈建立他的双名法分类学命名系统时，并未对现存的与消亡的物种进行区分。因为在他看来，不存在已经消亡的物种，自然也就没这个必要。他在1758年面世的第10版《自然系统》[③]中，列出了63种金龟子甲虫、34种鸡心螺以及16种比目鱼。然而《自然系统》所列出的动物其实都属于同一类——仍旧存活着的动物。

---

① 此处指老普林尼，即盖厄斯·普林尼·塞昆德斯（Gaius Plinius Secundus，23—79），古罗马作家、博物学家、政治家。——译者

② 指生物死后掩埋于地下，历经长久的地质年代，在自然作用下形成的燃料，包括常见的煤、石油和天然气等。——译者

③《自然系统》（*Systema Naturae*）作为林奈主要作品，在动植物学界引入了双名法，其中第10版是最重要的版本，被视为国际命名法规之始。——译者

尽管有数量可观的相反证据涌现出来，这一观点仍然持续存在着。从伦敦到巴黎再到柏林，许多存放珍奇生物的陈列柜里都有着奇怪生物的身影，包括现在被认定为三叶虫、箭石和菊石的化石，但人们就是视而不见。有些菊石是如此之大，石化外壳的尺寸已经赶上了马车轮子的大小。在18世纪，从西伯利亚运往欧洲的猛犸骨头越来越多。这一物种也同样被硬塞进了命名体系之中。那些骨头看起来很像是大象的骨头，但是肯定没有大象生存在当代俄罗斯，于是人们认定，它们只能是被《圣经·创世记》中的那场大洪水冲到北方去的。

“灭绝”最终作为一个概念被提出来是在法国大革命时期，这或许并非巧合。在很大程度上，灭绝概念的提出要感谢一种叫作美洲乳齿象的动物，以及一个名叫让-莱奥波德-尼古拉斯-弗雷德里克·居维叶的人。他是一位博物学家，继承了他已故兄弟的名字，人称乔治·居维叶。居维叶在科学史上是位有着很大争议的人物。他在某些方面遥遥领先于自己的时代，但又阻碍了自己所处时代的进步；他有时彬彬有礼，有时又恶毒不堪；他卓有远见，同时又极端保守。在19世纪中叶，他提出的很多理论都被推翻了。然而现在的一些最新发现又倾向于支持那些由他提出而后遭人彻底否定贬低的理论。结果就是，居维叶对于地球历史那种本质上悲观的远见，最终看来似乎是很有预见性的。

欧洲人第一次撞见美洲乳齿象骨头的确切时间并不清楚。1705年，在上纽约州[1]的野外考察中出土的一块臼齿被送往伦敦，标签上写着“巨兽的牙”。[2] 第一块进行了科学性研究（只是就那个时代而言）的乳齿象骨头被发现于1739年。那一年，第二任隆格伊（Longueuil）男爵夏尔·莱莫因（Charles le Moyne）带领着400名士兵沿俄亥俄河向下游前进。队伍中有些人像他一样是法国人，而大多数则是阿尔冈昆人和易洛魁人等北美原住民。这趟行程很艰苦，供给不足。一位法国士兵后来回忆道，部队被逼无奈，只能以橡子为食。[3] 那时大概是秋天，隆格伊和他的部队在俄亥俄河的东岸建立了营地，离今天辛辛那提市的位置不远。几位出去打猎的美洲原住民在几公里外遇到了一片散发着硫黄味道的沼泽。野牛踩出的小径从各个方向汇聚到了这里，成百上千的巨大骨头从泥沼中伸出来，就像是轮船残骸留下的巨大支架。这些人回到了营地，带着一根长逾一米的大腿骨、一根巨大的獠牙以及几颗大牙。那些牙的牙根跟人手一样长，每一颗的重量都有四五公斤。

隆格伊对这些骨头着迷极了，于是命令他的部队在拆除营地时带上骨头一起出发。人们拖着这些巨大的獠牙、股骨和臼齿前

---

① 习惯说法，指纽约州的北部，因在地图上位于上方而得名。——译者

② Paul Semonin, *American Monster: How the Nation's First Prehistoric Creature Became a Symbol of National Identity* (New York: New York University Press, 2000), 15.

③ Frank H. Severance, *An Old frontier of France: The Niagara Region and Adjacent Lakes under French Control* (New York: Dodd, 1917), 320.

行，奋力穿越杳无人烟的荒野。最终，他们到达了密西西比河畔，并在那里与另外一支法国部队会合。在接下来的几个月中，隆格伊的很多战士死于疾病，他们来这里参加的那场针对契卡索人的战役也以耻辱的失败而告终。然而，隆格伊始终完好地保存着这些奇怪的骨头。他后来设法去到新奥尔良，并从那里把这些獠牙、臼齿以及巨大的股骨运回了法国。这些骨头被献给了国王路易十五，之后安置在他的博物馆“御宝阁”（Cabinet du Roi）中。几十年后，俄亥俄河谷在地图上仍是大片的空白，只有一个地方出现了标注——“*Endroit où on a trouvé des os d'Éléphant*”，意思是“发现象骨的地方”。今天，“发现象骨的地方”已经成为肯塔基州的一个州立公园，名叫“大骨舔”（Big Bone Lick）①。

隆格伊找到的骨头难倒了每一个研究者。股骨和獠牙看起来像是来自一头大象，或者以当时的解剖学水平来看几乎与猛犸的骨头一样。但是这种动物的牙齿是个难题，无法进行分类。大象的牙齿以及猛犸的牙齿，顶端是平的，有着从一边到另一边的一道道窄脊。于是，整个咀嚼面的样子就像是一只跑鞋的鞋底。与此相反，乳齿象的牙上有尖。实际上，它们看起来更像是属于某种体型极其巨大的人类。第一位研究它们的博物学家让-艾蒂

① 该地远古时期被海洋覆盖，所累积的盐溶于水源中，令乳齿象和野牛等动物喜欢来此舔水喝，公园名称中的“舔”字由此而来。——译者

安·盖塔尔（Jean-Étienne Guettard）甚至拒绝对其来源给出猜测。

“这种牙到底属于什么动物?”他在1752年送交法国皇家科学院的一篇论文中忧心忡忡地问道。[①]

1762年，御宝阁的管理者路易-让-马里·多邦东（Louis-Jean-Marie Daubenten）试图着手解决关于这种奇怪牙齿的谜题。他宣称，“俄亥俄的未知动物”压根就不是一种动物，而是两种动物。獠牙和腿骨属于大象，而臼齿则根本来自另一种动物。他认为，第二种动物可能是只河马。

与此同时，第二批乳齿象的骨头送到了欧洲，这一次目的地是伦敦。这些骸骨也来自“大骨舔”，展示了同样令人迷惑不解的结构：骨头和獠牙像是大象的，臼齿却覆盖着一块块尖锐的突起。女王的主治医师威廉·亨特（William Hunter）发现多邦东对于差异的解释站不住脚。他提出了一个不同的解释——第一个算是对了一半的答案。

他主张，“这只所谓的美洲象”是一种“解剖学家所不熟悉的”全新物种。[②] 他认为这是一种肉食动物，所以才有着长相可怕的牙齿。他称之为“美洲未知动物”（*invognitum*）。

法国博物学领军人物布丰（Buffon）伯爵乔治-路易·勒克

① Quoted in Claudine Cohen, *The Fate of the Mammoth: Fossils, Myth, and History* (Chicago: University of Chicago Press, 2002), 90.

② Quoted in Semonin, *American Monster*, 147 - 148.

莱尔（Georges-Louis Leclerc）为这场争论加入了新的波折。他认为，这些谜一样的骨头代表的不是一种或两种动物，而是三种动物：一头大象、一只河马以及一种目前未知的物种。带着极大的不安，布丰承认这最后一个物种——“其中最大的一个物种”——似乎已经消失了。[①] 他提出，这是唯一已经消失的陆生动物。

1781 年，托马斯·杰斐逊[②]也被拖入了这场论战。在他刚刚卸任州长之后所写的《弗吉尼亚州纪事》中，杰斐逊虚构了他自己版本的“未知动物”。他同意布丰的观点，认为这种动物是所有野兽之中最大的——“体积是大象的五六倍”。（这就推翻了当时在欧洲甚为流行的一种观点，即认为新世界的动物体型都比旧世界的更小，[③] 并且有所“退化”。）杰斐逊同意亨特所说，认为这种动物应该是肉食动物。不过，它一定存在于自然界中的某处，就算不能在弗吉尼亚找到，也必定游荡在大陆上某些“保留着原始状态，未曾开发，未受影响的地区”。当他成为总统之后，派遣梅里韦瑟·刘易斯（Merriwether Lewis）和威廉·克拉克（William Clark）去西北部远征时，杰斐逊期望他们能够遇上在森林之中漫步的“未知动物”。

---

① Cohen, *The Fate of the Mammoth*, 98.

② 托马斯·杰斐逊（Thomas Jefferson，1743—1826），美国第三任总统，《独立宣言》的主要起草人之一。——译者

③ 这是一种传统的地理观，“新世界”指西半球或南北美洲附近岛屿，是哥伦布发现的新大陆。“旧世界”则对应东半球，泛指亚非欧三大洲。——译者

“这就是大自然的生态。”杰斐逊曾经写道，“大自然绝对不会让以下两种情况发生：一是允许任何一个动物物种灭绝掉；二是允许她的伟大作品中存在任何会遭到破坏的薄弱环节。”

1795年初，居维叶来到巴黎，比那些俄亥俄河谷的骸骨来到这座城市的时间晚了半个世纪。他此时年仅25岁，两只灰色的眼睛间距较宽，长着高高耸起的鼻子。他的脾气被一位朋友比作户外的天气，总体上凉爽宜人，但也可能突然就会变得极其激动，甚至彻底爆发。[①] 居维叶在瑞士边境的一个小镇上长大，在法国的首都没什么熟人。然而他却设法得到了一份令人尊敬的职位。这一方面要感谢革命推翻了旧制度，另一方面则得益于他无比强烈的自尊心。一位年长的学者后来说他是突然出现在巴黎的，“就像是雨后的蘑菇一样”。[②]

居维叶工作的地方是位于巴黎的法国国家自然历史博物馆——御宝阁的民主化继承者。他的工作严格来说只是教书，但在空闲时间里，他全身心地投入了对博物馆藏品的研究。他花费了很多时间来研究隆格伊献给路易十五的那些巨大骨头，并与其他标本进行了比较。1796年4月4日，或者按当时所使用的共和历来说是共和4年芽月15日，居维叶在一次公开演讲中展示了

---

① Quoted in Dorinda Outram, *Georges Cuvier: Vocation, Science and Authority in Post-Revolutionary France* (Manchester, England: Manchester University Press, 1984), 13.

② Quoted in Martin J. S. Rudwick, *Bursting the Limits of Time: The Reconstruction of Geohistory in the Age of Revolution* (Chicago: University of Chicago Press, 2005), 355.

自己的研究结果。

居维叶首先讨论了大象。当时的欧洲人长久以来就知道有非洲象和亚洲象的存在，并知道前者比较危险，而后者更易驯服。不过，大象就是大象，如同狗就是狗一样，不过有的温顺有的凶猛。居维叶研究了博物馆中保存的大象骸骨，包括一具保存完好的来自锡兰[①]的头骨，以及另一具来自好望角的头骨。在仔细比较的基础上，[②] 他认识到这两种象属于两个不同的物种——当然，完全正确。

居维叶指出："显然，来自锡兰的大象与来自非洲的大象之间的差别要大于马与驴之间的差别，或是山羊与绵羊的差别。"动物彼此区别的众多特征之一就是牙齿。来自锡兰的大象，其臼齿表面有着波纹状的脊，"就像是雕刻出来的彩带一样"。而来自好望角的大象牙齿上的脊排列成了钻石的形状。观察活的大象不可能发现这样的差别。毕竟，谁能有胆量往大象的嘴里细看呢？"就这一有趣的发现，动物学应该要感谢解剖学才对。"居维叶如此宣称。[③]

成功地将大象一分为二之后，居维叶继续着他的剖析。关于那些来自俄罗斯的巨大骨头，已经被广泛接受的理论是错误

---

① 即今天的南亚岛国斯里兰卡。——译者

② Rudwick, *Bursting the Limits of Time*, 361.

③ Georges Cuvier and Martin J. S. Rudwick, *Georges Cuvier*, *Fossil Bones*, *and Geological Catastrophes: New Translations and Interpretations of the Primary Texts* (Chicago, University of Chicago Press, 1997), 19.

的——这就是居维叶对相关证据进行了“谨慎细致的研究”之后所得出的结论。来自西伯利亚的下颌和牙齿“不完全类似于大象”。它们属于另一个完全不同的物种。至于那些来自俄亥俄州的动物牙齿，只要瞥上一眼就“足以看出它们有着更大的差异”。

“这两种已然无踪可觅的庞大巨兽究竟发生了什么事情?”他问道。这个问题在居维叶的构想中有着不证自明的答案：它们都是失落的物种。就这样，居维叶把已灭绝的哺乳动物种类翻了一倍，从可能的一种变成了两种。而这还仅仅只是开始。

几个月之前，居维叶收到一份素描图，描绘了一副在布宜诺斯艾利斯西边卢汉河（Río Luján）岸上发现的骨架。这副近4米长、2米高的骨架已经运到了马德里，并在那里经过认真细致的工作组装了起来。对这些素描图进行了研究之后，居维叶认定骨架的主人是某种奇特的超大号树懒——又一次完全正确。他把这种动物命名为大地懒（*Megatherium*），拉丁名意为“巨兽”。虽然居维叶从未去过阿根廷，甚至都没去过比德国更远的地方，但他确信不会有人看到大地懒沿着南美洲的某条河流笨拙前行，因为这个物种也消失了。同样的情况也发生在马斯特里赫特动物身上，被发现的骸骨是一个尖尖的巨大下颌，上嵌牙齿类似鲨鱼，出土地点位于荷兰一处采石场内。由于法国在1795年占领了荷兰，这块马斯特里赫特化石当时被法国人抢了过来。

居维叶宣称：如果存在这四种已灭绝物种，那就一定还存在着其他的已灭绝物种。就他所掌握的证据来看，他能提出这样的理论是非常大胆的。基于几块散乱的骨头，居维叶已经构想出了一种看待生命的全新方式：物种会灭绝。这不单单是孤立的事件，而是广泛存在的现象。

“所有这些事实是彼此互洽的，也不与任何已有的报告相矛盾。对我而言，这似乎证明了在我们的世界之前还存在着另一个世界。”居维叶说道，“但是，原初的地球是什么样子的？又是什么样的变革才能将那个世界抹除？”

自从居维叶的时代以来，法国国家自然历史博物馆已经成为一个枝繁叶茂的庞大研究机构，有着遍布全国的分支。不过，它的主体建筑仍然位于巴黎第五区的旧皇家花园内。居维叶不仅仅是在博物馆工作，他成年时期的大多时候也住在博物馆里，就在一栋外墙刷着灰泥的房子中。后来，这栋房子又改作办公之用。房子旁边现在是一家餐馆，餐馆的旁边则是一个小动物园。我去参观的那天，一些沙袋鼠正在动物园的草地上晒太阳。穿过花园，对面是一间大厅，里面陈列着博物馆的古生物学藏品。

帕斯卡尔·陶希（Pascal Tassy）是博物馆的一名主任，专业领域是长鼻目哺乳动物，包括大象以及它们失落的表亲：猛犸象、乳齿象以及嵌齿象，而这还只是其中一小部分。我去拜访他的原因是，他答应带我去看居维叶曾经摆弄过的那些骨头。我在一间灯光昏暗的办公室里找到了陶希，就在古生物学展厅下面的地下室里。他当时坐在一屋子古旧的头骨中间，墙上的装饰却是

《丁丁历险记》旧版漫画的封面。陶希告诉我，他七岁时读到了丁丁关于挖掘的一次探险故事，就决定要成为一名古生物学家。

我们聊了一会长鼻目。“这群生物令人着迷。”他告诉我，“比方说，象鼻是面部解剖特征的改变，非常与众不同——曾经分别发生了五次演化。就算只是两次，也够令人吃惊了。竟然独立发生了五次！研究过化石之后，我们不得不接受这一事实。”陶希说，目前大约已经鉴定出了170个长鼻目物种，可以追溯到5 500万年前，“这还远远不是全部，我对此非常肯定”。

我们上楼来到古生物展厅后面相连的一个附属建筑内，像是火车末尾的那节工作人员车厢。陶希用钥匙打开一间堆满了金属柜的小房间。就在刚进门的地方，立着一个东西，看起来像是毛绒绒的伞架，一部分被塑料包裹着。陶希解释说，这是真猛犸象的一条腿，发现于西伯利亚北部外海的一个岛屿上，早已结冻脱水。当我更仔细地观察时，能够看到腿上的皮肤曾被缝合过，像是无跟软鞋一样。它的毛发是一种很深的棕色，即便是历经万年，看起来几乎仍是完好无损。

陶希打开了其中一个金属柜，取出里面的东西，放在一个木桌子上。这就是隆格伊沿着俄亥俄河费力搬运的那些牙。它们十分巨大，表面有突起，颜色已经变黑。

“这是古生物学界的蒙娜丽莎。”陶希一边说，一边指着其中最大的那块，“这是一切的源起所在。居维叶自己为这些牙齿绘制了图形，真是太了不起了。他肯定看得非常仔细。”陶希指给我看最初的分类编号，是在 18 世纪的时候刷到牙上的，现在已经严重褪色，几乎难以分辨。

我用了两只手才把最大的牙抬起来。这的确是一件非同寻常的东西。大约 20 厘米长，10 厘米宽，跟一块砖头的大小差不多，重量也差不多。那些齿尖共有四组，的确很尖。牙齿表面的珐琅质大多未受损伤。齿根部分粗得像绳索一样，形成了坚固的一整块，颜色就像是红木。

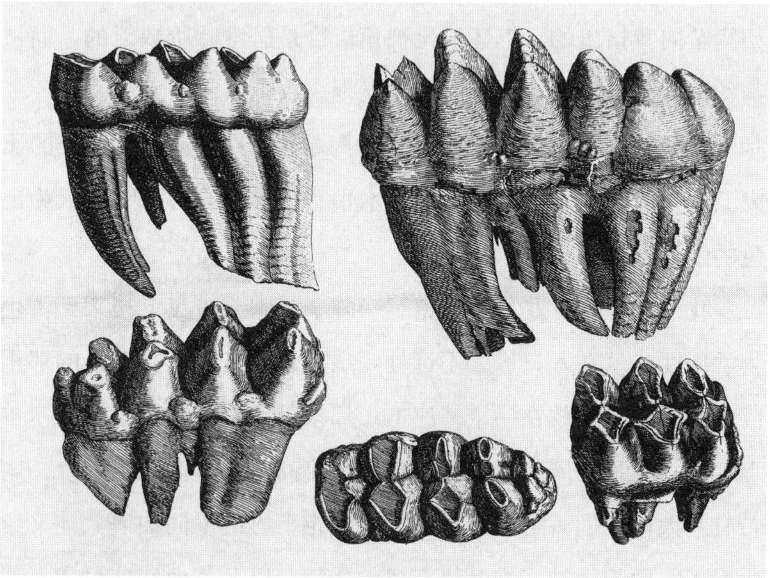

居维叶于 1812 年出版的书中有这幅绘制的乳齿象牙齿插图，并附有文字描述

从演化的角度来看，乳齿象的臼齿实在没什么好奇怪的。像大多数其他哺乳动物的牙一样，乳齿象的牙齿中间是牙本质，外

面包裹着一层更硬更脆的珐琅质。大约三千万年前，长鼻目中的两个种群分道扬镳，走向了不同的演化方向，一支会成为以后的乳齿象，另一支则成为以后的猛犸和大象。后一个分支最终演化出了更精密的牙齿构造：外面的珐琅质包裹着里面并列在一起的牙板，它们彼此融合而成的构造就像是刚切好的一摞面包片。这样的构造要更坚固，能让猛犸以及大象食用比较粗糙的食物。相较之下，乳齿象保留了它们相对比较原始的臼齿——人类也是如此。所以，乳齿象只能用这样的牙齿不停地嚼食物。当然了，正如陶希向我指出的，上述演化视角恰恰是居维叶所缺乏的，而从某种角度来说，这让他的成就更显得令人惊叹。

“当然，他也犯过一些错误。”陶希说，“但是他大部分的研究工作都体现了无与伦比的专业水平。居维叶绝对是一位极为出色的解剖学家。”

我们又对着这些牙齿观察了一阵子，陶希带我上楼来到古生物学展厅。就在入口进去不远处，展示着隆格伊送回巴黎的那根巨大的股骨，安放在一个基座上。那根骨头就像农场栅栏的木桩那么粗。在我们周围，法国小学生川流而过，兴奋地大叫着。陶希有一大串钥匙，可以打开玻璃展示柜下方的不同抽屉。他又给我看了一颗曾经被居维叶研究过的牙齿，以及其他一些最先经居维叶研究的已灭绝物种。然后，他带我去看了马斯特里赫特动物，这仍是世界上最著名的化石之一。（虽然在已经过去的200多年的时间里，荷兰人不断提出索回这些化石的要求，但法国人至今拒不应允。）在 18 世纪，某些人认为马斯特里赫特化石属于某种奇怪的鳄鱼，另一些人则认为它是牙齿不齐的鲸。居维叶则将它归类为一种海生爬行动物——再一次完全正确。（后来，人们给这种生物命名为沧龙。）

到了午饭时间，我和陶希一起走回他的办公室。然后，我独自一人漫步穿过花园，走向居维叶故居旁边的餐馆。既然来到这里，似乎没理由不点一份“居维叶套餐”，具体菜品是“自选前菜加甜品”。当我努力消灭自己的第二道食物——一份美味的奶油馅饼时，我开始有了撑得难受的感觉。这让我想起了之前读到的关于这位解剖学家身体的一段描述。在大革命时期，居维叶还是个瘦子。[①] 住进博物馆之后，他变得越来越胖，到生命行将结束的时候他已经成了个大胖子。

通过他的演讲“象的物种——现存物种与化石物种”，居维叶成功地建立并证实了灭绝这个概念。但是，他那个令人难以接受的设想——曾经存在过一个已经消失的世界，遍布着已经消失的物种——仍然只是个令人难以接受的设想。如果真的曾经有过这样的世界，一定还会有其他已经灭绝的动物留下可以发现的痕迹。于是，居维叶开始着手去寻找它们。

---

① Quoted in Stephen Jay Gould, *The Panda's Thumb: More Reflections in Natural History* (New York: Norton, 1980), 146.

碰巧的是，18 世纪 90 年代的巴黎恰好是一片古生物学家的乐土。这座城市北边的山上满是正在出产石膏的采矿场，那是巴黎建筑所用灰泥的主要原料。这座首都的发展缺乏规划性，扩张到了很多矿脉之上，在居维叶那个时代，地陷是城中一大危险。当时，矿工挖到奇怪骨头的事情并不少见，还会有收藏家们出钱买走这些骨头，虽然他们并不知道这些骨头到底是什么。就在这样一位化石爱好者的帮助之下，居维叶很快又拼出了另一种灭绝动物的骨架。他称之为“*l'animal moyen de Montmartre*”，意思是“来自蒙马特的中等体型动物”。

这一时期，居维叶也在恳请欧洲其他地区的博物学家寄送标本给他。拜法国人当时强占奇珍异宝的恶名所赐，几乎没有收藏者愿意把化石寄给居维叶。不过，细节清晰的绘图开始从各处送往巴黎，包括汉堡、斯图加特、莱顿、博洛尼亚以及其他一些地方。居维叶曾经写下这样的话来表达感激之情：“我要说，我的研究得到了极为热情的支持……来自所有研究科学、热爱科学的法国人以及外国人。”[①]

到 1800 年，也就是大象论文发表 4 年之后，居维叶的化石动物园已经扩展到了 23 个物种。他相信这些物种都已经灭绝了，其中包括：侏儒河马，骸骨是他在巴黎博物馆的一间储藏室里找到的；有着庞大鹿角的麋鹿，骨头发现于爱尔兰；体型巨大的

① Cuvier and Rudwick, *Fossil Bones*, 49.

熊，今天称为洞熊，来自德国。此时，蒙马特动物已经被分割为或者应该说倍增为6个独立的物种。甚至直到今天，人们对这6个物种仍旧几乎一无所知，只知道它们属于有蹄类动物，生活在距今约3 000万年前。“如果在这么短的时间里就能复原如此之多的消失物种，该有多少物种仍旧深埋于地下？”居维叶问道。[①]

居维叶很有表演的天分。远在博物馆雇用专业公关人员之前的那个时代，居维叶就懂得如何去抓住公众的注意力。陶希对我说：“他是那种放在今天一定会成为电视明星的人。”有一次，巴黎的石膏矿挖出来一些化石，属于一只兔子大小的生物，躯体很窄，头很方。基于牙齿的形状，居维叶得出结论，这是一只有袋类动物。这是一个大胆的结论，因为在旧世界没有发现过有袋类动物。为了加强事情的戏剧性，居维叶宣布，他将让人们对他的鉴定过程进行公开检验。有袋类动物有一对从骨盆伸展出来的特殊骨头，今天称为上耻骨。虽然在送到居维叶手里的化石中看不到这对骨头，但他预测，只要把周围的石头再刮掉一些，就能发现这对骨头。他邀请了巴黎的科学精英会聚一堂，观看他用一根细针分离化石周围的石头。看吧！那对骨头出现了。（在巴黎的古生物学展厅里展示了这块有袋类动物化石的一件复制品，而原品被认为太过珍贵，不能展出，保存在一个特殊的地下保险库内。）

---

① Cuvier and Rudwick, *Fossil Bones*, 56.

居维叶在一次前往荷兰时，上演了一出与此类似的古生物学艺术表演。在哈勒姆的一家博物馆内，他研究了一份化石标本，包含一个巨大的半月形头骨，连着一部分脊柱。这块长约一米的化石发现于近一个世纪以前，并被归类为人类——虽然从头的尺寸上来看十分可疑。（它甚至还有了一个专门的科学命名：*Homo diluvii testis*，意思是“目击了创世纪大洪水的人类”。）为了反驳这一鉴定结果，居维叶首先找了一副普通的火蜥蜴骨架备用。然后，征得博物馆馆长许可之后，他开始去除“洪水目击者”脊椎周围的石头。当他清理出这种生物的前臂时，人们看到前臂的形状就像是火蜥蜴的——正如他之前预言的一样。[①] 这种生物不是大洪水之前的人类，而是远远更为诡异的东西：一只巨大的两栖动物。

居维叶搞出来的灭绝物种越多，人们对于动物的认识也就改变得越多。洞熊、大地懒甚至还有巨大的火蜥蜴——所有这些都与现存的物种有着某种联系。但在巴伐利亚形成的一块石灰岩中发现的那块奇怪化石又是什么动物呢？居维叶收到的是这块化石的绘图，来自与他有通信联系的众多人士中的一位。图上展示的是一堆乱糟糟的骨头，包括长到诡异的前臂、纤细的指头和窄窄的喙。第一位研究这些化石的博物学家推测化石的主人是一种海洋生物，把延长的前臂当桨使用。而居维叶根据图画确定，这种

① Rudwick，*Bursting the Limits of Time*，501.

动物实际上是一种会飞的爬行动物——太令人震惊了！他称之为"*ptero-dactyle*"，意思是"有翼的手指"。

居维叶对于"灭绝"的发现，乃至于对于"史前世界"的发现，是极为轰动的一桩大事。消息很快就传到了大西洋彼岸。当纽约州纽堡的几位农场工人挖出了一副几乎完整的巨大骨架时，这被认为是意义重大的发现。当时还是副总统的托马斯·杰斐逊几次试图把这些化石弄到手，结果都失败了。而他的一位朋友，艺术家查尔斯·威尔逊·皮尔（Charles Willson Pearle）却更执着，并成功获得了化石。彼时，他刚刚在宾夕法尼亚州建立了美国的第一座自然历史博物馆。

与居维叶相比，皮尔或许是一位更专业的表演者。他花了数月的时间把他从纽堡得到的骨头拼在了一起，又用木头和纸浆纸加工出了缺失的部分。在1801年的平安夜，他把这具骨架展示给公众看。为了宣传这次展览，皮尔让他的黑人仆从摩西·威廉斯（Moses Williams）戴上印第安人的头饰，骑着一匹白马穿过费城的街道。[①] 复原的这头巨兽站起来肩高3.4米，从獠牙到尾巴长达5.2米，大得有点夸张。每位参观者要付费50美分，在当时可不算便宜。这只巨兽实际上也是头乳齿象——当时还没有

---

① Charles Coleman Sellers, *Mr. Peale's Museum: Charles Willson Peale and the First Popular Museum of Natural Science and Art* (New York: Norton, 1980), 142.

一个普遍为人接受的名字，因而被人们冠以不同的称呼，有“未知动物”，有“俄亥俄动物”，还有一个最让人混淆的名字——“猛犸”。这成了世界上最火的展览，并引发了一波“猛犸热”。马萨诸塞州切希尔（Cheshire）镇制作了一块560公斤的“猛犸奶酪”；费城的一位烘焙师制作了一块“猛犸蛋糕”；报纸上报道了“猛犸萝卜”、“猛犸桃树”，以及一位能“在10分钟内吞下42只蛋”的“猛犸食客”。[①] 皮尔还设法拼出了第二只乳齿象，用的是来自纽堡和附近哈得孙河谷的其他一些骨头。他在这只巨兽像笼子一样的巨大肋骨下面举行了一场庆祝晚宴，然后就把这具骨架和他的两个儿子一起送去了欧洲。骨架在伦敦又展出了几个月。在此期间，两个儿子决定要把巨兽的獠牙朝下摆放，就像海象那样。他们本来计划再把骨架带到巴黎，然后卖给居维叶。然而当他们还在伦敦时，英国与法国之间爆发了战争，令两国之间的交通全部中断了。

居维叶于1806年在巴黎发表的一篇论文中终于给了乳齿象一个名字——“*mastodonte*”。这个词奇怪的拼写来自希腊文的两个词：“乳房”和“牙齿”。这种动物臼齿表面的一块块突起显然让居维叶联想到了乳头。（然而此时，这种动物已经从一位德国博物学家那里得到了一个科学命名——“*Mammut americanum*”。

---

① Charles Willson Peale, *The Selected Papers of Charles Willson Peale and His Family*, edited by Lillian B. Miller, Sidney Hart, and David C. Ward, vol. 2, pt. 1 (New Haven, Conn.: Yale University Press, 1988), 408.

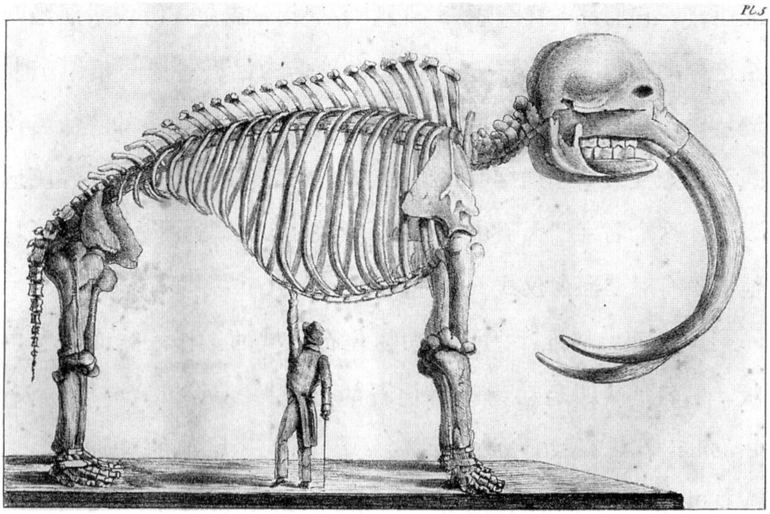

很不幸，这个名字将提醒人们永远记住这段乳齿象与猛犸傻傻分不清楚的历史。①）

尽管英国与法国之间正在打仗，居维叶还是设法搞到了一些绘图，详细描摹了皮尔的儿子们带到伦敦去的那副骨架。这些图让居维叶对于这种动物的解剖学特征有了更深的了解。他意识到，乳齿象与当今大象的区别远大于猛犸与大象的区别。因此，居维叶将乳齿象分类到了一个新的属中。（在今天的分类学中，乳齿象不但有自己的属，还有一个自己的科。）除了美洲乳齿象之外，居维叶还鉴定出了其他四个品种的乳齿象，“就今天的标

① 乳齿象的英文是“mastodon”，来自文中居维叶给出的法文命名“mastodonte”，而“*Mammut americanum*”本意为“美洲猛犸”。这个名字虽然是错误的，但依据分类学的传统仍保留至今。——译者

准而言，它们都一样奇怪”。直到1809年，皮尔才听说了居维叶给这种动物起的新名字，并立即将其据为己有。他写信给杰斐逊，提议在他费城的博物馆为乳齿象骨架搞一个隆重的“命名仪式”。[①] 杰斐逊对于居维叶想出的这个名字却是不冷不热，轻蔑地表示，这个名字“大概也不会比其他的名字好到哪去”。[②] 所以，他也没有对“命名仪式”的提议给予回应。

1812年，居维叶把他在动物化石领域的工作汇编成4卷出版，书名是《四足动物骨骼化石的研究》（*Recherches sur les ossemens fossiles de quadrupèdes*）。在他开始他的“研究”之前，世界上已灭绝的脊椎动物数目为0或1——具体数目取决于是谁去统计这件事。几乎全凭居维叶的一己之力，此时已经有了49种灭绝的脊椎动物，真要感谢他！

随着居维叶那份名单的增长，他的声望也在一同增长。几乎没有博物学家敢于公开发表他们的发现，直到他们请居维叶审查过他们的结果。“居维叶难道不是我们这个世纪最伟大的诗人吗?”奥诺雷·德·巴尔扎克（Honoré de Balzac）如是问道，“我们这位不朽的博物学家就像卡德摩斯（Cadmus）[③] 一样，从

---

① Charles Willson Peale, *The Selected Papers of Charles Willson Peale and His Family*, edited by Lillian B. Miller, Sidney Hart, and David C. Ward, vol. 2, pt. 2 (New Haven, Conn.: Yale University Press, 1988), 1189.

② Charles Willson Peale, *The Selected Papers of Charles Willson Peale and His Family*, edited by Lillian B. Miller, Sidney Hart, and David C. Ward, vol. 2, pt. 2 (New Haven, Conn.: Yale University Press, 1988), 1201.

③ 希腊神话中欧罗巴的兄弟，杀死一条龙后，将龙齿播种，长出的武士们自相残杀，幸存者成为底比斯城的创建者。——译者

白骨之中重塑了世界，从牙齿之中重建了城市。”① 居维叶得到了拿破仑的重用，并在拿破仑战争结束之后应邀访问了英国，还出席了议会。

英国人当时成了居维叶理论的热情拥趸。在19世纪早期，收藏化石在上流社会中已经变得极为流行，以至于迅速涌现出一个与此相关的全新行业。“化石学家”赖以维生的方式就是为富有的资助人寻找化石标本。就在居维叶出版他的《研究》一书的同一年，一位这样的化石学家，名叫玛丽·安宁（Mary Anning）的年轻女士找到了一件极其古怪的标本。这件化石标本发现于多塞特（Dorset）的石灰岩崖壁上。标本中的动物头颅长近1.2米，上下颌就像一支尖嘴钳。它的眼窝大得吓人，覆盖着骨板。

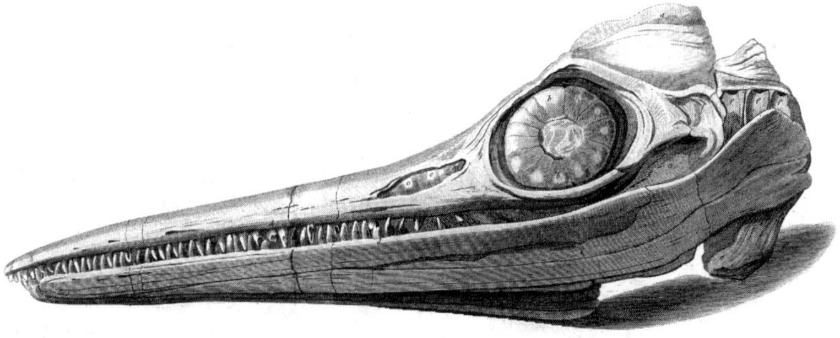

人类发现的第一件鱼龙化石，曾在伦敦的埃及展览馆中展出

这件化石标本最终来到了伦敦的埃及展览馆，这是一家与皮

① Quoted in Toby A. Appel, *The Cuvier-Geoffroy Debate: French Biology in the Decades before Darwin* (New York: Oxford University Press, 1987), 190.

尔的博物馆类似的私人博物馆。它最初被当成鱼来展览，后来又被当成鸭嘴兽的近亲。最终，它被鉴定为一种新的爬行动物——鱼龙。几年之后，安宁采集的另外一些标本中出现了更古怪的生物，被称为蛇颈龙。牛津大学第一位地质学教授威廉·巴克兰（William Buckland）牧师对蛇颈龙的描述是："蜥蜴的头"连在一条"长得像巨蛇身体一样的"脖子上，还有"像变色龙一样的肋骨，像鲸一样的鳍"。获知了这一发现之后，居维叶认为对于蛇颈龙的描述太过夸张了，以至于他怀疑这件标本是否动过手脚。当安宁又挖出了另一件近乎完整的蛇颈龙化石时，居维叶再一次在第一时间得到了消息。这一次，他不得不承认自己之前错了。他在给一位英国友人的信中写道："不要指望还能出现更加惊人的生物了。"① 然而，正当居维叶访问英国期间，巴克兰在他造访牛津时向他展示了一件更令人震惊的化石：一个巨大的颌骨上有一颗弯曲的牙齿向上伸出，就像是一把圆月弯刀。居维叶鉴定出这种动物同样是某种蜥蜴。几十年后，这块颌骨被鉴定为恐龙的一部分。

此时，地层学的研究还在萌芽之中。不过人们已经知道，不同的岩石地层形成于不同的时期。蛇颈龙、鱼龙还有那尚未命名的恐龙，都是在石灰岩沉积层中发现的，当时认为形成于第二

---

① Quoted in Martin J. S. Rudwick, *Worlds Before Adam: The Reconstruction of Geohistory in the Age of Reform* (Chicago: University of Chicago Press, 2008), 32.

马斯特里赫特动物至今仍在巴黎展出

纪，而今天称为中生代。与此相同的，还有翼龙以及马斯特里赫特动物。这些情况令居维叶对于生命的历史产生了另一项非凡的深刻认识：生命的历史是有向的。消失物种的骸骨可能是在接近地表的地层中发现的，比如乳齿象和洞熊，它们仍属于现存生物的目。挖得更深一些，所发现的生物，比如来自蒙马特的那些化石，在现代已经没有与之相对应的生物了。继续挖下去，哺乳动物就会从化石记录中全体彻底消失。到最后，人们所触及的那个世界不仅在我们的世界之前，甚至是在巨大的爬行动物所占据的那个世界之前。

居维叶对于生命史的观点是：悠长不定，满是不再存世的奇妙生物。这似乎会让他自然而然地成为进化论[①]的拥护者。但实际上，居维叶反对进化论——或者是它当时在巴黎的名字“物种转变论”（*transformisme*）。他甚至还会不遗余力地去羞辱任何推广这一理论的科学同仁，而且似乎做得很成功。奇怪的是，正是那些让他发现了“灭绝”的科学技术，令他认为进化论如此荒谬，如同魔毯一样不可能是真的。

正如居维叶喜欢宣称的那样，他信任解剖学。这门科学让他得以从大象的骨头中区分出猛犸的骨头，让他能够把别人当成人类的骨头鉴定为大地懒。他对于解剖学的认识核心是他称之为“部分之间的相关性”的概念。具体来说，他认为一只动物的各个部分都要彼此融洽，并为其特定的生活方式做出最优设计。举例来说，一只肉食动物会有适于消化肉的肠道系统。同时其上下颌会：

> 被构造为适合吞咬猎物；爪子适合抓住和撕扯猎物；牙齿适合切断并分割猎物的肉；整个运动系统的器官适合追赶和捕捉猎物；感觉器官适合从远处发现猎物。[②]

与之相反，有蹄的动物肯定是草食动物，因为它“没有办法

---

① 本书中“evolution”一词据当今科学界理解，统一译为“演化”。但“进化论”一词有其历史内涵，故保留不变。——译者

② Cuvier and Rudwick, *Fossil Bones*, 217.

抓住猎物”。它的“牙冠是平的，用来磨碎种子和草”，而上下颌可以做侧向运动。这些部件中的任何一环如果被替换掉，那么整体在功能上的完整性就会被破坏掉。一只动物降生之后，如果牙齿或感觉器官由于某种原因不同于它的父母，那么它将没有办法存活，更不要说产生一种全新的生物了。

在居维叶的时代，物种转变论最主要的支持者是他在法国国家自然历史博物馆的一位前辈，让-巴蒂斯特·拉马克（Jean-Baptiste Lamarck）。拉马克认为，有一种“生命的力量”推动着生物体变得越来越复杂。与此同时，动物以及植物常常不得不去适应其所处环境发生的改变。为此，它们要调整自己的生活习性。反过来，这些新的习性会产生身体上的改变，而这些改变会传给它们的后代。在湖中搜寻猎物的鸟类会在触及水面时伸展脚趾，由此最终发展出带蹼的脚，变成了鸭子。鼹鼠在地下活动，不再使用视觉，于是经过很多代之后，它们的眼睛变得又小又弱。拉马克本人坚决地反对居维叶的灭绝概念，因为他无法想象能有任何进程可以彻底消灭一种生物。（有趣的是，拉马克唯一能够容忍的例外就是人类。拉马克同意人类或许能灭绝掉某些生育率低的大型动物。）居维叶所认为的“消失的物种”，在拉马克看来只不过是全都发生了彻底的转变而已。

动物可以适时地改变自己的身体类型，这种想法在居维叶看来是荒唐的。他曾经对这种理论冷嘲热讽道：“鸭子因为潜水就变成了狗鱼；狗鱼碰巧上了陆地就变成了鸭子；母鸡在水边寻找食物，尽力不让自己的大腿打湿，它们做得太棒了，大大延长了双腿，就变成了鹭或鹳。”[①] 他还发现，木乃伊能够成为反击“物种转变论”的决定性证据——至少在他看来如此。

拿破仑入侵埃及以后，法国人同往常一样抢走了他们感兴趣的一切。在成箱运回巴黎的战利品中，有一只猫的木乃伊。[②] 居维叶对其进行了研究，寻找转变的迹象。但他什么也没找到。从解剖学角度来讲，古埃及的猫与巴黎街巷里的猫没有区别。这就证明了物种是固定不变的。拉马克则反驳说，从古埃及的这只猫被做成木乃伊至今的这几千年，相对于悠长的时间来说只能代表“一个极小的时段”。[③]

对此，居维叶轻蔑地回应道：“我知道有些博物学家过于依赖用一支笔所积累起来的上百万年历史。”[④] 拉马克死后，作为同事，居维叶被要求写一篇纪念拉马克的悼文。居维叶写了，但不是为了歌颂，而是为了埋葬。在居维叶的笔下，拉马克是一个幻想家。就像“我们古老浪漫故事中的魔法宫殿一样”，他的理论构建在“想象的地基”之上，因此，虽然这理论或许能“取悦诗人的想象力”，却“一刻也经受不住解剖学家的检验，哪怕他只

---

① Quoted in Richard Wellington Burkhardt, *The Spirit of System: Lamarck and Evolutionary Biology* (Cambridge, MA: Harvard University Press, 1977), 199.

② Cuvier and Rudwick, *Fossil Bones*, 229.

③ Rudwick, *Bursting the Limits of Time*, 398.

④ Cuvier and Rudwick, *Fossil Bones*, 228.

是曾经解剖过一只手、一个内脏，抑或只是一根羽毛”。[1]

摒弃了“物种转变论”之后，居维叶却要面对断层的空洞。对于新的生物是如何出现的，他没有任何解释。他也同样无法解释为什么不同时期的世界会被不同类型的动物所占据。不过，这些似乎并不会让他感到困扰。毕竟，他的兴趣不在于物种的起源，而是物种的终结。

在居维叶最早提出他的理论时，他曾经暗示自己知道灭绝背后的驱动力所在，即便他并不清楚其具体机制。在他的演讲“象的物种——现存物种与化石物种”中，他提出乳齿象、猛犸以及大地懒灭亡的原因都是“某种巨大的灾变”。至于具体是哪种类型的灾变，居维叶不太愿意做出推测：“我们不应该将自己置身于这些问题所引发的无穷无尽的猜测中去。”——不过，当时的他似乎相信一次灾难就足够了。

后来，随着他的灭绝物种名单不断加长，他的立场也改变了。居维叶认定曾经有过多次大灾变。“地球上的生命常常受到可怕事件的干扰，”他写道，“不计其数的生物成为这些灾难的受害者。”[2]

就像他对于“物种转变论”的态度一样，居维叶对于大灾变

---

① Georges Cuvier, "Elegy of Lamarck," *Edinburgh New Philosophical Journal* 20 (1836): 1-22.

② Cuvier and Rudwick, *Fossil Bones*, 190.

的信念与他对解剖学的笃信是一致的，实际上前者也正是后者的引申。既然动物都是有功能的单位并与其生活环境高度适应，如果只是发生一些平淡无奇的事情，它们没有理由会灭绝。即便是当今世界上已知最具破坏力的事件，比如火山爆发或森林大火，也不足以解释物种的灭绝。遇到这类事情，动物只须前往别的地区就能存活下来。[①] 因此，造成灭绝的改变必然要发生在更高的量级上，以至于动物们无法应对。他自己或任何其他博物学家都不曾观察到的这种极致事件，恰恰是大自然反复无常的又一表现：在远古，大自然的运作方式曾经很不同，远比现在的情况更强烈、更狂野。

“大自然的运作进程已经中断了，”居维叶写道，“大自然改变了前进的方向，她今天所使用的这些手段，都不足以实现她过去所完成的事情。”居维叶花了几年的时间来研究巴黎周围的岩石构成，他和一位朋友一起完成了巴黎盆地的第一份地层学地图——在这项研究中，他也看到了大灾变的证据。岩石显示，这一地区在不同的时间点曾被淹没。居维叶发现，从一种环境到另一种环境的转变——比如从海洋到陆地，或是从海洋到淡水——“一点也不慢”，反而是由突然出现在“地球表面的巨大变革”所导致的。这些变革之中最近的一次，一定就发生在不太久远的过去，因为其所留下的痕迹无处不在，显而易见。居维叶相信，这

① Cuvier and Rudwick，*Fossil Bones*，261.

次事件就发生在有历史记载之前。他注意到，包括《圣经·旧约》在内的许多古代神话和文献都曾提及，在现有世界秩序之前，曾经发生过某种灾难——通常是一场大洪水。

周期性的大灾变导致了全球性的破坏——居维叶这一想法事实上与他最初的那些发现一样具有影响力。他关于这一问题的主要论文于1812年以法文发表，立即就被转译为英文，并传到了美国。当时还出现了德文、瑞典文、意大利文、俄文以及捷克文的译本。但是，很多内容在翻译的过程中遗失了，或者至少是误读了。居维叶本来的论文明确地表明与宗教无关。他引用《圣经》时只是作为（并不完全可信的）众多古代文献之一，其中还包括印度的《吠陀》和中国的《尚书》。这种将不同宗教并列讨论的行为对于英国教会的牧师们而言是不可接受的。而在牛津大学这类机构中，牧师们都是教务人员的一部分。当居维叶的论文被翻译成英文时，它被巴克兰等人解释为挪亚洪水的一个证明。

今天，居维叶理论的证据基础已经被证明是错误的。令他确信就在有记录的历史之前发生过一次“变革”（被英国人解读为大洪水的证明）的那些地质证据，实际上是最后一次冰川期所留下的岩屑。巴黎盆地的地层学分析所反映的并不是大洪水突然的“爆发”，而是海平面的逐步变化以及板块构造运动的结果。我们现在知道，在这几件事情上，居维叶都错了。

另一方面，居维叶某些最离谱的论断最终却是令人惊讶地精确。地球上的生命的确曾经被“可怕的事件”所破坏，而且有“不计其数的生物”成了这些事件的受害者。这些事件无法用当前正在发挥作用的力量去解释。大自然的确偶尔会“改变前进的方向”。而每当这种时候，“运作进程”就会被打断。

与此同时，在美洲乳齿象的问题上，居维叶的正确性几乎达到了匪夷所思的程度。他断定，这种生物灭绝于 5 000 多年前，同一场“变革”也毁灭了猛犸和大地懒。事实上，美洲乳齿象消失于约 1.3 万年前。这个物种的终结属于更大的一波物种集体消失，我们今天称之为巨型动物群大灭绝（megafauna extinction）。这一事件与现代人类的扩张是同时发生的，也越来越被认为是后者所造成的结果。从这个意义上来说，居维叶所认识到的那次恰恰发生在有记录的历史之前的危机，其实正是我们人类。

第　三　章

最初的企鹅

大海雀（*Pinguinus impennis*）

“灾变学家”（catastrophist）这个英文单词是威廉·休厄尔（William Whewell）在1832年创造出来的。他是伦敦地质学会最早的几任主席之一，也是以下这些英语词汇的创造者：“阳极”（anode）、“阴极”（cathode）、“离子”（ion）以及“科学家”（scientist）。尽管“灾变学家”这个术语在此后会带上挥之不去的贬义意味，但这并不是休厄尔的初衷。在提出这个说法时，休厄尔明确地表示，他认为自己就是一名“灾变学家”，而他所认识的其他科学家中大多数也是“灾变学家”。[①]实际上，他所熟识的人当中确实有一个不适合这个标签。这个人就是初初崭露头角的年轻地质学家查尔斯·莱尔（Charles Lyell）。对于莱尔，休厄尔也为他创造了一个新词，称他为“均变论者”（uniformitarian）。

莱尔是在英格兰南部长大的，[②]那是一个简·奥斯汀的书迷们应该会比较熟悉的世界。他后来进入牛津大学学习法律，本应成为一名出庭律师。然而由于视力不佳，他很难继续法律专业的深造。于是，他转向了自然科学领域。年轻的时候，莱尔去过几次欧洲大陆，还成了居维叶的朋友，经常去后者的住处吃饭。莱尔发现这位长者本人“非常乐于助人”,[③] 因为居维叶允许他制作了几块著名化石的复制品带回英格兰。但是，莱尔认为居维叶对于地质历史的观点完全无法令人信服。

莱尔用他（公认近视）的双眼看过英国乡下露出地面的岩层，也看过巴黎盆地的岩层，还看过那不勒斯的火山岛，都没有看到灾变的证据。事实上完全相反，他认为以下观念一点都不科学（或者用他的原话说是“缺乏哲理的”），即世界上曾经发生的变化与今天发生的变化有着不同的原因或不同的速率。莱尔认为，地貌的每一处特征都来自千百万年间不断起作用的渐进过程，比如沉积作用、侵蚀作用以及火山作用，都是今天仍旧很容易观察到的现象。对于此后一代又一代的地质系学生而言，莱尔的论点可以总结为一句话：“现在就是通往过去的钥匙。”

如果只考虑灭绝的问题，莱尔也认为它是以非常慢的速率发生的，以至于无论是在任何时间，任何地点，如果灭绝没有被注

---

① Rudwick, *Worlds Before Adam*, 358.

② Leonard G. Wilson, "Lyell: The Man and His Times," in *Lyell: The Past Is the Key to the Present*, edited by Derek J. Blundell and Andrew C. Scott (Bath, England: Geological Society, 1998), 21.

③ Charles Lyell, *Life, Letters and Journals of Sir Charles Lyell*, edited by Mrs. Lyell, vol. 1 (London: John Murray, 1881), 249.

意到的话也没什么可奇怪的。化石证据似乎证明了很多物种会在不同的时间点集体灭绝，但实际上这只是说明了化石记录的不可信。甚至就连生命的历史具有方向性（先是爬行动物，然后是哺乳动物），也是错误的——又一个从不充分的数据中推导出的错误结论。所有形式的生物在所有的时代都是存在的，而那些已经显然灭绝的生物在合适的环境中有可能重新出现。所以，“巨大的禽龙可能再度出现在树林中，鱼龙可能再度出现在大海中，翼龙可能再度掠过郁郁葱葱的树蕨林”。[①] 莱尔认为，很明显，“在地质学事实之中没有任何基础支持这样一种流行的理论，即动物和植物的世界都是顺次发展而来的”。[②]

莱尔出版了厚厚的三卷书来阐明他的思想，书名是《地质学原理：尝试用今天仍在运作的原因来解释地球表面过去所发生的改变》。这些书面向普通大众，并得到了读者们极为热情的追捧。首印 4 500 册一售而光，二印 9 000 册也很快跟进了。在给未婚妻的信中，莱尔自豪地表示，这一销量至少是其他英国地质学家著作销量的 10 倍。[③] 莱尔在某种意义上成了名人，是他那个时代的史蒂文·平克[④]。当他在波士顿演讲的时候，有超过 4 000 人

① Charles Lyell. *Principles of Geology*, vol. 1 (Chicago: University of Chicago Press, 1990), 123.

② Charles Lyell. *Principles of Geology*, vol. 1 (Chicago: University of Chicago Press, 1990), 153.

③ Leonard G. Wilson, *Charles Lyell, the Years to 1841: The Revolution in Geology* (New Haven, Conn.: Yale University Press, 1972), 344.

④ 史蒂文·平克（Steven Pinker，1954—　），北美当代著名实验心理学家以及相关领域的科学作家，因致力于推广语言能力是一种“本能”的观点而闻名。——译者

去抢票。[①]

为一目了然（以及易读性）起见，莱尔用了漫画的手段来讽刺他的对手，令他们的理论听起来远比实际上更“缺乏哲理”。对手们当然也有“礼尚往来”。一位很会画画的英国地质学家亨利·德拉贝施（Henry De La Beche）取笑了莱尔关于永恒轮回的想法。在他创作的一幅漫画中，他把莱尔画成了一条近视的鱼龙，正指着一个人类的头骨给一群巨大的爬行动物上课。[②]

① A. Hallam, *Great Geological Controversies* (Oxford: OxfordUniversity Press, 1983), ix.

② For a discussion of the meaning of the cartoon, see Martin J. S. Rudwick, *Lyell and Darwin, Geologists: Studies in the Earth Sciences in the Age of Reform* (Aldershot, England: Ashgate, 2005), 537 – 540.

“接下来，你们立刻就会意识到，”在漫画配文中，鱼龙教授对他的学生们说道，“我们面前的这个头骨属于某种低等动物：它们的牙齿几乎没用，上下颌的力量也微不足道，总体来说，这种生物费力获取食物的方式似乎会很精彩。”德拉贝施给这幅画取名为《可怕的改变》。

在抢购《地质学原理》一书的读者之中，有一个人叫作查尔斯·达尔文。年仅22岁且刚刚从剑桥大学毕业的达尔文应邀作为船长罗伯特·菲茨罗伊（Robert FitzRoy）的伙伴登上了“小猎犬”号，这有点像一种陪伴性质的工作。这艘船要前往南美洲考察海岸，解决不同地图之间的差异性这一妨碍导航的问题。（海军本部尤其感兴趣的是，如何能找到一条前往福克兰群岛的最佳路径，那是英国人刚刚取得控制权的海岛。）这次航程一直持续到达尔文27岁，带着他从普利茅斯到了蒙得维的亚，穿过了麦哲伦海峡，北上加拉帕戈斯群岛，横越南太平洋到达塔希提岛，前往新西兰、澳大利亚和塔斯马尼亚，跨过印度洋到达毛里求斯，绕过好望角，又一次回到南美洲。在人们普遍的想象中，这次旅程通常被视为达尔文对自然选择的发现之旅，因为他一路上遇到了各种各样的奇怪动物，包括巨大的陆龟、海生的蜥蜴以及长有各式各号奇怪鸟喙的燕雀。但事实上，直到他返回英格兰，由其他博物学家整理了他带回来的杂乱标本之后，达尔文才发展出了他的理论。[1]

更准确的说法应为："小猎犬"号之旅是达尔文对莱尔的发现之旅。就在这艘船启程之前，菲茨罗伊给了达尔文一本《地质学原理》的第一卷。虽然达尔文在第一段航程里经历了严重的晕船（后面的航程也没好到哪儿去），但他后来表示，自己在"小猎犬"号向南行驶的过程中一直"聚精会神"地阅读莱尔的著作。"小猎犬"号第一站是今天佛得角群岛的圣地亚哥，在那里，达尔文急于想要实践一下自己新学到的知识，于是花了几天的时间从岩石峭壁上采集标本。莱尔的核心观点之一是，地球上的某些区域是逐步上升的，而另一些区域则是逐步下降的。（此外，莱尔还进一步宣称，此类现象总是处于平衡之中，这样才能"保持陆地与海洋整体关系的一致性"。[2]）圣地亚哥似乎证实了莱尔的观点。这个岛最初明显是个火山岛，但却有一些奇怪的特征，包括在黑色岩壁上的一条白色石灰岩带。达尔文得出结论：对这些特征的唯一解释就是，它们是地壳上升的证据。他在后来所写的书中表示："这是我进行地质学研究的第一个地点，它令我相信了莱尔那些观点的绝对优势。"达尔文从这部书的第一卷中就受益良多，于是他又让人把第二卷寄到了蒙得维的亚等他来取，

---

① Frank J. Sulloway, "Darwin and His Finches: The Evolution of a Legend," *Journal of the History of Biology* 15 (1982): 1-53.

② Lyell, *Principles of Geology*, vol. 1, 476.

把第三卷寄到了福克兰群岛与他汇合。[1]

"小猎犬"号沿南美洲西海岸航行期间，达尔文花了数月时间来探索智利。有一天下午在瓦尔迪维亚附近，正在远足之中的他停下来休息，突然脚下的地面开始晃动，就像是柔软的果冻一样。"那一秒钟时间带给你心灵上的强烈不安感，是几个小时的思考也无法重现的。"他如此写道。地震过了几天之后，到达康塞普西翁的达尔文发现整座城市都已夷为瓦砾。他写道："没剩下任何一间可以居住的房屋，一点也不夸张。"这场景是他所目睹过的"最可怕却又令人感兴趣的宏大景象"。菲茨罗伊在康塞普西翁港口附近所做的一系列勘察测量表明，地震让海滩升高了近 2.5 米。莱尔的《地质学原理》显然又一次令人惊讶地获得了证实。莱尔指出，只要有足够的时间，重复发生的地震能够把一整座山脉提升几公里之高。

达尔文探索得越多，这个世界似乎越像是莱尔所描述的那样。在瓦尔帕莱索港口外，达尔文发现了海洋生物的外骨骼沉积在远高于海平面的地方。他认为这是像他刚刚经历的那种地面抬升反复出现的结果。他在后来的著作中写道："我一直认为，《地质学原理》的伟大价值在于，它可以彻底改变一个人的思维方式。"(在智利期间，达尔文还发现了一个重要的蛙类新品种，后

---

① Sandra Herbert, *Charles Darwin*, *Geologist* (Ithaca, N. Y.: Cornell University Press, 2005), 63.

来被称为智利达尔文蛙。这个物种的雄性个体会在声囊中养育它们的小蝌蚪。在最近的搜寻中已经无法再找到任何一只智利达尔文蛙了。[①] 人们相信这个物种也已经灭绝了。)

快要接近“小猎犬”号航程终点时，达尔文又遇到了珊瑚礁。这让他有了自己在科学研究方面的第一项重大突破，这个惊人的想法也为他打开了通往伦敦科学圈的大门。达尔文发现，了解珊瑚礁的关键在于生物学与地质学之间的相互作用。如果在岛的周围或是大陆的沿岸形成了珊瑚礁，而这些陆地又在缓慢下沉，那么不断缓慢向上生长的珊瑚就能保持它们在水中的相对位置。渐渐地，当陆地沉到水面以下时，珊瑚就形成了堡礁。如果最终陆地彻底沉没消失，那么堡礁就会变成环状珊瑚礁。

达尔文的论述超越了莱尔的理论，并在一定程度上与后者相悖。年长的莱尔曾经提出假说，认为珊瑚礁是从沉没的火山口上长出来的。不过，达尔文的理论在本质上其实是非常地道的莱尔主义思想，所以当他回到英格兰并把这些想法告诉莱尔的时候，后者感到非常高兴。[②] 正如科学史研究者马丁·路德维克所描写的那样，莱尔“意识到达尔文已经青出于蓝而胜于蓝了”。[③]

一位传记作家这样总结了莱尔对于达尔文的影响：“没有莱

---

① Claudio Soto-Azat et al.，“The Population Decline and Extinction of Darwin's Frogs，” *PLOS ONE* 8 (2013).

② David Dobbs，*Reef Madness: Charles Darwin，Alexander Agassiz，and the Meaning of Coral* (New York: Pantheon，2005)，152.

③ Rudwick，*Worlds before Adam*，491.

尔，就不会有达尔文。”[1] 达尔文在发表了他的“小猎犬”号旅程笔记含一卷关于珊瑚礁的著述之后，也曾经写道：“我总感觉自己的书有一半来自莱尔的头脑。”

莱尔看到改变就在他身边的世界发生，每时每刻，无处不在。然而，对于生命的改变他却有自己的底线。一个植物或动物的物种，历经足够长的时间，竟然就能产生新的物种——这种想法在他看来是不可想象的。在他那本《地质学原理》的第二卷中，他花了大量篇幅来攻击这种思想，甚至还引用了居维叶的猫木乃伊实验来佐证他的反对意见。

莱尔对于物种转变论的极力反对几乎同居维叶的反对一样令人费解。莱尔知道，新的物种会规则地出现在化石记录中。但这些新物种是如何起源的？这个问题莱尔从未进行过正式的论述。他只是说，可能每一个物种最初都有“一对或是一个个体（如果一个个体就足够的话）”，此后不断倍增，并扩张到更广阔的区域中。[2] 这个过程似乎要依赖于神的力量，或者至少要有某种超自然力量的介入。这显然很奇怪，并与他为地质学所设下的规则相违背。事实上，正如一位评论者所观察到的那样，这种方式所需

① Janet Browne, *Charles Darwin: Voyaging* (New York: Knopf, 1995), 186.

② Charles Lyell, *Principles of Geology*, vol. 2 (Chicago: University of Chicago Press, 1990), 124.

要的“根本就是某种奇迹”，[1] 而那正是莱尔在地质学研究中曾经予以驳斥的东西。

随着自然选择理论的建立，达尔文又一次“青出于蓝而胜于蓝”。他认识到，正如无机世界比如三角洲、河谷、山脉的特征是由逐步的改变来塑造成形的，有机世界也类似地受着常态化改变的影响。鱼龙和蛇颈龙，鸟和鱼，都是靠着无数个世代间所发生的物种转变过程才有了今天的样子。当然，这之中也包括人类，虽然这一点最为令人难以接受。物种转变的过程虽然慢到令人无法察觉，但在达尔文看来，却是仍在继续之中。无论是在生物学中，还是在地质学中，现在都是通往过去的钥匙。在《物种起源》最常被引用的一段话中，达尔文写道：

> 可以这样说，自然选择无时无刻不在仔细检查着全世界的每一个变异，哪怕是最微小的；它去除那些坏的变异，保留并叠加好的变异。无论在任何时间或任何地点，只要得到机会，它就一直默默无闻地工作着。[2]

自然选择消除了对于创造性奇迹的所有需求。只要给予足够的时间，“每一个变异，哪怕是最微小的”，都能够积累起来，新

---

① Ernst Mayr, *The Growth of Biological Thought: Diversity, Evolution, and Inheritance* (Cambridge, Mass.: Belknap Press of Harvard University Press, 1982), 407.

② Charles Darwin, *On the Origin of Species: A Facsimile of the First Edition* (Cambridge, Mass.: Harvard University Press, 1964), 84.

的物种就会从旧的物种中浮现出来。这一次，莱尔没有立即为自己学徒的作品鼓掌叫好。他只是不情愿地接受了达尔文理论中“带有改变的传承”这一概念。莱尔太过不情愿了，以至于他的立场最终毁了两人之间的友谊。

达尔文关于物种如何起源的理论又进一步发展为物种如何消亡的理论。灭绝与演化对于彼此而言，就像是生命这件织物上的经线与纬线，或者说是硬币的两面。达尔文写道：“新形式的出现与旧形式的消亡是捆绑在一起的。”[①] 两者共同的推动力是“为生存而进行的奋斗”——它给适应者以奖励，对于不适应者则予以消灭。

> 自然选择理论的基础在于相信如下这一论述：每一个新的变异或是最终的新物种，其产生和维持都要具备相对于其竞争对手的某种优势；优势较低的形式最终灭绝，这几乎是不可避免的结局。[②]

达尔文用驯养的牛做了类比。当一个更有活力、更高产的变种被引进后，它就会迅速排挤掉其他品种。例如他指出，在约克郡，“历史告诉我们，古代的黑牛被长角牛替代了”，而后者后来

① Charles Darwin, *On the Origin of Species: A Facsimile of the First Edition* (Cambridge, Mass.: Harvard University Press, 1964), 320.

② Charles Darwin, *On the Origin of Species: A Facsimile of the First Edition* (Cambridge, Mass.: Harvard University Press, 1964), 320.

又被短角牛“扫除掉了，就好像罪魁祸首是某种致命的瘟疫似的”。

达尔文强调了其理论的简洁性。自然选择是一种如此强大的力量，根本不再需要其他的力量。奇迹一样的物种起源，改变世界的大灾变，都可以一起抛弃掉。“关于物种灭绝的整个研究，之前都被带进了没必要的神秘之中。”他如是写道，含蓄地嘲讽了居维叶。

在达尔文的设定之下，会有一个随之而来的重要预测。如果灭绝由且仅由自然选择来推动，那么这两个过程应该有着大致相当的速率。不论怎样，灭绝的发生必然是更为渐进式的。

“一类动物全部物种的灭绝通常会是一个比其诞生更缓慢的过程。”达尔文在书中评论道。[①]

没有人曾亲见一个新物种诞生，据达尔文来看，人们也不必有这样的期待。物种形成是一个极其漫长的过程，无论从哪方面来看，都不可能实际观察到。“我们看不见这种正在发生之中的缓慢变化。”他写道。顺理成章地，想要目睹灭绝过程也应该是同样困难的。然而实际上似乎没那么困难。事实上，当达尔文在那座著名的肯特郡故居中闭门著书，发展他的进化论思想时，欧洲最著名的物种之一大海雀的最后几只个体消失了。而且，这一

① Charles Darwin, *On the Origin of Species: A Facsimile of the First Edition* (Cambridge, Mass.: Harvard University Press, 1964), 318.

事件还被英国的鸟类学家浓墨重彩地写入了编年史。就这样，达尔文的理论与事实直接产生了矛盾，矛盾的背后却有着深远的潜在意义。

冰岛自然历史研究所是位于雷克雅未克市郊一道孤独小山坡上的一栋崭新建筑。它有着倾斜的屋顶和倾斜的玻璃幕墙，看起来有点像是船艏的样子。这是一家研究机构，不对公众开放，也就意味着要想参观这里收藏的任何一件标本都需要特别的预约。我在预约那天才了解到，这家研究所里的标本包括：一只虎的填充标本、[①] 一只袋鼠的填充标本以及塞满了一柜子的极乐鸟填充标本。

我安排前往这家研究所参观的原因是想看看这里的大海雀。冰岛有个或许不太好的名声，这里是人们认知范围中很多鸟类的最后家园。我要看的那具标本是1821年夏天在这个国家丧命的，没有人知道具体位置。这只鸟的尸体后来被一位丹麦伯爵弗雷德里克·克里斯蒂安·拉本（Frederik Christian Raben）买走了。他专程来到冰岛，就是为了给他的收藏品中添加一只大海雀，结果还差点在这趟旅程中淹死。这件标本被拉本带回了他家的城堡中，始终作为一件私人藏品收藏。直到1971年，它被拿出来在

① 将动物的皮连同其上的毛发、羽毛、鳞片等衍生物一同剥下，再塞入填充物，恢复成生活姿态的动物标本，也称剥制标本或姿态标本。——译者

伦敦举行拍卖。为了买回这件大海雀标本，冰岛自然历史研究所恳请社会给予帮助，结果在三天之内就收到了冰岛人民贡献的近万英镑捐款。我曾经和一位冰岛的女士谈过这事，她在捐款时还是十岁大的孩子，但也把自己的小猪存钱罐全都掏空了来贡献自己的一份力量。冰岛航空公司则提供了两个飞回冰岛的免费座位，一个给研究所的所长，另一个给装在盒子里的那只鸟。[①]

格维兹门迪尔·格维兹门松（Guðmundur Guðmundsson）是研究所现在的副所长，负责带我去参观那只大海雀。格维兹门松是研究有孔虫类的专家，那是一种微小的海洋生物，能形成形状错综复杂的硬壳。我们去看那件标本之前，先在他的办公室稍作停留。那里堆满了一箱箱的细小玻璃管，每一根都装着有孔虫硬壳的样品。当我拿起来看的时候，这些细小的硬壳彼此撞击，声音就像是五彩糖碎。格维兹门松告诉我，他在闲暇时也做一些翻译工作。几年前，他完成了第一本冰岛文《物种起源》。他发现达尔文的文法非常晦涩——“句子套着句子套着句子”。不过这本书卖得并不好，或许是因为很多冰岛人的英文都很流利吧。

我们前往研究所藏品所在的储藏室。那只虎的填充标本包裹在塑料布中，看起来似乎正要扑向那只袋鼠的填充标本。而那只大海雀独自站立在一个特制的树脂玻璃展柜中。它脚下是一块假岩石，旁边还有一些假蛋。

---

① Errol Fuller, *The Great Auk* (New York: Abrams, 1999), 197.

大海雀恰如其名，是一种大鸟，成年个体可以长到超过 75 厘米高。它不会飞，是北半球仅有的几种不会飞的鸟类之一。它短而粗的翅膀与身体的比例极不协调，颇为滑稽。展柜里这只大海雀背上的毛是棕色的，可能在它生前是黑色的，只是后来褪色了。格维兹门松闷闷不乐地说："是紫外线破坏了它的羽毛。"大海雀胸口的羽毛是白色的，并且在每只眼睛下方[①]各有一块白斑。这件标本复原了大海雀最为与众不同的特征——巨大的喙上有着错综复杂的沟槽纹路，微微抬起，伸向空中，赋予这只动物一种令人心痛的倨傲姿态。

格维兹门松解释道，大海雀之前放在雷克雅未克展览，直到 2008 年冰岛政府为研究所修建了新址。当时，另一家机构本来应该为这只大鸟修建一个新家。但是由于多方面的意外，包括冰岛的财政危机，这一切没能成为现实。这就是为什么这只大海雀会站在那块假石头上，躲在这间储藏室角落里。在那块"石头"上还有一句铭文，格维兹门松为我做了翻译：这里展示的这只鸟是于 1821 年被杀死的。它是现存的极少数大海雀之一。

在大海雀最繁盛的时候，也就是说在人类想办法到达它们筑巢的地方之前，从挪威到加拿大的纽芬兰，从意大利到美国的佛

---

① 原文如此，疑为作者笔误。从本书 83 页附图可以看出白斑位于眼睛的前上方。——译者

罗里达，都能看到大海雀，其数量可能多达数百万。当第一批人类从斯堪的纳维亚半岛来到冰岛定居的时候，大海雀是如此常见，以至于人类把它们当成晚餐来吃，它们的残骸出现在10世纪的家庭垃圾中。我在雷克雅未克的时候，参观了一座建立在古代废墟上的博物馆，那里曾是一栋造在草地上的长屋，被认为是冰岛最古老的建筑之一。博物馆的一块展示牌上介绍说，大海雀是中世纪时期冰岛居民“随手可得的猎物”。除了一对大海雀的骨头之外，展览中比较有特色的还有一段视频，重现了人类与这种鸟早期相遇时的场景。在视频中，一个人影沿着岩石海岸蹑手蹑脚地走向一只大海雀的朦胧身影。靠近之后，那个人影抽出一根木棍猛地打到那只鸟的头上。大海雀的反应只是惨叫一声，有点像大雁的叫声，又有点像是呼噜声。我发现这段残忍的视频有一种别样的吸引力，让我连着看了六七遍。蹑足前行，猛击，惨叫。再来一遍。

就目前所能获知的信息来看，大海雀的生活方式很接近企鹅。实际上，大海雀才是最初所说的“企鹅”。企鹅的英文单词“penguin”的词源学考证一直没有明确的结果，它可能来源于拉丁文单词“*pinguis*”，意思是“胖的”。当欧洲的水手最早在北大西洋遇到大海雀时，就用了“企鹅”这个名字来称呼它们。后来，当后代水手们在南半球遇到了颜色差不多且同样不会飞的鸟时，他们同样用了“企鹅”这个称呼。这样一来就造成了困扰，因为大海雀与企鹅属于完全不同的科。（企鹅构成了自己独有的一科，大海雀所属的科里还有海鹦和海鸠等其他成员。基因组分析表明，刀嘴海雀是大海雀现存亲缘最近的物种。[①])

像企鹅一样，大海雀是出色的游泳健将。有亲眼目睹者的记录证实，这种鸟在水中可以游出“令人震惊的速度”。[②] 同样与企鹅类似的是，大海雀一生中的大部分时间也生活在海水中。但是，在五六月的繁殖季节里，它们会成群结队蹒跚走上海岸，也就暴露了它们的弱点。美洲原住民显然也会捕猎大海雀。在加拿大的一座古墓中曾经发现了超过 100 只大海雀的喙。而旧石器时代的欧洲人同样以大海雀为食，因为它们的骨头曾经在很多考古地点被发现，包括丹麦、瑞典、西班牙、意大利、直布罗陀以及其他一些地方。[③] 在第一批定居者到达冰岛的时候，大海雀的很多繁殖地已经被侵占了，其活动范围很可能也大大缩小了。然后，大规模的屠杀开始了。

在 16 世纪初期，受到鳕鱼贸易的巨大利润诱惑，欧洲人开始定期前往纽芬兰。在路上，他们会遇到一块面积大约 20 万平方米的粉色花岗岩，堪堪露在海面的波涛之上。春天，岩块上站满了鸟，摩肩接踵，似乎是在交谈。它们大部分是鲣鸟和海鸠，其余的则是大海雀。于是，这块离纽芬兰的东北海岸约 75 公里

---

① Truls Moum et al., “Mitochondrial DNA Sequence Evolution and Phylogeny of the Atlantic Alcidae, Including the Extinct Great Auk (Pinguinus impennis),” *Molecular Biology and Evolution* 19 (2002): 1434 - 1439.

② Jeremy Gaskell, *Who Killed the Great Auk?* (Oxford: Oxford University Press, 2000), p. 8.

③ Jeremy Gaskell, *Who Killed the Great Auk?* (Oxford: Oxford University Press, 2000), p. 9.

远的岩块渐渐被人们称为鸟岛，在某些记载中也被称为企鹅岛。今天人们称之为芬克（Funk）岛。想象一下，漫长的横跨大西洋之旅已经接近尾声，船上的供给已经接近短缺，新鲜的肉变得非常有吸引力。人们很快就注意到，这里可以轻易地开枪打中大海雀。在一份来自1534年的记载中，法国探险家雅克·卡蒂埃（Jacques Cartier）写道，鸟岛上的某些居民“跟鹅一样大”。

> 它们总是在水里，却不会在空中飞，因为它们只有很小的翅膀……用这对翅膀划水……它们在水里的速度与其他鸟类在空中飞的一样快。而且，这种鸟太肥了，简直是妙极了。不到半小时的时间里，我们捕到的这种鸟就装满了两艘小船，因为它们几乎像石头一样一动不动。于是，除了直接吃它们的鲜肉，我们每艘船上还用盐腌了五六桶这种鸟。[①]

几年之后登上这个小岛的一支英国探险队发现岛上“满是大鸟”。人们把“很多的大鸟”赶上了船，并宣称结果是收获了美味——“营养丰富的好肉”。1622年，来自船长理查德·威特波恩（Richard Whitbourne）的一份记录中描写了大海雀被赶上船的过程：“一次能赶上来几百只，就好像上帝赦免了让如此可怜

① Quoted in Fuller, *The Great Auk*, 64.

的一种生物变成供养人类的可贵产品这一罪孽。”①

在接下来的几十年间，大海雀又有了除“供养”之外的用途。就像一位记录者所写的那样：“人类以其创造力所能发明的所有方式，开发着芬克岛大海雀的用途。”② 大海雀曾被用来当作鱼饵，当作填充床垫的羽毛来源，甚至当作燃料。芬克岛上还立起了石围栏（其残存部分今天还能看到），把大海雀养在里面，直到有人能腾出手来屠宰它们，或者干脆就把它们留在那儿。根据一位英国海员亚伦·托马斯（Aaron Thomas）的记载，他随“波士顿”号驶往纽芬兰时看到：

> 如果你来这儿只是为了获得它们的羽毛，你根本不用费事去杀死它们，只要按住一只，直接把羽毛拔出来就成了。然后你把这只可怜的企鹅扔到水上漂着，一半的皮肤脱了毛裸露着，有大把的时间可以慢慢死去。

芬克岛上没有树，也就没有可烧的东西。这就导致了托马斯笔下记录的另一种行为。

> 你可以带上一口大锅，往里面塞一两只企鹅，然后在锅

① Quoted in Gaskell, *Who Killed the Great Auk*?, 87.
② Fuller, *The Great Auk*, 64.

下点一把火。这把火绝对也要用那些可怜的企鹅来点。它们的身体太多油了，很快就能点着。[①]

据估计，欧洲人最初来到芬克岛的时候，他们发现的大海雀有 10 万对之多，照料着 10 万只蛋。[②]（大海雀可能一年只产一只蛋，长约 13 厘米，表面有斑点，像杰克逊·波洛克[③]式的画作一样，棕色和黑色掺杂在一起。）芬克岛无疑是一个大型繁育地，所以才能承受住 200 多年的人为掠夺。然而到了 17 世纪晚期，这种鸟的数量急剧减少。羽毛贸易的利润太过丰厚了，以至于人们组成团队，整个夏天都待在芬克岛上，干着烫皮拔毛的事情。1785 年，英国商人和探险家乔治·卡特赖特（George Cartwright）是这样描写这些团队的："他们所造成的破坏令人难以置信。"[④] 如果不尽快制止他们的行为，卡特赖特预计大海雀将很快"减少到几近为零的程度"。

这些团队是否真的把岛上最后的大海雀都赶尽杀绝了？或者这些屠夫只是把种群数量降低到了一个岌岌可危的程度，使其很容易受到其他力量的影响？（减少种群的个体密度可能会让剩下的个体变得不易存活，这个现象称为"阿利效应"［Allee effect］。）

---

① Fuller, *The Great Auk*, 65 - 66.

② Tim Birkhead, "How Collectors Killed the Great Auk," *New Scientist* 142 (1994): 26.

③ 杰克逊·波洛克（Jackson Pollock，1912～1956），美国著名画家，抽象表现主义的主要力量，画作多是杂乱无章、辨不清主体或结构的色彩交织。——译者

④ Quoted in Gaskell, *Who Killed the GreatAuk*?, 109.

奥杜邦所画的大海雀

对此我们尚没有答案。无论是上述哪种情况，大海雀从北美地区消失的时间一般被定为1800年。大约30年后，约翰·詹姆斯·奥杜邦（John James Audubon）在绘制《北美鸟类》的时候专程来到纽芬兰寻找大海雀，期望能描绘它们在野外的生活状态。然而他一只大海雀也没有找到。为了完成绘制工作，他不得不使用了一只来自冰岛的大海雀填充标本，由一位伦敦的商人提供。在对大海雀的描述中，奥杜邦写道：它们“在纽芬兰沿岸地区很稀有，偶尔才能碰上”，以及它们“据说是在该岛的岩块上繁育后代”。[①] 这段描述自相矛盾，因为没有一种繁育中的鸟类会是“偶

① Quoted in Gaskell, *Who Killed the GreatAuk*?, 37.

尔才能碰上”的。

当芬克岛上的海鸟被盐腌、被拔毛、被油炸直至灭亡以后，世界上只剩下一处与之大小相当的栖息地，叫作盖尔菲格拉岛（Geirfuglasker）。该岛也叫作大海雀礁，位于冰岛的雷恰内斯（Reykjanes）半岛西南50公里处。但是大海雀太不走运了，1830年的一次火山爆发摧毁了盖尔菲格拉岛。这一来，大海雀只剩下了最后一处庇护所，那是一座叫作埃尔德岩（Eldey）的小岛。此时，大海雀又要面临新的威胁了：它自身的稀有。像拉本伯爵这样的绅士们热切地想要寻找大海雀的毛皮和蛋，来填补自己收藏品中的空白。为了满足这股风潮，人们所知道的最后一对大海雀于1844年被杀死在埃尔德岩上。

在出发去冰岛之前，我就决定要到大海雀最后站立过的地方看一看。埃尔德岩离雷恰内斯半岛只有不到20公里远，位于雷克雅未克的正南方。然而，事实证明，去这个岛是件非常难于安排的事情，远比我想象的更困难。我在冰岛接触到的每一个人都告诉我，没人去过那儿。最后，我的一位来自冰岛的朋友联系上了他的父亲，雷克雅未克的一位部长。他又联系了他的一位朋友，后者在半岛上一个叫作桑德盖尔济（Sandgerði）的小村镇里运营着一个自然保护中心。这位名叫雷聂尔·斯文森（Reynir Sveinsson）的保护中心主任又找到了一位渔民，哈尔多尔·阿尔曼森（Halldór Ármannsson）。这位渔民表示愿意带我去，但要等到好天气才行。如果下雨或刮风的话，这趟旅程会非常危险，还会引起严重的晕船反应，他不想冒这个险。

幸运的是，我们预定出发的那一天是个阳光灿烂的好日子。我首先和斯文森在保护中心会合。这家保护中心正在举办关于法国探险家让-巴蒂斯特·沙尔科（Jean-Baptiste Charcot）的展览。这位探险家的船有个不太合适的名字“为什么不呢”。这艘船于1936年沉入桑德盖尔济外海，探险家本人也在这次海难中丧生。我们走去港口，发现阿尔曼森正在往他的船“星星”号上搬一个箱子。他解释说，箱子里面是一个备用的救生筏。“这是规定。”他耸耸肩。阿尔曼森还带上了他捕鱼的搭档，以及一个装满了汽水和饼干的冷藏箱。他似乎很高兴能来一次不需要追逐鳕鱼的出海之旅。

我们离开港口之后沿着雷恰内斯半岛向南行驶。空气很透明，能够看到覆盖着皑皑白雪的斯奈菲尔火山（Snæfellsjökull）峰顶，远在100公里以外。对于讲英语的人来说，听说过斯奈菲尔火山可能是因为儒勒·凡尔纳的《地心游记》，书中的英雄正是在这里发现了通往地球内部的通道。而埃尔德岩远比斯奈菲尔火山矮得多，暂时还看不见。斯文森解释道，“埃尔德岩”的意思是“火岛”。他说，虽然他的一生都在这个地区度过，但却从来没去过那儿。他还带了一架很不错的照相机，路上差不多一直在拍照。

当斯文森在一旁拍照的时候，我与阿尔曼森在“星星”号的小小驾驶室里攀谈起来。我非常好奇地发现他的两只眼睛有着完全不同的颜色，一只是蓝色的，另一只是淡褐色的。他告诉我，他平常捕鳕鱼用的是一根长达 10 公里的线，上面有 12 000 个钩子。鱼会不会咬钩就全看他在天上的老爸了。等上两天之后，收成好的话，一次能捕到超过 7 吨鱼。阿尔曼森经常就睡在“星星”号上，船上有一个微波炉和两个很窄的铺位。

过了一会，埃尔德岩出现在海平线上。这座岛看起来就像是一个极其巨大的柱基，或者是一个空着的巨大基座，只等着在上面安放一个更为巨大的雕塑。当我们离岛不到两公里时，我已经能看见岛的顶部了。远看时似乎是平的，近看则是倾斜的，大概有 10°的倾角。我们是从较矮的一侧接近的，所以能够看到整个顶部，表面是白色的，似乎还有波纹。当靠得更近时，我才意识到，那些波纹其实就是鸟。它们太多了，完全把岛的顶部铺满了。靠得再近一些之后，我能辨认出那是鲣鸟，一种漂亮优雅的生物，长着长长的脖子、奶油色的头部以及锥形的喙。斯文森解释说，埃尔德岩有着世界上最大的北鲣鸟种群——差不多有 3 万对。他指着岛上一个像金字塔的东西说，那是一个网络摄像头的平台，由冰岛环境署设立。它本来是用于给观鸟者提供鲣鸟的实时视频，但却没有像设计的那样起作用。

“这些鸟不喜欢这个摄像头，”斯文森说，“所以它们飞到那上面拉屎。”3 万对鲣鸟的鸟粪让这个岛看起来就像是撒了一层香草糖霜。

由于鲣鸟的原因，或许也是由于这座岛的历史，人们被禁止踏上埃尔德岩，除非持有一种（非常难以获得的）特别许可。最初得知这一点时我有些失望，但当我靠近小岛，看到海水拍打崖壁的力道时，又感觉释然了。

最后一只活体大海雀的目击者是十几个划船来到埃尔德岩的冰岛人。他们于 1844 年 6 月的一个夜里出发，趁着夜色划向该岛，并于次日上午到达。克服了巨大的困难之后，他们之中的三个人才在唯一可能的登陆地点设法攀上了岛，那里是岛伸向东北方的一块较浅的礁石。（本来还应该有一个人一起上岛，但他最后却因为害怕危险而拒绝下船。）此时，岛上的全部大海雀似乎就只有唯一的一对夫妇和一只蛋了——可能也从来没有更多过。

看到人类的时候，两只海鸟试图逃跑，但跑得太慢了。几分钟之内，冰岛人就抓住了它们，并把它们掐死了。他们看见的那只蛋可能是在捕捉的过程中打破了，于是丢在了岛上。有两个人跳回了船里，另一个人则只能抓着绳子穿过海浪回到船上。

14 年后，1858 年夏天，两名英国博物学家来到冰岛寻找大海雀，这才让人们得知了大海雀最后时刻的细节，以及那三个凶手的名字——西于聚尔·埃塞尔弗森（Sigurður Iselfsson）、科蒂尔·科蒂尔森（Ketil Ketilsson），以及约恩·布兰德松（Jón Brandsson）。两名博物学家中的年长者名叫约翰·沃利（John Wolley），是一位医生以及热忱的蛋类收藏家；年轻者名叫阿尔弗雷德·牛顿（Alfred Newton），是剑桥大学的一位研究人员，并将在此后不久成为该校历史上的第一位动物学教授。他们俩在雷恰内斯半岛停留了好几周，距离今天冰岛国际机场的位置不远。在此期间，他们似乎与所有曾经见过甚至只是听说过大海雀的人都谈了话，其中就包括了几位参与了 1844 年那次行动的人。他们还发现，那两只在行动中被杀死的大海雀被以 9 英镑的价钱卖给了一位商人。两只鸟的内脏送往哥本哈根皇家博物馆，而那两张鸟皮的最终命运无人知晓。此后有人进行了更深入的追查，发现其中那只雌鸟的皮成了如今展示在洛杉矶自然历史博物馆的大海雀标本。[1]

---

① Fuller, *The Great Auk*, 228 - 229.

沃利和牛顿希望能亲自去一趟埃尔德岩。恶劣的天气令他们未能成行。“船和人都定好了，储备物品也买好了，但就是没有出现一个可以登陆的机会。”牛顿后来写道，“我们带着沉重的心情眼看着适宜的季节一点一点耗尽。”[①]

两人回到英格兰不久，沃利就去世了。而对于牛顿来说，这次旅程的经历却改变了他的人生。他得出结论，大海雀已经消失了——“从实践角度来看已经没有办法再找到它们了，因此我们可以用过去时态来谈论这个物种了。”此外，他还就此发展出一

大海雀一年只产一个蛋

① Alfred Newton, “Abstract of Mr. J. Wolley’s Researches inIceland Respecting the Gare-Fowl or Great Auk,” Ibis 3 (1861): 394.

种——按一位传记作家的说法——“对于灭绝和消失动物种群的独特兴趣”。[1] 牛顿意识到，在不列颠群岛海岸线上繁育后代的鸟类也正面临着危险。他注意到，这些鸟类正在打猎比赛中被大量枪杀。

“被打死的鸟都是育有子代的成鸟。”他在给英国科学促进会的致辞中谈到了自己的观察，“我们利用了它们最神圣的天性来拦截它们，剥夺了这些父母的生命，置那些无助的幼鸟于死地，且是最为悲惨的方式——饥饿至死。如果这都不算残忍，那还有什么称得上残忍呢?”牛顿主张禁止在繁殖季节打猎。他的大力游说最终促成了一部法律的诞生——《海洋鸟类保护法案》，旨在执行我们今天所说的野生动物保护。这也是历史上第一部此类法律。

巧合的是，达尔文关于自然选择的第一篇论文印刷出版的时候，正是牛顿刚从冰岛回家的时候。这篇载于《林奈学会会刊》的论文是在莱尔的帮助下优先发表的，因为就在不久之前，达尔文获知一位年轻的博物学家阿尔弗雷德·罗素·华莱士也得出了与他类似的观点。(华莱士的论文也出现在了达尔文发表的同一期期刊上。)牛顿很快看到了达尔文的论文，熬夜将它读完，并立即成为一位拥护者。“它给我的影响就像是来自神的启示，”他

---

① Alexander F. R. Wollaston, *Life of Alfred Newton* (New York: E. P. Dutton, 1921), 52.

后来回忆道，“我在第二天早晨醒来的时候，脑子里的想法是，‘自然选择’这个简洁的词汇将终结所有那些谜题。”① 他在给一位朋友的信中写道：他已经成为一位“纯粹而绝对的达尔文主义者”。② 几年之后，牛顿与达尔文开始彼此通信。有一次，牛顿寄给达尔文一只患病鹧鸪的爪子，因为他认为达尔文会对此感兴趣——最终，两个人还到对方的家中进行了友好的拜访。

两人的通话是否谈及了大海雀，人们不得而知。在牛顿与达尔文现存的通信中都没有提及大海雀，达尔文在他的著作中也从未涉及这种鸟及其刚刚发生的灭绝。③ 但是，达尔文肯定知道人类所造成的灭绝。在加拉帕戈斯群岛（Galápagos），他自己就曾目睹了此类事件。就算严格来讲不算是正在发生的灭绝，但也非常接近了。

达尔文造访这个群岛是在1835年秋天，差不多是“小猎犬”号航程的第四年。在查尔斯岛（今称弗雷里安纳岛［Floreana］）上，他遇到了一位名叫尼古拉斯·劳森（Nicholas Lawson）的英国人，加拉帕戈斯的执行总督，同时也是这个旨在流放犯人的可怜小殖民地的管理者。劳森有很多有用的信息。在他告诉达尔文的事情当中，就有一件是关于陆龟的：加拉帕戈斯群岛的每一个岛上生活的陆龟都有着形状不同的壳。以此为基础，劳森宣

---

① Alexander F. R. Wollaston, *Life of Alfred Newton* (New York: E. P. Dutton, 1921), 112.

② Alexander F. R. Wollaston, *Life of Alfred Newton* (New York: E. P. Dutton, 1921), 121.

③ 达尔文的大多数信件在网上开放供查阅，但并非全部信件。感谢“达尔文通信研究项目”的伊丽莎白·史密斯（Elisabeth Smith）帮我在整个数据库中进行了相关的查找。

称，他能“辨别出一只陆龟是从哪个岛上带来的”。[1] 劳森还告诉达尔文，陆龟剩下的日子不多了。这些岛屿总有捕鲸船频繁造访，船员们会把这种巨大的动物带上船作为一种方便的补给。就在几年前，一艘护卫舰来到查尔斯岛，离开的时候带走了 200 只陆龟。达尔文在他的日记中写道：结果就是陆龟的“数量大大减少了”。当“小猎犬”号到达的时候，查尔斯岛上的陆龟已经极为罕见了，以至于达尔文似乎一只也没有蹦到。劳森预言，查尔斯岛的陆龟不出 20 年就会彻底消失。而实际上，只用了不到 10 年，这种今天称为加拉帕戈斯象龟（*Chelonoidis elephantopus*）的巨大生物就消失了。[2] 而加拉帕戈斯象龟究竟是一个独立的物种还是一个亚种，目前仍然存在争论。

在《物种起源》中也能找到明确的证据，证明达尔文熟悉人类所造成的灭绝。在为了嘲讽灾变学家而花费的浓重笔墨之中，他曾评论道：动物在灭绝之前会不可避免地变得稀少，“我们知道这就是那些动物灭绝事件的过程，它们经由人类之手，或是局部性、或是整体性地灭绝”。这只是一处简要的间接性提及，而其简要之中又有着暗示性。达尔文假定他的读者们熟知这类“事件”，并已对之习以为常了。他本人似乎觉得这不重要，也并未让他感到麻烦。但是，人类所引发的灭绝当然是一个麻烦。个中

① Thalia K. Grant and Gregory B. Estes, *Darwin in Galápagos: Footsteps to a New World* (Princeton, N. J.: Princeton University Press, 2009), 123.

② Thalia K. Grant and Gregory B. Estes, *Darwin in Galápagos: Footsteps to a New World* (Princeton, N. J.: Princeton University Press, 2009), 122.

原因很多，有些甚至与达尔文自己的理论就有关系。像达尔文这样一位精明而严谨的作者却没有注意到其中的联系，这真是一个谜。

在《物种起源》中，达尔文没有给人类与其他生物划出界线。正如他本人以及与他同时代者所意识到的，这种平等性是他研究工作中最为激进的一个方面。人类，与其他物种一样，从更古老的祖先那里传承下来，又有了一些变化。就连那些似乎能够将人类与动物区分开来的品质，如语言、智慧、是非感，也与其他适应性特征如更长的喙或更锋利的门齿一样，经由演化而来。正如达尔文的一位传记作者所写的那样，达尔文理论的核心在于“否认人性的特殊地位”。①

在演化中成立的那些事情，在灭绝中应该同样成立，因为在达尔文看来，后者只不过是前者的副作用而已。物种被毁灭正如物种被创造一样，源自“缓慢发生作用并仍旧存在的原因”，也就是说，经由竞争与自然选择来完成。在其中纳入任何其他机制都是不可理喻的。那么，又该如何解释那些迅速发生的灭绝呢？比如大海雀，比如查尔斯岛上的陆龟，要继续列下去的话还有渡渡鸟以及大海牛。这些物种的消亡显然不是由于有某个竞争物种逐步演化出了某种竞争优势。它们都是由同一个物种消灭的，而

① David Quammen, *The Reluctant Mr. Darwin: An Intimate Portrait of Charles Darwin and the Making of His Theory of Evolution* (New York: Atlas Books/Norton, 2006), 209.

且都是突然之间发生的——就大海雀和查尔斯岛的陆龟而言，都是在达尔文自己的生涯之内发生的。我们要么为人类所造成的灭绝单独创建一个类别，从而让人类真正具有其“特殊地位”，成为一种独立于自然界之外的生物；要么在大自然的秩序之中为大灾变留出位置，从而不得不——不管有多痛心——承认居维叶是正确的。

第　四　章

菊石的运气

新泽西盘船菊石（*Discoscaphites jerseyensis*）

山城小镇古比奥（Gubbio）在罗马以北近200公里处，或许可以称之为市政建设的活化石。镇上的街道极窄，很多地方连最小的菲亚特汽车也无法通过。那些由灰色石块铺就的小广场看起来就跟但丁那个时代[①]没什么两样。实际上，在1302年，正是一个被委任为佛罗伦萨市长的古比奥人利用他手中掌握的权力流放了但丁。如果你像我一样在冬天来到古比奥，就会看到游客们都已离开，旅馆也已打烊，连镇上那座像图画一般的宫殿也变得门可罗雀。古比奥就好像是中了魔咒一样，等着被唤醒。

刚一出小镇的边缘，就有一道狭窄的山谷向着东北方向延伸出去，人称博塔奇奥纳（Bottaccione）谷。山谷两侧的岩壁有一条条倾斜的石灰岩带。远在有人到此定居之前，甚至远在人类诞生之前，古比奥位于清澈碧蓝的海水之下。微小海洋生物死去的躯体就像雨点一样落在这片海床之上，一年又一年，一个世纪又一个世纪，一个千年又一个千年，不断累积。在制造了亚平宁山脉的那次抬升运动中，这片石灰岩地区被提升起来，并倾斜了45°角。于是，今天沿着这条山谷漫步，就如同走过了一层又一层的时间。在百米距离之内，你能走过一亿年的历史。

博塔奇奥纳谷如今凭其自身的魅力成为一处观光景点，只不过是对特殊的一类人而言。20 世纪 70 年代末期，一位名叫沃尔特·阿尔瓦雷斯（Walter Alvarez）的地质学家来到这里研究亚平宁山脉的起源，结果却多少有些意外地改写了地球的生命史。在这条山谷里，他最先发现了一颗巨大小行星的蛛丝马迹。正是这颗小行星终结了白垩纪，并且制造了或许是地球历史上最为糟糕的那些岁月。当尘埃落定的时候——此处既是比喻亦是真实的描述——全部物种的四分之三已经被彻底消灭了。

小行星撞击的证据存在于薄薄一层黏土之中，差不多在山谷半腰处。来此参观的人可以把车停在附近开辟的一条岔道上。这里还有一块展板，用意大利文解释了这个景点的意义所在。那个黏土层很容易看到。大概有成百上千根手指在这儿挖过黏土，就像罗马圣彼得铜像的脚趾，已经被朝圣者的亲吻磨光。我去参观的那天，灰色的天穹下刮着大风，整条山谷都属于我一个人。我想知道究竟是什么原因让人们伸出了挖土的手指。仅仅只是好奇

① 指欧洲历史上中世纪与文艺复兴的过渡时期。——译者

古比奥的黏土层，用一颗糖做了标记

心的驱使？或者是地质学意义上的“到此一游”？抑或是某种更具移情意味的心理：渴望去触碰那个业已消逝的世界——纵然只是间接的方式？当然，我自己也要伸出手指来挖一挖。在沟槽中戳来戳去之后，我刮出来石子大小的一块黏土。它的颜色像是破旧的砖块，质感像是干掉的泥土。我把黏土放在一张糖纸里包好，揣进口袋——那是属于我自己的一小份纪念品，代表了这颗行星上曾经发生的那场大灾变。

沃尔特·阿尔瓦雷斯来自一个颇有名望的科学世家。他的曾祖父和祖父都是知名物理学家。他的父亲路易斯是加利福尼亚大学伯克利分校的一位物理学家。不过，是沃尔特的母亲带着他在伯克利的群山中远足，才让他对地质学产生了兴趣。沃尔特在普林斯顿大学读了研究生之后，到石油公司找了一份工作。当穆阿马·卡扎菲（Muammar Gaddafi）于1969年夺取利比亚政权的时候，他就在那个国家。几年之后，他在拉蒙特-多尔蒂（Lamont-Doherty）地球观测所找到了一份研究工作，就在哈得孙河边上，曼哈顿对岸。当时，通常被称为“板块构造革命”的风潮正在席卷学术界，拉蒙特观测所的研究者们也都投身其中。

阿尔瓦雷斯决定要在板块构造学说的基础上研究意大利半岛是如何形成的。这个项目的关键是一种暗红色的石灰岩，意大利人称之为“红石片”（*scaglia rosso*）。这种东西在很多地方都能找到，其中之一就是博塔奇奥纳谷。这个项目开展之后，卡在了某个问题上，然后就转变了方向。后来说起这些事情，他曾表示：“在科学上，有时运气比智慧更有用。”① 最终，他的研究工作把他带到了古比奥，身边还有一位名叫伊莎贝拉·普雷莫利·席尔瓦（Isabella Premoli Silva）的意大利地质学家做伴，而她的专长是有孔虫门动物。

① Walter Alvarez, "Earth History in the Broadest Possible Context," Ninety-Seventh Annual Faculty Research Lecture, University of California, Berkeley, International House, delivered Apr. 29, 2010.

有孔虫门动物，或者简称有孔虫，是一种微小的海洋生物，能够制造方解石或其他材质的硬壳。当壳里的动物死去之后，这些微小的壳就会漂落在海底。硬壳的样子非常独特，随物种而各不相同。在显微镜下，有些硬壳看起来像蜂窝，有些像辫子或是气泡，甚至是一串葡萄。有孔虫很容易广泛分布，并大量保存下来。这使得它们成为一种很有用的标准化石：根据某一层岩石中所发现的有孔虫品种，像席尔瓦这样的专家就能说出这层岩石的年龄。当他们沿着博塔奇奥纳谷开展工作的时候，席尔瓦告诉阿尔瓦雷斯，化石分布序列有些古怪。在白垩纪最后一个时期的石灰岩层中，含有品种丰富、各式各样且尺寸相对较大的有孔虫，有些甚至像沙粒一样大。在这层石灰岩上面紧挨着一层黏土层，大概有一厘米多厚，里面没有任何有孔虫。在黏土层的上面又是石灰岩层，重新出现了有孔虫，但只有少量的品种，且全都非常微小，与下面那些较大的物种完全不同。

用阿尔瓦雷斯自己的话说，他的学校教育奉行“差不多算是绝对的均变主义思想”。[①] 他所受的训练令他相信，任何一类生物的消失必然是一个逐步的过程，一个物种慢慢消失之后，另一个物种才会消失，然后才是第三个，以及更多。这正是莱尔和达尔文思想的承继。然而在古比奥石灰岩层的序列之中，他看到了某

① Walter Alvarez, *T. rex and the Crater of Doom* (Princeton, N. J.: Princeton University Press, 1997), 139.

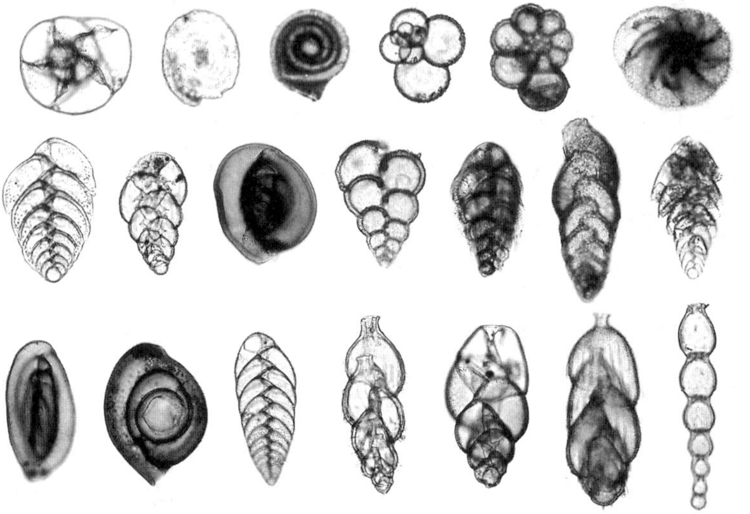
有孔虫壳的形状很独特，有时甚至超乎想象

种不同的东西。下层的许多有孔虫物种似乎是突然之间就消失了，并且都发生在差不多同一时间。阿尔瓦雷斯后来回忆说，这整个过程当然“看起来很出乎意料”。然后，时机的问题也很奇怪。大尺寸的有孔虫似乎正好是在已知最后的恐龙物种灭绝时一起消失的。在阿尔瓦雷斯看来，这不仅仅是巧合。他认为，如果能知道那层一厘米厚的黏土层到底代表着多长的时间区段，将会很有意思。

1977 年，阿尔瓦雷斯在伯克利得到了一份工作，并把从古比奥采集的样品带到了加利福尼亚，而他的父亲此时仍在伯克利工作。当沃尔特还在研究板块构造的时候，他的父亲路易斯已经获得了诺贝尔奖。路易斯还开发出了第一台质子直线加速器，发明了一种新的气泡室[①]，设计了几种创新性的雷达系统，并与他人共同发现了氚。在伯克利，路易斯渐渐被人们称为“疯狂点子先生”。当时，有一场关于埃及第二大金字塔的争论引起了他的兴趣，争论的焦点是这座金字塔内是否有装满财宝的宝箱。于是，他设计了一个试验来解决这个问题，但是竟然需要在沙漠中架设一台 μ 子探测器。探测器给出的结果表明，金字塔里实际上是实心的石头。还有一次，他对于肯尼迪遇刺案产生了兴趣，于是做了一个实验：把宽胶带缠在哈密瓜上，再用来复枪进行射击。实验结果证明，总统被击中之后头部的运动轨迹与沃伦委员会[②]的调查结果是一致的。当沃尔特告诉他父亲古比奥的谜题之后，路易斯非常感兴趣，并想出了一个疯狂的主意：用元素铱来确定黏土的年代。

铱在地球表面非常稀少，但在陨石中很常见。微量的陨石一直以显微镜下才能看到的宇宙尘埃这一形式，速率均匀地撒落在地球表面。路易斯推测，累积形成黏土层所用的时间越长，落在其中的宇宙尘埃就越多，那么其中包含的铱就越多。他联系了伯克利的一位同事富兰克·阿萨罗（Frank Asaro），他的实验室是当时少有的几家拥有合适的设备来完

① 在物理学实验中，通过电离产生的气泡显示带电粒子轨迹的一种装置。——译者
② 为调查肯尼迪遇刺案而专门成立的总统调查委员会。——译者

成检测的实验室之一。阿萨罗同意对十来个样品进行检测，但他很怀疑这一检测能得出什么有用的结论。沃尔特给了他一些黏土层之上的石灰岩样品，一些黏土层之下的石灰岩样品，还有一些黏土层本身的样品。然后，他能做的只有等待。九个月之后，他接到了一个电话。黏土层的那些样品有非常严重的问题，里面的铱含量远超正常水平。[①]

没人知道其中的原因是什么。这只是某种诡谲的异常，还是更为重大的发现？沃尔特飞往丹麦，在一个叫作斯泰温斯崖（Stevns Klint）的地方采集石灰岩中间的白垩纪晚期沉积物。在那里，白垩纪末期的地层也是一层黏土，颜色乌黑，闻起来就像是死鱼。对这些散发着恶臭的样品进行分析之后，同样显示了宇宙空间水平的铱含量。来自新西兰南岛的第三组样品同样在白垩纪末期体现出一个铱含量的尖峰。

据一位同事说，路易斯听到这个消息时兴奋得“就像是闻到血腥味的鲨鱼”。[②] 他感觉到一项重大的发现或许就在眼前。阿尔瓦雷斯父子开始详细地讨论数据背后的理论机制。但他们所能想到的每一种理论，要么与手头的数据不符，要么就是通过进一步的检验排除了。最后，就在钻了一年的死胡同之后，他们得出了大撞击假说。6 500 万年前，在本应极为平常的一天，一颗直径

① Walter Alvarez, *T. rex and the Crater of Doom* (Princeton, N. J.: Princeton University Press, 1997), 69.

② Richard Muller, *Nemesis* (New York: Weidenfeld and Nicolson, 1988), 51.

达 10 公里的小行星撞击了地球。在触地的一瞬间，小行星发生了爆炸，释放出的能量相当于 1 亿兆吨 TNT 炸药的水平，或超过 100 万颗人类所测试过的最强大氢弹。碎为齑粉的小行星，以及其中所包含的铱，在整个地球表面上弥漫着，遮天蔽日，导致气温骤降。一场大灭绝无可避免。

阿尔瓦雷斯父子把在古比奥和斯泰温斯崖所得样品的分析结果，以及他们据此提出的理论，整理成为论文之后投给了《科学》杂志。“我记得论文的写作非常辛苦，我们付出了一切努力以期使其尽可能的严谨。”沃尔特对我说。

阿尔瓦雷斯父子的论文《白垩纪-第三纪灭绝事件的地外成因》于 1980 年 6 月发表。该文引发了剧烈的反响，甚至超越了古生物学的界限。从临床心理学直到两栖爬行动物学的学术期刊全都在报道阿尔瓦雷斯父子的发现。很快，“终结白垩纪的小行星”这一概念又被《时代周刊》和《新闻周刊》这些杂志选中了。一位时事评论员写道：“用惊人的地外事件把恐龙这种有趣的生物和十足的蠢蛋联系起来”似乎“像是一位聪明的出版商为了赚取销量而捏造出来的情节”。① 受到大撞击假说的启发，卡尔·萨根（Carl Sagon）领导下的一组天体物理学家决定要为一

---

① Quoted in Charles Officer and Jake Page, "The K-T Extinction," in *Language of the Earth: A Literary Anthology*, 2nd ed., edited by Frank H. T. Rhodes, Richard O. Stone, and B ruce D. Malamud (Chichester, England: Wiley, 2009), 183.

场全面战争所造成的影响建立模型，最终得出了“核冬天”的概念。而这一概念又引发了另一波新闻报道热潮。

然而在专业的古生物学家当中，阿尔瓦雷斯父子的理论得到的只是辱骂，辱骂的对象甚至常常是他们本人。一位古生物学家告诉《纽约时报》：“这种貌似真实的物种大灭绝其实只是统计学上的假象，出自对生物分类学的一知半解。”

另一位古生物学家则断言：“他们的自大简直令人难以置信。他们根本就不知道真正的动物如何演化，如何生存，如何灭绝。抛去无知不谈，这些地球化学家似乎觉得，只要开动某种高级的机器，你就能让科学产生天翻地覆的革命了。”

第三位古生物学家宣布：“没见过的火流星落入没见过的大海——我可接受不了这个。”

另一位古生物学家表示：“白垩纪大灭绝是渐进式的，而大灾变的理论是错误的。但是过分简单化的理论今后还是会出现，引诱少数科学家，为大众杂志的封面增色。”① 相当奇怪的是，《纽约时报》的编辑部决定也要搅到这件事情中来。“这种从星星中寻找地球上某些事件起因的工作，天文学家应该把它们留给占星家去做。”这份报纸如是嘲讽道。②

要想了解为什么会产生如此强烈的反应，我们还是得回头说

---

① Quoted in Malcolm W. Browne, "Dinosaur Experts Resist Meteor Extinction Idea," *New York Times*, Oct. 29, 1985.

② New York Times Editorial Board, "Miscasting the Dinosaur's Horoscope," *New York Times*, Apr. 2, 1985.

说莱尔才行。在化石记录中，大灭绝突兀地摆在那里，就连用来描述地球历史的语言本身都是由大灭绝而来的。在莱尔之后出任伦敦地质学会主席的人名叫约翰·菲利普斯（John Phillips）。他在1841年提出，生命的历史可以划分成为三个篇章。他称第一部分为古生代（Paleozic），来自希腊文“古代的生命”；第二部分为中生代（Mesozoic），意为“中间的生命”；第三部分为新生代（Cenozoic），即“新的生命”。菲利普斯把古生代与中生代的分界点定在今天所说的二叠纪末期大灭绝，而中生代与新生代的分界点定为白垩纪末期大灭绝。（在地质学用语中，古生代、中生代和新生代都是“代”，而每一个代又包含若干个“纪”，比如中生代就跨越了三叠纪、侏罗纪和白垩纪。）来自三个代的化石是如此不同，于是菲利普斯认为它们代表着生命截然不同的三个篇章。

莱尔清楚地知道化石记录中的这些断层。在《地质学原理》第三卷中，他记录道：在白垩纪晚期岩石和紧随其上的第三纪初期（今天科学界定义为古近纪之始）岩石中找到的植物和动物之间，存在一条“缝隙”。[①] 举例来说，白垩纪末期的沉积层中包含着大量不同品种的箭石遗迹。箭石是一种像鱿鱼一样的动物，死后留下的化石像是弹壳的形状。但是在更近代的地层中再也找不到箭石了。菊石和厚壳蛤的情况也是一样。厚壳蛤是一种软体动

① Lyell, *Principles of Geology*, vol. 3 (Chicago: University of Chicago Press, 1991), 328.

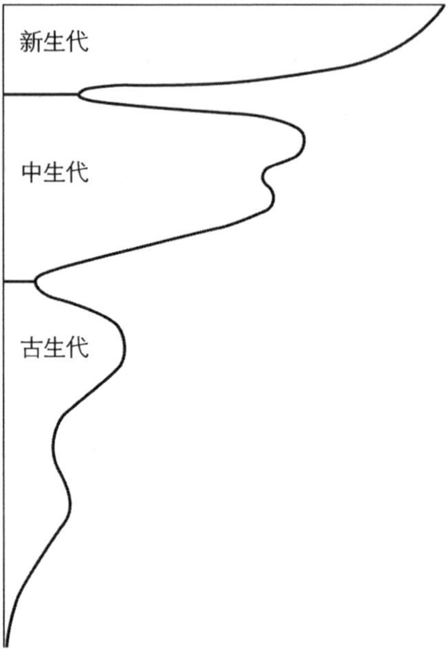

约翰·菲利普斯所绘的示意图展示了生命多样性增长和缩减的情况

物，能形成极为巨大的生物礁，曾被形容是伪装成珊瑚的牡蛎。[①]这样的“缝隙”正如看起来那样，代表了突然而剧烈的全球性改变——这种想法对于莱尔来说是不可能的，或者说是“缺乏哲理的”。所以，他用了像是循环论证的方式，声称动物化石的断层只不过是化石记录的断层而已。在比较了断层两侧的生命形式之后，莱尔得出结论：没有记录下来的中间区段肯定是一个很长久

① David M. Raup, *The Nemesis Affair: A Story of the Death of Dinosaurs and the Ways of Science* (New York: Norton, 1986), 58.

的地质时期，大致相当于此后重新出现化石至今所过去的全部时间。用现代测年方法来计算，他对这段空隙的估计是差不多6 500万年。

达尔文同样清楚地知道白垩纪末期化石的不连续性。在《物种起源》中，他评论道：菊石的消失似乎是个“惊人的突发事件”。此外，就像莱尔一样，达尔文也对菊石及其所讲述的历史视而不见。他评论道：

> 就我个人而言，我把自然地质记录视为一部未能完好保存的世界历史，而且是用不同的方言来书写的。在这部世界史中，我们所掌握的只是最后一卷，涉及的只是两三个国家。而在这一卷中，我们所掌握的只是保存下来的短小而零散的章节；在每一页上，只有零散的字句。[①]

化石记录的碎片化本质打开了“方便之门”——化石物种在表象上的巨大改变可以给出简单的解释。达尔文写道：必须要记住的是，“貌似真实的整个科或整个目的突然灭绝”可能没有考虑到“长久的时间间隔”这个问题。如果这些间隔中的证据没有消失掉的话，肯定能展示出“相当缓慢的灭绝”。以这样的方式，达尔文继续着莱尔的“工作”，对地质学证据给予了完全错误的

---

① Darwin, *On the Origin of Species*, 310 - 311.

解释。他宣称："我们的无知是如此根深蒂固，我们的推断是如此不着边际，以至于当我们听说某个生物物种的灭绝时竟会惊叹，而当我们看不到其中的缘由时，竟然借一场灾变来毁掉这世界！"[1]

达尔文的继承者们接过了"相当缓慢的灭绝"这一衣钵。均变论的观点排斥突然发生的或横扫一切的改变，无论是任何种类的改变。但是，对于化石记录了解得越多，我们就越难相信：一整个地质时期，跨越千万年的时间，竟然可以凭空不知所踪。这种不断加深的矛盾导致了一系列越来越折磨人的解释。比如，或许在白垩纪结束的时候发生了某种"危机"，可那一定是非常缓慢的危机；或许在那个时期结束的时候，所有损失一起构成了一次"大灭绝"；但是，不能把大灭绝与"大灾变"混为一谈。就在阿尔瓦雷斯父子在《科学》上发表他们论文的同一年，当时世界上最有影响力的古生物学家乔治·盖洛德·辛普森写道：在白垩纪末期发生的"更替"应视为"一个在本质上连续的长久过程"的一部分。[2]

在"绝对的均变主义思想"语境下，大撞击假说比错误还要糟糕。阿尔瓦雷斯父子声称解决了一个根本就没发生过的事件——实际上根本不可能发生。这就好像是在兜售一种用于治疗

---

① Darwin, *On the Origin of Species*, 73.

② George Gaylord Simpson, *Why and How: Some Problems and Methods in Historical Biology* (Oxford: Pergamon Press, 1980), 35.

某种虚构疾病的专利药物。在父子俩发表这一假说几年之后，古脊椎动物学会的一次会议上进行了一项非正式的问卷调查。大多数填写问卷的人认为行星撞地球这类事情有可能的确发生过。但其中只有5%认为这种撞击与恐龙的灭绝有关。还有一位与会的古生物学家称阿尔瓦雷斯的假说为“痴人说梦”。[①]

与此同时，支持这一假说的证据仍在不断积累。

进一步确证该假说的第一项独立证据是称为“冲击石英”的微小岩粒。在高倍放大镜下，冲击石英表面可以看到像是抓痕的痕迹，那是突然爆发的高压破坏了晶体结构所形成的。冲击石英最初是在核试验现场被注意到的，而后又在紧挨着陨石撞击坑的地方找到了。1984年，在蒙大拿州东部的白垩纪-第三纪交界处（或称为K-T界线）的一层黏土中找到了冲击石英的颗粒。[②]（K代表白垩纪［Cretaceous］，不用C是因为C已经被用于指代石炭纪［Carboniferous］了；今天，这个边界被正式命名为白垩纪-古近纪［Paleogene］界线，缩写为K-Pg。）

接下来的线索来自得克萨斯州南部一个属于白垩纪末期的奇怪沙石层，似乎是由于巨大的海啸而形成的。沃尔特·阿尔瓦雷斯想到，如果曾经发生一次由撞击所引发的巨大海啸，就会把海

---

① Quoted in Browne, “Dinosaur Experts Resist Meteor Extinction Idea.”

② B. F. Bohor et al., “Mineralogic Evidence for an Impact Event at the Cretaceous-Tertiary Boundary,” *Science* 224 (1984): 867-869.

岸的沙子冲开，从而在沉积记录中留下独特的印记。他检查了成千上万从海洋中钻探获得的沉积柱样[1]记录，结果在墨西哥湾获得的沉积柱样中找到了这种独特的印记。最终，在尤卡坦（Yucatán）半岛底下发现了一个直径达150多公里的撞击坑，深埋在近1公里厚的新沉积层下面。更准确地说，这个撞击坑是被重新发现的。因为早在20世纪50年代，墨西哥国有石油公司的一次重力勘察中就已发现了这个撞击坑。公司的地质学家当时把它解释为一座水下火山留下的痕迹。因为火山不可能产出石油，所以它很快就被遗忘了。当阿尔瓦雷斯父子去寻找这家公司在该地区钻探出来的沉积柱样时，被告知这些柱样已经在一场大火中被烧毁了。实际上，这些柱样只是被放错了地方而已。1991年这些柱样被重新找到时，发现其中包含一层玻璃——这是岩石融化之后迅速冷却的结果——恰好就在K-T界线上。对于阿尔瓦雷斯阵营来说，这是决定性的证据，足以说服许多尚未接受这一理论的科学家加入到支持撞击说的队伍中来。《纽约时报》宣布："撞击坑支持了大灭绝理论。"此时，路易斯·阿尔瓦雷斯已死于食管癌的并发症。沃尔特将这个地质学构造命名为"末日陨石坑"。而它更加广为人知的名字则得自距其最近的小镇，即希克苏鲁伯陨石坑（Chicxulub Crater）。

---

① 在钻探时使用空心钢钻头在地层深处取得的沉积物柱状样本，可以完好地保留地层的序列，用于地质学分析。——译者

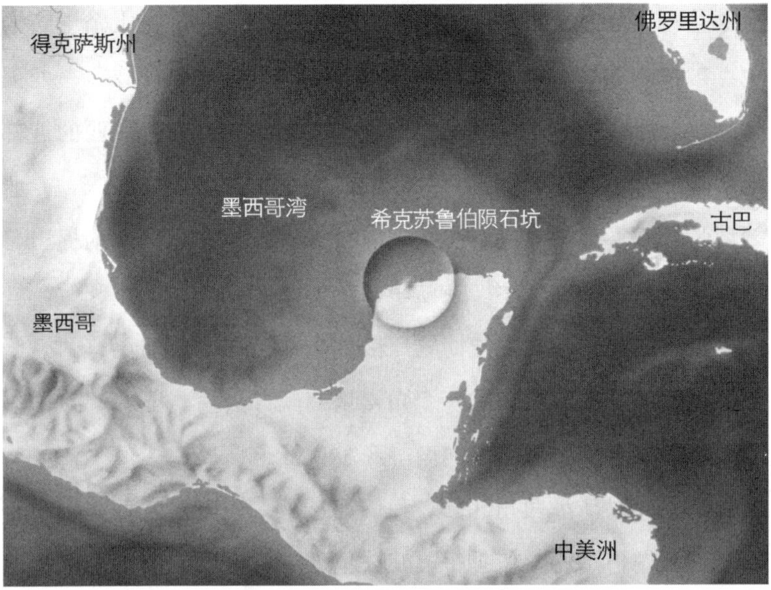

希克苏鲁伯陨石坑位于尤卡坦半岛边上，埋在近 1 公里厚的沉积层之下

“那 11 年过得很漫长，但如今回头来看，似乎又过得很快。”沃尔特告诉我，“你可以想象一下，你要挑战的这个均变说思想，基本上是每一个地质学家和古生物学家上学的时候所学的东西，甚至还包括他们的教授，以及他们教授的教授，一直追溯到莱尔。而现实的情况是，人们看到这些证据，然后真的渐渐改变了他们的想法。”

当阿尔瓦雷斯父子发表他们的假说时，他们只在三个地点发现了含铱层：两个在欧洲的地点是沃尔特亲自去过的，第三个在新西兰，样品是寄过来的。从那以后的几十年间，数十个更多的地点被找到了，其中一个靠近法国比亚里茨（Biarritz）一处天体海滩，另一个位于突尼斯的沙漠中，还有一个在新泽西的近郊地区。尼尔·兰德曼（Neil Landman）是一位古生物学家，专业领域是菊石。他常常到第三个地点去做野外考察。我主动提出希望参与一次这样的考察。在秋季某个温暖的日子里，我和兰德曼在曼哈顿的美国自然历史博物馆门前碰面了，同去的还有两名研究生。兰德曼在博物馆的一个角楼里有间办公室，能够俯瞰中央公园。大家会齐之后出发向南，经林肯隧道出岛。

开车穿过新泽西州北部，我们经过了一连串的大型购物中心以及汽车销售中心，似乎每隔几公里就有一家，好像多米诺骨牌一样。最终，在快靠近普林斯顿大学的地方，我们停在了一个停车场内，紧挨着一个棒球场。（兰德曼希望我最好不要透露这次野外考察的具体地点，怕今后会招来大批的化石收藏者。）在停车场里，我们与一位在布鲁克林学院教书的地质学家马特·加尔伯（Matt Garb）碰了面。加尔伯、兰德曼还有那两名研究生都把装备背在了肩上。今天不是周末或节假日，棒球场上空无一人。我们绕过棒球场，走入草丛之中。很快，我们碰到了一条清浅的小溪，岸上覆盖着锈红色的软泥，还有荆棘悬在水面之上。周围散布着破烂的废弃物：丢掉的塑料袋，报纸的碎片，还有老式易拉罐上的拉环。兰德曼却宣称：“对我而言，这里比古比奥还棒。”

他向我解释道：在白垩纪晚期，这条小溪、这个停车场还有我们周围几公里范围内的一切，都位于水下。当时，地球上非常温暖，北极生长着茂密的森林，海平面也很高。新泽西州大部构成了今天北美洲东海岸大陆架的一部分。因为当时的大西洋窄得多，所以这个地区明显更靠近今天的欧洲。兰德曼指着溪床上略高于水面几厘米的一个地方告诉我，那就是含铱地层。虽然无论怎么看都看不出任何差别，但兰德曼知道它就在那儿，因为他曾经在几年前对这里的地层样本进行过分析。兰德曼个子不高，但很结实，大脸上长着灰色的胡须。为了这次考察，他穿了一条卡其布短裤和一双旧运动鞋。他蹚水走进小溪里，加入到其他人中间，他们正在溪床上用镐敲敲打打。很快，有人找到了一颗鲨鱼的牙齿化石。另一个人则挖出了一个菊石，有草莓大小，表面覆盖着很多小突起。兰德曼鉴定它属于一个叫彩虹盘船菊石（*Discoscaphites iris*）的物种。

菊石曾在地球上较浅的海水中漂浮了超过3亿年，它们的外壳化石出现在全世界各地。古罗马的老普林尼死于埋葬了庞贝城的那场火山爆发。他活着的时候就已经很熟悉菊石化石这种东西了，只不过把它们当成了珍贵的石头。他在那部《自然史》中写道：这种石头据说能带来预言未来的梦境。在中世纪的英格兰，菊石被称为“巨蛇石”，在德国则用于治疗生病的奶牛。在印度，菊石被当成毗湿奴的化身——今天差不多仍是如此。

就像它们的远房表亲鹦鹉螺一样，菊石能构建出螺旋形的外壳，里面分隔成了多个小室。这种动物只生活在最后一个也是最大的一个小室里，余下的则充满了空气。这就好像是一栋公寓楼，却只有顶层房间被租出去了。两个相邻小室之间的墙壁称为隔片，是一种极为精密的构造，折叠出了复杂的褶边，就像是雪花的边缘一样。不同的菊石物种甚至可以凭借褶边的独特花样来鉴别。这一演化进展能让菊石构建出既轻又坚固的外壳，以承受多种不同气象条件下的水压。大多数菊石都能让人抓在手里，但也有一些会长到儿童充气泳池那么大。

根据菊石有九颗牙这一特征，相信其现存的亲缘关系最近的生物是章鱼。不过，由于菊石柔软的躯体实际上从未能保留下来，这种动物到底长得什么样子，又是如何生活的，大多只能靠推断。它们可能（但也并不确定）靠喷出水流来推动自身运动，这就意味着它们只能向后移动。

“我记得当我还是个孩子的时候，在古生物学课上知道了翼龙会飞，”兰德曼告诉我，“我立刻产生一个问题：那它能飞多高呢？像这样的数字很难去取得。”

“我已经研究了40年菊石，却还是不知道它们的确切偏好。”他继续说道，“我觉得它们会喜欢20米深、30米深又或者可能是40米深的水域。它们能在水中前进，却不怎么在行。估计它们的生活非常平静。”在相关绘图中，菊石通常被画成像是塞进蜗牛壳的鱿鱼。兰德曼却不太认同这样的描绘。他相信，虽然菊

19 世纪绘制的一幅菊石化石图片

石常常被画成带有几条伸出的触手，但实际上一条触手也没有。他近期发表在《地理生物学》期刊上的一篇文章里配有一幅插图，图中的菊石就是那么一个小团而已。[1] 它们长有短而粗的手臂状

① Neil Landman et al., "Mode of Life and Habitat of Scaphitid Ammonites," *Geobios* 54 (2012): 87–98.

附肢，排列成一圈，彼此之间有蹼状物连在一起。在雄性个体身上，附肢之一较长，伸出蹼状物外面，是个头足纲版本的阴茎。

20 世纪 70 年代，兰德曼在耶鲁大学攻读研究生。作为一名前阿尔瓦雷斯时代的学生，他学到的知识是：菊石在整个白垩纪时期都在不断减少，所以它们最终的消失也就没什么好研究的。“感觉是，就那样，菊石自己慢慢死绝了。”他如此回忆道。接下来的发现，包括许多兰德曼自己的发现，证明情况恰恰相反——菊石本来活得好好的。

“这里有着很多很多的菊石物种，我们已经在过去几年中采集了成千上万的标本。”他告诉我，声音盖过了大家用镐制造的叮叮当当声。实际上，就在这里的溪床上，兰德曼最近发现了两种全新的菊石物种。一种为了纪念他的同事命名为米氏盘船菊石（*Discoscaphites minardi*），另一种为了纪念这个发现地而命名为新泽西盘船菊石。新泽西盘船菊石可能具有伸出壳外的小小脊椎。据兰德曼推断，这种结构能让菊石比实际上显得更大更吓人。

在阿尔瓦雷斯最初的那篇论文中就已经提出，导致 K-T 大灭绝的主要原因并不是撞击本身，甚至都不是撞击的直接后果所引发的。小行星——更通用的术语是火流星——所带来的真正灾难性的效应是尘埃。在那场大论辩的几十年间，这一理论又经过了多次的修正。（大撞击发生的日期也被推到了更久远的 6 600

万年前。）尽管科学家们仍在就许多细节问题激烈地争论，但是这次事件的大体过程应该如下：

火流星来自东南方向，相对地球的轨道角度很低，所以它不太像是从上面掉下来的，而是从侧面而来，就像一架失事的飞机。当它猛地撞上尤卡坦半岛的时候，时速差不多达到了7.2万公里。由于它的轨道方向，北美地区受到尤为惨烈的打击。像云层一样无边无际的灼热蒸汽和碎屑横扫这片大陆并不断扩散，将沿途一切烧为灰烬。“基本上，如果你是加拿大艾伯塔省的一只三角龙，那么你在汽化之前大约有两分钟时间可以逃命。”一位地质学家是这样告诉我的。[①]

在撞出那个巨大撞击坑的过程中，小行星还把超过其自身质量50倍的岩石粉末炸到了空中。当这些抛射物在大气中落回地面时，灼热的颗粒立刻点亮了头顶上的整个天空，所产生的热量足以烤焦地球表面。由于尤卡坦半岛的地质情况，这些被抛向空中的粉尘富含硫。硫微粒在阻挡太阳光方面是非常有效的。正因为如此，像喀拉喀托（Krakatoa）火山这样规模的火山爆发能够在数年内降低全球气温。[②] 同样的原因，在最初的热浪袭过之后，全世界又经历了好几个季节的“撞击冬天”。森林覆灭了。研究远古孢子和花粉的孢粉学家发现，不同的植物群落都被迅速扩张

---

① 私人通讯，Steve D'Hondt，Jan. 5，2012。

② 位于印度尼西亚，其1883年的爆发是人类历史记录中规模最大的火山爆发，导致5万多人丧生。——译者

的蕨类植物替换掉了。（这一现象后来被称为“蕨类尖峰”。）海洋生态系统实际上也被摧毁了，并困于这一状态至少50万年，甚至是数百万年。（这种后撞击时期一片荒芜的大海被称为“奇爱洋”[①]。）

在K-T界线上究竟有多少个种、属、科甚至是目灭绝了？我们无法给出全面的统计，甚至连估计也做不到。在陆地上，所有比猫更大的动物似乎都灭绝了。这一事件最为著名的受害者是恐龙，或者更准确地说是非鸟类的恐龙，它们遭受了百分之百的灭绝。在那些得以苟活至白垩纪结束的动物之中，有很多是博物馆纪念品店的招牌商品，比如我们所熟悉的鸭嘴龙、甲龙、暴龙还有三角龙。（沃尔特·阿尔瓦雷斯关于大灭绝的那本书《霸王龙与末日陨石坑》的封面就是一只看起来很生气的霸王龙对大撞击的恐惧反应。）翼龙同样消失了，鸟类也受到了很大的冲击，[②]大概有四分之三的科灭绝了，或许甚至更多。还保留着牙齿等祖先特征的反鸟亚纲被彻底消灭了。同样被彻底消灭的还有水生的黄昏鸟目，它们大多数不会飞行。蜥蜴和蛇遭受了同样的命运，全部物种约五分之四消失了。[③] 哺乳动物也一样遭了大难，生活

---

① 典出库布里克讽刺冷战的电影《奇爱博士》，片中最后爆发了毁灭地球的核战，此处借这个名字来表示撞击后海洋中了无生机的状态。——译者

② Nicholas R. Longrich, T. Tokaryk, and D. J. Field, “Mass Extinction of Birds at the Cretaceous-Paleogene (K - Pg) Boundary,” *Proceedings of the National Academy of Sciences* 108 (2011): 15253 - 15257.

③ Nicholas R. Longrich, B hart-Anjan S. Bhullar, and Jacques A. Gauthier, “Mass Extinction of Lizards and Snakes at the Cretaceous-Paleogene Boundary,” *Proceedings of the National Academy of Sciences* 109 (2012): 21396 - 21401.

在白垩纪末期的哺乳动物中，差不多有三分之二的科消失在K-T界线上。[1]

在海洋中，曾经被居维叶认为不合理的、后又改称“惊人的”蛇颈龙也灭绝了。同样灭绝的还有沧龙、箭石类，当然还有菊石类。双壳纲动物今天为我们所熟悉的形式是蚌和牡蛎，它们在白垩纪末期也遭受了重创。同样被重创的还有腕足动物门和外肛动物门，前者虽然长得像蛤蛎却有着完全不同的解剖结构，后者看起来像珊瑚却是完全无关的动物。好几类海洋微生物距离灭绝只有咫尺之遥。在浮游类有孔虫中，差不多有95%的物种消失了，包括马亚罗底栖抱球虫（*Abthomphalus myaroensis*），在古比奥的白垩纪最后一个石灰岩层中就发现了这种动物的遗骸。（浮游类有孔虫生活在海洋表面，底栖类有孔虫生活在海底。）

总体而言，对于K-T界线了解越多，莱尔对于化石记录的解读就越发显得固执己见。化石记录的问题不在于缓慢的灭绝看起来很突然，而是恰恰相反：可能是实际上很突然的灭绝看起来滞后了。

请看配图。每一个物种都有所谓的“保存可能性”，即该物种的一个个体变成化石的几率。这个数字受很多条件的影响而变化，例如这种动物的常见程度、生活范围以及躯体组成。（显然，

① Kenneth Rose, *The Beginning of the Age of Mammals* (Baltimore: Johns Hopkins University Press, 2006), 2.

厚壳的海洋生物比骨头中空的鸟类有更大的机会变成化石，从而保存下来。）

在这张配图中，大的白色圆盘代表极少成为化石的物种，中等大小的圆圈代表更容易成为化石的物种，而小的白色圆点则代表数量更为充足的那些物种。就算是所有这些物种在同一时间一起灭绝，但看起来似乎是白色圆圈的物种在更早的时间就灭绝了，仅仅因为它们的骸骨数量更少。这种效应根据最先发现它的科学家的名字命名为“西格诺尔-利普斯效应”（Signor-Lipps Effect），它有可能“模糊”掉突发性的大灭绝事件，使其看起来似乎是长期进行的事件。

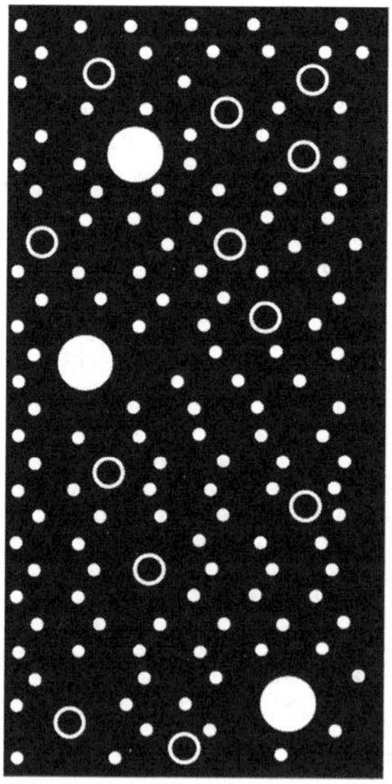

在K-T灭绝之后，生命用了数百万年的时间才又恢复到之前的多样性水平。另一方面，许多幸存的动物门类似乎都萎缩了。这个现象在古比奥含铱层之上的微小有孔虫中就有所显现，被称为小人国效应（Lilliput effect）。

兰德曼、加尔伯还有那两个研究生整个上午都在溪床上砸石头。尽管我们位于这个国家人口密度最高的州中央，但却没有一个经过这里的人来看看我们在干什么。随着太阳越升越高，天气变得更热更潮湿了，能站在及踝的水中是件很愉悦的事情（尽管我一直对那暗红色的石灰岩感到好奇）。有人带了一个空的纸板箱。既然我没有镐，索性就帮忙收集他们发现的化石，放在纸箱中排列好。他们又找到更多的彩虹盘船菊石，以及几个龙骨真棒菊石（*Eubaculites carinatus*）。后者没有螺旋状的外壳，只有一个像矛一样细长的壳。（关于菊石的灭绝，在20世纪初曾经有一个流行理论认为，像龙骨真棒菊石这种没有螺旋的外壳表明，这类动物已经穷尽了演化的所有可能性，进入了某种Lady Gaga[①]式的颓废时期。）突然，加尔伯激动地冲了过来。他手里拿着一块从溪床上敲下来的拳头大小的石头，指着侧边上一个指甲似的东西给我看。他解释说，这是一块菊石的颚。相比于菊石柔软躯体的其他部分，颚更常出现在化石中，但仍是极其罕见的。

---

① 美国当代流行音乐歌手、创作人，以特立独行、穷尽想象的夸张风格著称。——译者

“有了它，这趟就没白来。”他大声说道。

我们并不清楚究竟是大撞击的哪一方面影响了菊石，是热、黑暗、寒冷，或是水中化学成分的改变。同样不太清楚的是，为什么它们的一些头足纲表亲得以幸存。不同于菊石，鹦鹉螺就熬过了大灭绝事件：从白垩纪末期算起，这一物种大部分都存活到了第三纪。

解释两者差异性的理论之一认为原因在于卵。菊石的卵极其微小，直径不足1毫米。结果就是，这些卵孵化出来的菊石幼体也非常小，没有移动的能力，只能在水体表面随波逐流。鹦鹉螺产的卵则非常大，几乎是所有无脊椎动物中最大的，直径约2厘米。孕育一年之后，孵化出来的鹦鹉螺幼体就像是迷你版的成年个体，立刻就能四处游动，在深水中寻找食物。或许，在大撞击之后的海洋表面，水体环境中有很强的毒性，令菊石的幼体无法存活，而底部的水体环境还没那么糟，于是鹦鹉螺的幼体设法坚持了下来。

无论具体的解释是什么，这两类动物截然不同的命运提出了一个关键问题。今天还存活着的所有生命（包括所有人类），都是那场大撞击幸存者的后代。但是并不能由此得出结论，说它们（或是我们）对环境适应得更好。在极端压力的环境下，“适应”这个概念已经失去了其本来的意义，至少在达尔文学说的角度来看是这样的。当一种生物面对它在整个演化历史上从未遭遇过的情况时，无论好坏与否，它怎么能够适应得了呢？伦敦自然历史博物馆的一位古生物学家保罗·泰勒所说的“生存游戏的规则”，在这样的时刻突然改变了。[1] 在数百万年甚至数千万年里一直让某种生物得以占据优势的性状，一朝之间就成为其致命因素（尽管在事情发生数百万年之后，可能很难去确定这些性状到底是什么）。菊石与鹦鹉螺之间的问题，同样也存在于箭石与鱿鱼之间，蛇颈龙与乌龟之间，恐龙与哺乳动物之间。之所以你手中这本书的作者是一个长毛的双足动物，而非一只长鳞片的双足动物，更主要是因为恐龙的坏运气，而非哺乳动物有任何的优越性。

“菊石什么也没做错。”兰德曼一边对我说着，一边把小溪中取得的最后一块化石收拾好，准备返回纽约市了。“它们的幼体像是浮游动物，而这在它们所存在的岁月里是件极好的事情。随波逐流，扩散到更广阔的地域中，还有什么更好的方法吗？然而到了最后，这可能恰恰成了它们毁灭的原因。”

---

① Paul D. Taylor, *Extinctions in the History of Life* (Cambridge: Cambridge University Press, 2004), 2.

第　五　章

欢迎来到人类世

波纹双鹤笔石（*Dicranograptus ziczac*）

1949 年，哈佛大学的两位心理学家召集 24 名本科生来参加一个研究知觉能力的实验。这个实验很简单：学生们会看到一些扑克牌，牌翻过来的时候，他们要辨认出是什么牌。实验用的大多数牌都是完全正常的，只有少数几张做了手脚，比如红色的黑桃六、黑色的红心四等。① 当牌快速翻过去的时候，学生们更倾向于无视那些不调和的事情。比如，他们会把红色的黑桃六当成红心六，或者是把黑色的红心四说成黑桃四。当牌翻动的速度稍慢一些时，学生们会非常纠结于他们究竟看到了什么。面对红色的黑桃时，有些学生说它看起来是“紫色的”或“棕色的”或“红黑色的”，剩下的学生则完全被搞糊涂了。②

有学生评论说：这个符号“看起来像是反了还是怎么的”。

“我没法把这种花色挑出来，无论它是什么。”另一个学生大声说，“我现在不知道它是什么颜色，也不知道它是桃还是心。我现在甚至说不准桃的符号长什么样了！天哪!”

心理学家们把这一实验结果写成了一篇论文《对于不调和事物的知觉：一种范式》。很多人都觉得这篇论文很有意思，比如托马斯·库恩（Thomas Kuhn），20 世纪最有影响的科学史家。对于库恩来说，这个实验的确体现了一种范式：它揭示了人类是如何处理混乱信息的。人们的第一个念头是要把这种奇怪的东西强塞进某个熟悉的框架中，比如红心、黑桃、方块或者梅花。不一致的迹象都会被尽可能长时间地忽视：红色的黑桃会被看作是“棕色”或“暗红色”。当这些异象变得实在是太过显眼时，危机就随之而来了——心理学家管它叫“‘天哪!’反应”（“My God!” reaction）。

在库恩那本对后人产生了巨大影响的著作《科学革命的结构》中，他认为这种模式是非常基础的，不仅仅塑造了个人的知觉方式，还包括全部的科学认知过程。如果一批数据与某个学科通常为人所接受的推定不相容的话，它们要么不被采信，要么就被尽可能长时间地解释为别的东西。矛盾积累得越多，认识就越发繁复纠结。“在科学研究中，就像是在那个扑克牌实验中，新

---

① 令黑桃与红心的形状保持不变，颜色变为相反，成为实际上并不存在的花色。——译者

② Jerome S. Bruner and Leo Postman, “On the Perception of Incongruity: A Paradigm,” *Journal of Personality* 18 (1949): 206 - 223. 感谢詹姆斯·格雷克（James Gleick）引发了我对这项实验的兴趣，参见 *Chaos: Making a New Science* (New York: Viking, 1987), 35。

概念的出现必然伴随着困难。”库恩写道。[1] 但是接下来，终究还是会有某些人愿意将红色的黑桃称为红色的黑桃。危机的出现带来了深入的洞察，于是旧的框架让位给新的框架。这就是伟大的科学发现诞生的方式，或者用那个因库恩的介绍而广为人知的术语来说，是“范式转换”（paradigm shift）发生的方式。

灭绝的科学发现史可以说就是一系列的范式转换。直到18世纪末，灭绝的概念还不存在。出土的骨头越是奇怪（比如猛犸、大地懒、沧龙），博物学家就越要费力地把它们归入熟悉的框架之中，几乎把眼都看花了。他们也的确是看花了眼。属于大象的巨大骨头被大水冲到了北方，或是河马逛到了西边，或是鲸长着尖牙利齿。居维叶到了巴黎之后，发现乳齿象的臼齿与已经建立的框架不相符，一个“天哪”时刻出现了，导致他不得不提出一种全新的方式来看待它们。居维叶承认，生命自有其历史。这一历史的特征就是失落，而且不时会被人类无法想象的可怕事件打断。“虽然这个世界并不会随范式的改变而改变，但范式转换之后的科学家们却得以在一个不同的世界中工作。”库恩如是写道。

居维叶在《四足动物骨骼化石的研究》中列举了数十个消失的物种，并且确信还有更多的消失物种等待去发现。在接下来的

---

① Thomas S. Kuhn, *The Structure of Scientific Revolutions*, 2nd ed. (Chicago: University of Chicago Press, 1970), 64.

几十年间，被鉴定发现的灭绝生物越来越多，居维叶的理论框架也开始出现裂痕。为了能跟上化石记录增长的脚步，大灾难发生的次数也不得不增多。“只有上帝才知道到底要有多少次灾难”才能满足他的需要，莱尔如此嘲讽道，对居维叶的全部努力付之一笑。[①] 莱尔的解决方案是把灾变全部拒之门外。在莱尔以及其后达尔文的构想中，灭绝是一种罕见事件。每一个消失的物种都是自己逐渐走进坟墓的，是“生存竞争”的牺牲品，作为一种“不够进步的形式”而受自身缺陷拖累。

均变论者对于灭绝的论述坚持了超过一个世纪的时间。然后，随着含铱层的发现，科学面临一次新的危机。（按一位历史学家的说法，阿尔瓦雷斯父子的工作“是科学界的一次大爆炸，其冲击力不亚于地球经受的大撞击”。[②]）大撞击假说解释的是时间长河中的一个瞬间——白垩纪结束时那段可怕的、恐怖的、一无是处的日子。但这个瞬间却足以打破莱尔和达尔文的框架。大灾变的的确确发生过。

有时被称为新灾变论的理论认为，地球只有在不发生剧烈变化的时候才缓慢变化。这种理论现在已经成为地质科学的一个标准组成部分。从这个意义上来说，现在占主导地位的范式既不是

---

① Quoted in Patrick John Boylan, “William Buckland, 1784 - 1859: Scientific Institutions, Vertebrate Paleontology and Quaternary Geology” (Ph. D. dissertation, University of Leicester, England, 1984), 468.

② William Glen, *Mass Extinction Debates: How Science Works in a Crisis* (Stanford, Calif.: Stanford University Press, 1994), 2.

居维叶的，也不是达尔文的，而是结合了两者的关键元素："偶尔被恐慌打断的长久安逸。"虽然出现的次数稀少，但这些恐慌的时刻却是极其重要的。它们决定着灭绝的整体图景，也就是说，决定着生命的整体图景。

小路顺山势而上，越过一道湍急的溪流，又从相反的方向再次越过同一道溪流。路旁有一只绵羊的尸体，死去多时，已经干瘪得像个废弃的气球。这座小山绿得发亮，却几乎没什么树。那只死羊的祖祖辈辈们确保山上不会有任何东西长得比它们嘴的位置还高。在我看来，天上是在下雨。不过，这里可是苏格兰的南部高地。一位与我一同远足的地质学家告诉我，这只能算是很小的毛毛雨，苏格兰语称之为"浓雾"（*smirr*）。

我们的目的地是一处叫作多布崖（Dob's Linn）的地方。在一首古老的民谣中，虔诚的牧羊人多布曾经在这里把魔鬼推下了悬崖。当我们到达那道悬崖的时候，"浓雾"似乎更浓了。那里的景色很美，一道瀑布飞流直下，碎裂在一道狭窄的山谷之中。在小路边上几米远的地方有一块露出地面的岩石，边缘粗糙，表面有纵向的条纹，就像裁判员的衣服一样，由明暗相间的条带组成。来自英国莱斯特大学的地层学家简·扎拉斯维奇（Jan Zalasiewicz）把他的帆布背包放在湿漉漉的地上，整了整身上的红色防雨夹克。他指着岩石上的一道浅色条带告诉我说："那儿出了坏事。"

多布崖瀑布

我们所看到的那块岩石是差不多4.45亿年前形成的，属于奥陶纪末期。当时，地球就像是遇到了一场漂流木大拥塞，包括今天的非洲、南美洲、澳洲以及南极洲在内的大部分陆地都连在一起，形成一块巨大的陆地，称为冈瓦纳古陆，横跨纬度超过90°。当时的英格兰地区属于如今已消失不见的阿瓦隆尼亚大陆，而多布崖当时位于南半球，沉在称为伊阿珀托斯的大洋底部。

奥陶纪紧接在寒武纪之后。即便是最不用心的地质系学生也知道寒武纪，因为在这一时期出现了生命的“大爆发”，产生了众多新的生命形式。奥陶纪也一样，是生命挣脱原有形式、纷纷迈向新方向的时期，即所谓的奥陶纪辐射。不过，这个时期的大多数生命仍旧困在水里生活。在奥陶纪中，海洋生物的科数增加了两倍，而且海里的动物我们多多少少已经能认得了（如今天的海星、海胆、海螺以及鹦鹉螺的祖先），当然还有很多我们不认识的动物（牙形石，长得大概像鳗鱼；三叶虫，有点像是现在的马蹄蟹；还有巨大的海蝎子，怎么看都像是从噩梦里跑出来的东西）。最初的珊瑚礁形成了，今天蛤蛎的祖先也有了像蛤蛎一样的样子。到了奥陶纪中期，最早的植物开始在陆地上扩张领地。它们是原始的苔藓和地钱，紧贴在地表生长，好像对它们周遭的新环境有些不知所措似的。

到了奥陶纪末期，差不多4.44亿年前，海洋几乎被清空了，大约85％的海洋物种灭绝了。[①] 在很长的一段时期内，这一事件被视为所谓的“伪大灾变”，只不过证明了化石是多么不可信。而今，它被视为五次大灭绝中的第一次，并且被认为包括两次短暂且强烈的致命冲击。尽管这次事件的受害者们远没有白垩纪末期灭绝的那些动物那么有魅力，但它同样标志着一个生命史上的转折点——当游戏规则突然改变时，产生的后果无论如何都将永远存在下去。

那些在奥陶纪大灭绝中得以幸存的动物和植物“继续构建着现代世界”，英国古生物学家理查德·福提说：“若是幸存者的名单有少许不同，那么今天的世界也将不同。”[②]

---

① Hallam and Wignall, *Mass Extinctions and Their Aftermath*, 4.

② Richard A. Fortey, *Life: A Natural History of the First Four Billion Years of Life on Earth* (New York: Vintage, 1999), 135.

扎拉斯维奇是我此次多布崖之行的向导。身材消瘦的他长着乱蓬蓬的头发和一双淡蓝色的眼睛，言谈举止非常讲究礼数，却又不令人反感。扎拉斯维奇是笔石方面的专家。笔石是一纲曾经非常繁盛、高度多样化的海洋生物。它们兴盛于奥陶纪，在其后的大灭绝中差一点就全军覆没。用眼睛直接去看的话，笔石化石就像是一些刮痕，有时也像是史前的岩画。（笔石［graptolite］这个单词来自希腊文，意为“写有字的岩石”，是由林奈最初创造的。不过，林奈认为它们不是矿物化的动物硬壳，而只是动物遗体留下的印记而已。）如果用放大镜来看的话，笔石常常有着可爱的形状，让人产生各种联想：有的品种像是羽毛，有的像里拉琴（lyre）[①]，还有的像是蕨类植物的叶子。笔石是群居动物，单独个体称为个虫（zooid），能够建造自己的小小的管状居所，称为鞘壳。每一个鞘壳又能和邻居连在一起，就像是一排房子一样。所以，一块笔石化石其实代表了一个小种群，能够漂浮在水中，甚至很可能是在水中作为一个整体游动，寻找更小的浮游生物作为食物。没人知道个虫到底长什么样子——就像菊石一样，躯体的柔软部分无法保存下来。不过，目前认为笔石与现存的羽鳃纲动物长得很接近，后者样子就像是海洋版的捕蝇草。

笔石有个地层学家很喜欢的好习惯：分化出新的物种、扩

① 又译为七弦琴，像是缩小版的竖琴，可手持演奏。这种琴在西方古典文明中有着重要的地位，常见于描绘希腊神话的绘画作品中。——译者

来自奥陶纪早期的笔石化石

张、灭绝，全都在相对很短的时间内完成。扎拉斯维奇把它们比作《战争与和平》中温柔的女英雄娜塔莎。他说两者都是“娇弱的、神经质的，对身边的事物极为敏感”。笔石的这种特性让它们成为很有用的标准化石——依次分布的不同物种可以用来鉴定顺序排列的不同岩层。

原来在多布崖找笔石的化石竟然如此容易，即便对于最业余的化石收藏者而言也是一样。在那块露出地面的粗糙岩石中，深色的部分是页岩，只要用锤子轻轻一敲就能搞下来一大块，再敲一下就能把它从侧面剥开，就像打开一本书一样，每一页都能轻易翻开。在石面上往往什么也看不到，但也常常会有一个（或更多）模糊的印记——来自一个远古世界的信息。我找到的笔石中有一个保存得异常清晰。它状如假睫毛，只不过很小，就像是给芭比娃娃准备的。扎拉斯维奇告诉我，这是一块“博物馆藏品水平的标本”。毫无疑问，他有些言过其实了。不过，我还是把它收了起来。

当扎拉斯维奇教会我要找什么样子的化石之后，我自己也能观察到灭绝的变化。在深色的页岩中，笔石很多，而且种类丰富多样。我很快就采集了大量标本，塞满了上衣口袋，沉甸甸的。许多笔石都是V字形的不同变体，从一个中央节点向两侧伸出两个分支。有些看起来像是拉链，有些则像叉骨。还有一些在分支上又长出了新的分支，像是一棵迷你树。

与之相比，浅色的石头中很贫瘠，几乎找不到笔石。从一种状态到另一种状态的过渡，也就是从黑石头到灰石头，从许多笔石到没有笔石，似乎是突然之间发生的——用扎拉斯维奇的话来说，也的的确确是突然发生的。

“从黑色到灰色的变化，标志着一个转折点，也可以说是海底环境从适宜生存变为不宜生存。”他告诉我，“而且在人的一生之中就能看到这个变化。”他称这种过渡明显是“居维叶式的”。

与我们一起来到多布崖的还有扎拉斯维奇的两个同行，丹·康登（Dan Condon）和伊安·米拉尔（Ian Millar），英国地质调研会的成员。他们是同位素化石方面的专家，准备从这块岩石的每一个岩层条带中取样——他们期望其中能含有微量的锆石。回到实验室之后，他们将把岩石样品溶解掉，然后进行质谱分析。

这样一来，他们就能够确定这些岩层是多久以前形成的，前后误差不超过50万年。米拉尔是苏格兰人，声称自己不怕这种“浓雾”。不过最后他也不得不承认，用英语来讲，这就是大雨。裸露岩石的表面开始有泥水流下来，很难再取得干净的样本。于是，大家决定第二天再来试试看。三位地质学家收拾好装备，我们一起踏着小路上的积水走回停车的地方。扎拉斯维奇已经在附近的小镇莫弗特（Moffat）预订了小旅店。我读了那个小镇的旅游宣传手册，说那里有世界上最窄的旅馆和一座绵羊铜像。

等所有人都换好了干衣服，我们在小旅店的起居室里碰面，一起喝茶。扎拉斯维奇带了几篇他最近发表的有关笔石的论文。康登和米拉尔舒舒服服地坐在椅子里，翻了翻白眼。扎拉斯维奇不理会他们，耐心地给我解释着他最近发表的另一篇论文的意义所在。这篇题为《英国地层学分析中的笔石》的论文长达66页，包含多达650个笔石物种的详细绘图。在这篇论文中，笔石的灭绝效应虽然没有山坡上雨水冲刷之下的岩石那么生动，但却展现得更为系统。直到奥陶纪结束时，一直是V字形的笔石占据统治地位。其中就包括像波纹双鹤笔石和分支矢量笔石（*Adelograptus divergens*）这样的物种。波纹双鹤笔石的个虫鞘壳沿着两个分支排布，两个分支先是弯曲分开，后又朝向彼此，像是獠牙，又像是两道波浪线。分支矢量笔石除了两个主要的分支以外，还有一些像拇指一样伸出来的小侧枝。只有少数几种笔石熬过了大灭绝事件，并最终分化成更多的物种，在志留纪重新

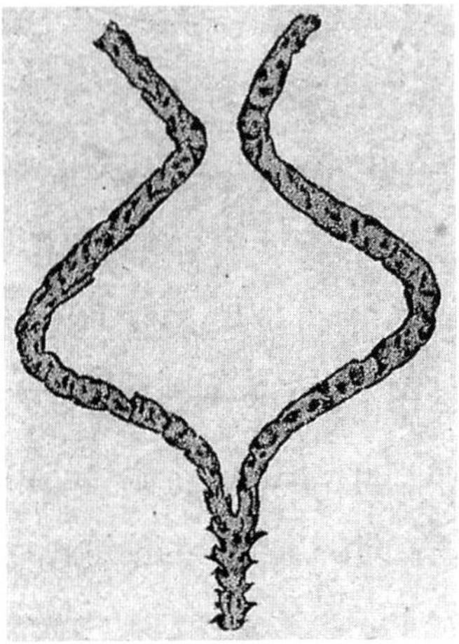

手绘的波纹双鹤笔石，比实际尺寸大了好多倍

占领海洋。但是志留纪的笔石整体形状是流线型的，更像一根棍子，而不是一些分支。V字形的笔石则彻底消失，再也没有出现过。笔石的命运与恐龙、沧龙、菊石类似，虽然规模上要小得多，但同样代表着一种曾经高度成功的生命形式最终走向了灭亡。

4.44亿年前究竟发生了什么事情，几乎荡尽了笔石，更不要说牙石、腕足动物、棘皮动物以及三叶虫？

在阿尔瓦雷斯假说刚刚发表之后的几年间，人们基本上认为，物种大灭绝的统一理论已经出现了——至少对于那些不认为这个假说是“痴人说梦”的人来说是如此。如果一颗小行星制造了化石记录中的一条空白“缝隙”，似乎有理由相信同样是大撞击制造了所有其他那些“缝隙”。这种想法在1984年得到了进一步的发展，那一年有两位来自芝加哥大学的古生物学家发表了对于海洋化石记录的全面分析结果。[①] 这项研究表明，除了五次规模较大的灭绝以外，还有许多规模较小的灭绝事件。当所有这些灭绝事件放在一起统一考量的时候，一种规律就浮现出来了：物种大灭绝似乎是以2 600万年的固定间隔发生的。换言之，灭绝是周期性爆发的，就像是从地球这个大茧中定期钻出来的一只蝉。这篇论文的两位作者戴维·劳普和杰克·塞普考斯基也不能确定到底是什么导致了这样的爆发，但他们猜测最有可能的原因是某些“天文学和天体物理学的循环”，与“我们太阳系从银河系的旋臂中经过”有关。阿尔瓦雷斯父子在伯克利的同事，一些天体物理学家把这个推测又向前推了一步。他们声称，这一周期性可以用太阳的一颗小“伴星”来解释：这颗伴星每2 600万年经过一次太阳系的奥尔特云（Oort Cloud），引发了大规模的流星雨，给地球以毁灭性的打击。这颗伴星得了个带有恐怖电影范儿的外号——复仇女神（Nemesis）。但对于伯克利的这些天体物理学家来说有个问题：没有人曾经观察到过这颗伴星。不过，这也不是不可逾越的问题，因为太空中的小恒星多得是，很多都还等着人们去观察分类。

---

① David M. Raup and J. John Sepkoski Jr., “Periodicity of Extinctions in the Geologic Past,” *Proceedings of the National Academy of Sciences* 81 (1984): 801-805.

在大众媒体上，“复仇女神事件”这一名号激发了与最初的小行星假说一样的热情。（有一个记者形容这个故事具备除了性和皇室之外的所有要素。[①]）《时代周刊》出了一篇封面报道，紧接着《纽约时报》又刊登了一篇反驳性质的编者按（轻蔑地称之为“神秘的死星”）[②]。这一次，报纸多多少少说到了点子上。虽然伯克利的科学家在接下来的一年多时间里一直在扫描星空，寻找这颗“死星”，但却没有发现它的一丝光芒。更重要的是，通过进一步的分析，周期性假说的证据站不住脚了。“如果有哪一点是大家一致认同的，那就是我们所看到的周期性不过是统计上的巧合而已。”戴维·劳普曾告诉我。[③]

与此同时，寻找含铱层或其他地外撞击线索的努力也是举步维艰。路易斯·阿尔瓦雷斯也和其他人一起加入到了这场搜寻之中。在那个几乎没听说过有人跟中国进行科研合作的年代，他就设法弄到了来自中国南方的岩石样本，该样本时间跨越了从二叠纪到三叠纪的界线。二叠纪末期大灭绝，或称二叠纪-三叠纪大灭绝，是五次大灭绝中最大的一次，差一点就彻底消灭了全部的多细胞生命形式，真是恐怖到了极点。在来自中国南方的样本中，路易斯激动地发现两层岩石中间嵌着一个黏土层，和古比奥

---

① Raup, *The Nemesis Affair*, 19.

② New York Times Editorial Board, “Nemesis of Nemesis,” *New York Times*, July 7, 1985.

③ Luis W. Alvarez, “Experimental Evidence That an Asteroid Impact Led to the Extinction of Many Species 65 Million Years Ago,” *Proceedings of the National Academy of Sciences* 80 (1983): 633.

的情况一样。“我们当时感觉这层黏土里肯定会有很高的铱含量。”他后来回忆说。但结果发现，中国的黏土层在化学上来讲平淡无奇，铱含量微小到几乎检测不到。对来自多布崖等地的奥陶纪末期岩石样本进行检测时，的确发现了高于正常水平的铱含量。然而，在相应的时间框里却找不到其他的线索，比如冲击石英等证据。最后发现，检测到的铱含量升高可能只是异常的沉积作用所致，这的确更可信，但相对而言就不那么令人称奇了。

关于奥陶纪大灭绝，目前的理论认为是由冰川作用所导致的。这一时期的大部分时间里以温室气候为主——大气中的二氧化碳水平很高，海平面和温度也同样很高。然而就在第一次大灭绝事件发生时，也就是笔石受到巨大冲击的时候，二氧化碳水平降低了，温度也随之降低，冈瓦纳古陆结冻了。在超大陆广阔的残存部分比如沙特阿拉伯、约旦和巴西那里，都能找到关于奥陶纪冰川的证据。海平面骤然下降，海洋环境中的许多栖息地都消失了。据推测，这是海洋生物受损的原因之一。海洋的化学组成也发生了变化；除此之外，冷水含有更多的氧气。没有人知道究竟是温度变化本身还是其所引发的连锁反应杀死了笔石；扎拉斯维奇是这样对我说的：“图书馆里发现一具死尸，旁边有六七个管理员转来转去，看起来都很局促不安。”同样没有人知道，这种改变是如何开始的。有一种理论认为，冰川作用是由于最早的苔藓登上陆地造成的，它们加剧了从空气中抽离二氧化碳的过程。如果真是这样，那么动物的第一次大灭绝就是由植物一手造成的。[1]

二叠纪末期大灭绝似乎也是由于气候变化所引发的。不过这一次，变化是向着相反的方向。在灭绝发生的时候，也就是2.52亿年前，有一次向空气中大量释放碳的过程，其总量是如此之大，以至于地质学家们一度无法想象这么多碳究竟是从哪儿来的。温度迅速升高，海水温度甚至上升了18℃。[2] 海洋的化学组成也乱套了，就像是一个失控的水族馆。水变酸了，氧溶解量大大下降，许多生物实际上可能是窒息而死。珊瑚礁也崩溃了。二叠纪末期大灭绝发生的时间虽然远远不及人的一生那么短，但在地质学上来讲也是非常突然的。根据中国和美国科学家合作研究的结果，这次事件的时间跨度不超过20万年，或许还要少于10万年。[3] 等到这次灭绝结束的时候，地球上的全部物种差不多有90%被消灭掉了。然而，即便是急剧的全球变暖和海洋酸化似乎也不足以解释如此令人震惊的大规模灭绝，所以人们还在寻找其他的发生机制。有一个假说是这样认为的：海洋的升温更适合产生硫化氢的细菌生长，而硫化氢对于其他生命形

---

① Timothy M. Lenton et al., "First Plants Cooled the Ordovician," *Nature Geoscience* 5 (2012): 86-89.

② Timothy Kearsey et al., "Isotope Excursions and Palaeotemperature Estimates from the Permian/Triassic Boundary in the Southern Alps (Italy)," *Palaeogeography, Palaeoclimatology, Palaeoecology* 279 (2009): 29-40.

③ Shu-zhong Shen et al., "Calibrating the End-Permian Mass Extinction," *Science* 334 (2011): 1367-1372.

式是有毒的。[①] 根据这一设想，硫化氢在水中累积，杀死了海洋生物，然后又逸散到空气中，杀死了几乎所有其他的生物。这种硫还原菌[②]改变了海洋的颜色，而硫化氢又改变了天空的颜色；科学作家卡尔·齐默对于二叠纪末期的世界是这样形容的：那是一个“相当怪诞的地方”，在那里人们可以看见了无生气的紫色海洋之中升起一串串气泡，把有毒的气体释放到“淡绿色的天空中”去。[③]

如果说，25 年前人们认为所有的大灭绝似乎都应该最终找到一个共同的原因。那么，现在，真实的情况好像恰恰相反。套用托尔斯泰那句脍炙人口的名言：不幸的是，每一次不幸的灭绝事件各有各的不幸。事实上，正是反常之处使得那些灭绝事件如此致命：一夕之间，地球上的生物发现，自己所面对的情况是它们在演化进程中从未准备好要去面对的。

“我看，当白垩纪末期大撞击的证据已经变得如此确凿之后，我们这些研究者中就有一部分人天真地期望能够找到证据，证明大撞击与其他大灭绝事件一同发生。”沃尔特·阿尔瓦雷斯告诉我，“但结果发现事情要复杂得多。我们现在已经看到，人类也

---

① Lee R. Kump, Alexander Pavlov, and Michael A. Arthur, “Massive Release of Hydrogen Sulfide to the Surface Ocean and Atmosphere during Intervals of Oceanic Anoxia,” *Geology* 33 (2005): 397 - 400.

② 即前文所说产生硫化氢的细菌，因为从硫到硫化氢是一个化学上的还原反应，其所释放的能量能够被该类细菌加以利用。——译者

③ Carl Zimmer, introduction to paperback edition of *T. Rex and the Crater of Doom* (Princeton, N. J.: Princeton University Press, 2008), xv.

可以导致大灭绝。所以很明显，我们对于大灭绝并没有一个普适的理论。”

在莫弗特的那个晚上，当每个人都喝够了茶、谈够了笔石之后，我们来到这家世界上最窄的旅馆一楼的酒吧。一两品脱啤酒下肚，谈话转向扎拉斯维奇最喜欢的一个话题——巨鼠。老鼠跟着人类跑到了世界上几乎每一个角落。而扎拉斯维奇的学术观点是，它们总有一天会接管地球。

“有一部分可能会保持老鼠的大小和样子，”他告诉我，“但另一些可能会缩小很多或长大很多。特别是，如果发生了流行性大灭绝，有生态空间被空出来，那么老鼠或许会是从中获利的最佳候选者。而且我们知道，体型大小的改变可以发生得相当迅速。”我想起来曾经在纽约上西区的地铁站中看到一只老鼠拖着一块比萨饼皮沿着铁轨向前跑。这让我联想到一幅场景：在未来荒无人烟的地铁隧道中，老鼠膨胀到杜宾犬（Doberman）[①] 大小，沿着铁轨蹒跚前行。

虽然巨鼠与笔石之间似乎没什么联系，但扎拉斯维奇对于巨鼠的兴趣其实是他对于笔石兴趣的一种合理延伸。他着迷于人类存在之前的那个世界，同时也对人类身后将要留下的那个世界越来越感兴趣。两项研究可相辅相成。他对奥陶纪进行研究时，总

---

① 原产于德国的中型短毛猎犬。——译者

是试图从遗留下来的琐碎线索中重构那个久远的过去：化石、碳同位素、沉积岩的分层。而他瞩望未来的时候，总是试图去想象当下这个世界分崩离析之后会有什么东西能够留存到未来：化石、碳同位素、沉积岩的分层。扎拉斯维奇相信，即便只是稍有训练的地层学家，也能像我们今天这样在有限的时间内搞清楚1亿年前发生了什么重大事件。再过1亿年，情况也是一样的。所有我们今天引以为豪的人类造物，比如雕塑和图书馆、纪念碑和博物馆、城市和工厂，都会被压缩成一层沉积物，比一张卷烟纸厚不了多少。[①] 扎拉斯维奇曾经写道："我们已经留下了无法磨灭的印记。"[②]

人类实现这一伟业的方式之一，就是我们永不停歇的折腾。常常是带有目的性的，但也常常是毫无目的性的，人类重新安排了地球上的动植物分布，把亚洲的动植物谱系带到了美洲，又把美洲的带到了欧洲，再从欧洲带到澳洲。老鼠向来都是这些迁移的排头兵，到处都留下了散落的骨头，甚至包括人类从未想过要去定居的那些偏远岛屿。太平洋大鼠（*Rattus exulans*）本来是东南亚的原住民，随着波利尼西亚的航海者到了夏威夷、斐济、塔希提岛、汤加、复活节岛、新西兰以及其他许多岛屿。由于遇不上什么天敌，这些偷渡的太平洋大鼠迅速繁殖，用新西兰古生

---

① Jan Zalasiewicz, *The Earth After Us: What Legacy Will Humans Leave in the Rocks?* (Oxford: Oxford University Press, 2008), 89.

② Jan Zalasiewicz, *The Earth After Us: What Legacy Will Humans Leave in the Rocks?* (Oxford: Oxford University Press, 2008), 240.

物学家理查德·霍德威（Richard Holdaway）的话说就是“一股灰潮”，把“能吃的一切东西都转变成了大鼠蛋白”。[1]（最近一项对复活节岛上花粉和动物遗骸的研究得出结论，岛上的森林被毁其实不是人类的过错，而是偷渡来的大鼠无节制的繁殖所致。[2]岛上原生棕榈树产种子的速度赶不上这些尖牙利齿的小动物膨胀的胃口。）当欧洲人到达美洲并继续向西到达波利尼西亚人定居的那些岛屿时，他们也带来了甚至更具适应性的挪威大鼠（*Rattus norvegicus*）。在很多岛屿上，这种本来源于中国的小动物在竞争中击败了先前的入侵鼠，甚至还破坏了之前太平洋大鼠没有影响到的鸟类和爬行类种群。或许可以说，大鼠已经建立了它们自己的“生态空间”，似乎能让子子孙孙们牢牢地占据住。扎拉斯维奇认为，今天这些大鼠的后代们还将辐射到太平洋大鼠和挪威大鼠帮忙清空的那些生态龛中。他想象，未来的大鼠会演化出新的形状和大小：有些“比鼩鼱还小”，另一些则像大象一样大。他曾经写道：“为了满足好奇心，同时也为了保持一种开放的可能性，我们不妨想象一下，演化之后的大鼠中有这样一两个物种的大型啮齿动物：它们近乎赤裸地生活在洞穴中，加工石头作为原始的工具，身披其他哺乳动物的兽皮，而这些哺乳动物

---

① Quoted in William Stolzenburg, *Rat Island: Predators in Paradise and the World's Greatest Wildlife Rescue* (New York: Bloomsbury, 2011), 21.

② Terry L. Hunt, "Rethinking Easter Island's Ecological Catastrophe," *Journal of Archaeological Science* 34 (2007): 485 – 502.

都是被它们当作食物杀死的。”①

与此同时，无论老鼠的未来如何，它们帮忙带来的灭绝事件将留下其特有的印记。虽然远远不如多布崖的泥岩或古比奥的黏土层中所记录的那样极端，但还是会在岩石中作为一个转折点出现。气候变迁本身也是一种推动灭绝的力量，同样会留下地质学痕迹。类似的因素还有放射性尘埃、河流改道、单一性种植的农业以及海洋的酸化。

基于所有这些原因，扎拉斯维奇相信，我们已经进入了一个在地球的历史上绝无仅有的新纪元。“从地质学角度来看，”他宣称，“这是一个非同凡响的时代。”

多年以来，对于人类把地球带入的这个新时代，有人建议给它换个新名称。知名环保生物学家迈克尔·绍列（Michael Saule）就建议，我们现在生活的时代不应该叫新生代，而应该称为“灾变代”（Catastrophozoic）。供职于南非斯泰伦博斯大学的昆虫学家迈克尔·塞姆威兹（Michael Samways）则提出了“同种新世”（Homogenocene）这个术语。加拿大海洋生物学家丹尼尔·保利（Daniel Pauly）提出了“黏液新世”（Myxocene）的说法，源自希腊文“黏液”一词。美国记者安德鲁·列夫金（Andrew Levkin）则贡献了“人类新世”（Anthrocene）这个词。

① Zalasiewicz, *The Earth After Us*, 9.

这些说法中的大多数要感谢莱尔，至少是间接受益于莱尔的创造。他在19世纪30年代就创造了始新世（Eocene）、中新世（Miocene）和上新世（Pliocene）这些词汇。

人类世（Anthropocene）这个术语最早是由德国化学家保罗·克鲁岑（Paul Crutzen）发明的。他因发现了某些化学物质对于臭氧层的破坏作用而获得诺贝尔奖。这一发现的重要性无论如何评价都不为过；如果没有这项发现，那些破坏臭氧层的化学物质就会继续被广泛使用，那个每年春天出现在南极洲上空的臭氧空洞就会越来越大，直到最终覆盖整个地球。（据报道，与克鲁岑共事的另一位诺贝尔奖科学家曾经在某天下班回家后对他的妻子说："研究工作进展很顺利，可是看来这大概就是世界末日了。"）

克鲁岑告诉我，"人类世"这个词最初是在他参加一次会议时蹦进他脑海的。那次会议的主席不断提到全新世（Holocene），词根拆开来就是"完全最新"的时期。全新世开始于最后一次冰川期结束的时候，也就是1.17万年前，并持续至今——至少正统的定义是这样的。

"'让我们结束那个时代吧。'"克鲁岑记得他当时脱口而出，"'我们不再处于全新世之中；我们已经进入人类世。'好吧，房间里有好一会儿鸦雀无声。"在接下来的茶歇中，人们谈话的主题全是人类世。有些人过来找克鲁岑，建议他给这个词申请专利。

克鲁岑把他的想法写进一篇短文《人类的地质特征》，发表在《自然》上。他在文中提出："称当今这一地质时期为'人类世'似乎是恰当的，因为人类在许多方面都占据着主导地位。"人类影响所导致的地质学规模的改变有很多，克鲁岑从中列举了以下这些：

- 人类活动已经改变了这颗星球三分之一至二分之一的地表面貌。
- 世界上主要河流中的大多数都已经建立了水坝或被分流。
- 种植作物从肥料中固定的氮比所有陆地生态系统天然固定的氮都多。
- 渔业捕捞了近海水域超过三分之一的主要生物资源。
- 人类使用了世界上超过一半的可以直接利用的流动淡水资源。

克鲁岑说，更重要的是人类已经改变了大气的组成。拜化石燃料的燃烧和森林砍伐所赐，空气中二氧化碳的浓度在过去两个世纪中提高了40%，而另一种更为高效的温室气体甲烷的浓度则翻了不止一番。

克鲁岑曾经写道，"由于这些人类活动产生的排放"，全球气候有可能“在接下来的许许多多个千年中都严重偏离自然状态”。[①]

克鲁岑这篇《人类地质学》发表于2002年。很快，“人类世”开始出现在其他科学期刊上。

《河流系统的全球分析：从地球系统控制到人类世综合征》是2003年发表在期刊《英国皇家学会自然科学会报B：生物学》上的一篇论文。

《人类世的土壤和沉积物》是《土壤与沉积物期刊》2004年某期头条文章。

当扎拉斯维奇看到这个说法时，他完全被吸引住了。他发现，使用这个词的人大多不是受过训练的地层学家，于是他很好奇他的同行们会如何看待这件事。当时，他是伦敦地质学会下属地层学委员会主席，历史上莱尔、威廉·休厄尔以及约翰·菲利普斯都曾任此职。在一次午餐会议上，扎拉斯维奇询问他的委员会成员们对人类世怎么看。22个人当中有21个认为这个概念太好了。

于是，这个委员会决定把这个概念作为一个严肃的地质学问题来检验。人类世是否符合用于命名一个新地质世的标准呢？（对于地质学家来说，一个地质世是由一个地质纪划分而来，而一个地质纪又是由一个地质代划分而来。比如全新世属

---

① Paul J. Crutzen, “Geology of Mankind,” *Nature* 415 (2002): 23.

于第四纪，而第四纪又属于新生代的一个时期。）经过长达一年的研究之后，委员会成员得出的答案是毫无疑问的“符合”。他们认为，克鲁岑所列举的那些变化会留下“全球性的地层学印记”，即使再过数百万年也可以轻易解读。这就像是奥陶纪的冰川作用留下的“地层学印记”至今仍旧易于解读一样。这些科学家在一篇文章中总结了他们的发现，其中之一就是：人类世将会留下独特的“生物地层学印记”，一方面来自目前正在发生的大灭绝事件，另一方面则来自人类使地球生命进行重新分布的习性。他们在论文中写道：这些印记将会被永久地记录下来，“而未来的演化将会在得以存活的物种（并且常常是发生过人类世迁移的物种）中开始”。[①] 在扎拉斯维奇看来，那说不定就是老鼠。

在我这次前往苏格兰的时候，扎拉斯维奇已经把人类世这件事推到了一个新的高度。国际地层学委员会（ICS）是负责制订地球历史时间表的官方组织。ICS 决定了诸如“更新世确切的开始时间是什么时候”这种事情。事实上，最近经过了一场非常激烈的辩论之后，这个委员会把更新世的开始时间从 180 万年前向前推到了 260 万年前。扎拉斯维奇已经说服了 ICS 考虑正式承认人类世。顺理成章的是，他本人将会负责相关的工作。作为“人

---

① Jan Zalasiewicz et al.,“Are We Now Living in the Anthropocene?” *GSA Today* 18 (2008)：6.

类世工作组”的负责人，扎拉斯维奇期望能够在 2016 年出一份提案，供全体成员投票。如果他取得成功，人类世被正式确立为一个新的地质世，那么世界上所有的地质学教科书都将立即过时。

第六章

环绕我们的海洋[①]

① 本章标题即蕾切尔·卡森1951年畅销作品书名。——译者

地中海射线帽贝（*Patella caerulea*）

阿拉贡堡（Castello Aragonese）是一座从第勒尼安海中笔直升起的小岛，看起来就像只乌龟一样。它位于那不勒斯南方约30公里处，可以从较大的伊斯基亚（Ischia）岛上通过一座又长又窄的石桥到达。在桥的尽头有个售票亭，花10欧元买张票就能让你爬上那座赋予这个小岛名字的壮观城堡，或者更准确地说，是乘电梯上去。城堡中有一个中世纪刑讯用具展览，还有一间很有意思的酒店和一家室外咖啡厅。在夏天的夜晚，这家咖啡厅应该是个绝好的去处，既可以品尝金巴利开胃酒，又可以遥想恐怖的过去。

像许多其他的小地方一样，阿拉贡堡也是极其巨大的自然伟力的产物，具体来说是非洲板块向北的漂移，每年能让的黎波里向罗马靠近两三厘米的样子。沿着两个板块间的复杂岩层褶皱，非洲板块被压进了欧亚板块中，有点像是一块金属板被硬塞进熔炉之中。这个进程偶尔会导致剧烈的火山喷发。其中发生在1302年的那次火山喷发令伊斯基亚岛上的全部居民不得不躲到了阿拉贡堡。大多数情况下，这个板块漂移的进程只是让海底的一些孔洞中冒出一串串的气泡而已。这些气泡里百分之百都是二氧化碳。

二氧化碳有很多有趣的性质。其中之一就是能够溶解于水中形成酸。我是在旅游淡季一月底去的伊斯基亚岛，专门要到那冒着气泡的酸化海湾中游泳。海洋生物学家杰森·霍尔-斯宾塞（Jason Hall-Spencer）和玛丽亚·克里斯蒂娜·布亚（Maria Christina Buia）答应带我去看海底那些冒泡的洞口，前提是天气预报说的暴风雨并未到来。出海那天是阴冷的天气，天空是灰色的，我们乘着一条改造成考察船的渔船颠簸前进。我们绕着阿拉贡堡，在距岛上崖壁近20米处下锚。在船上，我看不到那些洞口，但能看到它们存在的迹象。藤壶组成了一条发白的条带，绕在岛的根基上，只有洞口上方没有藤壶生长。

“藤壶生命力很强。”霍尔-斯宾塞评论道。他是英国人，满脑袋暗金色的头发四处支棱着。他身上穿着低温潜水服，能够保证身体不被弄湿，但看上去就像是要去太空旅行一样。布亚是意大利人，长着及肩的红棕色头发。她把衣服脱掉，露出泳衣来，然后以专业的动作穿上了潜水服。我试着学她的样子穿上专为此行租借的潜水服。当我费力地拉扯背后的拉链时，我意识到这件潜水服大概小了半号。我们都戴好面罩，穿好脚蹼，一起翻入水中。

海水冰冷彻骨。霍尔-斯宾塞带着一把小刀。他从岩石表面撬下一些海胆拿给我看。它们的刺像墨水一样黑。我们沿着岛的南侧继续游向那些海底的洞口。霍尔-斯宾塞和布亚不时停下来收集标本，有珊瑚、海螺、海藻、贻贝。他们把这些标本放在身后拖着的一个网兜中。当我们离得足够近时，我看到了从海底升起的那些气泡，就像是一串串水银珠。一片片海草在我们下方摇曳，草叶是种诡异的艳绿色。我后来才知道，这是因为缺乏一种通常附着在其表面上、会令其颜色变暗的微生物。我们离洞口越近，能收集的标本就越少。海胆没有了，贻贝和藤壶也没有了。布亚发现一些倒霉的帽贝附在岩石上。它们的壳已经薄到几近透明了。一大群水母漂过来，投下比海水稍暗的阴影。

“小心，”霍尔-斯宾塞警告我，“它们会蜇人。”

自从工业革命开始，人类已经燃烧了足够多的化石燃料，包括煤、石油以及天然气，共向大气中添加了 3 650 亿吨的碳。去森林化则贡献了另外 1 800 亿吨。每年，我们还要向空气中排放约 90 亿吨，约合每年增加 6%。以上这些行为的结果就是，今天空气中的二氧化碳浓度略高于 0.04%，超出过去 80 万年间任意时期的水平，很可能也高于过去几百万年间任意时期的水平。如果目前的趋势持续下去，二氧化碳浓度将会在 2050 年超过

0.05%，差不多是工业时代之前水平的两倍。据预计，这样的增长幅度会导致全球平均气温上升 2～4℃，进而引发一系列改变世界的事件，包括大多数现存冰川的消失，低海拔岛屿和沿海城市的淹灭，以及北极冰盖的融化。但这还只是故事的一部分而已。

海洋覆盖着 70%的地球表面。只要水和空气有接触的地方，就会有两者间物质的交换。大气中的气体成分会溶解到海水中，而海水中溶解的气体也会释放到大气中。当两者达到平衡时，溶解的量与释放的量就基本一样了。我们对于大气成分的改变会打破这种平衡：进入水中的二氧化碳多于从水中出来的量。这样一来，人类实际上是在持续向大海中注入二氧化碳，远超过那些海底的洞口释放的量，而且是从表面而非底部注入的，还是全球性的。今年海洋将会吸收 25 亿吨的碳，预计明年还会再吸收 25 亿吨。实际上，每个美国人每天向海水中注入的碳超过 3 公斤。

拜所有这些额外的二氧化碳所赐，海洋表层水体的平均 pH 值已经从 8.2 降低到了 8.1。就像地震的里氏震级一样，pH 值也是按对数计算的，也就是说，即使数值上只改变了这么一点点，实际情况的变化也将是巨大的。pH 值降低 0.1 意味着海洋的酸度比 1800 年提高了 30%。假设人类继续燃烧化石燃料，海洋将持续吸收二氧化碳，从而加剧酸化。如果排放情况照旧不变的话，表层海洋的 pH 值将会在 21 世纪中叶降到 8.0，并在世纪末降到 7.8。到了那时候，海洋的酸度将比工业革命之前提高 150%。①

由于海底洞口持续涌出的二氧化碳，阿拉贡堡周围的海水为全球范围内的海水提供了一个几乎完美的预演。这就是为什么我要在一月份潜入这座岛周围冻得我渐渐僵硬的冰冷海水中。在这里，你可以在未来的海水中游泳，甚至是淹死——这想法让我不禁一阵恐慌。

当我们回到伊斯基亚岛的港口时，起风了。甲板上杂乱地堆放着用光的气瓶，滴水的潜水服以及一箱箱满满的标本。这些东西从船上卸下来之后，都要靠人提着穿过狭窄的街道，带回当地的海洋生物学考察站。考察站坐落在一处陡峭的岬角上，俯瞰着大海，是由 19 世纪的一位德国博物学家安东·多恩（Anton Dohrn）建立的。在门廊里，我注意到墙上挂着一封信的复制品，是由查尔斯·达尔文写给多恩的。在信中，达尔文表示从一位他们共同的朋友那里获知多恩工作过度劳累，表达了他对多恩的关切。

布亚和霍尔-斯宾塞把从阿拉贡堡岛周围采集来的动物安置在地下实验室的水箱中。这些动物在我非专业的眼光来看都很迟

---

① 注意 pH 值范围是 0～14。7 代表中性，高于 7 代表碱性，而低于 7 代表酸性。天然海水是碱性的，所以，通常被称为“海洋酸化”的 pH 下降过程也可以叫作“海洋碱性的下降”，相对而言就没那么好记了。

阿拉贡堡

钝，甚至可能已经死了。但过了一会儿之后，它们开始摇摆自己的触手，搜寻食物。其中有一只海星少了一只腿，有一大团珊瑚体型细长，还有一些海胆用自己那几十条像线一样的“管状脚”在水箱里逛来逛去。（海胆的每条管状脚都是用液压力量来控制的，靠水的压力来伸出或缩回。）还有一条长达 15 厘米的海参，很不幸，长得就像一条血肠，甚至更糟，像是一条大便。在寒冷的实验室里，海底洞口的破坏作用得以清晰呈现。飓风钟螺（*Osilinus turbinatus*）是一种常见的地中海海螺，壳上有交替的黑色和白色斑点，花纹就像是蛇皮一样。水箱中的飓风钟螺壳上却没有花纹，因为带脊的外层都已经被腐蚀掉了，暴露出里面全白的平滑内层。地中海射线帽贝形状就像是中国的斗笠。水箱中的一些地中海射线帽贝的外壳受到了严重的破坏，透过壳已经能看到里面油灰色的肉质部分了。这些帽贝看起来就像是在酸里泡过一样，从某种意义上来讲也的确如此。

“因为，pH 值是很重要的，我们人类的身体花费了很多的能量来确保我们的血液维持在一个恒定的 pH 值上。”霍尔-斯宾塞一边说一边提高了声音，以盖过流水的噪声。“但是一些这样的低等动物没有那种生理机能来维持 pH 值。它们只能忍受外界发生的一切，于是被逼到了超出极限的地步。”

稍后吃比萨的时候，霍尔-斯宾塞给我讲了他第一次去那些洞口的情况。那是 2002 年的夏天，他当时正在一条意大利科考船“乌拉尼亚女神”号上工作。在一个炎热的日子里，“乌拉尼亚女神”号经过伊斯基亚岛，船员们决定停船下锚，下海游泳。有些知道那些洞口的意大利科学家带着霍尔-斯宾塞去看看，只是为了好玩而已。他很享受这种新奇的体验，在一串串气泡之间游泳，就像是在香槟酒中泡澡一样。不过，收获不仅于此，这次体验令他开始思考一个问题。

当时，海洋生物学家刚开始认识到酸化所带来的危害。人们已经得出了一些枯燥的计算结果，并在实验室内饲养的动物身上进行一些初步的实验研究。霍尔-斯宾塞想到，这些洞口可以用来开展一种更大胆的新研究。这不仅仅将涉及几种在水箱里饲养的生物，更包括几十种在自然环境中生活繁衍的物种——如果你愿意的话，也可以说是在天然的非自然环境中。

阿拉贡堡周围的洞口制造了一种 pH 值梯度。在岛的东侧岸边，海水几乎没受什么影响。这个区域被认为代表了目前的地中海。当你逐渐靠近那些洞口时，海水的酸度逐渐增加，pH 值逐渐下降。霍尔-斯宾塞在研究中总结出了一张不同生命形式随 pH 值梯度分布的地图，代表了全世界海洋未来发展的地图。这就像是获得了一台水下的时间机器一样。

霍尔-斯宾塞花了两年时间才重新回到伊斯基亚岛。那时他没有研究资金来源，也就很难让任何人认真对待他的想法。因为负担不起房租，他只好在崖壁上的突出部分搭帐篷睡觉。为了采集标本，他还曾经用过别人不要的塑料水瓶。“当时有那么点鲁宾逊的范儿。”他这样告诉我。

最终，他还是说服了一些人相信他所做的事情，其中也包括布亚在内。他们最初的任务就是对岛周围的 pH 值水平进行详细的测量。然后，他们对于在不同 pH 值区域内生活的生物种类进行了普查。为此，他们要沿着岸边放置金属框，再记录每个框里面附着在岩石上的每一只贻贝、藤壶和帽贝。他们还需要连续数个小时坐在水底，数游过的鱼类。

在远离洞口的海水中，霍尔-斯宾塞和他的同事发现了相对典型的地中海物种组合。其中包括金色海绵（*Agelas oroides*），看起来有点像是包装用的泡沫塑料；叉牙鲷（*Sarpa salpa*），一种常见的食用鱼，偶尔可能会引发幻觉；黑海胆（*Arbacia lixula*），颜色微微发紫。这个区域还生活着硬叉节藻（*Amphiroa rigida*），一种长着刺的粉红色海藻；以及仙掌藻（*Halimeda *tuna*)，一种绿色的海草，长得像是一连串碟片。（普查仅限于肉眼可见的生物。）在这个不受洞口影响的区域，共统计了69个动物物种和41个植物物种。

当霍尔-斯宾塞和他的团队在更靠近洞口的区域布下分区框时，他们得到的普查结果大不一样。[①] 比如颜色浅灰的穿孔藤壶（*Balanus perforatus*），长得就像是一座微型火山，从西非直到英国威尔士都很常见，数量巨大。然而在pH值为7.8的区域中，穿孔藤壶消失了，而这里的海水只不过相当于不太久远的未来。地中海贻贝（*Mytilus galloprovincialis*）是一种原产于地中海的蓝黑色贻贝，适应性极强，以至于成为世界上很多其他地区的入侵物种。然而它们也在这里消失了。同样消失的还有长珊瑚藻（*Corallina elongata*）和药用珊瑚藻（*Corallina officinalis*），都是暗红色的硬质海草；马旋鳃虫（*Pomatoceros triqueter*）是一种龙骨虫；三个物种的珊瑚；几个物种的海螺；以及一种叫挪亚方舟贝（*Arca noae*）的软体动物。总体来讲，在不受洞口影响的区域发现的物种中，有三分之一没有出现在pH值为7.8的区域。

“很不幸，最明显的转折点，也就是生态系统开始崩塌的转折点，就在pH值7.8左右，而这预计将会出现在2100年的海

① Jason M. Hall-Spencer et al., “Volcanic Carbon Dioxide Vents Show Ecosystem Effects of Ocean Acidification,” *Nature* 454 (2008): 96–99. Details from supplementary tables.

洋。”霍尔-斯宾塞用英国人特有的轻描淡写告诉我，“这也算是相当惊人了。”

自从霍尔-斯宾塞于2008年发表了关于洞口系统的第一篇论文之后，人们对于酸化及其影响的热情立刻被引爆了。国际性的研究项目如“海洋酸化的生物学冲击”（BIOACID）和“欧洲海洋酸化项目”（EPOCA）都有了资助，成百上千的实验研究得以开展。这些实验的地点，有的在船上，有的在实验室里，还有被称为中型实验生态系统的封闭空间，那是一小片可以人为控制其条件的真正海洋。

一次又一次地，这些实验证实了二氧化碳浓度提高所带来的危害。虽然有许多物种显然可以过得不错，甚至在酸化的海洋中生长得很旺盛，但也有很多的物种做不到这一点。有些生物被证明是很脆弱的，比如小丑鱼和太平洋牡蛎，它们往往是水族馆里或餐桌上的熟面孔；其他一些可能不那么吸引人（或者不那么好吃），但却可能对于海洋生态系统更为重要。例如单细胞浮游植物赫氏球石藻（*Emiliania huxleyi*）就是其中之一。这种球石藻把自己包裹在微型的方解石盘中。在显微镜下观察，它看起来就像是某种疯狂的艺术作品：一个表面贴满纽扣的足球。在一年中的某些特定时期，赫氏球石藻会大量出现，把广阔海域变成乳白色。它构成了很多海洋食物链的基底。海蝴蝶（*Limacina helicina*）是一种翼足目的海螺，长得像是带翅膀的蜗牛。它生活在北冰洋里，是很多更大型动物的重要食物，包括鲱鱼、鲑鱼和鲸。上述两种生物似乎对酸化高度敏感：在一项中型实验生态系统的研究中，赫氏球石藻在二氧化碳水平提高后全部消失了。[①]

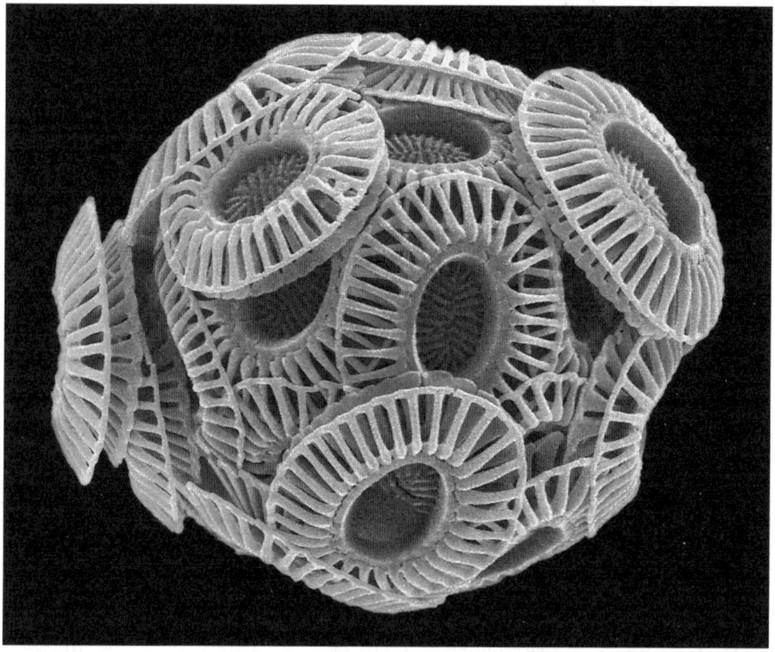

赫氏球石藻

乌尔夫·希博塞尔是来自德国基尔海洋地质科学-亥姆霍茨中心一名主攻生物学方向的海洋学家，主持有若干项重大的海洋酸化研究，地点位于挪威、芬兰以及斯瓦尔巴特群岛近海。希博

① Ulf Reibesell, personal communication, Aug. 6, 2012.

塞尔发现，在酸化的海水中活得最好的那些物种主要是不足2微米的浮游生物。它们太小了，以至于自己形成了一套微型的食物网。当这些超微型浮游生物的数量增加时，它们用掉了更多养分，大型生物就此遭殃。

“如果你问我未来会发生什么，我认为我们手上最确凿的证据表明，将会出现生物多样性的下降。”希博塞尔告诉我说，“一些具有高度忍耐力的生物将变得数量庞大，但也会丧失整体的多样性。这是过去每一次物种大灭绝中所发生过的事情。”

海洋酸化有时与全球变暖并称“邪恶双子”。这种讽刺的说法可谓名副其实，甚至可能有些太客气了。没有一种单一的机制可以解释历史上的所有物种大灭绝，然而海洋化学成分的改变似乎是一个很好的指示器。海洋酸化至少在五次大灭绝中的两次（二叠纪末期和三叠纪末期）起了一定作用，而且很可能在另一次（白垩纪末期）中也是主要因素。人称“多尔斯阶更替”（Toarcian Turnover）的灭绝事件发生于1.83亿年前的侏罗纪。在这次事件中，有确凿证据表明出现了海洋酸化。① 古新世末期也有类似的证据，那是约5 500万年前，当时一些海洋生物遭遇了严重的危机。

“噢，海洋酸化，”扎拉斯维奇曾在多布崖告诉我，“这一来

① Wolfgang Kiessling and Carl Simpson, “On the Potential for Ocean Acidification to Be a General Cause of Ancient Reef Crises,” *Global Change Biology* 17 (2011): 56-67.

要留下多么可怕的一层哪。”

为什么海洋酸化如此危险？这个问题之所以难于回答，只是因为答案实在太多了。酸化可能对一种生物不同的基础生理过程造成影响，比如代谢、催化酶的活性以及蛋白质的功能，具体取决于这种生物调节其自身内在化学环境的能力强弱。由于酸化会改变微生物种群的构成，也就改变了关键营养物质的可获取性，比如铁和氮。基于类似的原因，酸化改变了穿过水体的光线强弱；基于另一些不同的原因，酸化还能改变声音传播的方式。（笼统来讲，酸化会让海洋变得更嘈杂。）酸化似乎很可能促进有毒藻类的生长。它还会对光合作用造成巨大影响——很多植物物种有可能受益于提高的二氧化碳水平——也会改变水中溶解金属形成化合物的情况，在某些条件下产生有毒的物质。

在众多可能造成的冲击之中，最严重的一个或许要牵涉到被称为钙化者（calcifier）的一群生物。（钙化者这个术语包括了任何能够用碳酸钙矿物来构建外壳或外骨骼的生物，除动物之外，也包括用碳酸钙矿物来建造内部架构的水生植物。）海洋中的钙化者是形形色色的不同生物。像海星和海胆一样的棘皮动物是钙化者，像蛤和牡蛎等软体动物也是钙化者。同样是钙化者的还包括甲壳纲的藤壶。许多种类的珊瑚是钙化者，这是它们建筑那些最终成为珊瑚礁的塔状构造的方式。许多种类的海草是钙化者，它们摸起来是坚硬的，而且易碎。珊瑚藻也是钙化者，这种微小的生物生长在一起时，看起来就像是一抹粉色的油漆。腕足类动物是钙化者，球石藻、有孔虫以及许多种类的翼足目动物也都是钙化者。这份名单还可以一直写下去。据估计，钙化作用的演化在生命历史上独立出现的次数不下 20 次，而且很可能还要高于这个数字。[①]

从人类的角度来看，钙化有点像是建筑工作，又有点像是炼金术。为了建造它们的壳或外骨骼或方解石板，钙化者必须把钙离子（Ca^{2+}）和碳酸根离子（CO_3^{2-}）结合到一起，形成碳酸钙（$CaCO_3$）。但是，以在正常海水中获得的离子浓度，钙和碳酸无法彼此结合。因此实际上，钙化者必须在钙化地点改变水体化学环境，从而促成它们自己的化学反应。

海洋酸化增加了钙化的成本，因为可以用于生产碳酸钙的碳酸根离子浓度下降了。[②] 如果还是用建筑工作来打比方的话，这情况就像是你想要盖一栋房子，可是有人不停地从你这里偷砖。海水酸化得越严重，钙化者就要消耗越多的能量来完成必需的生理过程。在某个 pH 值上，海水彻底变成腐蚀性的，固态的碳酸

---

① Andrew H. Knoll, "Biomineralization and Evolutionary History," *Reviews in Mineralogy and Geochemistry* 54 (2003): 329 - 356.

② 二氧化碳溶于水之后，一部分仍以二氧化碳的形式存在，pH 值不改变，另一部分则与水分子结合形成碳酸（H_2CO_3）。碳酸的分解有两种形式：一个碳酸根离子和两个氢离子（H^+）；或一个碳酸氢根离子（HCO_3^-）和一个氢离子（H^+）。它们之间的平衡状态在不同 pH 值范围内是不同的。在海洋酸化的情况下，也就是 pH 值在 8.2～7.8 之间时，溶解更多的二氧化碳会同时抬高氢离子浓度和碳酸氢根离子浓度，但是前者要多于后者，从而导致多出来的氢离子与碳酸根离子的结合，进一步补足碳酸氢根离子。这就引发了对碳酸根离子的进一步消耗，结果造成了二氧化碳浓度提高时碳酸根离子浓度反而下降的现象。——译者

钙开始溶解。这就是为什么离阿拉贡堡洞口太近的帽贝，最终会在壳上出现穿孔。

实验室里的实验研究表明，钙化者尤其将遭受海洋 pH 值下降的严重冲击，而阿拉贡堡的消失物种名单证实了这一点。在 pH 值为 7.8 的区域，消失物种有四分之三是钙化者。[①] 其中包括几乎无处不在的穿孔藤壶，生命力极强的地中海贻贝以及马旋鳃虫。其他消失的钙化者还有狐蛤（*Lima lima*），一种常见的双壳纲动物；斑纹钟螺（*Jujubinus striatus*），一种巧克力色的海螺；以及叫作沙虫螺（*Serpulorbis arenarius*）的软体动物。与此同时，有钙化功能的海草全部消失了。

据在这一地区工作的地质学家说，阿拉贡堡的这些洞口涌出二氧化碳气体的历史长达数百年，甚至还要更久。任何软体动物、藤壶或者龙骨虫如果能够在几个世纪的时间里变得适应低 pH 值的环境，那么它们肯定已经这样做了。“它们有一代又一代的时间去适应这里的环境，但却始终没有做到。”霍尔-斯宾塞如是评论道。

此外，如果 pH 值降得更低，对于钙化者来说就更糟糕。在靠近那些洞口的地方，冒出来的二氧化碳气泡已经连成了一条气体带。霍尔-斯宾塞发现那里没有任何钙化者。事实上，在那个

---

① Hall-Spencer et al., "Volcanic Carbon Dioxide Vents Show Ecosystem Effects of Ocean Acidification," *Nature* 454 (2008): 96 - 99.

停车位大小的区域里存活下来的生物只有几种顽强的本地藻类，一些入侵藻类，一种虾，一种海绵，还有两种海蛞蝓。

“在气泡冒出来的地方，你不会看到任何钙化生物，完全没有。”他告诉我，“想象一下，在一个被污染的港口里，你往往只能找到寥寥几种像野草一样顽强的生物，成功地应对了剧烈变化的环境。但是在这儿，只要提高二氧化碳浓度，你就能看到这种景象了。”

迄今为止，人类排入大气的二氧化碳中差不多有三分之一都被海洋吸收了。这相当于 1 500 亿吨，相当震撼。[①] 与人类世的其他许多方面一致，惊人之处不仅在于其规模，更在于其速度。为了方便理解，我们不妨用酒精来做个不怎么恰当的比喻：同样是喝掉半打啤酒，在一个月内喝完和在一小时内喝完，对于你血液化学组成的影响是有很大区别的。加入等量二氧化碳，在一百万年内加入或是在一百年内加入，对于海洋化学组成的影响也是有很大区别的。对于你的肝脏而言，摄入酒精的速率是关键；对于海洋而言，速率同样是关键所在。

如果我们向空气中排放二氧化碳的速度更慢一些，像岩石风化这样的地质学过程就会来扮演对抗酸化的角色。而实际上，事

① 关于二氧化碳大气排放和海洋吸收的最新数值，感谢 NOAA - PMEL 碳计划的克里斯·萨拜因（Chris Sabine）提供帮助。

情发生得太快，那些缓慢起效的力量来不及发挥作用。正如蕾切尔·卡森之前对一个非常不同但又同样重大的问题所做的评论："时间是必不可少的关键要素，但现代社会所缺少的恰恰是时间。"[①]

在哥伦比亚大学拉蒙特-多尔蒂地球观测所，巴贝尔·霍尼施（Bärbel Hönisch）领导的一组科学家近期发表了一篇综述，总结了在地质历史的久远过去曾经发生过二氧化碳改变的证据。文中写道，即使在历史上发生过若干次严重的海洋酸化，但是"没有任何一次过去的事件完全符合"当前正在发生的情况，这是由于"目前正在进行的二氧化碳排放有着前所未有的高速"。实际上，本来就没有多少方法可以向空气中迅速注入数亿吨的碳。对于二叠纪末期大灭绝，人们能找到的最佳解释就是今天西伯利亚地区的大规模火山爆发。但即使是这样一个形成了今天所谓西伯利亚暗色岩的壮阔事件，其所排放的碳按年来计算，可能仍不及我们的汽车、工厂以及发电厂的碳排放量。[②]

通过燃烧煤和石油等矿藏，人类把数千万年来——大多数情况下是数亿年来——所隔绝起来的碳重新释放到空气中。在这个过程中，我们不仅是在开地质历史的倒车，并且是以一种极不正常的速度。

---

① Rachel Carson, *Silent Spring*, 40th anniversary ed. (Boston: Houghton Mifflin, 2002), 6.

② Jennifer Chu, "Timeline of a Mass Extinction," MIT News Office, published online Nov. 18, 2011.

在学术期刊《海洋学》的一期特刊中，宾夕法尼亚州立大学的地质学家李·孔普和布里斯托尔大学的气候模型学家安迪·里奇韦尔共同撰文评述酸化问题："当前地球所经历的就像是一场巨型实验，这在地质学上是异乎寻常的，也很可能是地球历史上前所未有的。造成这一切的关键就是二氧化碳的排放速率。"[①] 如果人类在这条路上持续走下去的话，"那么在我们这颗星球的历史上，人类世留下的地质学印记所体现出来的事件，即便不是最为灾难性的事件之一，也一定是最为显著的事件之一"。

---

① Lee Kump, Timothy Bralower, and Andy Ridgwell, "Ocean Acidification in Deep Time," *Oceanography* 22 (2009): 105.

第　七　章

落　酸

多孔鹿角珊瑚（*Acropora millepora*）

远在距离阿拉贡堡半个地球之外的地方，独树岛坐落于大堡礁的最南端，距离澳大利亚海岸有 80 公里远。我到那儿的时候，本以为会看到白色的沙滩上伫立着一棵孤独的棕榈树。我也知道这想法太漫画了，但还是惊奇地发现岛上别说一棵树，甚至连沙滩都没有。整座岛是由无数的碎珊瑚砾形成的，小的如同弹珠，大的如同鹅卵石。这些碎砾的形状多达几十种，就如同它们作为珊瑚活着时一样五花八门。有些是短粗的手指形，有些则是像大烛台一样的分支形。还有一些很像是鹿角，或者餐盘，或者大脑局部。据信，独树岛是在大约 4 000 年前一场极其猛烈的风暴中形成的。（正如一位曾经研究过这里的地质学家告诉我的："当那场风暴发生时，你肯定不希望自己正好在那里。"）这座岛目前仍在改变着形状。2009 年 3 月，一场经过此地的风暴——强热带气旋哈米什（Cyclone Hamish）——沿着这座岛的东岸添加了一道脊。

独树岛可以称得上是无人岛，除了一个由悉尼大学运行的科考站外，没有其他居民。我是从 20 公里外另一座稍大的岛出发前往独树岛的，跟别人的行程一样。（那座岛叫作苍鹭岛，同样名不副实，因为岛上一只苍鹭也没有。）当我们在独树岛靠岸的时候——只是把船停在岸边而已，因为这座岛根本没有码头——有一只蠵龟正拖着笨重的身躯费力地爬上岸来。这只海龟长近 1.2 米，龟壳有着巨大的边条，上面覆满了藤壶，看起来很有年代感。消息在一个近乎无人的岛上迅速传播。很快，独树岛上的全部人群——12 个人，包括我在内——都出来看这只海龟了。海龟通常是夜间在沙滩上产蛋，而此时是正午时分，还是在如此崎岖不平的珊瑚砾上。这只海龟试图用它的后鳍挖一个坑。费了很大的劲之后，她只弄出一道浅槽来，一个鳍已经在流血了。她又努力向着海岸更高处挪了挪，再次奋力挖坑，却只得到了差不多一样的结果。一个半小时之后，当我必须要去科考站的负责人那里听安全讲座时，她还在努力着。这里的负责人叫罗素·格拉汉姆（Russell Graham），他警告我在落潮的时候千万不要去游泳，否则就会发现自己已经“被冲到斐济去了”。（这句话我在岛上停留期间重复听了很多次，不过对于这里的海流方向究竟是去往斐济还是远离斐济，大家仍旧持有不同意见。）除此之外还有其他一些忠告：被带有蓝环的章鱼咬一口会致命；而被石头鱼叮一下则不会死，只不过会很疼，疼到你希望还不如死了算了。记住所有这些警告之后，我又折回岸边去看那只海龟怎么样了。显然，她已经放弃并游回了大海里。

从空中俯瞰的独树岛以及环绕的珊瑚礁

独树岛科考站是个极其精简的机构。包括两个临时的实验室，两间小木屋，以及一个室外堆肥式厕所。木屋就直接建在珊瑚砾上，大部分没有地板。所以当你在室内时，也感觉像是在室外。来自全世界的一队又一队科学家们会预约前来这个科考站工作，一待就是几周或几个月。不知从什么时候起，有人决定要在木屋的墙上留下到此一游的记录，而后来的每一队科学家也都响应了这种做法。其中一行用记号笔写着：“**2004 年到达核心。**”

还有别的。

蟹团队：钳子的用途——2005 年

珊瑚的性爱——2008 年

荧光团队——2009 年

我到独树岛的时候，科考站住着一支美国-以色列联合考察队，他们已经是第二次来这个岛了。第一次来的时候在墙上写下的是“珊瑚上的落酸”，旁边还配了一幅画：一个注射器正在地球上方滴下血一样的东西。这队科学家在墙上留下的最新信息与他们的研究地点有关，是一片被称为 DK-13 的珊瑚。DK-13 位于大堡礁上，远离这个科考站，从联络不便的角度来看，跟远在月亮上也没什么差别。

他们这次在墙上写的是：**“DK-13：没人听得见你的呐喊。”**

最早发现大堡礁的欧洲人是詹姆斯·库克船长。1770 年春天，库克正沿着澳大利亚东岸航行时，他的船“奋进”号冲进了一片珊瑚礁中，地点位于今天的库克镇东南约 50 公里处。当然，这个小镇的名字并不是个巧合。为了脱困，船上所有可以抛弃的东西，包括加农炮，都被扔下了甲板，已经漏水的“奋进”号这才勉强设法靠岸。在接下来的两个月里，船员们都在忙着修补船身。库克为此感到心烦意乱，将带来麻烦的珊瑚礁形容为“从深不可测的海洋中几乎垂直升起的一道珊瑚岩墙”。[①] 他知道珊瑚礁的来源与生物有关，是“由动物在海中造就的”。但他接下来的问题是：它怎么能够“向上堆出如此的高度”?[②]

60年后，当莱尔坐下来撰写他的《地质学原理》时，珊瑚礁是如何升高的仍然是个有待研究的问题。尽管莱尔从未见过真正的珊瑚礁，但却对它们很着迷，并在第二卷中花了一些篇幅来推测它们的起源。莱尔的理论是：珊瑚礁是从已经消失的海底火山的火山口上生长起来的。他多多少少借用了一位俄国博物学家约翰·弗雷德里希·冯·埃施朔尔茨（Johann Friedrich von Eschscholtz）的全套理论。[③]（在比基尼环礁被称为比基尼环礁之前，人们叫它埃施朔尔茨环礁，只不过少了点迷人的味道。）

轮到达尔文来为珊瑚礁建立一套理论时，他的优势是曾经亲眼得见。1835年11月，“小猎犬”号系泊在塔希提岛。达尔文爬到岛上的一处制高点，得以眺望邻近的莫雷阿岛。他后来评论道：莫雷阿岛被珊瑚礁环绕着，就像是一幅裱好的蚀刻版画被一圈衬板环绕在中间。

“很高兴我们去了这些岛屿。”达尔文在他的日记中写道，因

---

① Quoted in James Bowen and Margarita Bowen, *The Great Barrier Reef: History, Science, Heritage* (Cambridge: Cambridge University Press, 2002), 11.

② Quoted in James Bowen and Margarita Bowen, *The Great Barrier Reef: History, Science, Heritage* (Cambridge: Cambridge University Press, 2002), 2.

③ Dobbs, *Reef Madness*, 147 - 148. 莱尔当时错误地以为提出这一理论的人是阿德尔伯特·冯·沙米索（Adelbert von Chamisso），一位陪伴德裔俄国航海家奥托·冯·科茨布（Otto von Kotzebue）出海的博物学家。

为珊瑚礁是“世界上最精彩的事物之一”。俯瞰着莫雷阿岛及其周围的珊瑚礁，达尔文在脑海中想象着时间流逝；如果这个岛沉下去的话，莫雷阿珊瑚礁就会成为一处环礁。当达尔文回到伦敦与莱尔分享他的下沉理论时，莱尔虽然表示这个理论令人印象深刻，但也预见到这种理论可能面临的阻力。他警告说：“直到你老得像我一样谢顶之前，都不要自以为别人会相信你的理论。”

达尔文于1842年出版了《珊瑚礁的结构与分布》来阐述他的理论。但事实上，关于这套理论的争论一直持续到20世纪50年代美国海军准备要把马绍尔群岛中的一些岛屿轰掉的时候。为了准备氢弹试验，海军在一处称为埃内韦塔克（Enewetak）的环礁上钻探了一系列柱样。正如一位达尔文的传记作者所写的：这些钻探柱样证明达尔文的理论至少大体上是“惊人地正确”。[①]

同样依旧成立的是达尔文对于珊瑚礁的描述——“世界上最精彩的事物之一”。事实上，对于珊瑚礁了解得越多，它们就显得越发不可思议。珊瑚礁是有机的矛盾体——这么一座可以撞毁船只的无情堡垒却是由微小的胶状生物构建而成。它们既是动物，又是植物，还是矿物，既充满了丰富多彩的生命形式，同时又主要由死亡的躯体组成。

与海胆、海星、蛤、牡蛎和藤壶一样，造礁珊瑚也掌握了钙化的炼金术。与其他钙化者的不同之处在于，珊瑚虫并非独自工

① Dobbs, *Reef Madness*, 256.

珊瑚虫

作，生成外壳或是方解石板，而是从事着大型的社会化建筑项目，持续长达多代的时间。每个珊瑚虫的个体都要在其种群的集体外骨骼上添砖加瓦。在一个珊瑚礁上，数以亿计的珊瑚虫从属于多达 100 个不同的物种，却都献身于同一个基本任务。只要有足够长的时间（以及合适的条件），其成果就是另一个矛盾体：一个活的建筑。大堡礁断断续续地绵延了 2 600 公里，在某些区域厚达 150 米。在大堡礁面前，吉萨金字塔不过是小孩子的积木而已。

珊瑚以这种历经无数代的巨型建筑工程的方式改变着世界，或许可以与人类所做的事情进行对比。不过两者有个关键的差异：人类替换掉了别的生物，而珊瑚支持着别的生物。数以千计甚至可能是百万计的不同物种演化成为依赖珊瑚礁而生存的生物。它们可能直接在这里获取食物或寻求庇护所，也可能以那些寻求食物和庇护所的生物为食。这种共同演化的冒险旅程已经持续进行了许多个地质时期。不过研究人员现在相信，这种情况不会持续到人类世结束。三位英国科学家近期表示："珊瑚礁很可能将成为现代第一个在生态学意义上灭绝的主要生态系统。"[①] 有些人认为大堡礁可以坚持到这个世纪末，而另一些人则认为甚至坚持不了那么久。独树岛科考站的前任负责人欧夫·霍格-古尔德贝格在《自然》发表的一篇论文中预测：如果当前的形势持续下去的话，那么到了 2050 年左右，来到大堡礁的游客就只能看到"正在迅速侵蚀掉的珊瑚砾海岸"了。[②]

我的独树岛之行完全是个意外。我原本只是计划待在苍鹭岛上，那里有个大得多的科考站，以及一个相当上档次的度假村。在苍鹭岛上，我本该要去观看一年一度的珊瑚虫排卵，以及一项在海洋酸化方面的开创性实验——我在好几通网络视频通话中都曾听人提起过这个实验。昆士兰大学的研究人员当时正在建造一个复杂的树脂玻璃中型实验生态系统，令他们能够操纵一块珊瑚

① Charles Sheppard, Simon K. Davy, and Graham M. Pilling, *The Biology of Coral Reefs* (Oxford: Oxford University Press, 2009), 278.

② Ove Hoegh-Guldberg et al., "Coral Reefs under Rapid Climate Change and Ocean Acidification," *Science* 318 (2007): 1737 - 1742. [原文如此，实际发表于《科学》。正文《自然》疑为笔误。——译者]

礁区域中的二氧化碳水平，甚至还能够让生活在珊瑚礁中的各种生物自由进出。通过改变生态系统中的 pH 值，检测珊瑚所受的影响，他们就能够对于珊瑚礁的整体命运给出科学的预测。我到苍鹭岛的时候赶上了观看珊瑚虫排卵，后来又看了几次。但是那个实验的进度远远落后于计划，实验生态系统还没有搭建完成。那里看不到什么未来的珊瑚礁，能看到的只是一群焦急的研究生，整天在实验室里躬着身子焊接钢铁。

我正琢磨着接下来该干什么的时候，听说了独树岛上开展的另一项关于珊瑚以及海洋酸化的实验。从大堡礁的尺度上来看，独树岛对于苍鹭岛就像是出门拐个弯一样近。由于没有去往独树岛的定期交通工具，我等了三天才设法搭上了一条去那里的船。

独树岛上的团队领导人是一位名叫肯·卡尔代拉（Ken Caldeira）的气象学家。卡尔代拉来自斯坦福大学，因为发明了“海洋酸化”这一说法而享誉学术界。他是在 20 世纪 90 年代末期开始对这个领域产生兴趣的，当时他正在美国能源部的雇佣之下开展一个研究项目。能源部希望知道，如果把工业大型烟囱中的二氧化碳分离出来并注入深海会造成什么样的后果。在那个时候，几乎还没有对于向海洋进行碳排放的模型研究。于是，卡尔代拉开始着手计算深海注入将如何改变海洋的 pH 值，然后将计算结果与当前向大气中排放的二氧化碳被海洋表层吸收之后的情况进行比较。2003 年，他将研究结果投稿给《自然》。期刊编辑建议他去掉关于深海注入的讨论，因为关于正常大气排放的计算结论就已经相当惊人了。就这样，卡尔代拉只发表了他原本论文手稿中的第一部分。[①] 这个部分本来的小标题是“未来几个世纪的海洋酸化程度可能会超出过去 3 亿年的程度”。

当我到达独树岛几个小时之后，卡尔代拉告诉我：“如果地球‘照常营业’的话，到这个世纪中叶，情况就会很糟糕了。”谈话时，我们坐在一张破旧的野餐桌旁，眺望着那片蓝到令人心醉的珊瑚海。这座岛上量大而喧闹的燕鸥群一直在我们的耳边鸣叫。卡尔代拉顿了顿，说：“我是说，现在情况已经够糟糕了。”

卡尔代拉正值 55 岁上下，棕色的头发下面是一张孩子气的笑脸。他每每说到句末，声调都会不自觉地提高上去，所以似乎总是在向你提问题，即便他并没有这个意思。在从事科学研究之前，他是华尔街的一位软件开发人员。他的客户之一就是纽约证券交易所，他为他们开发了一个可以侦测内幕交易的软件。这个程序达到了设计目的，但过了一段时间之后，卡尔代拉开始感觉到纽约证交所对于抓住内幕交易者并无兴趣。于是，他决定换个工作。

大多数气象学家致力于研究大气系统的某个特定方面。卡尔代拉则与他们不同，任何时候手上都有四五个毫不相干的项目。

① Ken Caldeira and Michael E. Wickett, “Anthropogenic Carbon and Ocean pH,” *Nature* 425 (2003): 365.

在对于大自然的模拟计算中，他尤其喜欢那种引发争议或出人意料的项目，比如他曾经计算出，如果把全世界的森林都砍掉换成草地的话，能让地球的温度稍稍下降。这是因为草地比森林的颜色稍浅，能少吸收一些阳光。他的另一些计算结果还包括：如果植物和动物要追上目前温度改变的速度，它们就得每天向极地迁移 9 米；燃烧化石燃料所释放的一个二氧化碳分子，在其处于大气之中的全部时间周期内，所捕获的热量是当初释放它时燃烧所得热量的 10 万倍。

在独树岛，卡尔代拉和团队成员们的生活安排都要跟着海潮走。在全天第一次低潮来临的一个小时之前以及一个小时之后，必须要有人去 DK-13 区域采集海水样本。这个海区的名字来源于最初在这里进行研究的澳大利亚科学家唐纳德·金西（Donald Kinsey），他用自己的名字缩写对海区进行了标记。大约过了 12 个小时之后，这一过程又要重复一遍，然后周而复始，从一次低潮到另一次低潮。实验的技术含量很低，不是什么高科技。实验的目的是要测量海水的各种性质，并与金西在 20 世纪 70 年代的测量数据进行比较，试图从中找出珊瑚礁的钙化速率在受到影响的这几十年间是如何变化的。白天，去 DK-13 只需要一个人就行。天黑以后，考虑到“没人听得见你的呐喊”这个事实，他们规定必须要两个人结伴前往。

我在独树岛的第一晚，低潮出现在 20:53。卡尔代拉负责低潮后的那趟任务，而我自告奋勇与他同去。差不多九点时，我们把五六个样品瓶、两支手电以及一部手持 GPS 收拾好，就上路了。

从科考站到 DK-13 大约要走 1.6 公里。具体的路线已经有人输入到 GPS 里，要先绕过岛南端，再穿过一大片光滑平整的珊瑚砾——戏称“海藻高速”。从那里向外，就一路延伸到珊瑚礁本体。

珊瑚虫喜光，但又不能长期暴露在空气中，所以它们总是要尽量往高处生长，直到低潮时的海平面为止，然后再向侧面扩张。这会造就一片基本平坦的珊瑚礁，就像是一张张桌子，彼此的间距能让一名小学生直接跳过去。独树岛这里的珊瑚礁表面是棕色的，虽然平坦，但却脆弱。科考站的人称之为“酥饼皮”。人踩在上面，脚下会发出令人不安的碎裂声。卡尔代拉警告我说，如果我掉到珊瑚礁之间的缝隙里，对珊瑚礁和我的小腿都不是件好事。我想起了另一句在科考站墙上看到的话：“别相信酥饼皮。”

夜色氤氲，但在手电光柱不及之处，漆黑如墨。即便是在这样的黑暗之中，珊瑚礁无比的生命力仍然有迹可寻。我们经过了几只蠵龟，它们在低潮中探出头来等待着什么，一脸无聊的表情。我们还遇到了亮蓝色的海星，困在浅水中的豹纹鲨，还有几只颜色红润的章鱼努力想要融入周围的珊瑚礁中。每走一两米，我们都不得不跨过一只巨大的蛤，它们似乎正在用那颜色鲜艳的贝壳边缘斜睥着我们。（这些巨蛤的壳上覆盖着五颜六色的共生藻类。）在一块块珊瑚中间的沙带上，塞满了海参（sea cucumber），这种动物虽然叫这个名字，最近的亲戚却是海胆。在大堡礁这里，海参的尺寸都不像是黄瓜，而是像个长筒形的抱枕。出于好奇心，我决定捡一只来看看。这家伙有半米多长，通体漆黑，摸起来感觉就像是覆盖着一层黏液的天鹅绒。

我们拐错了几个弯，卡尔代拉几次要用防水相机拍摄章鱼，又耽搁几回，最后我们总算到了 DK－13。这个地点除了用根绳子锚定在珊瑚礁上的一个黄色浮标和一些传感设备之外，别无他物。我回头望向我认为是独树岛的方向，却看不见岛，甚至连任何像陆地的东西都看不到。我们用海水漂洗了样品瓶，灌满了海水，然后开始往回走。天彻底黑了，星星则亮极了，像是从夜空上穿透而出一样。有那么一瞬间，我觉得自己理解了像库克船长这样的探险家来到这样一处所在时的感受——那是彼时已知世界的边缘。

珊瑚礁生长的地域广大，就像是缠在地球肚皮上的一条腰带，分布在北纬 30°到南纬 30°之间。仅次于大堡礁的世界第二大珊瑚礁位于伯利兹的海岸之外。在太平洋的热带海域、印度洋、红海以及加勒比海的许多水域中，都有着茂盛的珊瑚礁。然而相当奇怪的是，关于二氧化碳毁灭珊瑚礁的第一个证据却出自美国内陆的亚利桑那州，那个完全封闭、自给自足的世界，人称生物球 2 号。

生物球2号是一个占地面积1．2万平方米的玻璃结构建筑，看起来就像是古代苏美尔人建造的金字形神塔。它由一个私人组织建于20世纪80年代末期，资金主要来自亿万富豪爱德华·巴斯（Edward Bass）。它的建造目的是研究地球（也就是生命球1号）上的生态系统如何能在火星这样的地方重建。这栋建筑包括一个“雨林区”，一个“沙漠区”，一个“农耕区”以及一个人造的“海洋区”。第一队生物球居民包括四个男人和四个女人，封闭在其中生活了两年时间。他们要自己种植所需的食物，更为苛刻的是，他们还只能呼吸系统内部循环的空气。然而，这项研究普遍被认为是失败的。生物球居民在大部分时间里都处于饥饿状态，更糟糕的是，他们对于系统内的大气状态失去了控制。在此类“生态系统实验”中，消耗氧气产生二氧化碳的腐烂分解作用本应与效果相反的光合作用相互平衡。然而，实际上总是腐烂分解作用占了上风，原因主要与“农耕区”引入的肥沃的土壤有关。结果系统内的氧气含量显著下降，导致生物球的居民们产生了类似于高原反应的症状。相反的，二氧化碳的含量却猛增，最终达到了0.3％的浓度，相当于外界水平的8倍。

生物球2号于1995年正式宣告崩溃，哥伦比亚大学接手了该建筑的管理工作。此时，大小相当于奥运标准泳池的“海洋区”中已是一片狼藉：引入的鱼类大多已经死亡，珊瑚则是苟延残喘。一位名叫克里斯·兰登（Chris Langdon）的海洋生物学家接受了一项任务，对这个大水池的情况进行调查，看看能否从中汲取一些经验教训。第一步就是调整池水的化学环境。毫不奇怪，空气中高水平的二氧化碳造成“海洋”pH值的下降。兰登试图挽救这种情况，却发现怪事频发。他越来越着迷于这项工作，想要搞清楚问题背后的原因所在。过了一阵子，兰登干脆卖掉了他在纽约的房子，搬到了亚利桑那州，以便将全部时间投入到“海洋区”的实验中。

虽然海洋酸化的效果总体上被表达成是pH值的下降，但其实还有另一种方式来看待这件事，可能与前一种同样重要，甚至对于许多生物来说还要更为重要。这种表达方式稍嫌麻烦，它基于海水的一项特性，被称为“碳酸钙的饱和度”，或是“霰石的饱和度”。（依据晶体结构的不同，碳酸钙可分为两种不同的形式。霰石是珊瑚构造的形式，也是较稳定的一种。）该饱和度由一个复杂的化学方程来决定，本质上取决于溶液中的钙离子和碳酸根离子浓度。当二氧化碳溶于水中时，形成了碳酸（H_2CO_3），它能够有效地“吃掉”碳酸根离子，从而降低饱和度。

当兰登来到生物球2号时，海洋生物学家中的主流观点认为：只要饱和度大于1，珊瑚就不会在乎其取值具体是多少。当饱和度小于1时，水处于“碳酸钙不饱和”状态，碳酸钙就会溶解。然而，朗顿所看到的情况令他相信：珊瑚的确会在乎饱和度具体是多少，而且实际上也非常非常在乎。为了检验他的假说，兰登使用了一种直接的实验方式，尽管可能比较费时间。令“海洋区”中的条件不断改变，又将小的珊瑚群落贴附在小块砖片上沉入水底，并定期提出水面进行称重。如果这个珊瑚群落不断增加重量，那么就表明它在酸化的环境中仍在通过钙化不断成长。这个实验花了三年多的时间才完成，得到了上千组测量数据。结果揭示了珊瑚的生长速率与水中的饱和度基本上呈线性关系。珊瑚在霰石饱和度达到 5 时生长得最快，4 时稍慢，3 时更慢。当饱和度达到 2 时，它们基本上就不再进行建造工作了，就像是绝望的建筑工人举手投降，放弃了一项高难度的工程。在人工建造的生物球 2 号中，这一发现的意义很有趣。而在真实世界即生物球 1 号中，这项研究成果却更为令人不安。

早在工业革命开始前，全世界的主要珊瑚礁都处于霰石饱和度在 4～5 之间的海水中。今天，地球上几乎已经没有哪里的饱和度能达到 4 了。如果当前的排放趋势继续保持下去的话，到了 2060 年，没有任何区域的饱和度能达到 3.5 以上。到了 2100 年，没有哪片海洋可以达到 3。随着饱和度的下降，钙化所需要的能量提高了，而钙化的速率也就下降了。最终有一天，饱和度或许会下降到太低的程度，以至于珊瑚全部停止钙化。不过，在此之前，它们就已经陷入麻烦了。这是因为，在真实世界中，珊瑚礁会不断被鱼类、海胆以及挖洞的虫子吃掉。它们还要遭受海浪和风暴的侵蚀作用，就像那块制造了独树岛的珊瑚礁一样。因此，仅仅为了维持现状，珊瑚礁也要不断生长才行。

“就像是长了虫的树。”兰登曾经告诉我，“要长得相当快才能保持平衡。”

兰登在2000年发表了他的研究成果。当时许多海洋生物学家对此仍抱着怀疑的态度，很大一部分原因是他的研究与那个名声不怎么好的生物球计划有关。兰登又花了两年时间在更严格的对照条件下重复他的实验。结论是一样的。与此同时，其他一些研究者启动了他们自己的研究。这些工作同样证明了兰登的发现：建造珊瑚礁的珊瑚对于饱和度是很敏感的。这一点如今已经在几十项实验室研究以及实际的珊瑚礁研究中得到了证实。几年前，兰登和一些同事们在巴布亚新几内亚进行了一项实验，研究一片位于一个海底火山洞口系统附近的珊瑚礁。这项实验以霍尔-斯宾塞在阿拉贡堡的研究为模型，同样以火山洞口系统为酸化的天然源头。① 随着水中饱和度的下降，珊瑚的多样性骤然下降。珊瑚藻的减少甚至还要更剧烈。这是一个令人不安的现象，因为珊瑚藻有点像是珊瑚礁的黏合剂，能把整个结构黏合起来。与此同时，海草长得十分繁茂。

“珊瑚存世的时间竟然是有期限的——这样荒谬的想法在十几年前连我自己都不会相信。”澳大利亚海洋科学研究所的前首席科学家韦龙曾经写道，“然而今天的我却不得不面对这样一个现实：当我把生命中最富科学创造力的全部年华都献给了无限精彩的水下世界之后，最终却不得不相信，我孩子的孩子们将无法

① Katherina E. Fabricius et al., “Losers and Winners in Coral Reefs Acclimatized to Elevated Carbon Dioxide Concentrations,” *Nature Climate Change* 1 (2011): 165 - 169.

欣赏到它们的存在了。”[①] 一个澳大利亚团队的研究人员最近的一项研究发现，覆盖在大堡礁上的珊瑚在过去 30 年间已经减少了 50％。[②]

在前来独树岛之前不久，卡尔代拉和他团队中的部分成员一起发表了一篇论文，同时基于计算模型和野外收集的数据评估了珊瑚的未来。这篇论文的结论是，如果当前的排放趋势继续下去的话，在接下来的 50 年左右，“所有珊瑚礁将全部停止生长，并开始溶解”。[③]

在珊瑚礁标本采集活动之余，独树岛上的科学家们经常去潜水。他们最喜欢去的一个地点离岸边大约不到一公里远，在 DK-13 相反的一侧。要去那儿，先得跟格拉汉姆软磨硬泡，让这位科考站管理员拿出那条小船来。这事儿他是心不甘情不愿，满腹牢骚。

这些科学家中有的人在世界各处潜过水，包括菲律宾、印度尼西亚、加勒比以及南太平洋。他们告诉我，在独树岛潜水要多好有多好。我发现这种说法很容易令人信服。我第一次在这里跳下船，看着身下缤纷多彩的生命时，那种感觉是不真实的，仿佛

① J. E. N. Veron, “Is the End in Sight for the World's Coral Reefs?” *e360*, published online Dec. 6, 2010.

② Glenn De'ath et al., “The 27-Year Decline of Coral Cover on the Great Barrier Reef and Its Causes,” *Proceedings of the National Academy of Sciences* 109 (2012): 17995-17999.

③ Jacob Silverman et al., “Coral Reefs May Start Dissolving when Atmospheric CO_2 Doubles,” *Geophysical Research Letters* 35 (2009).

是游进了雅克·库斯托（Jacques Cousteau）[①] 的海底世界。一群群大鱼追逐着一群群小鱼，大鱼身后又有鲨鱼虎视眈眈。巨大的鳐鱼滑翔而过，前面是一群像浴缸一样大小的海龟。我试着想要记住我所看到的每一种动物，但却像要记住一个梦一样困难。每次去潜水之后，我都要花上几个小时在一本大部头的《大堡礁及珊瑚海的鱼类》中搜寻。我觉得自己应该是看到了的鱼类中包括：虎鲨、柠檬鲨、黑尾真鲨、单角鼻鱼、粒突箱鲀、斑点箱鲀、双色天使鱼、大堡礁双锯鱼、大堡礁光鳃鱼、高翅鹦嘴鱼、长吻鹦哥鱼、单色胡椒鲷、四斑鲱鱼、黄鳍金枪鱼、鲯鳅、诈跳岩鳚、红海帆翅吊、大瓮篮子鱼、钝头锦鱼以及裂唇鱼。

珊瑚礁常常被拿来和雨林做比较。就生命形式的多样性而言，这样的比较是恰当的。随便选一类生活在这里的生物，其物种数量都是极其惊人的。一位澳大利亚研究者曾经打开一块排球大小的珊瑚礁，结果发现其中生活着 1 400 只多毛纲的虫子，从属于 103 个不同的物种。近期，美国有研究人员打开了大堡礁的几块珊瑚礁寻找甲壳纲动物。在取自苍鹭岛附近 1 平方米面积的珊瑚礁中，他们发现了超过 100 个物种的甲壳纲动物[②]。而在大堡礁北部尖端取得的一块差不多大小的珊瑚礁中，他们找到了超

---

① 法国探险家、生态学家、作家、电影制片人，海洋生态保护组织库斯托协会的创立人。他于 1956 年上映的《寂静的世界》是世界上第一部表现水下世界的彩色纪录片，为他赢得了戛纳电影节的纪录片金棕榈奖。——译者

② Laetitia Plaisance et al.，“The Diversity of Coral Reefs: What Are We Missing?” *PLOS ONE* 6 (2011).

过 120 个物种的甲壳纲动物。据估计，至少有 50 万种生物在珊瑚礁中度过了自己的整个一生或部分生命，而这个数字甚至很可能高达 900 万。

考虑到热带海洋的条件，这种多样性就更加不可思议了。热带的水体趋向于缺乏营养物质，比如氮和磷，它们对于大多数生命形式都是至关重要的物质。这种匮乏肯定与海水立体分层中所谓的热力结构有关，后者也是热带海水总是如此清澈见底的原因所在。其结果就是，热带地区的海水是很贫瘠的，相当于水的沙漠。所以，珊瑚礁不仅仅是水下的雨林，更是海洋撒哈拉中的绿洲。第一个对这种不协调性感到困惑不解的人是达尔文，因此这个问题也被称为“达尔文悖论”。达尔文悖论至今也没有得到彻底解决，但是解决这个谜题的钥匙似乎就在于循环利用。珊瑚礁，或者说是珊瑚礁的生物群，发展出了一个极为精彩高效的系统，通过它能把营养物质从一个层级传送到另一个层级，就像是在一个巨大的集市中一样。珊瑚是这个复杂交换体系中的主要成员，同时它也提供了一个平台，令这种交易成为可能。没有它们，就会有更多的水沙漠。

“珊瑚建造了这个生态系统的结构。”卡尔代拉告诉我，“所以，非常确定的一点是，如果珊瑚消失了，整个生态系统都会随之一起消失。”

杰克·西尔弗曼（Jack Silverman）是团队中的一位以色列科学家，他是这样向我解释的：“如果你连建筑都没有，那房客该去哪儿?”

在地球的历史上，像珊瑚礁一样的生物礁曾经几度出现又几度消失。它们的残骸赫然出现在各种不可能的地点。例如说，来自三叠纪的生物礁遗迹现在却高踞在海拔几千米处的阿尔卑斯山脉上。在位于西得克萨斯的瓜达洛普山上残留着来自二叠纪的生物礁遗迹，它们是在大约 800 万年前的一次构造挤压中被抬高的。而来自志留纪的生物礁则可以在北格陵兰岛找到。

所有这些远古生物礁都是由石灰岩组成的，但建筑它们的生物却大不相同。白垩纪建造生物礁的生物中，有巨大的双壳类生物厚壳蛤。在志留纪，生物礁的建造者包括像海绵一样的生物层孔虫。在泥盆纪，生物礁是由长得像角一样的四射珊瑚以及长得像蜂巢一样的床板珊瑚共同建造的。四射珊瑚和床板珊瑚与今天生活的石珊瑚之间只有很远的亲缘关系，并且都在二叠纪末期的大灭绝事件中消失了。这次大灭绝在地质学记录中的表现之一就是“生物礁断层”——在一段大致相当于 1 000 万年的时间内，生物礁彻底消失了。在泥盆纪晚期和三叠纪晚期的大灭绝中也都出现了生物礁断层，而每一次出现这种情况，都要花上几百万年的时间才能让生物礁结构重新恢复。以上这些事件之间的相关性给了一些科学家以启示，令他们提出了这样的观点：珊瑚礁建筑作为一个整体，肯定是对于环境改变特别敏感脆弱的。不过这又是另一个悖论，因为生物礁同时也是这个地球上最为古老的生态体系之一。

当然，海洋酸化并不是珊瑚礁所面临的唯一威胁。实际上，在地球的某些海域，珊瑚礁或许都坚持不到让海洋酸化来结束它们的生命。危险因素的列表中包括但不仅限于：过度捕捞，促进了藻类的生长，与珊瑚形成了竞争；农业地表流出物，同样促进了藻类的生长；去雨林化，加强了淤积作用，降低了水体的清澈度；炸药捕鱼，其潜在的破坏力似乎已经无须多做解释了。所有这些压力都令珊瑚对病原体更加易感。白带病是一种细菌感染，恰如其名，会在珊瑚礁上产生一条白色的死亡地带。这种病主要出现在两个物种的加勒比海珊瑚上，分别是麋角珊瑚（*Acropora palmata*）和小鹿角珊瑚（*Acropora cervicornis*），它们直到不久之前仍是该地区的主要珊瑚礁构建者。这种疾病的肆虐速度是如此之快，这两种珊瑚如今都已被国际自然保护联盟列为“极危”物种。与此同时，加勒比海的珊瑚覆盖率已经在近几十年中下降了近80%。

这张危害列表上的最后一项，或许也是最严重的一项，就是气候变化——海洋酸化的邪恶兄弟。

热带珊瑚礁需要温暖的天气，但如果水温太高也会带来麻烦。其中的原因与造礁珊瑚的双重生活有关。每只珊瑚虫个体都是动物，但同时又是另一种在显微镜下才能看到的植物的宿主。这种植物称为虫黄藻，能够通过光合作用生产碳水化合物，而珊瑚虫能够收获这些碳水化合物，就像农民收获庄稼一样。一旦水温升高到某个温度值（这个值随具体地点和具体物种的不同而不同），珊瑚与其房客之间的共生关系就会被打破。虫黄藻开始生产氧自由基，浓度达到了危险的程度。珊瑚虫对此的应对方法就是把虫黄藻排出体外，这无疑是个孤注一掷而又自我毁灭的举措。虫黄藻其实才是珊瑚五彩缤纷的源头，没有了它们，珊瑚看起来就变成了白色的。这种现象也因此称为“珊瑚漂白”。漂白的珊瑚群落不再生长，如果破坏更严重的话，甚至会死去。在1998年、2005年和2010年分别发生了严重的漂白事件。随着全球变暖，这类事件发生的频率和强度估计会不断提高。2008年发表在《科学》上的一项研究涉及了超过800种建造珊瑚礁的珊瑚物种，研究者发现其中三分之一处于灭绝的危险之中，而且主要是由于海洋温度的上升。这让石珊瑚成为这颗星球上最危急的生物种类之一。对此，这篇论文指出：珊瑚当中被列为受威胁物种的比例超出了“除了两栖动物之外的任何一种陆生动物”。[①]

岛屿是微缩的世界，或者用作家大卫·奎曼（David Quammen）的话来说，“几乎是大自然全部复杂性的漫画”。从这个角度来讲，独树岛是漫画的漫画。这个地方整体不足200米长、150米宽，却有数百位科学家曾经在此工作，并且大多是被

① Kent E. Carpenter et al., “One-Third of Reef-Building Corals Face Elevated Extinction Risk from Climate Change and Local Impacts,” *Science* 321 (2008): 560 - 563.

它的无比小巧吸引而来的。20 世纪 70 年代，三位澳大利亚的科学家着手对岛上的全部生物进行了普查。三年中天气较好的时候，他们都住在岛上的帐篷里，对所能找到的每一株植物和每一只动物进行分类，这之中包括了：树（3 个物种）、草（4 个物种）、鸟类（29 个物种）、苍蝇（90 个物种）以及螨虫（102 个物种）。他们发现这个岛上没有常住的哺乳动物，除非你把科学家们也计算在内。另外，这里曾经有人带来一只猪，一直关在笼子里，后来被做成了烧烤。从这项研究中总结出来的论著长达 400 页，并以一首诗作为开篇，描写了小小珊瑚岛的魅力：

一座小岛正在沉睡，
环绕四周的
是蓄势待发的碧蓝海水。
在浪涛拍打之下守卫珍宝的
是那一圈珊瑚的壁垒。①

留在独树岛上的最后一天，没有任何潜水安排，于是我决定徒步横穿这座岛。这算是一项大约需要 15 分钟的体育锻炼。没走多远，我就遇到了科考站的管理员格拉汉姆。这个四肢瘦长的

① By June Chilvers, reprinted in Harold Heatwole, Terence Done, and Elizabeth Cameron, *Community Ecology of a Coral Cay: A Study of One-Tree Island, Great Barrier Reef, Australia* (The Hague: W. Junk, 1981), v.

男人长着湛蓝色的眼睛、姜黄色的头发以及海象式的胡子。在我看来，格拉汉姆的样子就像是曾经当过一名成功的海盗一样。我们两个人于是结伴而行，边走边聊。一路上，格拉汉姆一直在捡拾着被海浪冲上独树岛的塑料碎片：有一个瓶盖；一小块隔离衬垫，很可能来自某艘船的门上；一段 PVC 管。他有很多这样的漂浮垃圾，放在一个金属笼子里做展示。他告诉我，这个展览的目的在于向来访者们证明“我们这个物种正在干什么”。

格拉汉姆提出带我去看看这个科考站到底是如何正常运作的，于是我们穿过小木屋和实验室，朝着岛中央走去。此时正是繁殖季节，我们走过的每一处地方都有海鸟昂首阔步地转来转去，并发出尖叫声：褐翅燕鸥的背部是黑色的，胸部则是白色的；小凤头燕鸥身体是灰色的，头部是黑白两色的；黑燕鸥则在头上有一片白色。我明白了为什么人类曾经可以如此轻松地杀死筑巢的海鸟，因为这些燕鸥完全不怕人，挤在脚下十分碍事，你要很费力才能避免踩到它们。

格拉汉姆带我去看了为科考站提供电力的太阳能电池板，以及用于收集雨水为科考站提供淡水的水箱。这个水箱装在一个平台上，站在上面我们能够俯瞰这座岛上树木的顶端。根据我非常粗略的估算，这里的树有 500 棵左右。它们似乎是直接从珊瑚砾中长出来的，就像是插在那里的旗杆一样。格拉汉姆指给我看，就在平台边缘之外，有一只褐翅燕鸥在一只黑燕鸥的幼雏身上啄了一口。很快，那只雏鸟就死了。“她不会吃了他的。”格拉汉姆如此预测道，而他也的确是对的。那只褐翅燕鸥从雏鸟尸体旁边走开了，后者成了一只海鸥的腹中餐。格拉汉姆对于类似这样的情景大概已经司空见惯了，所以他的看法也很有哲理：这种行为能够保证岛上的鸟类数量不会超出这个岛上资源的承受能力。

那一晚是光明节①第一夜。为了庆祝节日，有人用树枝做了个七连灯台，并用弹力胶带在上面缠了两根蜡烛。在沙滩上点燃之后，这个临时灯台给每样东西投下了影子，洒在珊瑚砾地面上。那天晚餐吃的是袋鼠肉，令我感到意外的是，这东西很好吃。不过几位以色列人指出，这显然不符合犹太教规。

晚些时候，我与一位名叫肯尼·施耐德（Kenny Schneider）的博士后一起出发去 DK-13。那一天的低潮已经比之前推后了两个多小时，所以我和施耐德的计划是在午夜之前到达 DK-13。施耐德此前去过那里，但是还没有完全掌握 GPS 的用法。大约走到一半的时候，我们发现自己已经偏离了既定的路线。海水很快就到了我们胸口的高度。这让行走变得更缓慢更困难，而且此时开始涨潮了。一系列各式各样的焦虑想法涌入了我的脑海：我们能游回科考站去吗？我们能找到游回去的正确方向吗？我们是不是终于要搞明白那个关于斐济的难题了？

远远超过既定时间之后，施耐德和我看到了 DK-13 的黄色

① 犹太教节日，历时八天，点烛庆祝犹太民族的胜利。第一夜的晚宴尤为盛大。——译者

浮标。装满了样品瓶，我们开始原路返回。我再一次被那无与伦比的星空和没有灯光的地平线震撼了。我还再一次感受到了一种关于自身地位的不协调性，这种感受在独树岛停留期间曾经出现过好几次。我来大堡礁的原因是要写下人类影响所达到的规模。然而在这一望无际的夜空下，施耐德和我却显得是如此如此渺小。

与犹太人一样，大堡礁的珊瑚也是看阴历的。每年一次，在澳洲夏天开始时的一次满月之后，珊瑚就会开始进行所谓的集体排卵——有点像是同步化的群体性爱。有人告诉我，珊瑚的集体排卵是不可错过的壮观景象，所以我才选在这个时间来到了澳大利亚。

在一生中的大部分时间里，珊瑚是极其贞洁的，因为它们采用了“出芽”这种无性繁殖方式。一年一度的排卵因此成了难能可贵的机会，能在遗传上实现彼此交融。大多数排卵者其实是雌雄同体的，也就是说一只珊瑚虫能同时排出卵子和精子，全都包裹在一个小巧的囊泡之中。没有人确切地知道珊瑚如何实现排卵行为同步，不过据信应该与光线和温度都有关系。

珊瑚的集体排卵总是发生在日落以后。夜色渐深之际，珊瑚就开始排卵排精了，这或许可以看作硬化目动物的产前阵痛。裹着卵子和精子的小囊开始从珊瑚虫的躯体上膨出，整个珊瑚群落看起来就像是一片鸡皮疙瘩。在苍鹭岛上，一些澳大利亚研究人员已经建立了精巧的“产房”，让他们可以研究这一现象。他们事先采集了大堡礁上最常见的一些珊瑚物种，其中就包括多孔鹿角珊瑚（*Acropora millepora*）。一位参与项目的科学家告诉我，多孔鹿角珊瑚在珊瑚研究中的功能就相当于“实验室里的小白鼠”，因此常常会被饲养在水箱中。多孔鹿角珊瑚群落构建的珊瑚礁看起来就像是一丛微型的圣诞树。携带手电筒靠近养珊瑚的水箱是被禁止的行为，以防扰乱珊瑚体内的生物钟。不过大家都戴着特殊的红光头灯。我借了一顶头灯戴上，这才看到珊瑚虫透明躯体中紧绷的卵精囊泡。这些小囊泡是粉红色的，看起来就像是小小的玻璃珠子。

这支团队的领导者来自昆士兰大学，名叫塞利娜·沃德

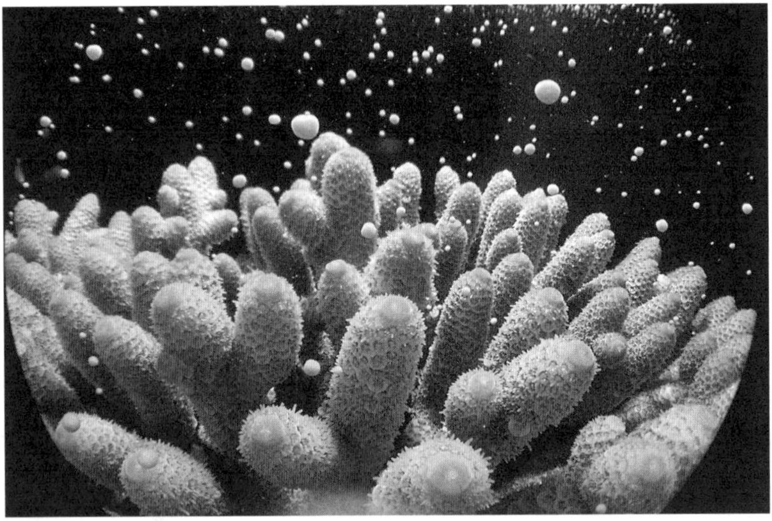

正在排卵的多孔鹿角珊瑚

(Selina Ward)。她在怀孕珊瑚生活的水箱周围忙前忙后，就像是一位正在为接生做准备的产科大夫一样。她告诉我，每个小囊泡中包含有20～40个卵子和数千个精子。这些囊泡释放出来之后不久，就会破裂开来，放出其中的配子。[①] 如果一个配子设法找到了伴侣，就会最终形成粉色的珊瑚幼虫。等水箱中的珊瑚排卵，沃德就准备把这些卵精囊泡捞出来，再放到酸化程度不同的海水中。她研究酸化对排卵的影响已经很多年了，研究结果表明，更低的饱和度水平会导致受精率的严重下降。饱和度的水平还影响着幼虫的发育和定居行为。而珊瑚幼虫正是通过定居行为，才能在离开原有的居住地之后，把自己固定在某些坚固的表面上，开辟新的群落。

"总体来讲，我们的全部结果目前都是负面的。"沃德告诉我，"如果我们沿着现在的路继续走下去，不立即对我们的碳排放做出重大的改变，那么我认为现实的情况是：未来最多也就能剩下几片残碎的珊瑚礁而已。"

那天夜里稍晚的时候，苍鹭岛上的其他一些研究人员，包括那些在晚于进度的中型实验生态系统上奋力焊接的研究生们，听说沃德的珊瑚已经准备好要排卵了，于是组织了一次夜间潜水。这次行动可比独树岛上的潜水之旅组织得严密多了，大家都要穿上潜水服，带上潜水灯。没有足够的装备能让所有人同时下水，

① 精子和卵子都是配子。——译者

所以我们分成了两组，而我在第一组下水。刚开始我有些失望，因为似乎什么也没有发生。然而过了一会儿之后，我注意到有一些珊瑚释放了囊泡。几乎就在一瞬间，无数的珊瑚紧跟着放出了囊泡。这幅场景就像是高山上的暴风雪，只不过方向是相反的。水中充满了粉色玻璃珠的洪流，一股脑漂向水面，俨然是向上落去的雪。色彩斑斓的虫子们突然出现，吃起那些囊泡来，并开始产生可怖的光，最终在水面上逐渐汇聚成一片淡紫。该交班时，我依依不舍地爬出水面，交出了我的潜水灯。

第　八　章

森林与树木

轮生双翼果树（*Alzatea verticillata*）

迈尔斯·西尔曼（Miles Silman）对我说："树非常了不起。它们这么美，理应得到更多一点赞赏。如果你走进一片森林，注意到的第一件事情就是'那是一棵大树'或者'那棵树好高啊'，但是当你想一想这些树的生命历程，想一想所有能让这棵树长到你面前这个阶段的因素，实际上非常美妙。就像是葡萄酒，一旦你开始理解它，它就会变得更加迷人。"说这些话时，我们正站在秘鲁东部安第斯山脉的边缘，在将近 4 000 米高的山顶上。实际上，那里并没有树，只有低矮的灌木，以及极不协调的十来头奶牛用疑惑的目光望着我们。太阳正在落下，一并下落的还有气温。然而在傍晚夕阳的橙色光线中，眼前的景致无与伦比。东方是玉带一样的马德雷德迪奥斯河（Madre de Dios River），它将流入贝尼（Beni）河，然后再注入马代拉（Madeira）河，最终汇入亚马孙河。在我们眼前铺陈开去的是马努（Manŭ）国家公园，世界上最具生物多样性的“热点”地区之一。

“从你视线所及范围内，地球上每 9 种鸟类之中就有 1 种生活在这里。”西尔曼告诉我，“而仅仅在我的那几个实验区块中，就有超过 1 000 个物种的树。”

西尔曼和我，还有他的几名秘鲁研究生，早上从库斯科（Cuzco）城出发，刚刚才到达山顶。我们这趟旅程的直线距离只有 80 公里，但却花了一整天的时间，开着车在蜿蜒的土路上艰难前行。路上迂回绕过了一些泥砖建造的村镇，以及高处山坡上陡得不可思议的农田。我们还看到身着五彩衣裙、戴着棕色礼帽的女人用吊兜把孩子背在身后。在途经最大的一个镇子时，我们停下来吃午餐，还买了四天徒步旅程所需的给养。这之中包括面包、奶酪，以及差不多有一个购物袋那么多的古柯叶。这些叶子只花了西尔曼大概两美元。

站在山顶之上，西尔曼告诉我说，明天早上我们将要走的那条路是古柯之路。古柯种植者会背着古柯叶从山谷中来到安第斯高处的城镇，就像我们所经过的那些。他们从西班牙征服者来到这里时就已经在走这条路了。

在韦克福里斯特（Wake Forest）大学执教的西尔曼称自己为森林生态学家，不过他也愿意被称为热带生态学家、群落生态学家或环境保护生物学家。他的研究生涯最初主要研究森林群落是如何组成的，以及它们是否会一直保持稳定。这项工作使他得以着眼于热带地区的气候在过去的改变方式，并自然而然地让他对这将如何影响我们关于未来气候变化的预测产生了兴趣。他所获得的研究成果带来了进一步启发，令他最终建立了一系列的树木研究区块，那也正是我们将要前去参观的地方。西尔曼的树木区块共有 17 个，每一个都坐落在不同的海拔高度上，也就有着不同的年平均温度。这就意味着，在马努这个数以百万计的生物多样性世界中，西尔曼的每一个区块都代表着一条本质上不同的森林群落带。

西尔曼的区块是沿着一道山脊排布的，第一区块位于山脊的顶部，海拔最高，年均气温则最低

在普通大众的想象中，全球变暖威胁到了喜欢寒冷天气的生

物，其中的道理不言自明。随着全世界变得更暖和，极地将随之改变。在北极，永久性海冰覆盖的面积仅是 30 年前的一半，而 30 年后则可能全部消失。显然，任何生存在这些冰上的动物，例如环斑海豹和北极熊，都将随着海冰的融化而面临巨大的生存压力。

但是，全球变暖对于热带地区的冲击也将是一样剧烈的——实际上据西尔曼说，甚至将更加剧烈。其中的原因多少要更为复杂，但最基本的一点事实是，大多数的生物物种实际上生活在热带地区。

试想下面这趟纯粹的幻想之旅：某个美好的春日，你站在北极点上。此时的北极仍有不少的冰，不至于让你落入水中。你开始走起来，或者更省事一点，开始滑雪。因为这里只有一个方向可去，所以你只能向南前进，不过却有 360 条不同经线可选。或许，就像我一样，你住在美国纽约州的伯克希尔（Berkshire），正要前往安第斯山，所以你决定要沿着西经 73° 的经线向南。你滑啊滑，最终滑了 800 公里，到达加拿大的埃尔斯米尔岛（Ellesmere）。当然，这一路上你一棵树也看不到，甚至都看不见任何陆生植物，因为你正在横跨北冰洋。在埃尔斯米尔岛上，你还是看不到任何的树，至少没有什么很容易辨认出来的树。岛上生长的唯一木本植物是北极柳，长得还没有你的脚踝高。（作家巴瑞・洛佩斯就曾经写道：如果你在北极地区闲逛久了，你就会最终发现“自己原来是站在一片森林的顶上”。[①])

如果你继续向南，你就会穿过内尔斯（Nares）海峡——如何越过这道海峡现在是件麻烦的事情，不过暂且不去管它——然后，你会横贯格陵兰岛最西侧的尖端，再越过巴芬（Baffin）湾，到达巴芬岛。在这座岛上，也没有什么真的能算得上是树的植物，不过的确能找到一些种类的柳树，贴近地面长成了纠缠的一团。最终，当你旅行了 3 000 多公里之后，就到达了加拿大魁北克省北部的昂加瓦（Ungava）半岛。虽然你仍在树木生长线以北，但只要再向南走 400 公里，就将到达北方针叶林的边缘。加拿大的北方针叶林面积广大，横跨将近 66 万平方公里的面积，占了地球上完整保存下来的森林面积的四分之一。然而北方针叶林的生物多样性很低。在数十万平方公里的森林之中，你只能找到约 20 种树木，包括黑云杉、白桦以及香脂冷杉。

一旦进入美国境内，树木的多样性就开始缓慢提升。在佛蒙特州，你将遇到东部阔叶林。它曾经覆盖了半个美国的土地，而今却只剩下小片的林地，还大多是重新种植的。佛蒙特州差不多有 50 个物种的原生树，而马萨诸塞州则有大概 55 种。[②] 在你路径稍偏西的方向上，北卡罗来纳州有超过 200 个物种的原生树。虽然 73°经线错过了整个中美洲，但还是不得不提到微型国家伯

① Barry Lopez, *Arctic Dreams* (1986; reprint, New York: Vintage, 2001), 29.

② Gordon P. DeWolf, *Native and Naturalized Trees of Massachusetts* (Amherst: Cooperative Extension Service, University of Massachusetts, 1978).

利兹。这个面积仅相当于新泽西州的小小国家里却有约700个物种的原生树。

西经73°经线在哥伦比亚穿越赤道，然后又穿过了一部分的委内瑞拉、秘鲁和巴西，随后重又进入秘鲁境内。在南纬13°纬线附近，73°经线经过了西尔曼的树木研究区块以西的地区。这些区块加在一起的面积跟曼哈顿岛上的特赖恩堡公园（Fort Tryon Park）差不多大，然而其生物多样性水平却令人难以置信。在那里人们鉴别出1 035个树木物种，差不多是加拿大北方针叶林中全部树木物种的50倍。

树木物种的情况同样适用于鸟类、蝴蝶、蛙类、真菌以及其他任何一类你能想到的生物。① 但有趣的是，其中不包括蚜虫。作为一条总体原则，生命的不同形式在极地地区是极度贫乏的，而在低纬度地区则最为丰富。这种模式用科学的语言来形容就是“多样性纬度梯度”（LDG）。这一点德国博物学家亚力山大·冯·洪堡早就注意到了。他惊讶于热带地区生物多样性的壮观程度，称其提供了“一种变幻多姿的壮丽景象，简直就如同天堂的蔚蓝色穹顶一般”。②

“丰富多彩的植被群在地球表面织就的翠绿色地毯并非处处

---

① John Whitfield, *In the Beat of a Heart: Life, Energy, and the Unity of Nature* (Washington, D. C.: National Academies Press, 2006), 212.

② Alexander von Humboldt and Aimé B onpland, *Essay on the Geography of Plants*, edited by Stephen T. Jackson, translated by Sylvie Romanowski (Chicago: University of Chicago Press, 2008), 75.

相同。”1804年洪堡从南美洲回来之后如此写道，“有机的植被和活跃的生命力从极地到赤道是逐渐升高的。”[1] 时间过去两个多世纪之后，尽管已经有30多种理论被提出来用于解释这种现象，但其确切成因仍旧是个不解之谜。

有一个理论认为，更多的物种生活在热带是因为那里的演化时钟走得更快一些。[2] 正如农民在低纬度地区能够获得更多的收成，生物在低纬度地区也能产生更多代。代数越多，基因突变的几率就越大。突变的几率越大，新物种出现的可能性就越大。（另一个与之相关但略有不同的理论认为，这里更高的温度导致了更高的突变几率。）

第二个理论认为，热带之所以有更多的物种，是因为热带的生物对环境更挑剔。如果的确如此的话，对于热带地区而言，最重要的就是要保持温度的相对稳定。因此，热带生物倾向于拥有相对狭窄的温度忍耐力，即便只是像山上与山谷中这种轻微的气候差异也能构建出不可逾越的屏障。（关于这一理论有一篇著名论文，标题是《为什么热带地区的山路更高》。[3]）因此，种群更

---

① Alexander von Humboldt, *Views of Nature, or, Contemplations on the Sublime Phenomena of Creation with Scientific Illustrations*, translated by Elsie C. Otté and Henry George Bohn (London: H. G. B ohn, 1850), 213 - 217.

② Many theories of the latitudinal diversity gradient are summarized in Gary G. Mittelbach et al., "Evolution and the Latitudinal Diversity Gradient: Speciation, Extinction and B iogeography," *Ecology Letters* 10 (2007): 315 - 331.

③ Daniel H. Janzen, "Why Mountain Passes Are Higher in the Tropics," *American Naturalist* 101 (1967): 233 - 249. [这篇论文标题中的“山路更高”暗指热带山区的动植物要跨越气候或地理隔绝更为困难。——译者]

容易被隔离开来，新物种也就容易接着形成了。

不过，还有一种理论在历史上占据了更重要的位置。在这个理论中，热带最突出的特点在于其古老。亚马孙雨林已经存在数千万年了，甚至早在有亚马孙河之前就已经存在了。所以，热带有足够多的时间来让多样性逐渐积累，从而达到今天的结果。与之相对，直到将近 2 万年前，几乎整个加拿大还覆盖在 1 600 米厚的冰层下，大部分的新英格兰地区也是如此。这就意味着，今天在加拿大新斯科舍省、安大略省或美国的佛蒙特州、新罕布什尔州所发现的每一个树木物种，都是在最近几千年内才迁移到此或返回此地的。多样性是时间的函数这个理论最早由阿尔弗雷德·拉塞尔·华莱士提出。他是达尔文的竞争对手，或者如果你愿意的话，也可以称他为进化论的共同发现者。他曾经评述道，在热带的“演化有着很好的机会”，而在冰川地区的“演化则有着无数的艰难险阻”。[①]

第二天清晨，我们大家都早早爬出了睡袋，想要看看日出。过了一夜，云层从亚马孙盆地那边流了过来。从上面更高的地方看，那云层先是变成粉红色，然后又变成了明亮的橙色。在这个寒冷的黎明时分，我们收拾好了自己的装备，前往那条小路。“在树上挑一片形状有趣的叶子。”当我们下到云层里面时，西尔

---

① Alfred R. Wallace, *Tropical Nature and Other Essays* (London: Macmillan, 1878), 123.

曼指导我说：“你在几百米之内都能看到这片叶子，但是再远就看不见了。那就是这棵树的整个领域范围。”

西尔曼扛着一把半米多长的弯刀，用来劈开脚下的灌木丛。偶尔他也会在空中挥舞着这把刀，指点着什么有意思的东西：有时是一捧迷你的白色兰花，花朵还不如米粒大；有时是一株蓝莓科植物，结着鲜红欲滴的浆果；有时是一株寄生的灌木，开着明艳的橙色花朵。西尔曼的一个研究生威廉·法范·里奥斯（William Farfan Rios）递给我一片像餐盘大小的叶子。

“这是一个新的物种。”他说道。沿着这条小路，西尔曼和他的学生们已经为科学界发现了 30 个树木新物种。仅仅这么一个数字，就已经是加拿大北方针叶林物种的一半多了。此外有 300 多个物种他们怀疑可能是新的，但尚未进行正式的分类。他们甚至还发现了一个新的属。

“这可不像是发现了另一种橡树或是另一种山核桃树。”西尔曼评论道，“这像是发现了‘橡树’或‘山核桃树’。”他们把这个属的树叶送去了加利福尼亚大学戴维斯分校的一位专家那里进行鉴定。然而不幸的是，那位专家很快就去世了，没能搞清楚应该把这个新的分支插在分类学这棵大树上的哪个位置。

虽然此时正是安第斯山的冬天，也是高原的旱季，但这条小路却泥泞而湿滑。它已经被踩成了一道陷进半山腰里的深沟，所以当我们走在其中时，地面实际上是在眼睛的高度。在不少地方，树木跨过小路的上方生长，把它从深沟变成了隧道。我们遭遇的第一处隧道阴暗而湿冷，里面垂坠着树的根须。后面遇到的隧道更长更暗，甚至在大白天也需要打开头灯才能看清方向。我常常感觉到像是进入了一处糟糕至极的仙境。

我们经过了海拔 3 450 米的 1 号区块，但未做停留。2 号区块海拔 3 200 米，最近刚被一次滑坡冲毁了。这其实让西尔曼很开心，因为他很想知道有哪些树会重新占领这块区域。

我们向低处走得越远，森林就变得越茂密。树木不再只是树木，而更像是植物园，表面覆盖着蕨类、兰花和凤梨类植物，还缠绕着藤蔓。有些地方植被过于厚重了，以至于在大地上方的空中又形成了一层土壤，其中又有了新的植物扎根，形成一座悬空的森林。在这里，每一缕阳光和每一块空间都被占用了，资源的竞争无疑非常残酷，几乎就像是可以看到自然选择正在实时发生，“每时每刻”审查着“每一处变异，即便一丝一毫也不放过”。（关于热带地区多样性丰富的另一种理论就认为，是更剧烈的竞争推动了物种走向更加特化的方向，而更为特化的不同生物才能共同生存在同一处有限的空间中。）走在这里，我能听到鸟类的鸣叫，但却极少能看到它们；因为有林木遮蔽，很难看到动物的踪影。

在海拔 2 950 米的 3 号区块附近，西尔曼取出了装满古柯叶的购物袋。他和他的学生们带的东西在我看来沉重得有点过分：一袋苹果，一袋橙子，一本 700 多页的鸟类图鉴，一本 900 多页的植物图鉴，一个 iPad，几瓶苯，一个喷漆罐，一整块奶酪，一

4 号区块的景致

瓶朗姆酒。西尔曼告诉我，古柯能让沉重的行囊感觉轻一点，还能延缓饥饿感，缓解酸痛感，并有助于对抗高原反应。除了自己的装备，我几乎没有承担别的负重；不过，任何能让我的背包变轻的东西似乎都值得尝试。我抓了一把古柯叶，一撮发酵粉。(要让古柯发挥其药物作用，必须有发酵粉或其他碱性物质的配合。）古柯叶的口感很有韧性，尝起来像是古旧的书页。很快我的嘴唇就变得麻木了，而我的酸痛感逐渐变淡了。一两个小时之后，酸痛感回来了，并且变得更强烈。（此后，我曾经很多次想要那个购物袋。）

午后不久，我们到达了一块小小的潮湿空地。他们告诉我将在这里过夜。这里是 4 号区块的边缘，海拔 2 700 米。西尔曼和他的学生们以前常常在此宿营，有时长达数周的时间。空地上点缀着一些凤梨，不过都已经被拔下来并且咬过了。西尔曼认为这是一只眼镜熊留下的现场。眼镜熊又称安第斯熊，是南美洲仅存的熊。它们周身黑色或深棕色，眼睛周围一圈则是米色，平常大多在地面上活动。我之前并不知道安第斯山还有熊。这令我不禁想起了那只帕丁顿熊，[①] 从“深邃黑暗的秘鲁”来到了伦敦。

西尔曼的 17 个树木研究区块，每个都有近 2 平方公里的面积。它们沿着山脊排布的样式有点像是外衣上的一排纽扣。这些区块从山脊的顶部一直延伸到亚马孙盆地中，几乎到达了海平面的高度。西尔曼或他的学生已经把这些区块中树干直径超过 10 厘米的每一棵树都做了标记，并对这些树进行了测量，鉴定物种，予以编号。4 号区块内有 777 棵树直径超过 10 厘米，从属于 60 个不同的物种。西尔曼和他的学生们正准备重新标记所有这些区块，预期要花费几个月的时间。所有已经标记过的树木要重新进行测量，而上次标记之后死亡或新生的树木则要去除或添加进来。他们之间有过像犹太法典式的长久讨论，部分用英语，部分用西班牙语，讨论的内容是关于这次重新标记到底要怎么来

---

① 英国儿童文学中的著名虚构角色。——译者

做。在我能跟得上的一点点讨论中，有一些是关于不对称性的。一棵树干的截面并不是完美的圆形，所以如果你测量时持握测径器的角度不同，所得到的直径结果也不同。最后，大家决定使用测径器时，它的固定卡钳要放在树干上用红漆喷好的一个点上。

在这些区块中，每一棵直径超过 10 厘米的树都做了标记

由于海拔高度的差异，西尔曼的这些区块有着不同的年平均温度。举例来说，4 号区块的平均气温是 11.5℃，而在海拔低了约 250 米的 5 号区块，平均气温是 13.5℃。因为热带物种往往具有较窄的温度适应范围，这些温度差异转变成了高度的树种差异。在一个区块很丰富的树木物种可能在另一个更高或更低的区块中完全消失不见。

“某些优势物种有着最窄的海拔范围。”西尔曼告诉我，“这就暗示着，令它们在这一范围内成为出色竞争者的优势，却令它们在这个范围之外表现得不那么出色。”以 4 号区块为例，其中 90%的树木物种不同于 1 号区块中的物种，而后者只不过比前者高了 750 米。

西尔曼最初设计这些区块是在 2003 年。他的想法是要不断回来查看，一年又一年，十年又十年，看看会发生什么。这些树木会对气候变化做出什么样的反应？一个可能性或许可以被称为“伯纳姆树林”① 式的场景：每一个地带的树木会开始向更高处移动。当然，树木本身并不会真的移动，但它们能完成效果的类似，即它们四散的种子能在新的适宜地带长出新的树木。在这一假设之下，4 号区块现在能找到的树木物种将会随着气候变暖而出现在更高海拔的地区，例如 3 号区块，而 3 号的物种则出现在 2 号区块，以此类推。西尔曼和他的学生们在 2007 年完成了第一次普查。他本来是想把这些努力作为一项长期研究计划的一部分，从未想过会在仅仅 4 年之后就获得任何有趣的发现。但是他的一位博士后肯尼思·菲利坚持要仔细筛查一遍全部数据。结果，菲利的工作揭示，森林在可测量的水平上移动了。

有多种不同的方式来计算迁移的速率，例如以树木的数量计，或者以其分类学的整体计。菲利把树木按属分组。粗略地

① “伯纳姆树林”（Birnam Woods）是莎士比亚戏剧《麦克白》后半部分中推动故事发展的关键情节之一。在剧中，女巫召唤的亡灵告诉因弑君而不安的麦克白：只有当伯纳姆的树林向邓西嫩的高山移动时他才会被击败。后来，讨伐麦克白的军队在伯纳姆砍下树木用于伪装前进，从而使预言应验。——译者

讲，他发现全球变暖推动树木的各个属以平均每年 2.5 米的速度向山上爬。但他同时发现，这个平均值能实际代表的物种范围小得令人吃惊。就像是学校课间休息时孩子们分帮结派一样，不同树木的行为也是大相径庭。

以鹅掌柴属（*Schefflera*）的树木为例，它们属于五加科，有着掌状复合叶，这些叶片围绕着一个中心点排列，就像是手指绕着手掌的排布一样。这个属的成员之一，来自中国台湾地区的鹅掌藤（*Schefflera arboricola*），又称矮伞树，常常充当室内绿化作物。菲利发现，鹅掌柴属的树木极度活跃，以每年将近 30 米的惊人速度向着山脊上疾奔。①

与之相反的极端是冬青属（*Ilex*）的树木。这些树的互生树叶往往是光滑的，有着带尖的或锯齿状的边缘。这个属包括原生于欧洲的欧洲冬青（*Ilex aquifolium*），也被美国人称为圣诞冬青。冬青属的树木就像是课间休息时躺在长椅上的孩子一样。当鹅掌柴向着山上狂奔的时候，冬青只是坐在那儿不动，多少有些迟钝。

任何无法成功应对一定温度变化的物种，或一类物种，都不需要我们去操心它们的命运，因为它们压根就不会存在下去。地球表面上任何一个地方的温度都在持续波动，从白天到黑夜，从一个季节到另一个季节，从未停歇。即便是在冬天与夏天差异极

---

① Kenneth J. Feeley et al., "Upslope Migration of Andean Trees," *Journal of Biogeography* 38 (2011): 783 - 791.

小的热带地区，雨季与旱季的温度还是有着剧烈的变化。生物都发展出了各种不同的方式来应对这种变化。它们或冬眠，或夏眠，或迁徙。它们或者通过喘气来驱散热量，或者通过长出厚重的皮毛来保持热量。蜜蜂通过收缩胸部的肌肉来取暖。林鹳通过往自己的腿上排泄来降温。（在非常炎热的天气里，林鹳向腿上排泄的频率高达每分钟一次。）

在一个物种存世的以百万年计的时间里，起作用的则是长期的气温改变，也就是气候改变。在过去的 4 000 万年里，地球处于一个总体变冷的时期。这一现象背后的原因并不完全清楚。有一种理论认为是由于喜马拉雅山的持续抬高让大量的岩石暴露在化学风化作用中，结果导致大气中二氧化碳水平降低。在这次长期降温开始之前，处于始新世晚期的地球上是如此炎热，以至于几乎找不到任何冰。到了大约 3 500 万年前，全球性的气温降低已经足以导致冰川出现在南极洲。到了大约 3 000 万年前，气温已经下降到了令北极地区的海洋结冰的程度，形成了一个永久性的冰盖。尔后，在大约 2 500 万年前，也就是更新世伊始，地球进入了一个连续冰川期。巨大的冰层推进到了横贯北半球的地步，又过了几十万年之后才融化。

冰河时代的概念最初是于 19 世纪 30 年代由居维叶的学徒路易斯·阿加西斯（Louis Agassiz）提出来的。甚至在这个概念已经广为人们接受之后，仍旧没有人能够解释这样一个不可思议的过程是如何发生的。在 1898 年，华莱士评论道，“我们这个时代最敏锐、最聪慧的学者已经在这个问题上绞尽了脑汁”，但迄今为止仍是“全部徒劳无功”。[1] 又过了四分之三个世纪之后，这个问题才得到了解决。现在，人们普遍相信冰河时代始于地球运行轨道的小小改变。而这种改变的原因很多，其中之一是由于木星和土星的万有引力拖拽。这种轨道变化改变了阳光在一年中不同时期内在不同纬度上的分布。当夏天到达纬度最北端的光照量趋于最少时，那里的雪开始堆积起来。这引发了一个反馈循环，导致大气中二氧化碳含量的下降。气温因此下降，又导致了更多冰的堆积，如此往复循环。过了一段时期，地球的轨道周期进入了一个新的阶段，反馈循环开始以相反的方向起作用。冰川开始融解，全球二氧化碳水平提升，反过来冰川融解得更快。

在更新世，这种冰冻-解冻的模式重复了 20 多次，产生了让世界不断更替的效应。在每一次冰川期内，巨大体积的水结成了冰，以至于海平面下降了近百米。而冰川的巨大重量则压在地球的外壳上，把它压进地幔里去。（在像英国北部和瑞典这样的地区，上一次冰川期之后的地壳回弹过程仍在进行之中。）

更新世的植物和动物如何应对这样的气温振荡？达尔文认为，它们靠的就是搬家。在《物种起源》中，他描述了大量的大陆规模级迁移。

---

① Alfred R. Wallace, *The Wonderful Century: Its Successes and Its Failures* (New York: Dodd, Mead, 1898), 130.

> 当寒冷袭来的时候，每一个更靠近南方的地带都变得适宜来自极地的生物生存，却不适宜原本生活在这里的温带定居者，后者因此将被排挤掉，而极地的造物则取而代之……当温暖回归时，极地的生物将退回北方，来自更加温带地区的生物则紧随其后。①

达尔文这一论断此后被各种各样的实际证据所证实。例如，研究远古甲虫壳的研究人员发现，在冰河时代，即便是微小的昆虫也会迁移数千公里，跟上气候变迁的脚步。（举一个例子，织纹圆胸隐翅虫［*Tachinus caelatus*］是一种暗棕色小甲虫，今天生活在蒙古国首都乌兰巴托以西的群山之中。在最后一个冰川期中，它们在英格兰地区很常见。）

以其量值来看，如今的气温变化会给接下来这一整个世纪带来影响，其结果与冰河时代的气温振荡不相上下。（如果当今的排放趋势延续下去，安第斯山预期将会变暖 5℃。②）然而即使量值相当，变化速率却大不一样。再说一次，关键在于速率。今天的全球变暖比上一次冰川期结束时，或之前任何一次冰川期结束时的变暖都快了至少 10 倍。为了跟上这个速度，生物们迁移或适应的速度至少也要快上 10 倍才行。在西尔曼的区块中，只有

---

① Darwin, *On the Origin of Species*, 366 - 367.

② Rocío Urrutia and Mathias Vuille, "Climate Change Projections for the Tropical Andes Using a Regional Climate Model: Temperature and Precipitation Simulations for the End of the 21st Century," *Journal of Geophysical Research* 114 (2009).

像鹅掌柴这样脚下生风（或是根下生风）的树木才能跟得上温度升高的步伐。总共到底有多少个物种移动得足够快，这仍是个没有确切答案的问题。不过，正如西尔曼向我指出的，在接下来的几十年中，我们可能就会知道答案了，无论我们愿意与否。

西尔曼的区块所在的马努国家公园坐落于秘鲁的东南角，靠近其与玻利维亚和巴西的边境，占地面积达到 1.7 万平方公里。据联合国环境规划署介绍，马努“可能是世界上最具生物多样性的保护区”。许多物种都只能在这个公园内或其周边地区找到。这之中包括了蕨类的多节桫椤树（*Cyathea multisegmenta*），一种称为白喙霸鹟的鸟，一种叫作芭氏匀棘鼠的啮齿动物，以及一种小小的黑色蟾蜍，名叫马努喙蟾蜍（*Rhinella manu*）。

在那条小路上度过的第一个夜晚，西尔曼的一名学生鲁迪·克鲁兹（Rudi Cruz）坚持让大家跟他一起出去找马努喙蟾蜍。他上次来时曾经看见几只这种蟾蜍，所以他觉得如果我们努力去找，一定能再找到。我当时刚刚读到的一篇论文介绍了壶菌向秘鲁扩散的情况——而且据文中所说，已经扩散到了马努[①]——但我决定还是不要提这件事。或许野外还有马努喙蟾蜍。如果真是这样，我当然想要亲眼看到一只。

---

① Alessandro Catenazzi et al., “Batrachochytrium dendrobatidis and the Collapse of Anuran Species Richness and Abundance in the Upper Manú National Park, Southeastern Peru,” *Conservation Biology* 25 (2011): 382－391.

我们绑上头灯，出发沿着小路向山下走，像是一队煤矿工人正在下井一样。夜晚的森林已经变成了一道密不透风的黑暗之墙。克鲁兹在前面带路，他的头灯射出的光柱一会钻进丛林，一会刺入凤梨叶之中。我们其他人则紧随其后。这样走了大约一小时之后，只翻出来几只龙湖蛙属（*Pristimantis*）的棕色青蛙。过了一阵子，大家伙感到无聊了，开始返回宿营地。克鲁兹拒绝放弃。或许是认为问题出在我们其他人身上，他调头朝着小路相反的方向去了。“你找到什么没有？”每隔一会儿就会有人隔着暗夜对他大喊。

“没呢！”同样的回应重复着。

第二天，经过一场更为晦涩难懂的关于测量问题的争论之后，我们收拾行囊继续向山脊下方走。一次去取水时，西尔曼发现了一丛白莓，其间点缀着看起来像是亮紫色彩带的东西。他鉴定出那是一种十字花科树木的花序，但他从未见过像这样的东西。西尔曼告诉我，这令他想到，那可能代表了一个新的物种。这些花序被夹在报纸中压扁，以便带下山去。一想到我可能亲身经历了一个新物种的发现，即便与自己没有半点关系，我还是感到一种没来由的自豪。

回到那条小路上，西尔曼继续用他的弯刀开路，时不时停下来指点着一些植物学上的有趣现象，比如一棵灌木伸出针状的根从邻居那里偷水什么的。西尔曼谈论起植物来就像是其他人谈论电影明星一样。他向我形容一棵树是何等“魅力十足”。此外还有“兴高采烈”、“疯狂”、“美妙”、“聪明”以及“精彩绝伦”等表述。

下午过了一半的时候，我们走了一段上坡路，开阔的视野中出现山谷对面的另一道山脊。在那道山脊上，树木在纷纷摇动，表明有群绒毛猴正穿越森林前进。大家都停下脚步，想要看它们一眼。当这些猴子从一根枝桠荡到另一根枝桠上时，嘴里还会发出唧唧的噪音，听起来有点像是蟋蟀的鸣叫声。西尔曼拿出了那个购物袋，在众人间传递。

过了一小会儿，我们到达 6 号区块，海拔 2 227 米。他们就是在这里发现了那个新属的树木。西尔曼挥舞着他的弯刀指给我看。那是一棵看起来再平常不过的树，然而我试着要从西尔曼的角度去看这棵树。它比周围的大多数邻居都要高——或许可以用“高贵”或“端庄”来形容。这棵树的树干光滑而红润，叶序是简单的互生。它从属于大戟科，这个科的成员还有一品红。关于这棵树，西尔曼急于了解得尽可能多一些。这样一来，当一位新的分类学家接手过世那位的工作时，西尔曼就能立即给他寄去所有需要的材料。他和法范过去看看那棵树还能不能找到什么有用的信息，回来的时候拿着一些蒴果，里面包着那棵树的种子，外面的壳像榛子壳一样又厚又硬，但形状要优美得多，就像开花的百合一样。蒴果外面的颜色是深棕色，里面则是沙子的颜色。

那天晚上，我们在日落之后才到达 8 号区块，并将在这里扎营。我们穿过夜色走了上去，又摸黑架起帐篷，做了晚餐。我大约 9 点爬进了睡袋，但几个小时之后就被一道光晃醒了。我猜是有人起夜，于是又翻身睡去。早上，西尔曼告诉我，他很惊讶在那样的喧闹之中我居然可以睡得着。原来，夜里有 6 队古柯种植者拖着沉重的步伐穿过了我们的营地。（在秘鲁，虽然出售古柯是合法的，但所有的收购行为都必须要经过一个称为“ENACO”的政府部门批准，而这项规定是所有古柯种植者们都在极力逃避的。）因为每一队人马都从西尔曼的帐篷边经过，搞得他十分烦躁。最终，他忍无可忍地冲着那些古柯种植者大喊了起来。他自己现在也不得不承认，那不是什么明智之举。

在生态学上，几乎没有什么定律可言。能被所有人一致接受的少数几条定律之中，有一条就是“物种-面积关系”，缩写为 SAR。它被称作这个学科中最为接近元素周期表的科学定律。在其最宽泛的阐述之中，物种-面积关系似乎非常简单，几乎是不证自明的。你的研究对象所占的面积越大，你在其中能发现的物种数量就越多。这种规律早在 18 世纪 70 年代就由约翰·莱因霍尔德·福斯特（Johann Reinhold Forster）注意到了。他是随库克船长参与其第二次远航的博物学家，也就是不幸撞上大堡礁之后的那次远航。在 20 世纪 20 年代，这一定律由瑞典植物学家奥洛夫·阿雷纽斯（Olof Arrhenius）提升到了数值化的高度。（巧合的是，奥洛夫是化学家斯万特·阿雷纽斯［Svante］的儿子，后者在19世纪90年代就证明了燃烧化石燃料会产生一颗更温暖的地球。）这一定律后来在20世纪60年代又被E·O·威尔逊和他的同事罗伯特·麦克阿瑟（Robert MacArthur）进行了进一步的精化和打磨。

物种数量与面积大小之间的关系并不是线性的。不过，这条曲线的变化是可以计算的。通常，这一关系可以用这一方程来表述：$S = cA^Z$，其中S是物种数量，A是面积大小，而c和z是常数，依地域不同而不同，也因具体考察的分类学门类的不同而不同，所以并不是通常意义上的常数。这个关系之所以能够成为一个定律，是因为这一比率与具体研究的地形地貌无关。你可能是用它来研究一条岛链上的岛屿，也可能是一座雨林，又或者是附近的州立公园，但你都会发现物种数量的变化遵从同一个不变的等式：$S = cA^Z$。[①]

要思考灭绝的问题，物种-面积关系是个关键。人类对这个世界所做的事情其实就相当于我们正在到处减小A。当然，这只是种简化的理解方式。举例来说，让我们假设有一片曾经占地1 000平方公里的草原。让我们再假设这片草原是100个鸟类（也可以是甲虫或蛇）物种的故乡。如果草原的一半因为变成农田或购物中心而消失的话，使用物种-面积关系曲线就可以计算有多少个物种的鸟类（或甲虫或蛇）将会随之消失。粗略来讲，

---

① 很重要的一点是，z总是小于1，通常在0.20～0.35之间。

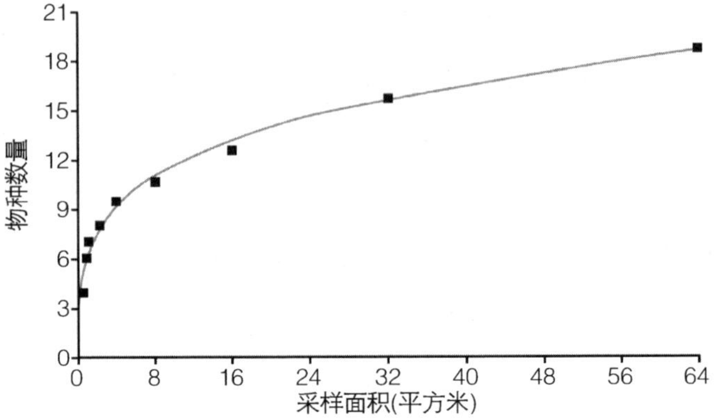

物种-面积关系的一个典型例子，显示了曲线的形状

答案是10%的物种。在此，我们需要记住的重要一点是，两者的关系不是线性的。由于要过很长时间才能让这个系统达到一个新的平衡，你不能指望这些物种会立即消失，但你知道事情会朝着这个方向发展。

在2004年，一组科学家决定要用物种-面积关系对全球变暖所引起的灭绝危机做出第一次预估。首先，这个团队的成员收集了当前的数据，包括了超过1 000种植物和动物物种。然后，他们将这些物种范围与当前的气候条件做了关联。最后，他们设定了两个极端的场景。其中之一假定所有物种都是迟钝的，就像是西尔曼区块中的冬青。当气温上升时，它们原地不动，因此在大多数情况下，能让它们生活的气候适宜区域不断收缩，甚至在许多情况下减少为零。这种基于“不扩散”场景的推测结果是希望渺茫的。即使变暖维持在一个最低水平上，这支团队预计将有

22%～31%的物种会在2050年前被“划定为灭绝”。如果变暖的程度达到那个团队当时所认为的最高可能水平——今天来看是相当低的——到了21世纪中叶，38%～52%的物种将面临消失的命运。

“还有另一种方式可以表述同样的情况。”加利福尼亚大学伯克利分校的古生物学家安东尼·巴诺斯基在这项研究成果中写道，“看看你的周围。在你所看到的生命之中杀掉一半。或者如果你觉得自己很善良的话，就只杀掉其中四分之一。那就是我们所说的情况。”①

在第二种更为乐观的场景中，物种都被想象成是高移动性的。在此场景下，当气温爬升时，生物能够占据任何气候条件适于其生长的新地域。但是，仍然会有许多物种因为无处可去而灭绝。当地球变暖时，它们所习惯的条件只不过是消失了而已。(这些“消失的气候”原本大都位于热带地区。)其他物种也会发现它们的领地变小了，因为要跟上气候的变化就必须要向高处迁移，而山顶上的面积总是要比山脚下小。

在这种“全面扩散”的场景中，约克大学生物学家克里斯·托马斯领导的团队发现，在最低水平的变暖假设下，全部物种中也会有9%～13%在2050年前被“划定为灭绝”。在最高水平的

---

① Anthony D. Barnosky, *Heatstroke: Nature in an Age of Global Warming* (Washington, D.C.: Island Press/Shearwater Books, 2009), 55-56.

变暖假设下，这个数字将是21%～32%。取这两种场景的平均值，考虑中等水平的变暖假设，这个团队得出的结论是：全部物种的24%将走向消亡。

这项研究成果作为封面文章发表在《自然》上。① 在大众媒体上，研究者们得出的一大堆数字被浓缩成一个。BBC宣称：《气候改变会导致100万个物种的灭绝》。《国家地理》则使用了这样的标题：《变暖将在2050年灭绝100万个物种》。

从那时开始，这项研究就在几个方面受到了挑战。首先，它忽略了生物之间的相互作用。其次，它没有考虑到一个可能性：动植物能忍耐的气候范围或许比它们当前所适应的范围要宽。再次，它只考察了2050年之前的情况，但无论在什么样的未来场景假设之下，变暖的持续时间都将远远超过那个点。最后，它把物种-面积关系应用到了一套全新的、因而也从未接受过检验的条件之下。

由《自然》那篇论文所引发的后续研究近来已经走向了两个不同方向。有一部分研究的结论认为，那篇论文高估了气候变化可能导致的灭绝物种数量；另一部分研究则认为是低估了。托马斯本人承认，对于2004年那篇论文的许多反对意见可能都是成立的。但是他也指出，从那之后提出的所有预测结果都在同一个

---

① Chris D. Thomas et al., "Extinction Risk from Climate Change," *Nature* 427 (2004): 145-148.

数量级上。因此，他评论道，“不只是0.01%或1%，而是差不多有10%或更多的物种”将很可能在气候变化中消失。

在最近的一篇论文中，托马斯建议，将这些数字“放到地质学范畴”中去考量才有意义。[①] 他在文中写道：气候改变本身“不太可能产生像前五次大灭绝那种规模的物种大灭绝”。然而，“有很大可能性的是，气候改变所导致的灭绝，其规模相当于或超过历史上那些程度稍轻的灭绝事件”。

他就此得出结论：“这些有可能造成的冲击性影响佐证了这样一种观点：我们近来已进入人类世。”

“英国佬就是喜欢把所有东西都用塑料做上标记。”西尔曼告诉我说，“我们认为这有点不够优雅。”这是在小路上的第三天，我们正站在8号区块上，刚刚跨过一道标出区块边界的蓝色胶带。西尔曼怀疑这是从牛津来的同行们的杰作。西尔曼在秘鲁花了很多时间，有时连续长达数月，但是一年中的大部分时间里他并不在这儿。于是，这里可能发生各种他不知道的事情（当然大多数情况下也是他不在意的事情）。例如，在我们这次旅程中，西尔曼在一些区块的树上发现了一些用来接种子的铁丝筐。显然，这些筐是用于科研目的，但没人告诉过他要设置这些筐，也

① Chris Thomas, "First Estimates of Extinction Risk from Climate Change," in *Saving a Million Species: Extinction Risk from Climate Change*, edited by Lee Jay Hannah (Washington, D. C.; Island Press, 2012), 17 - 18.

没人征得他的同意，这算是科研侵权。我想象着那些“科研无赖”蹑手蹑脚穿过森林的样子，就像那些古柯种植者一样。

在 8 号区块，西尔曼向我介绍了另一株“相当有趣”的树——轮生双翼果树（*Alzatea verticillata*）。轮生双翼果树的不寻常之处在于，该属只有这么一个物种，更不寻常的是，该科也只有这么一个物种。这种树长着纸一样薄的嫩绿色矩形叶子，它的小白花开花时据西尔曼说是一种像烧焦的糖一样的味道。轮生双翼果树能长得非常高，而且在 1 800 米这个特定的海拔高度上是森林里树冠层树木中的优势物种。它同时也是那些似乎坐在原地不动的物种之一。

西尔曼的区块代表了另一种对于托马斯的回应：与其坐而论道，不如起而行之。树木显然远不如动物的移动力强，比如马努地区常见的热带鸟类咬鹃，甚至是壁虱。但是在云雾森林之中，树木搭建了生态系统的架构，正如珊瑚虫搭建了珊瑚礁的架构一样。特定种类的昆虫依存于特定种类的树木，特定种类的鸟类又依存于特定种类的昆虫，就这样一级一级向上构成了食物链。反之亦然：动物对于森林的存续同样至关重要。它们既是授粉器，也是种子的传播者。鸟类还能阻止害虫全面接管森林。西尔曼的工作证明，最起码全球变暖将使得生态群落的架构被重组。不同种类的树木对于变暖的反应是不同的，所以物种之间的联系也将被同时打破。新的联系将就此形成。在这场全球性的架构重组中，某些物种将变得更繁茂。实际上，许多植物都可能会从高二氧化碳水平当中受益，因为这将令它们更容易获得光合作用所需的二氧化碳。而另外一些植物则会落到后面，并最终消失不见。

西尔曼自认为是一个积极乐观的人。这在他的研究中有所反映，至少是曾经有所反映。“我的实验室算得上是阳光型的实验室。”他告诉我说。他曾经公开主张，只要有更好的政策导向和安排得当的保护举措，像非法砍伐、非法采矿、非法放牧这类威胁生物多样性的多种因素都能减小到最低程度。

“就算是在热带地区，我们也知道要如何制止这类事情。”他说道，“我们已经有了更好的政府管控。”

但是，在一个迅速变暖的世界里，“安排得当的保护举措”这种事情，就算不是全然没有实际意义，也肯定是极难实现的。与一队伐木工人不同，你不能强迫气候变化停留在某道界线之内。它对马努地区生命条件的改变肯定也同样发生在库斯科或利马。而且，当有如此之多的物种在移动时，固定在原地不动的保护区并不能对抗物种的消亡。

“在我们强加于物种的压力之中，这一种在本质上是不同的。”西尔曼告诉我说，“对于人类导致的其他形式的扰乱，物种还有空间上的躲避之处。气候却影响着所有的一切。”就像海洋酸化一样，气候也是全球性的现象。或者借用居维叶的话来说，就是一场“发生在整个地球表面的变革”。

那天下午，我们走上了一条土路。西尔曼采集了他感兴趣的各种植物，想要带回实验室去。这些标本都用带子扎在他那个巨大的背包上，让他看起来就像是云雾森林版的苹果籽约翰尼(Johnny Appleseed)[①]。这里刚刚下过雨，太阳已经出来了，一群群黑色、红色、蓝色的蝴蝶在水坑上方盘桓。偶尔会有满载木材的卡车隆隆开过。蝴蝶们躲避不及，于是路面上散落着残破的蝶翼。

我们一直走到几栋供游客住宿的小屋附近。西尔曼告诉我，我们刚进入的这个地区在鸟类爱好者之中非常有名。只是沿着路一直走，我们就看见了彩虹般五彩缤纷的不同鸟类：金唐加拉雀的颜色就像是毛茛；灰蓝裸鼻雀的颜色就像是矢车菊；蓝颈唐加拉雀则像一道炫目的青绿色闪电。我们还看到了一只有着亮红色肚子的银嘴唐纳雀，以及一群以其引人注目的猩红色羽毛而闻名的安第斯冠伞鸟。雄性冠伞鸟的头上长着碟形的冠，刺耳的叫声听起来就像是一群疯子。

在地球历史上的多个时期，今天局限在热带地区生活的生物也曾占据过更为广阔的地域范围。例如在白垩纪中期，即距今1.2亿～0.9亿年前，面包树繁盛的地域一直向北延伸到阿拉斯加湾附近。在大约5 000万年前的始新世早期，南极洲也生长着棕榈树，英格兰的浅海地区也有鳄鱼蹒跚而行。简而言之，没有

① 本名约翰尼·查普曼，19世纪初期的美国传教士，因在俄亥俄州和印第安纳州广泛种植和管理苹果园而被当成平民英雄。——译者

任何理由认为在一个更为温暖的世界中生物多样性会少于一个更为寒冷的世界。与之相反，对于“生物多样性纬度梯度”的某些解释暗示了这样一个可能性：在经过较长的时期之后，一个温暖的世界有着更为多样的生物。不过，在较短的时期内来看，也就是与人类有关系的时间尺度上来看，事情完全是另一个样。

事实上，今天我们身边的这些物种可以说都是适应寒冷的。金唐加拉雀和冠伞鸟都熬过了最后一个冰川期，更不要说冠蓝鸦、主红雀和家燕了。它们及其近亲也都熬过了前面一个冰川期，加上再前面一个，以及前面更多个冰川期，一直到250万年前。在更新世的大部分时间里，气温都比现在低得多，地球轨道周期的节律也比现在慢，所以导致冰川期持续的时间远远长于冰川间隔期。因此，演化的天平更倾向于有能力应对冬季环境条件的生物。与此同时，在这250万年间，能够应对高气温并不会带来任何竞争优势，因为天气从未变得比现在热多少。在更新世的波峰与波谷中，我们目前处于一个波峰顶端。

想要找到比今天更高的二氧化碳浓度（以及相应更高的全球气温），我们要回溯相当久远的历史，或许要直到中新世中期，约1 500万年前。[①] 很有可能到21世纪末的时候，二氧化碳水平将会达到自始新世在南极洲长出棕榈树（大约5 000万年前）之

---

① Aradhna K. Tripati, Christopher D. Roberts, and Robert E. Eagle, “Coupling of CO_2 and Ice Sheet Stability over Major Climate Transitions of the Last 20 Million Years,” *Science* 326 (2009): 1394 - 1397.

后从未达到过的高度。今天的生物物种是否仍旧拥有那些令其祖先得以在远古那个温暖世界中繁盛的性状？这个问题目前还不可能有答案。

“要让植物耐受温暖的气温，有各种不同的办法。”西尔曼告诉我，“它们可以制造出特殊的蛋白质，可以改变自身的代谢，诸如此类。但是热耐受的代价可能很大。而且我们预计未来将会达到的高温，在过去几百万年里都没有出现过。所以，真正的问题在于：动植物在如此悠长的时期中是否一直保持着那些代价很高的性状特征？要知道，这是长得足以让哺乳动物大多数辐射物种产生而又消失的一段时期。如果它们的确保持着那些性状，那么我们将有可能收获一份惊喜。”但如果它们没有保持着呢？如果因为在几百万年的长久时期里，这些代价很高的性状特征都无法给它们带来优势，因此已经被它们丢弃了呢？

“如果进化论按照它通常的方式来起作用的话，”西尔曼说，“那么大灭绝的场景——我们不管它叫灭绝，而是会用一个更委婉的漂亮说法，叫‘生态性缩减’——那场景看起来就会像是世界末日。”

第　九　章

陆　上　孤　岛

鬼针游蚁（*Eciton burchellii*）

BR-174 公路起始于巴西亚马孙州的马瑙斯（Manaus）市，从那里向着差不多正北方延伸，直到与委内瑞拉接壤的边境。过去这条路两边满是翻滚下去的汽车留下的残骸。然而自从大约 20 年前重新铺整之后，这条路变得好走多了。而今，路边不但没了烧得只剩架子的报废汽车，偶尔还会有为旅人提供咖啡的小店。不过走了差不多一小时之后，咖啡的劲儿已经过去了。又过了一个小时，前面出现一个岔口，连接着一条通往东边的单车道公路 ZF-3。这条路还没有铺过，亚马孙土壤特有的颜色让它看起来像是划开乡野的一条亮橙色伤痕。沿着 ZF-3 又走了 45 分钟之后，你就会看见一道用长链子拴着的木制栅栏门。在大门之内，站着一些看起来昏昏欲睡的奶牛，奶牛身后就是人称 1202 号保护区的地方。

1202 号保护区或许可以看作是亚马孙中心的一座岛屿。我到那儿的时候，正是雨季之中一个万里无云的炎热日子。朝着保护区里面走了十来米，枝叶就已经非常繁茂了。即便太阳正当空，这里的光线依然昏暗，就像是走进一座大教堂一样。从旁边的一棵树上传来一声调门尖锐的鸣叫，让我想起了警察吹的哨子。别人告诉我，这是一种样貌平常的小鸟，叫作尖声伞鸟。它又叫了一声，然后就归于沉寂了。

与天然形成的岛不同，1202 号保护区几乎是一个规整的正方形。这是 1.7 万平方米未受人类影响的雨林，被一片低矮灌木的“海洋”环绕在当中。从空中拍摄的照片来看，这个保护区就像是漂荡在棕色波涛之中的一只绿筏。

1202 号保护区是整个“亚马孙群岛”的一部分。这些孤岛的名字听起来都像是医院用语：1112 号保护区、1301 号保护区、2107 号保护区。这些保护区中有一些甚至比 1202 号还小，少数几块则比 1202 号大得多。总体来说，它们代表了一项世界上规模最大、持续时间最长的实验——“森林碎片的生物学动态研究项目”，简称 BDFFP。在这里，几乎每一平方米都被某位科学家研究过：植物学家给树做标记，鸟类学家给鸟上脚环，昆虫学家给果蝇计数。当我访问 1202 号保护区的时候，碰上了一位来自葡萄牙的研究生，正在这里调查蝙蝠的情况。中午时分，他刚刚才起床，正在一个小棚子里吃着意大利通心粉。那里既是科考站，又是厨房。在我们谈话的时候，一位皮包骨头的牛仔骑着一匹比他胖不了多少的瘦马出现在我们面前，肩上挂着支来复枪。我不太确定他的出现是因为听到了我们开过来时的卡车声音，想要来保护这个学生，还是因为他闻到了通心粉的香味。

BDFFP诞生于一项貌似不可能实现的合作，合作的双方是牧场主和环保主义者。在20世纪70年代，巴西政府开始鼓励放牧者到马瑙斯以北定居，当时那片区域大多无人居住。这一计划等同于给砍伐森林的行为发放补贴：任何同意搬迁到雨林去砍倒树木养殖奶牛的放牧者都能从政府领到薪水。与此同时，根据巴西的法律，在亚马孙拥有土地的人必须让其领地内一半的森林保持原样不变。这两条法规之间的对立性让一位美国生物学家汤姆·洛夫乔伊（Tom Lovejoy）想到了一个好主意：能否说服放牧者们让科学家来决定哪些树要砍倒，而哪些树要保留？"这个主意那时候也就是说说而已。"洛夫乔伊告诉我说，"我当时很怀疑能否说服巴西人按我们的要求保留森林，好让我们进行一项巨型实验。"如果能够实现这个计划的话，就有可能以一种可控的方式来研究一个以不可控的方式发生着的进程，而这个进程不仅仅发生在整个热带地区，实际上遍及整个世界。

洛夫乔伊飞到了马瑙斯，向当地的巴西官员说明了他的计划。让他感到意外的是，他们欣然接受了这个计划。该项目如今已经连续运行超过30年了。在这些保护区中受过学术研究训练的研究生是如此之多，以至于人们创造了一个新词来形容他

马瑙斯以北地区的森林碎片俯瞰图

们——碎片生物学家。[①] 而 BDFFP 这个项目本身已经被誉为“有史以来最为重要的生态学实验”。[②]

目前，地球上大约 1.3 亿平方公里的土地没有冰层覆盖，这也是通常计算人类影响时所使用的基础数据。根据最近由美国地质学会发表的一项研究，人类已经“直接转化”了其中一半以上的面积——大约是 0.7 亿平方公里[③]——这当中大部分土地变成

① Jeff Tollefson, "Splinters of the Amazon," *Nature* 496 (2013): 286.

② Ibid.

③ Roger Le B. Hooke, José F. Martín-Duque, and JavierPedraza, "Land Transformation by Humans: A Review," *GSA Today* 22 (2012): 4 - 10.

了农田和牧场，但也有部分用于建造城市、购物中心以及水库，还有些土地遭受森林砍伐、地下采矿和露天采矿影响。在除此之外的0.6亿平方公里之中，约五分之三被森林所覆盖，用论文中的话说是“天然的，但也不一定是未受影响的”。其余的部分要么是高山，要么是冻土地带，要么是沙漠。根据另一项由美国生态学会近期发表的研究，即便是如此巨大的比例，仍然是低估了人类带来的冲击。[①] 这篇研究论文的作者，马里兰大学的厄尔·埃利斯和麦吉尔大学的纳文·拉曼库提宣称，在气候和植被意义上的生态群系这个概念，比如温带草原和北方针叶林，已经不再有意义了。与此相反，他们把世界划分成不同的“人类态群系”(anthromes)。“都市”这个人类态群系占据了130万平方公里的面积，“灌溉农田”这个人类态群系则是260万平方公里，而“人居森林”人类态群系的面积是1 170万平方公里。埃利斯和拉曼库提一共总结出了18种不同的“人类态群系”，加在一起绵延1亿平方公里之广。这就留下约3 000万平方公里的面积未做划分。这些区域大多无人居住，包括亚马孙的几个地区，西伯利亚和加拿大北部的大部分地区，以及面积广大的撒哈拉沙漠、戈壁[②]和大维多利亚沙漠[③]。这些地区被他们称为“荒地”。

① Erle C. Ellis and Navin Ramankutty, “Putting People in the Map: Anthropogenic Biomes of the World,” *Frontiers in Ecology and the Environment* 6 (2008): 439 - 447.

② 此处并非一般意义上的戈壁滩，而是特指从中国西北部直至蒙古国南部的大片荒漠地区。中文戈壁一词即是从蒙古语对这一地区的称谓音译而来。——译者

③ 位于澳大利亚西南部内陆地区的沙漠。——译者

但是我们并不清楚，在人类世，这样的“荒地”是否真的能算是荒芜。冻土带上有纵横交错的管网，北方针叶林则有地震监测线网。牧场、农场和水力发电项目把雨林分割开来。在巴西，有“鱼骨”这种说法。去森林化的模式总是始于一条主要道路的修建，也就是鱼骨中的脊椎。然后，这条主路又引发了许多小岔路的修建，就像是肋骨一样。这样一来，森林就只剩下了瘦长的小块。如今，所有的野外环境或多或少都被分割成为小块，进而彻底消失。这就是洛夫乔伊的森林碎片实验为什么如此重要的原因。1202 号保护区以其完全非天然的边界线，以及方块的形状，日益代表着这个世界的形制。

BDFFP 的研究人员组成不断地发生着变化，所以即便是已经在这个项目上工作了许多年的人也不知道他们会在这里突然遇到谁。我驾车前往 1202 号保护区时，与我同行的伙伴是马里奥·科恩-哈夫特（Mario Cohn-Haft），一位美国籍鸟类学家。他最早是以实习生的身份于 20 世纪 80 年代中期参与到这个项目中的。科恩-哈夫特最后娶了一位巴西人，现在在马瑙斯的亚马孙国家研究所工作。他身形瘦高，长着灰色的细发和有几分哀怨的棕色眼睛。他带给鸟类研究的影响和关注热度就像迈尔斯·西尔曼之于热带树木。有一次，我问科恩-哈夫特能靠鸣叫声鉴别出多少种鸟类，他回了我一个疑惑不解的表情，好像不明白我想要干什么。于是我又重复了我的问题，得到的答案竟然是所有鸟类。据官方统计，在亚马孙地区生活着约 1 300 种鸟类，但科恩-

哈夫特认为实际还要多得多，因为人们在给鸟类分类时太过注重大小和羽毛的差异，却不太关注它们的鸣叫声。他告诉我，外表看起来几乎一样的鸟类，却有可能发出不同的鸣叫声，结果最后发现它们也的确是遗传意义上的不同物种。在我们这次前往1202号保护区的时候，他已经准备好要发表一篇论文，鉴定他通过精确的听觉鉴别出来的几个新的鸟类物种。其中有一种夜间活动的林鸱科鸟类，有着令人难忘的悲伤鸣叫。当地人认为这种声音是库鲁皮拉（*curupira*）发出来的。库鲁皮拉是巴西民间故事中的一个人物，长着一张孩子气的脸庞、浓密的头发以及朝向后方的双脚。他捕食盗猎者以及其他向森林过度索取的人。

因为清晨是听鸟鸣的最佳时间，刚过凌晨4点，科恩-哈夫特和我就在夜色中出发前往1202号保护区了。我们路上的第一站是一座金属高塔，上面有一个气象站。塔身40米高，锈迹斑斑，塔顶能够俯瞰森林树冠层的全景。科恩-哈夫特带了一架高倍望远镜，立在三脚架上。他还随身带了一个iPod和一个能装在口袋里的微型音箱。那个iPod里面存了数百种不同鸣叫声的录音。有时，如果他听到一只鸟的叫声却找不到它在哪儿，他就会播放这种鸟的叫声，希望能引它现身。

"待上一整天，你可能会听到150种鸟的叫声，却只能看见其中10只。"他告诉我说。偶尔，你可能会在绿色的背景中看到彩色的闪光，我就是用这种方式才匆匆瞥见了科恩-哈夫特鉴别出来的几只鸟，包括一只黄须啄木鸟，一只黑尾蒂泰霸鹟，还有一只金翅斑鹦哥。他把望远镜对准一个蓝点让我看，结果那竟是我所见过最漂亮的鸟：一只红脚旋蜜雀，胸口是宝石蓝色，腿是鲜红色，头冠是灿烂的海蓝绿。

太阳升得更高了，鸣叫声渐稀，于是我们再次上路了。当天气变得像火炉一样时，我们俩全都汗流浃背，才终于到了链子拴着的大门前，那是1202号保护区的入口。科恩-哈夫特选了一条切入保护区内部的小路，我们两人深一脚浅一脚地走到了他认为是方块中心的位置。他停下脚步倾听着。实在没什么声音可听。

“此时此刻，我能听到两个物种的鸟类。”他告诉我，“其一的声音听起来像是在说：哦，像是要下雨。那就是铅灰鸽的叫声。这种鸟是典型的原生林主要物种。另一只的声音差不多是‘促，促，哔’。”他学出了那个声音，就像是一位长笛手演奏前的试音。“那是棕眉鵙雀的叫声。它是一种典型的次生林或草原边缘地带物种，我们一般不会在原生林中听到它的叫声。”

科恩-哈夫特解释说，当他最初来1202号保护区时，他的工作就是给捉住的鸟绑上脚环然后再放走，这个过程简称“上环再放”。这些鸟是用绑在树木之间的网来捕捉的，网从地面一直拉到近两米高的地方。在森林被隔离成碎片之前和之后都进行了鸟类普查，这样就能进行数据比较。在全部11个保护区中，科恩-哈夫特和他的同事给将近2.5万只鸟做了标记。[1]

---

① Richard O. Bierregard et al., *Lessons from Amazonia: The Ecology and Conservation of a Fragmented Forest* (New Haven, Conn.: Yale University Press, 2001), 41.

“第一项让大家多少感到意外的结果可以说是一种避难者效应，虽然这对于整个计划来说只是无关紧要的琐事。”当我们站在树荫下的时候，他对我说道，“当你砍掉周围的森林时，鸟类的捕获率在第一年中提高了。这既包括捕获鸟类的个体数量，也包括捕获鸟类的物种数量。”显然，来自那些砍伐地带的鸟类到这些剩余的森林碎片中来寻找庇护所了。但随着时间的流逝，森林碎片中鸟类的数量和种类都开始逐渐减少。接下来还会进一步减少。

“换句话说，”科恩-哈夫特说，“并不是突然就达到了这一物种更少的平衡。这种物种多样性上的衰退是随着时间流逝持续发生的。”在鸟类身上所发生的一切对于其他生物类别同样适用。

我们现在要来讨论真正的岛屿了，而不只是栖息地孤岛。岛上的物种通常是贫乏的，或者用更优雅的说法是生态衰弱。对于大洋中央远离海岸的火山岛而言，诚然如此。但令人好奇的是，这种说法对于所谓的大陆岛也是同样适用的，而大陆岛往往位于离陆地较近的海域，是由于海平面的涨落所形成的。研究大陆岛的科学家们发现，这些岛上的物种多样性同样少于它们曾经与之相连的大陆。

这是为什么？为什么隔离会导致多样性下降？对于一些物种而言，答案似乎相当简洁明了：它们被放逐其中的那块栖息地并不足以让它们生存。一只需要100平方公里生存空间的大型猫科动物很可能无法在50平方公里的地域上长期生存。一只在池塘里产卵、在山坡上捕食的微型蛙需要同时具有池塘和山坡的环境才能存活。

但如果缺乏适宜的栖息地是唯一的原因，大陆岛应该很快就会达到一个新的、更低水平的物种多样性平衡。然而事实并非如此。大陆岛持续不断地损失着物种。这个过程有一个明朗得令人吃惊的名称——“弛豫”①。在一些由于更新世末期海平面上升而造就的大陆岛上，据估计整个弛豫过程花费了数千年的时间。②此外，这个过程可能仍在进行之中。

对于弛豫现象，生态学家给出的解释是：生命是随机的。更小的面积只能拥有更小的种群，而更小的种群在意外面前更为脆弱。举一个极端的例子，以某个岛为家的X鸟只剩下唯一一对处于繁殖期的夫妇了。有一年，它们的巢被飓风从树上吹跑了。第二年，所有的雏鸟竟然全是雄鸟。而第三年，鸟巢又被一条蛇洗劫一空。于是，物种X现在就面临着局地灭绝的命运。如果这个岛是两对X鸟育龄夫妇的家园，那么它们两家都发生这一系列倒霉事件的几率就要小一些。如果是20对鸟的家园，全部出意外的几率就会小得多。但是，低概率的事件在悠长的时间进

① 主要用于物理学的科学名词，指一个系统受到扰乱之后重新恢复平衡的过程。其英文单词“relaxation”是“放松、松弛”（relax）的名词形式，所以作者说这是一个“明朗”的名称。——译者

② Jared Diamond, “The Island Dilemma: Lessons of Modern Biogeographic Studies for the Design of Natural Reserves,” *Biological Conservation* 7 (1975): 129 - 146.

程内仍然可能是致命的。这个过程或许可以用扔硬币来打比方。如果你扔 10 次硬币，不太可能一上来就连续 10 次都是正面朝上。如果是扔 20 次或 100 次，同样不太可能。然而，如果扔的次数足够多，即便是不太可能的结果也有可能出现。概率原理的正确性是毋庸置疑的，因此几乎没必要通过任何实验或观察证据来证明小种群规模所存在的危险。不过，的确有这样的证据。在 20 世纪 50 年代和 60 年代，鸟类观察者对威尔士外海的巴德西（Bardsey）岛上的每一对育龄鸟类进行了持续的细致观察和记录，从常见的家麻雀和蛎鹬一直到稀有得多的鸻鸟和杓鹬，无一遗漏。在 20 世纪 80 年代，贾雷德·戴蒙德对这些记录进行了分析。当时他是一位鸟类学家，专长是新几内亚的鸟类。戴蒙德发现，任何一个特定的物种从岛上消失的几率都可以画成一条曲线，其斜率随着夫妇数的增加而呈指数趋势下降。因此，他曾写道：物种局地灭绝的主要指征性事件就是“较小的种群规模”。[①]

当然，较小的种群并不仅限于出现在岛屿上。一个池塘里可能有某种蛙类的小种群；一片草原上可能有某种田鼠的小种群。而且，在没有大灭绝发生的正常时期，局地灭绝也无时无刻不在发生着。但是，在这样的灭绝发生之后，如果再碰上一系列的坏运气，这个地区很可能就会被别的物种成员重新占据，那可能是

① Jared Diamond, " 'Normal' Extinctions ofIsolated Populations," in *Extinctions*, edited by Matthew H. Nitecki (Chicago: University of Chicago Press, 1984), 200.

从别的什么地方偶然来到此地的更为幸运的种群。令岛屿与众不同的是，重新占据往往是非常困难的，实际上甚至是完全不可能的。这也就解释了弛豫现象。（举例来说，如果一个大陆岛上生活着一小群残余的老虎，并突然灭绝了，新的老虎恐怕很难游到岛上来。）同样道理也适用于任何其他的栖息地碎片。一旦某个碎片上的一个种群消失了，新的物种或许能够重新占据它，又或许不能。这往往取决于这个碎片的周围有什么。例如，BDFFP的研究者们发现，有些鸟类很容易就能穿过道路的空地，比如白冠娇鹟；而另一些则极不愿意这样做，比如鳞背蚁鸟。① 如果一个物种没有占据新的栖息地，局地灭绝就会发展成地区性的，尔后是全球性的。

离 1202 号保护区十来公里远处，土路渐渐消失不见，一片雨林出现在眼前，按现今的标准来看可以算作未受人类侵扰的地区。BDFFP 的研究者们已经把这片森林中的部分区域划定出来作为对照区块，让他们得以比较碎片地区和连贯森林中的不同情况。路尽头不远处有一个小小的营地，人称 41 号营地，供研究者们食宿和避雨。我和科恩-哈夫特到这里的时候是下午，正好赶上变天。我们小跑着穿过森林，但实际上已经无所谓了；当我

① Susan G. W. Laurance et al., "Effects of Road Clearings on Movement Patterns of Understory Rainforest Birds in Central Amazonia," *Conservation Biology* 18 (2004) 1099 - 1109.

们到达 41 号营地的时候，浑身都已湿透。

晚些时候，瓢泼大雨停了，袜子的水也拧干了，于是我们离开营地，向着森林深处进发。天仍旧阴着，一片灰蒙蒙中有一抹沉郁的色调笼罩在绿野之上。我想到了库鲁皮拉，双脚朝后，隐匿在树木之间。

E·O·威尔逊曾经来过 BDFFP 两次。在其中一次 BDFFP 之旅后，他曾经写道："这座丛林之中充满了生机，但其方式大多超越了人类的感知能力。"① 科恩-哈夫特告诉我的情况与此类似，不过表达方式没那么夸张。他说，雨林"在电视上看起来要有趣得多"。起初在我看来，我们周围没有任何东西在移动。但是接下来科恩-哈夫特向我指出了昆虫活动的迹象，我才开始观察到大量正在进行的活动，用威尔逊的话来说，就发生"在小小的地下世界里"。一只竹节虫从一片枯叶上吊下来，摇动着精致的腿。一只蜘蛛蹲在圈状的网上。地面上伸出来一根长得像是生殖器的管子，里面满是泥巴，原来竟是蝉的幼虫的家。树干上看起来就像是孕妇肚子一样的一块恶心膨起物，原来是一张装满了白蚁的网。科恩-哈夫特认出了一株野牡丹。他把上面的一片叶子翻过来，轻敲中空的叶柄。小黑蚁喷涌而出，要多凶猛有多凶猛。他解释说，这些蚂蚁保护植物不受其他昆虫的侵害，作为回报植物则为蚂蚁提供免费的住宿。

---

① E. O. Wilson, *The Diversity of Life* (1992; reprint, New York: Norton, 1993), 3-4.

科恩-哈夫特是在马萨诸塞州西部长大的，恰巧离我住的地方不算太远。“在家乡那边，我认为自己是一名全面的博物学家。”他告诉我说。除了新英格兰地区[①]西部的所有鸟类之外，他还能叫出那里绝大多数树和昆虫的名称。但是在亚马孙，你不可能成为一名全面的博物学家，因为这里要记住的物种实在是太多了。在 BDFFP 的研究区块中，已经鉴定出 1 400 个树木物种，甚至超过 1 600 多公里以西的西尔曼区块。

“这是超级多样化的生态系统，其中每一个物种都是极度特化的。”科恩-哈夫特告诉我说，“在这样的生态系统中，严格地各司其职就能获得巨大的收益。”为什么热带的生命如此多姿多彩，对于这个问题他也给出了自己的理论：多样性总是倾向于自我强化。他解释说：“高物种多样性的一个自然推论是低种群密度。这是物种形成的一个关键要素——距离隔离。”他接着补充道：这也同时导致了脆弱性，因为小型的隔离种群对于灭绝的易感性大大增加了。

太阳开始落山，森林中只余些微暮光。在返回 41 号营地的路上，我们遭遇了一队行军蚁。它们走在自己的一条路上，与我们的路之间只有一两米的距离。这些红棕色的蚂蚁差不多是沿一条直线前进的，还跨过了一根（对它们来说尤其）巨大的原木，它们先爬上原木，然后再爬下来，继续前进。我朝着蚂蚁队伍两

① 指美国东岸偏北的地区，包括这里说的马萨诸塞州、作者所在的纽约州以及前文提到的新泽西州等。——译者

端的方向都跑了很远，但没能找到尽头。这支队伍似乎绵延不绝，就像苏维埃式游行一样。科恩-哈夫特告诉我，这支队伍中的行军蚁所属的物种是鬼针游蚁。

热带地区有几十种不同的行军蚁。与其他大多数蚂蚁不同，行军蚁没有固定的家。它们的全部时间都用于移动、捕猎，或是在临时“蚁体巢”（bivouacs）中宿营。它们的猎物包括昆虫和蜘蛛，偶尔也有小蜥蜴。（鬼针游蚁的蚁体巢是由蚂蚁本身组成的，它们在蚁后身边排列起来，形成一个能蜇人的危险大球。）行军蚁是有名的贪吃鬼，一个行军中的群落每天能消耗掉 3 万只猎物，大多是其他昆虫的幼虫。但是由于它们的极度贪婪，行军蚁也为别的物种提供了支持。有一整个科的鸟类被称为专一性蚂蚁跟随者。在蚁群周围几乎总能找到它们，吃着蚂蚁从落叶层中赶出来的昆虫。另一些鸟类则是机会主义蚂蚁跟随者，当偶然遇到这些蚂蚁时才会在它们身边啄食。与蚂蚁跟随者所走的道路一样，还有很多不同的生物也是“各司其职”这方面做得很到位。有蝴蝶以鸟类的排泄物为食，也有寄生蝇把自己的卵产在受到惊吓的蟋蟀和蟑螂身上。[①] 某些种的螨虫搭着蚂蚁的便车四处迁移，其中一个物种把自己绑在蚂蚁的腿上，另一个物种则附在蚂蚁的下颚上。一对美国博物学家夫妇，卡尔和玛丽安·莱登梅尔已经

---

① Carl W. Rettenmeyer et al., “The Largest Animal Association Centered on One Species: The Army Ant Eciton burchellii and Its More Than 300 Associates,” *Insectes Sociaux* 58 (2011): 281-292.

花了超过50年的时间来研究鬼针游蚁，他们总结了一张列表，记录了与行军蚁紧密相关的300多个物种。[①]

一只鬼针游蚁

科恩-哈夫特没有听到任何鸟叫声，时间也晚了，于是我们打道回营。我们说好了第二天还要回到同一个地点，争取看到蚂蚁-鸟-蝴蝶的混合编队。

在20世纪70年代末期，一位叫特里·埃尔温的昆虫学家在

① Carl W. Rettenmeyer et al., "The Largest Animal Association Centered on One Species: The Army Ant Eciton burchellii and Its More Than 300 Associates," *Insectes Sociaux* 58 (2011): 281-292.

巴拿马工作时，有人问他在万把平方米的热带森林中能找到多少个物种的昆虫。当时，埃尔温的主要研究工作其实就是数甲虫。他要在树林的顶上喷洒杀虫剂，然后收集那些像雨点一样从叶子上坠落的昆虫尸体。热带森林整体上有多少种昆虫？这是个更大的问题，也更让埃尔温感兴趣。他想到了一个办法，能够从自己的研究经验中来推算这个答案。从单独一棵赛氏马鞭椴（*Luehea seemannii*）上，他能收集到的甲虫就超过了950个物种。他还知道这些甲虫物种中约有五分之一依赖于这种树生活，其他的五分之四则依赖于别的树木物种，而甲虫代表了全部昆虫物种的40%，热带地区的树木物种总共约有5万种。埃尔温据此估算，有3 000万个物种的节肢动物是以热带为家园的。[①]（这之中除了昆虫，还包括蜘蛛和蜈蚣。）他承认，连他自己都被这个结论震惊到了。

从那时起，人们付出了很多努力来修正埃尔温的估算结果。大多数人倾向于下调这个数字。（别的不说，对于依赖单独一株植物生存的昆虫比例，埃尔温的估计可能过高了）。不过大家都承认，下调之后的数字仍然大得吓人：最近的估算结果认为至少有200万种热带昆虫，甚或高达700万种。[②] 与此相比，全世界也只有1万种鸟类和5 500种哺乳动物。也就是说，对于每一个

---

① Terry L. Erwin, "Tropical Forests: Their Richness in Coleoptera and Other Arthropod Species," *Coleopterists Bulletin* 36 (1982): 74-75.

② Andrew J. Hamilton et al., "Quantifying Uncertainty in Estimation of Tropical Arthropod Species Richness," *American Naturalist* 176 (2010): 90-95.

长着毛发和乳腺的物种，仅仅在热带，就对应着至少 300 种长着触角和复眼的动物。

昆虫动物在热带的极大丰富意味着对于热带的任何危害都将有着数量极大的受害者。试想一下以下这套推算。首先，热带地区去森林化程度的测算是个出了名的难题，不过让我们暂且假设森林遭到砍伐的速率是每年 1%。应用物种-面积关系，即 $S = cA^Z$，并把 z 值设为 0.25，我们可以计算得到每丢失 1%的森林面积会导致约 0.25%的物种消失。如果我们非常保守地估计热带雨林中有 200 万物种，这就意味着差不多每年要损失 5 000 个物种。这大约是每天 14 个物种，或是每百分钟一个物种的速度。

上述计算就是 E·O·威尔逊在 20 世纪 80 年代末期做的计算，就在他某次 BDFFP 之旅过后不久。[①] 威尔逊在《科学美国人》上发表了他的结果，并在此基础上得出结论：当前的灭绝速率处于“比天然发生的背景灭绝速率快了 1 万倍的量级上”。他进一步评论道：“这种情况正在将生物多样性降低到白垩纪末期大灭绝以来的最低水平。”他还指出：白垩纪末期的大灭绝虽然不是历史上最糟糕的物种大灭绝，却是“目前为止最著名的一次，因为它终结了恐龙时代，把哺乳动物推上了统治地位，并最终让我们自己这个物种的起源成为可能，无论这是好是坏”。

像埃尔温的结果一样，威尔逊的计算结果同样令人震惊，也

① E. O. Wilson, "Threats to Biodiversity," *Scientific American*, September 1989, 108 - 116.

同样易于理解，至少易于转述。这一结果获得了极大的关注，不仅仅限于热带生物学家这个小圈子，还包括主流媒体。两位英国生态学家曾经抱怨道：“几乎没有哪天你不会听到别人谈论这件事，总有人告诉你，热带去森林化每小时就会让一个物种消失不见，甚至可能是每分钟一个。”[①] 25 年之后的今天，人们普遍同意，威尔逊得出的数字像埃尔温的数字一样，与观察结果并不相符。比起科学家，科普作家们甚至更有必要获知这一事实。至于其背后的原因，目前仍在争论之中。

一个可能的原因在于，灭绝需要时间。在威尔逊的计算中，假设一个地区一旦发生了去森林化，物种数量的下降几乎立即就会发生。但一座森林的彻底弛豫可能会需要相当长的时间，而且即便是残存的小种群也可能坚持很长时间，完全取决于生存命运之骰掷出的点数。由于某种环境变化可能导致某些物种注定要遭受厄运，但其数量与实际消失的物种数量之间是有差异的，常被称为“灭绝债务”。这个术语暗示着，灭绝的过程存在滞后，就像是刷信用卡买东西一样。

还有一个可能的解释是，去森林化对栖息地造成的损失并不会一直损失下去。即便是森林遭到了以获得木材为目的的砍伐或是以开辟牧场为目的的焚烧，它们仍旧能重新生长起来。足够讽

---

① John H. Lawton and Robert M. May, *Extinction Rates* (Oxford: Oxford University Press, 1995), v.

刺的是，这方面的最佳代表恰恰出自BDFFP周边的地区。在洛夫乔伊说服巴西官员支持其项目之后不久，这个国家遭遇了一场令经济瘫痪的严重债务危机，通货膨胀率到1990年时已经升至30 000%。政府因此取消了之前承诺给牧场主的补贴，于是数平方公里的土地被废弃。在BDFFP的某些方块碎片周边，树木正以极其旺盛的生命力重新生长出来。如果洛夫乔伊不安排人通过砍和烧的方法把区块重新隔离出来的话，这些实验区块就会被新生的森林整个吞没了。虽然热带的原生林正在持续减少，但次生林在某些地区正不断增多。

而观测与预测不符的另一个可能原因在于，人们观测得还不够。热带物种的主体是昆虫和无脊椎动物，所以他们也是灭绝的参与主体。但是，因为我们并不知道到底有多少个热带昆虫物种（即便以百万量级来计），也就不太可能注意到是否有一两种甚至上万种昆虫已经消失不见了。伦敦动物学会最近的一份报告指出，“所有得到了科学鉴定描述的无脊椎动物之中，保护状态已知的仅占1%”，[①] 而无脊椎动物可能还有相当大的主体部分甚至从未得到鉴定描述。正如威尔逊所说的：无脊椎动物“虽然是小东西，却很可能是这个世界的真正运作者”，而小东西常常被忽视。

---

① “Spineless: Status and Trends of the World's Invertebrates,” published online July 31, 2012, 17.

当科恩-哈夫特和我回到41号营地的时候，这里又来了其他一些人，包括科恩-哈夫特的夫人，生态学家丽塔·梅斯基塔（Rita Mesquita）以及汤姆·洛夫乔伊。后者正在马瑙斯参加亚马孙可持续发展基金会的一次会议。他如今年过七旬，备受尊敬，因为他让“生物多样性”这个术语得到了广泛接受，而且还创造了“外债换自然”[①] 这个概念。多年以来，他同时在为世界自然基金会、史密森学会、联合国基金会以及世界银行工作。而且，得益于他的不懈努力，差不多有一半的亚马孙雨林现在处于某种形式的法律保护之下。洛夫乔伊是少有的一种人，对于在丛林中辛苦工作和在国会面前作证，他感到同样自在。他总是在寻找任何能够为亚马孙的保护擂鼓助威的机会。那天晚上，当我们围坐在一起的时候，他告诉我，他曾经把汤姆·克鲁斯（Tom Cruise）[②] 带来41号营地。他说，克鲁斯似乎很享受这里，只可惜并不曾投入这一事业。

到目前为止，关于BDFFP已经发表了500多篇科研论文，撰写了若干学术著作。当我请洛夫乔伊总结他从这个项目中得到的收获时，他说：一个人要把从部分之中得出的结论推广到整体时，必须要十分谨慎。例如最近的研究工作表明，亚马孙地区的土地使用情况发生变化时，也会影响大气循环。这就意味着，在

① 指免除发展中国家的一部分外债，换取该国在自然环境保护上加大投入。——译者
② 美国当代著名男影星，代表作有《夜访吸血鬼》《碟中谍》系列等电影。——译者

一个足够长久的时间尺度上，雨林的崩溃可能不仅会造成森林的消失，还会造成雨的消失。

“我们的大陆最后可能变成很多一平方公里左右的碎片。”洛夫乔伊说，“我想，这个项目所揭示的是，我们基本上会因此失去超过一半的动植物群系。当然，你也知道，真实世界的情况总是要更为复杂。”

从 BDFFP 得到的大多数发现的确让人们对于物种灭绝的认识发生了改变。在项目所在的地区可以找到 6 种灵长类动物。其中 3 种即黑蜘蛛猴、棕僧帽猴以及胡须丛尾猴，都在森林碎片中消失了。像长尾鹦雀和绿背拾叶雀等鸟类总是穿行在混合物种群内，它们已经在较小的森林碎片之中消失了，在较大的碎片中个体密度也锐减了。在野猪泥沼中取食的蛙类与那些制造了泥沼的野猪一起消失了。许多物种甚至对于光和热的些微改变都很敏感，它们在碎片边缘的个体密度也大为降低，然而喜光的蝴蝶数量却增加了。

另一方面，还有一些成果超出 BDFFP 的研究范畴之外：研究者们发现，在碎片化与全球变暖之间存在一种黑暗的同步效应。与这种效应相类似的还有全球变暖与海洋酸化之间、全球变暖与物种入侵之间以及物种入侵与碎片化之间的关系。一个物种为了跟上温度上升的脚步而进行迁移的时候，却被陷在了一块森林碎片中，即便那是一块非常大的碎片，它也很可能无法得以存活。人类世的标志性特征之一就是，世界的改变迫使生物物种不得不移动到其他地域；而另一条特征则是，世界的改变造成了壁垒，比如道路、无树木地带以及城市，阻止了生物移动到其他地域。

“在我20世纪70年代的想法之上，现在又有了一个全新的层面，那就是气候变化。”洛夫乔伊告诉我。他曾经写道：“在气候变化这个方面，甚至包括自然发生的气候变化，人类活动已经对生物多样性的扩散形成了阻碍。”其结果可能是“有史以来最为严重的一场生态危机”。[①]

那天晚上大家都睡得很早。感觉才睡下几分钟，但实际上可能是几小时之后，我被极其响亮的声音吵醒了。那声音不知道是从哪儿冒出来的，又像是来自四面八方。它会逐渐增强，又逐渐减弱，然后就在我快要睡着的时候再度响起。我知道那是某种蛙类的求偶鸣叫。我下了吊床，抓起一只手电到周围看看。我没有找到噪声的源头，却碰上了一只有着生物荧光条纹的昆虫。要是我手边能找到一个罐子的话，我会很乐于把它抓起来放到罐子里。第二天早上，科恩-哈夫特指给我看一对抱合在一起的马瑙斯细腿树蛙。它们身上是橙棕色的，长着铲子形状的脸。雄蛙紧紧抱在雌蛙背上，只有后者一半大小。我记起来曾经读到过，亚马孙低地中的两栖动物至少目前大多还没有受到壶菌的侵袭。科

① Thomas E. Lovejoy, "Biodiversity: What Is It?" in *Biodiversity II: Understanding and Protecting Our Biological Resources*, edited by Marjorie L. Kudla, Don E. Wilson, and E. O. Wilson (Washington, D. C.: Joseph Henry Press, 1997), 12.

恩-哈夫特和其他所有人都被蛙的喧闹声音吵得没睡着觉。他形容蛙的叫声就像是“拖长音的哼哼声骤然爆出咆哮，然后以轻笑声收尾”。

喝了几杯咖啡之后，我们出发去看蚂蚁的游行。洛夫乔伊本来计划与我们同行，但当他去穿一件长袖衬衫时，在那里安了家的一只蜘蛛咬了他的手。这只蜘蛛看起来很普通，但洛夫乔伊的伤口呈现出鲜红色，手也渐渐变得麻木了。于是大家决定让他留在营地里。

“最理想的方法是让那些蚂蚁来到你身边。”我们一边走，科恩-哈夫特一边向我解释，“这样一来，你可就无处可去了，就像是被逼到了墙角里。蚂蚁都会朝你爬过来，咬在你的衣服上。于是，你就处在了它们行动的中心。”他听到了远处一只棕喉蚁鸟的叫声，介于啾啾声和咯咯声之间。正如名字所显示的一样，棕喉蚁鸟是一种专一性蚂蚁跟随者，所以科恩-哈夫特把这叫声当成是一个有希望的信号。然而，当我们在几分钟之后到达先前看到行军蚁队伍的地点时，却怎么也找不到那些蚂蚁。科恩-哈夫特听到树上传来了另外两种蚁鸟的鸣叫声：一只是白羽蚁鸟，吵闹的叫声就像是音调高昂的哨子声；另一只是白颏鴷雀，歌声是一阵活泼的啁啾。这两只鸟似乎也在寻找那些行军蚁。

“它们跟我们一样困惑。”科恩-哈夫特说道。他推测那些行军蚁进入了所谓的休息期。在这个阶段，行军蚁差不多会停留在同一个地方不动，以养育新的一代，它们停留的时间可能长达三

一只白羽蚁鸟（*Pithys albifrons*）

周。在BDFFP众多令人费解的发现之中，有一个或许可以通过行军蚁的休息期来解释：即便森林碎片大到足以支持行军蚁的多个种群，但最终还是会失去其中的蚁鸟。专一性蚂蚁跟随者需要跟随处于食物搜寻状态之中的蚂蚁。显然，在碎片中就是没有足够多的行军蚁种群能保证总有一群处于活动状态。科恩-哈夫特告诉我，这又是雨林逻辑的一种体现。蚁鸟太过擅长“各司其职”了，以至于一旦有任何变化令它们不便司其职，就会产生剧烈的反应。

“如果你发现一个事物依赖于另一个事物，而后者又依赖于其他事物，那么这一连串相互作用就将依赖于恒定不变性。”科恩-哈夫特如是说道。在我们踱踌回营的路上，我脑子里一直在想这件事情。如果科恩-哈夫特是正确的，那么这个疯狂的像马戏团一样复杂的蚂蚁-鸟-蝴蝶游行队伍实际上勾勒出了亚马孙雨林稳定性的轮廓。只有在一个游戏规则保持不变的地方，才能有足够的时间让蝴蝶演化成以鸟类的粪便为食，让鸟类演化成跟随蚂蚁。是的，我很失望没有能再次看到行军蚁，但是对于蚁鸟实在没什么可责怪的。

第　十　章

新　泛　古　陆

小棕蝠（*Myotis lucifugus*）

对蝙蝠进行普查的最佳时节是死寂的冬季。这种动物是所谓的“真冬眠者”。当气温下降的时候，蝙蝠就开始寻找一个可以安定下来的所在。当然，实际上是安定上去，因为冬眠中的蝙蝠是靠它们的脚趾吊起来的。在美国东北部地区，最早进入冬眠的蝙蝠通常是小棕蝠。有时在10月下旬或11月上旬，它们就开始寻找可以维持稳定条件的隐蔽所了，比如一个洞穴或一个矿井。很快就会有别的蝙蝠跟上小棕蝠的脚步，先是三色蝠，然后是大棕蝠，再之后是小脚鼠耳蝠。冬眠中的蝙蝠体温可以下降28～33℃，常常降到了冰点附近。它们的心跳变慢了，免疫系统也关闭了。用脚吊在洞顶的蝙蝠此时就像是暂停的动画片一样。给冬眠中的蝙蝠计数需要强健的脖子，一盏好头灯，还有一双暖和的袜子。

在2007年3月，纽约州首府阿尔巴尼市的一些野生动植物学家来到城西的一个洞穴中对蝙蝠进行普查。这是一次例行普查，太过寻常了，所以他们的主管阿尔·希克斯（Al Hicks）干脆留在办公室没去。当这些生物学家到达那个洞穴时，他们立刻掏出了手机。

“他们当时告诉我：‘老天爷，这儿到处都是死蝙蝠。’”在纽约州环保局工作的希克斯后来回忆道。希克斯在电话里指示他们带一些蝙蝠的尸体回到办公室来。他还让生物学家们给任何他们能找到的活蝙蝠照些照片。当希克斯查看这些照片时，他发现这些动物看起来就像是刚在滑石粉里沾了一下似的，而且首先从鼻子开始。这是他从来没遇到过的情况，于是他开始通过电子邮件给他能想到的所有蝙蝠专家发送这些照片。他们也全都没有见过任何类似的情况。其他州环保局的相关负责人还开起了希克斯的玩笑，问他这些纽约的蝙蝠究竟是吸了什么毒粉。

春天来了。全纽约州以及全新英格兰地区的蝙蝠都从冬眠中苏醒过来，飞出了藏身地。白色的粉末仍是一个谜。“我们当时还想：好了，但愿这玩意就这么消失了。”希克斯告诉我，“就像布什政府一样。而它也的确像是布什政府一样，就是不会消失。”它不仅没有消失，反而开始扩散了。第二个冬天里，在4个州35个洞穴中的蝙蝠身上都发现了同样的白色粉末状物质。与此同时，蝙蝠也在持续死去。在某些冬眠地，种群数量骤降了90%。在佛蒙特的一个洞穴中，成千上万的尸体从洞顶掉落，如风吹雪一般堆在地面上。

在接下来那个冬天里，蝙蝠仍在不断死去，并扩散到了另外5个州。再之后那个冬天，情况持续恶化，又有3个州加入进来。虽然在很多地方蝙蝠几乎都死绝了，但情况仍然持续到了今天。现在已经知道，那些白色粉末是一种嗜冷菌，属于低温微生物。它是意外进入美国的，可能源自欧洲。当这种地丝霉属（*Geomyces*）的真菌最初被分离出来的时候，它还没有名字。由于其对蝙蝠的影响，它现在被称为毁灭地丝霉菌（*Geomyces destructans*）。①

一只小棕蝠已经出现了白鼻症状

---

① 根据最新的研究成果，这些真菌并不真正属于地丝霉属，因而更名为毁灭伪裸子囊菌（*Pseudogymnoascus destructans*），在分类学上地位未定，除了确定属于真菌门之外，连所属的纲都无法确定。下文不再特别指出，仍按原文使用毁灭地丝霉菌的名称。——译者

如果没有人类的帮助，长途旅行对于大多数物种而言是困难的，甚至几乎是不可能的。这个事实对于达尔文而言是个中心法则。在他的理论中，带有变异的遗传要求每一个物种是从同一个地点起源的。而要从那个起源地扩散开来，生物或滑、或游、或跑、或爬或随风散播种子。达尔文认为，只要经过足够长的时间，即便是一种固着的生物，比如真菌，也可以扩散到很广泛的地域。然而，正是扩散过程本身的局限性带来了有趣的结果，于是有了生命的丰富多彩，也导致了在多样化之中显露出来的模式。例如海洋所造成的壁垒就解释了为什么南美洲、非洲和澳洲的大片土地，虽然据达尔文所说有着“完全类似”的气候和地形，却被完全不类似的动植物群系占据着。每块大陆上的生物是分别演化的，这让物理隔绝转化成为生物学上的悬殊差异。与之类似，陆地所造就的壁垒解释了为什么东太平洋的鱼类不同于西加勒比海的鱼类，虽然这两者如达尔文所说“中间只隔着狭窄但无法穿越的巴拿马地峡”。在更为局部的层面上，高山或大河某一侧发现的物种往往与另一侧发现的亲缘物种不同。例如，达尔文就曾指出：“在麦哲伦海峡附近的平原栖息着一种羊驼，而北部的拉普拉塔平原则栖息着同一个属的另一种羊驼。但这里没有像在非洲和澳洲所发现的那些真正的鸵鸟或鸸鹋。”

达尔文对于扩散局限性的思考还包括另一个方面，更为难以解释。如同他亲眼所见的那样，像加拉帕戈斯群岛这样位于远海的火山岛上也同样充满了各种生命形式。实际上，岛屿居住着许多世界上最不可思议的生物。如果达尔文的进化论是正确的，那么这些生物必然是此地最早定居者的后代。但最早的定居者又是怎么到达这里的呢？就加拉帕戈斯的情况而言，800 公里的开放水域阻隔在这些群岛与南美洲的海岸之间。达尔文对于这个问题感到极其头痛，他花费了一年时间想要在肯特郡的自家花园里重现漂洋过海的条件。他收集了一些种子并把它们泡在盐水缸中。每过几天，他就取出几颗种子种到地里。事实证明，这是个耗费时间的项目，他在给一位朋友的信中道出了原因："我发现这些水必须每过几天就换一遍，否则就会臭不可闻。"① 不过结果在他看来是有希望的：虽然这些种子"产生了多得令人惊讶的黏液"，但浸泡时间在 4 周之内的种子仍然可以发芽，而水芹的种子则能坚持 6 周。② 如果洋流的速度是每小时 1.6 公里的话，那么 6 周之后一颗种子就能被带到 1 500 公里之外的地方。动物呢？在这个问题上达尔文所采用的方法就更具有巴罗克风格③了。他切下了一对鸭掌，悬吊在一只装满了蜗牛幼虫的水箱中。让这对鸭掌泡了一段时间之后，他又把它们取出，并让他的孩子们数数上面附着了多少蜗牛幼虫。达尔文发现，这种小小的软体动物离开水之后还能存活长达 20 小时。④ 在这么久的时间里，他估算，一只

---

① Charles Darwin, letter to J. D. Hooker, Apr. 19, 1855, Darwin Correspondence Project, Cambridge University.

② Charles Darwin, letter to Gardeners' Chronicle, May 21, 1855, Darwin Correspondence Project, Cambridge University.

③ 17～18 世纪的欧洲建筑、音乐和艺术风格，以华丽的细节为主要特点。——译者

④ Darwin, *On the Origin of Species*, 385.

鸭子带着脚掌上附着的蜗牛幼虫，可以飞跃1 000多公里远的距离。他还观察到，许多遥远的岛屿上除了会飞的蝙蝠之外没有其他原生的哺乳动物，这当然不会仅仅只是巧合。[①]

这个达尔文自己称为“地理分布”的概念有着深远的影响，其中一些影响甚至直到他死后几十年才被人们认识到。在19世纪末期，古生物学家们开始分类整理在不同大陆上采集的化石之间所展示出来的古怪的一致性。举例来说，中龙（*Mesosaurus*）是一种体型较瘦、牙齿暴凸的爬行动物，主要生活在二叠纪。它的化石在非洲和隔洋相望的南美洲都有发现。舌羊齿（*Glossopteris*）是一种舌状蕨类植物，同样来自二叠纪，其化石在非洲、南美洲和澳洲都能找到。由于很难想象一只巨大的爬行动物要如何跨越大西洋，人们就引入了延伸近万公里的巨大陆桥来帮助解释。没有人知道这些横跨大洋的陆桥是如何消失的，又去了哪里。按理来说，它们应该是沉入了海浪之下。在20世纪初，德国气象学家阿尔弗雷德·魏格纳有了一个更好的主意。

“这些大陆肯定曾经移动过。”他写道，“南美洲曾经位于非洲的旁边，两者形成了一整块陆地……自那以后的数百万年间，这两部分越分越远，就好像是裂开的浮冰漂在水上一样。”[②] 魏格纳一度提出一个假说：所有今天的大陆曾经合在一起，形成了一

---

① Darwin, *On the Origin of Species*, 394.

② Alfred Wegener, *The Origin of Continents and Oceans*, translated by John Biram (New York: Dover, 1966), 17.

块巨大的超级大陆，称为泛古陆。魏格纳关于“大陆漂移”的理论在他有生之年饱受嘲讽，但是最终却通过板块构造的发现在很大程度上得以证实了。

人类世的惊人特征之一就是它在地理分布原理下所造就的乱象。如果说高速公路、无树木地带以及大豆种植园制造了前所未有的孤岛，那么全球贸易和世界旅行又带来了相反的后果：它们否定了最遥远岛屿的遥远性。重新混合全世界动植物群系的过程，早已伴随着早期人类迁移的路途缓缓开始了，而近几十年来则逐渐加速，甚至令世界上某些地区的入侵植物超过了本地植物。据估计，在每 24 小时的时间里，仅仅通过船舶压舱水这种方式，就有 1 万个不同的物种被转移到了世界上别的地方。[1] 就这样，单是一艘超级油轮，甚至只是一位飞机乘客，就能毁掉数百万年的地理隔绝。麦吉尔大学一位研究物种入侵的专家安东尼·里恰尔迪把当前全世界动植物群系的重新洗牌称为“物种大入侵事件”。[2] 他曾经写道：这在我们星球的历史上“前所未有”。

我恰好就住在阿尔巴尼以东，离第一批死蝙蝠被发现的洞穴不算太远。当我得知这些事情的时候，这种病已经被冠名为白鼻综合征，并且扩散到了远达西弗吉尼亚的辽阔范围，杀死了差不

① A. Davis, *Invasion Biology* (Oxford: Oxford University Press, 2009), 22.

② Anthony Ricciardi, “Are Modern Biological Invasions an Unprecedented Form of Global Change?” *Conservation Biology* 21 (2007): 329 - 336.

多100万只蝙蝠。我给阿尔·希克斯打了个电话，他建议说，既然又到了蝙蝠普查的季节，我可以跟他们一起参加下次的普查。在一个阴冷的早晨，我们在一个离他办公室不远的停车场碰了面。从那里出发之后，我们向着阿迪朗达克山脉，一直朝北开去。

大概两个小时之后，我们来到了离尚普兰湖（Lake Champlain）不太远的一座山脚下。在19世纪以及之后第二次世界大战期间，阿迪朗达克山脉是一个主要的铁矿石产地，有很多矿井位于这些大山的深处。当矿石采尽之后，矿井都被人们废弃了，又被蝙蝠占据了。为了进行普查，我们要进入一个曾经属于巴顿·希尔矿业（Barton Hill Mine）的矿井。入口位于半山腰处，山坡上覆盖着近一米深的积雪。在山路的起点处，有十几个人站在那里跺着脚驱寒。他们之中的大多数人像希克斯一样为纽约州政府工作。此外还有两位来自美国鱼类及野生动物管理局的生物学家，以及一位当地的小说家。他正在为自己的一本新书做调研，想在其中插入一个有关白鼻综合征的支线情节。

所有人都换上了雪鞋，除了小说家之外，他似乎没有收到要带雪鞋的通知。积雪已经结冰了，大家走得很慢，花了半个小时才前进了不到一公里。那位小说家不得不奋力对抗近一米深的积雪。在我们等他跟上来的时候，话题变成了进入一个废弃矿井可能面临的危险。大家告诉我，这些危险当中包括被落石砸到，被漏气毒死，以及突然跌落进几十米深的坑洞。又过了半个小时左右，我们到达矿井的主入口，其实就是个在山坡上切出来的大洞。洞口前的石头上面满是白色的鸟粪，雪地上则有爪子的印记。这些证据表明，渡鸦和郊狼已经发现了这里是个易于搞到晚餐的地方。

“一塌糊涂。”希克斯说。蝙蝠们正拍打着翅膀在坑道口飞进飞出，还有一些则在雪地上爬来爬去。希克斯去抓了一只来。它的样子没精打采的，以至于希克斯一下子就得手了。他用大拇指和食指抓着这只蝙蝠，掐断了它的脖子，然后放进一个封口袋中。“今天的普查不会花太多时间。”他宣布道。

我们换下雪鞋，戴上头盔和头灯，鱼贯进入矿井，沿着一条又长又陡的隧道向深处走去。散碎的光柱凌乱地照亮地面，飞行中的蝙蝠碰到我们就转向上方，飞进暗影之中。希克斯提醒所有人都保持警惕：“有些地方，只要走错一步，你就永远也回不来了。”隧道蜿蜒向前，有时会豁然开阔成音乐厅大小的洞穴，再从那里分出几条岔道出去，其中有些地方甚至还有自己的名字。在一个叫作唐·托马斯的阴暗洞厅中，我们分成小组开始了普查工作。这个过程主要是给尽可能多的蝙蝠照相。之后，会有人坐在阿尔巴尼的电脑屏幕前对照片上的全部蝙蝠进行计数。我与希克斯和一位来自鱼类与野生动物管理局的科学家一组，希克斯带着一架巨大的相机，而那位科学家则有一支激光笔。蝙蝠是高度社会化的动物，它们在坑道洞顶上吊着的时候分成不同的群落，每一群都紧紧挤在一起。这里的蝙蝠大多数是小棕蝠，在蝙蝠普查的行话中被称为“露西斯”[①]。在美国东北部地区它们是主要的蝙蝠物种，也很有可能正是你在夏季夜晚看到的那些扑棱着翅膀到处飞的蝙蝠。蝠如其名，体型很小，只有大概 10 厘米长，5 克重。小棕蝠通体呈棕色，只是腹部的毛皮颜色稍浅。（诗人兰德尔·贾雷尔曾经这样形容它们：“色如咖啡混有奶油”。[②]）吊在洞顶上，双翼折起，它们看起来就像是潮湿的拉拉队花球。这里还有小脚鼠耳蝠（*Myotis leibii*），可以通过它们颜色很深的脸部来辨别；另外还有印第安纳蝠（*Myotis sodalis*），早在白鼻综合征出现以前就已经被列为濒危动物。当我们继续向前走时，不断地打扰到这些蝙蝠。它们吱吱叫着，窸窣作响，就像是半梦半醒的孩子。

尽管名字叫白鼻综合征，但它并不仅限于蝙蝠的鼻子。当我们在矿井中越钻越深时，人们不断发现有的蝙蝠双翼和耳朵上也有真菌的斑点。染病蝙蝠之中的一部分被用拇指和食指处死了，用于研究的目的。每一只死蝙蝠都鉴定了性别——雄蝙蝠可以通过它们小小的阴茎来辨认——然后放进封口袋。

即便到了今天，人们仍不完全清楚毁灭地丝霉菌是如何杀死蝙蝠的。目前所知道的是，有白鼻症状的蝙蝠会从冬眠中醒来，并在白天到处飞。有假说认为，这些真菌侵蚀掉了（实际上可以

---

① 发音来自小棕蝠科学命名中“luci”这个词根。——译者

② Randall Jarrell and Maurice Sendak, *The Bat-Poet* (1964; reprint, New York: HarperCollins, 1996), 1.

说是真的吃掉了）蝙蝠的皮肤，直到蝙蝠因为感到不适而苏醒过来。这就让它们消耗掉了本来为越冬而准备的脂肪储备。处在饥饿的边缘，它们只能飞出去搜寻昆虫来吃。而在一年中的这个时候，根本就没有昆虫可供它们食用。还有人提出，真菌会导致水份透过蝙蝠的皮肤跑掉，这会促使它们醒来去找水喝。[①] 同样，它们会用光关键的能量储备，最终变得瘦弱，然后是死亡。

我们进入巴顿·希尔矿的时间是下午 1 点。到了晚上 7 点的时候，我们差不多回到了我们出发的山底下，只不过是在大山内部而已。我们看到了一个锈迹斑斑的巨大卷扬机。当这个矿井还在运作的时候，这个卷扬机可用来把矿石拖上地表。卷扬机再往下，路消失在一池黑水之中，黑得就像是冥河一样。没法再往前走了，于是我们开始往上爬。

物种在全世界的迁移有时被比作俄罗斯轮盘赌[②]。就像任何赌注巨大的游戏一样，当一种新的生物出现在某个地方时，可能会有两种截然不同的结果。第一种结果就是什么也不发生，或许可以被称为空弹仓情况。或是因为气候不适合，或是因为这种生物找不到足够的食物，或是因为它们自己被当成食物吃掉了，或者还有许多其他的可能原因，新来者没能存活下来，或是至少没

---

① Paul M. Cryan et al.,“Wing Pathology of White-Nose Syndrome in Bats Suggests Life-Threatening Disruption of Physiology,” *BMC Biology* 8 (2010).

② 指在左轮手枪的弹仓中随机放入子弹，两人轮流用枪指着脑袋扣动扳机的性命赌博。——译者

能繁育后代。大多数可能出现过的外来物种并未留下记录，实际上可能完全没有被注意到。所以，我们很难知道其准确数字。几乎可以肯定的是，大部分潜在入侵者并未存活下来。

在第二种结果中，入侵的生物不仅存活下来，还养育出了新的一代，后者又存活下来并养育出了更年轻的一代。在入侵物种的研究中，这种情况被称为“定居”（establishment）。同样的，这种情况到底发生了多少次，也是不可能准确估计的。很多定居下来的物种可能会始终局限在它们进入的地点附近，或者也有一些完全无害，不会被人们所注意。但是，一定数量的入侵物种完成了入侵进程的第三步，也就是“扩散”——同样可以比作俄罗斯轮盘赌。1916年，在美国新泽西州里弗顿（Riverton）附近的一个幼儿园里发现了十几只奇怪的甲虫。次年，这种今天称为日本丽金龟（*Popillia japonica*）的甲虫向各个方向扩散，在将近8平方公里的地域内都有发现。之后的一年，这个数字跃至18平方公里；而再之后的一年，暴涨到124平方公里。这种甲虫继续以几何级数的速度扩张领地，在20年内就占领了从康涅狄格州到马里兰州的广阔地域。（自此之后，它仍在进一步扩散，南到亚拉巴马州，西到蒙大拿州。[①]）罗伊·范·德里舍是马萨诸塞大学的一名入侵物种方面的专家。他估计在每100种潜在入侵物

---

① 这部分关于日本丽金龟扩散过程的描述出自 Charles S. Elton, *The Ecology of Invasions by Animals and Plants* (1958; reprint, Chicago: University of Chicago Press, 2000), 51-53。

种中，有 5～15 个物种能成功定居。在这 5～15 个物种之中，有一种将会成为“弹仓中的子弹”。[1]

为什么有些入侵物种能够进行爆发式的繁育，这仍是个有争议的问题。一个可能的解释是，不断转移会带来巨大的优势，就像骗子的情况一样。当一个物种被运送到一个新的地点，特别是到了一个新的大陆上时，它就把它的竞争对手和天敌都甩在了身后。这种摆脱宿敌之后的自由，也是摆脱了演化史之后的自由，被称为“天敌脱离”。显然，已经有许多生物从天敌脱离之中获益了，其中之一就是于 19 世纪早期从欧洲来到美国东北部的千屈菜。在它本来的栖息地，千屈菜有各种各样的专一性天敌，包括黑边千屈菜甲虫、金千屈菜甲虫、千屈菜根象鼻虫以及千屈菜花象鼻虫。当千屈菜出现在北美洲时，那里没有上述任何一种昆虫。这就是为什么这种植物可以占据从西弗吉尼亚州到华盛顿州的广大地域。在这些专一性天敌之中，有一部分最近被引入美国境内以控制千屈菜的扩张。这类“以毒攻毒”的策略有着全然两极化的结果。有些情况下，事实证明它是极为成功的；而另一些情况下则成了另一场生态灾难。20 世纪 50 年代末期引入夏威夷的玫瑰蜗牛（*Euglandina rosea*）就属于后一种情况。这种原产于中美洲的蜗牛被引入夏威夷的目的是为了捕食更早引入的另一

① Jason van Driesche and Roy van Driesche, *Nature out of Place: Biological Invasions in the Global Age* (Washington, D. C.: Island Press, 2000), 91.

种蜗牛——非洲大蜗牛（*Achatina fulica*），后者已经成为了当地的一种农业害虫。然而，玫瑰蜗牛大多数情况下却放着非洲大蜗牛不管，反而专注于体型更小、色彩更丰富的夏威夷本地蜗牛。在曾经栖息在这些群岛上的700多种本地蜗牛当中，如今差不多有90%都已经灭绝了，剩下那些蜗牛物种的数量也严重减少了①。

把旧日的对手甩在身后，其必然结果就是找没经验的新手来欺负。一个特别著名的恐怖例子就是体型瘦长的棕树蛇（*Boiga irregularis*）。这种蛇原产于巴布亚新几内亚和澳洲北部，并在20世纪40年代到达关岛，很有可能是藏在军事货物中偷渡成功的。这个岛上原有的唯一蛇类是一种没有视力的小型蛇，跟虫子差不多大。所以关岛的动物群完全没有准备好接受棕树蛇的到来，更不要提它贪婪的食性了。这种蛇在岛上的原生鸟类中大开杀戒，其中包括：关岛阔嘴鹟，最后有人看到是在1984年；关岛秧鸡，多亏有捕获繁育计划的帮助才得以续存；以及马里亚纳果鸠，在关岛上已经灭绝（仅在几个更小的岛上苟延残喘）。在棕树蛇到来之前，关岛上有三种原生的哺乳动物，都是蝙蝠。今天，只有一种马里亚纳狐蝠残存下来，并且被认为处在高度濒危状态。与此同时，这种蛇作为天敌脱离的受益者，以疯狂的速度

① Information on Hawaii's land snails comes from Christen Mitchell et al., *Hawaii's Comprehensive Wildlife Conservation Strategy* (Honolulu: Department of Land and Natural Resources, 2005).

倍增着。在被称为“激剧繁殖”（irruption）的顶峰时期，其种群密度高达每100平方米6条。它们所造成的毁坏是如此严重，所有能吃的本地动物都一扫而空。现在，这种蛇主要以其他入侵者为食，比如古怪的石龙子，一种同样由巴布亚新几内亚而来的蜥蜴。作家戴维·奎曼告诫说，要把棕树蛇妖魔化是很容易的，但这种动物并不邪恶，它无道德意识，只是出现在一个错误的地点而已。他还评论道，棕树蛇在关岛的所作所为“恰恰正是人类在全世界所做的事情：以其他物种为代价，无节制地获取自身的成功”。①

至于引进的病原体，情况也基本一致。病原体与其宿主之间的长期关系常常可以用一个军事用语来描述其特征：两者陷入了一场“演化军备竞赛”。在这场竞赛中，要想存活下去，两者都要防止对方取得过多优势。当一种全新的病原体出现的时候，就像是在冷兵器对决中带了一把枪。因为以前从没遇到过某种真菌（或病毒或细菌），新的宿主对其毫无防御力。这类“新型相互作用”正如人们所知道的，可能是极其致命的。在19世纪早期，美洲板栗树是东部森林的主要落叶树木。像在康涅狄格州这种地方，它提供了近半数的永久性使用木材。②（由于这种树能从根部出芽，所以即便是遭受过度采伐仍然生长得不错。“那时候不仅

---

① David Quammen, *The Song of the Dodo: Island Biogeography in an Age of Extinctions* (1996; reprint, New York: Scribner, 2004), 333.

② Van Driesche and Van Driesche, *Nature out of Place*, 123.

仅婴儿床可能是用栗木做的，”一位名叫乔治·黑普廷的植物病理学家曾经写道，“说不定连老人的棺材也是。”①）接下来，在19～20世纪之交，导致栗树枝枯病的栗树枝枯病菌（*Cryphonectria parasitica*）侵入美国，来源可能是日本。亚洲板栗树与栗树枝枯病菌共同演化而来，很容易适应其存在，而对于美洲板栗树而言，这种真菌却被证明是百分之百致命的。到了20世纪50年代，这种真菌实际上已经杀光了美国境内的每一棵板栗树，总计约40亿棵。若干种依存于这种树的蛾子也一同消失了。据推测，壶菌的致命性也正是由于其“新”的特性所导致。这就解释了为什么金蛙突然之间就从千蛙溪消失了，以及为什么两栖动物成了地球上最为危急的一类生物。

甚至早在白鼻综合征正式鉴定之前，阿尔·希克斯和他的同事们就曾经怀疑过是引进物种惹的祸。无论是什么东西杀死了蝙蝠，那都应该是某种它们此前从未遭遇过的东西，因为其致死率是如此之高。与此同时，这种病症正从纽约上州以一种典型的靶环模式向外扩散。这似乎表明，背后的元凶是在阿尔巴尼附近登陆的。当蝙蝠的持续不断死亡开始成为全国性新闻的时候，出现了一条可能的线索。有一位洞穴探险者给希克斯寄来了一些照片，是他在阿尔巴尼市以西约64公里处拍摄的。照片的拍摄时

① George H. Hepting, “Death of the American Chestnut,” *Forest and Conservation History* 18 (1974): 60.

间是2006年，比希克斯的同事们给他打电话报告噩耗的时间整整早了一年。在这些照片上，已经明显可以看出白鼻的迹象。这位洞穴探险者拍照所在的洞穴连接着豪洞（Howe Caverns），那是一个广受欢迎的旅游地，提供洞穴探险、地下河漂流以及其他一些游览项目。

“有意思的是，我们手中关于此事的最早记录竟然是在一个进行了商业开发的纽约州洞穴中拍摄的照片，而那个洞穴每年有20万人次的游客参观。”希克斯告诉我说。

引进物种现在已经是许多风景之中的一部分，你往窗外瞥一眼，很有可能就会看到一些引进物种。从我现在所坐的地方——位于马萨诸塞州西部的某地——向外望去，能看到草地，那是某个人在某个时候种下的，而且非常肯定不是新英格兰地区的原有生物。（几乎所有在美国草坪上的草都是从别的什么地方来的，包括所谓的肯塔基蓝草①。）我的草坪修整得并不算特别好，所以我还看到了很多蒲公英，它们来自欧洲，扩散得到处都是。草坪上还有葱芥和宽叶车前，同样都是来自欧洲的入侵者。宽叶车前（*Plantago major*）似乎是随着最早的一批白人定居者到达美洲的，已经成了一种体现移民者存在的可靠标志，美国原住民甚至

① “Kentucky bluegrass”是北美地区的惯常称谓，其学名为草地早熟禾（*Poa pratensis*），原产于欧亚大陆。——译者

称其为“白人的脚印”。从写字台前起身，走过草坪的边缘，我还能看到：野蔷薇，来自亚洲的一种多刺的入侵植物；安妮女王的蕾丝，[1] 另一种来自欧洲的引进物种；牛蒡，同样来自欧洲；还有远东白英，[2] 顾名思义就知道其来源。根据一项对马萨诸塞州植物标本的研究，其中的植物物种有近三分之一是“归化的外来者”。[3] 如果在土里向下挖几厘米，我就会碰到蚯蚓，同样是外来者。在欧洲人到此之前，新英格兰地区没有自己的蚯蚓。这个地区的蠕虫已经在最后一次冰川期中扫除殆尽了，此后虽经历了一万年相对温暖的时期，北美本地的蠕虫也没有重新占据这个地区。蚯蚓能够消灭掉残败的落叶，从而显著地改变森林土壤的构成。（虽然蚯蚓深受园丁们的喜爱，但近期的一项研究表明，蚯蚓的引进与美国东北部地区一种本地蝾螈的数量下降有着某种联系。[4]）当我写下这些文字的时候，几种可能会造成灾难性后果的新入侵者显然正在马萨诸塞州进行着扩散行动。其中除了毁灭地丝霉菌以外，还包括：亚洲天牛，一种从中国进入美国的物种，以多种硬木树为食；白蜡窄吉丁，同样来自亚洲，其幼虫会在白

---

① 即野胡萝卜，在我国江浙地区又称鹤虱草，是食用胡萝卜经过人类种植筛选之前的原始物种。——译者

② 远东白英在我国的标准学名是南蛇藤，原产于东亚地区。实际上，南蛇藤与白英在分类学上甚至都不属于同一个科。——译者

③ Paul Somers, “The Invasive Plant Problem,” <http://www.mass.gov/eea/docs/dfg/nhesp/land-protection-andmanagement/invasive-plant-problem.pdf>.

④ John C. Maerz, Victoria A. Nuzzo, and Bernd Blossey, “Declines in Woodland Salamander Abundance Associated with Non-Native Earthworm and Plant Invasions,” *Conservation Biology* 23 (2009): 975-981.

蜡树中钻孔并导致树木死亡；斑马壳菜蛤，一种来自东欧的淡水生物，有个令人生厌的习性，就是会把自己附着在任何可以附着的表面上，并以水中可以食用的任何东西为食。

从我住的地方沿着路向低处走有个湖，湖边立着的一块牌子上写着："禁止水中顺风车！清洁所有娱乐设施！"牌子上画着一艘船，上面覆满了斑马壳菜蛤，看起来就好像是有人误把这种软体动物当成油漆来用。

无论你是在哪里读到这些文字，情节差不多都是一样的。我指的不仅仅是美国的其他地区，而是全世界。"DAISIE"是一个有关欧洲入侵物种的数据库，跟踪着超过1.2万个物种的情况。"APASD"是"亚太外来物种数据库"的缩写，"FISNA"是"非洲森林入侵物种网络"的缩写，"IBIS"是"岛屿生物多样性和入侵物种数据库"的缩写，而"NEMESIS"是"美国国家外来河海物种信息系统"的缩写。这些数据库也追踪着成千上万的其他入侵物种。在澳大利亚，入侵物种的问题是如此严重，孩子们从学前班开始就加入了防控行动。在布里斯班以北的汤斯维尔（Townsville），市议会决定鼓励孩子们对甘蔗蟾蜍进行"定期捕猎"。这种动物本来是在20世纪30年代有意引进的，以期控制竹土天牛对甘蔗的侵害，结果反而成了一场灾难。（甘蔗蟾蜍是有毒的，而本地的动物如袋鼬等并不知情，一旦吃了甘蔗蟾蜍就会死亡。）为了以人道的方式处理蟾蜍，议会指导孩子们"把蟾蜍放在冷藏室里12小时"，然后"再把它们放在冷冻室里 12 小时”[①]。最近一项对南极洲人类活动的研究发现，仅仅一个夏天的时间，来到南极大陆的游客和研究人员就会从其他大陆带来超过 7 万粒植物种子。[②] 其中已经有一种来自欧洲的早熟禾（*Poa annua*）落地生根，成功地在南极洲定居。由于南极洲只有

图中标牌文字意为：
自驾船者注意
所有自驾船者都必须在驾船出发之前
填妥《自驾船清洁证明表》
请帮助我们阻止斑马壳菜蛤扩散

① “Operation Toad Day Out: Tip Sheet,” Townsville City Council, <http://www.townsville.qld.gov.au/resident/pests/Documents/TDO%202012_Tip%20Sheet.pdf>.

② Steven L. Chown et al., “Continent-wide Risk Assessment for the Establishment of Nonindigenous Species in Antarctica,” *Proceedings of the National Academy of Sciences* 109 (2012): 4938 - 4943.

两个原生的维管植物物种，这就意味着那里三分之一的维管植物已经是入侵物种了。

从全球动植物群的角度来看，世界旅行代表了一种迅猛发展的新现象，同时又是一种古老现象的重演。魏格纳从化石记录中推理出来的大陆漂移过程如今又反转过来了——这是另一种人类推动地质历史车轮倒转的方式，而且是以极高的速度。可以把它想象成一种高效的板块构造过程，但没有板块的移动。通过把亚洲的物种带到北美、把北美的物种带到澳洲、把澳洲的物种带到非洲以及把欧洲的物种带到南极洲，我们实际上正在把世界重新拼合成一个巨大的超级大陆，生物学家们有时称之为新泛古陆。

风神洞（Aeolus Cave）位于佛蒙特州多塞特镇一处长着树林的山坡上，据信是新英格兰地区最大的蝙蝠冬眠地。据估计，在白鼻综合征肆虐之前，每年有近 30 万只蝙蝠来此越冬，其中一些甚至来自遥远的罗得岛和安大略省。在我和希克斯前往巴顿·希尔矿几周后，他邀我与他一同去风神洞。这趟旅程是由佛蒙特州鱼类与野生动物保护局组织的。在山脚下，我们不必换上雪鞋，而是一起乘上了雪地摩托。上山的路曲折蜿蜒，由一连串长长的之字形路径组成。这里 −4℃ 的气温远远低于蝙蝠能够活动的温度，但是当我们在洞穴入口附近停车的时候，我还是能看到蝙蝠扑棱着翅膀飞来飞去。佛蒙特方面的官员之中最为资深的斯科特·达林（Scott Darling）宣布，在继续前进之前，我们都要戴上乳胶手套和包裹全身的一次性工作服。我当时感到这样做有点多此一举，像是那位小说家笔下白鼻相关情节里的戏剧化场景。然而，很快我就看到了这样做的必要性。

风神洞是水流通过成千上万年的冲刷形成的。为了防止人们进入其中，拥有这个洞穴所有权的美国自然保护协会用一些巨大的钢制板条门封住了入口。我们之中有人用钥匙打开了其中一扇板条，产生的这道窄缝仅能勉强爬过去或滑进去。除了寒冷之外，还有一股令人作呕的气味从开口处直冲出来，又像是野生动物园的味道，又像是垃圾站的味道。直达大门口的那条石头路上结了冰，滑得几乎站不住脚。轮到我时，才挤进两道板条之间，就立刻滑倒在什么柔软而又湿冷的东西中间。我立即爬了起来，同时意识到，那是一堆死蝙蝠的尸体。

风神洞入口处的洞厅叫作鸟粪厅，前端大概有 9 米宽，6 米高。越向后走，它就逐渐缩窄，并倾斜下去。那些从这个洞厅分出去的隧道只有洞穴探险者才有能力进入，从那些隧道再分出去的分支则只有蝙蝠能够进入。向鸟粪厅里面望去，感觉就像是盯着一个巨大的喉咙。这幅阴暗的场景令人不寒而栗。在洞顶上有巨大的冰柱悬吊下来，而地面上则有形状像是水螅的巨大冰块凸起。地面上覆满了死蝙蝠。我注意到还有些冰块里面冻着蝙蝠。在洞顶上有休眠中的蝙蝠，也有彻底醒来的蝙蝠。后者会飞起来，迅速掠过我们，或是向我们直冲过来。

为什么有些地方的蝙蝠尸体会堆积如山，而另一些地方的却会被吃掉或是通过别的什么方式消失，这至今还是一个谜。希克斯推测，风神洞这里的条件太糟糕了，蝙蝠还没能出洞就死在了这里。他和达林本来计划要数数鸟粪厅中的蝙蝠数量。但这个计划很快就被放弃了，改成了采集一些标本。达林解释说，这些标本将会送往美国自然历史博物馆，这样的话，这些曾经在风神洞越冬的数万只小棕蝠、北美鼠耳蝠和三色蝠至少还能留下记录。他说："这可能是最后的机会了。"他指出，与那些最多存在了一两个世纪的矿井不同，风神洞已经存在了上千年。自从洞口在最后一次冰川期结束时被打开以来，一代又一代的蝙蝠一直在那里冬眠。

"这就是此事最为惊人之处：它打破了演化的链条。"达林说道。他和希克斯开始从地上捡拾死蝙蝠。那些已经严重腐烂的蝙蝠又被扔了回去，那些多多少少还算完整的首先鉴定了性别，然后放进了容积两升的塑料袋里。我帮忙撑着装雌蝙蝠的塑料袋袋口。很快袋子就装满了，又开了一个新的袋子。当标本数目达到了 500 左右时，达林决定该回去了。希克斯留在后面。他带来了他的大相机，说想再多照一些照片回去。在我们停留在洞中的这几个小时里，这幅大屠杀的场面变得更加触目惊心了，因为许多蝙蝠的尸体受到了挤压，现在正渗出红色的血水。当我朝着入口往上走的时候，希克斯在我后面说："千万别踩到死蝙蝠。"我过了好一会儿才反应过来，他是在开玩笑。

新泛古陆现象到底是什么时候开始的，这很难说。科学作家阿兰·伯迪克曾称人类“无疑是生物历史上最为成功的入侵者”。[1] 如果你像他说的一样把人类算作入侵物种的话，那么新泛古陆的进程早在约12万年前现代人类第一次走出非洲就开始了。当人类在大约1.3万年前推进到北美洲时，他们还带着驯化的狗一起跨过了白令陆桥。[2] 波利尼西亚人在大约1 500年前定居夏威夷，带去的不仅仅有老鼠，还有虱子、跳蚤和猪。对于新世界的地理“发现”启动了一场大规模的生物交换竞赛，也就是所谓的“哥伦布交换”，把新泛古陆的进程带到了一个全新的水平上。甚至就在达尔文精心打磨他的地理分布理论时，这些理论正在被一些所谓驯化学会的组织蓄意削弱着。恰恰就是《物种起源》出版的那一年，墨尔本某个驯化学会的成员在澳大利亚放生了第一只兔子。此后，他们繁殖的速度快得就像是……好吧，就像是兔子。1890年，纽约一个团体以“引进外国的动植物群体之中被证明是有用或有趣的品种并使之适应本地环境”为己任。[3] 在这一目标的驱使之下，他们把欧椋鸟引入了美国。（实际上，这个团队的领导人应该是想要把莎士比亚笔下提到的所有鸟类都带到美国。）那100只在中央公园放飞的椋鸟如今已经扩增到超过2

---

① Alan Burdick, *Out of Eden: An Odyssey of Ecological Invasion* (New York: Farrar, Straus and Giroux, 2005), 29.

② Jennifer A. Leonard et al., "Ancient DNA Evidence for Old World Origin of New World Dogs," *Science* 298 (2002): 1613 - 1616.

③ Quoted in Kim Todd, *Tinkering with Eden: A Natural History of Exotics in America* (New York: Norton, 2001), 137 - 138.

亿只。

即便到了今天，美国人仍旧在有意引入他们认为“可能会有用或有趣的外国品种”。花园目录上满是非本地植物，而观赏鱼目录上满是非本地鱼类。根据《生物入侵大百科辞典》上的“宠物”条目，每年被带入美国的非原生物种中，哺乳类、鸟类、两栖类、龟类、蜥蜴类以及蛇类动物的物种数比这个国家相应种类的原生物种数还要多。[①] 与此同时，随着全球贸易的速度和总量不断增长，意外引进的物种数量也不断攀升。有些物种本来无法在独木舟底或捕鲸船上挨过横跨大洋的漫漫旅程，如今却可以轻易地承受同样距离的旅程，只不过是在现代化货轮的压舱水中，在飞机的隔舱里，甚至是在乘客的旅行箱内。近期一项对于北美沿海水域非原生物种的研究发现，“报告的入侵事件数量在过去200年间以指数速度增加”。[②] 这项研究将速度的加快归咎于货物运输量的增加，以及货物运输速度的提升。据加州大学河滨分校的入侵物种研究中心估计，加利福尼亚州现在每60天就会获得一个新的入侵物种。这与夏威夷相比算是慢的，那里每个月都会添加一个新的入侵物种。（为了加以比较，有必要在此指出，早在人类入驻夏威夷之前，新物种成功在这些群岛上定居的速率似

---

① Peter T. Jenkins, “Pet Trade,” in *Encyclopedia of Biological Invasions*, edited by Daniel Simberloff and Marcel Rejmánek (Berkeley: University of California Press, 2011), 539 - 543.

② Gregory M. Ruiz et al., “Invasion of Coastal Marine Communities of North America: Apparent Patterns, Processes, and Biases,” *Annual Review of Ecology and Systematics* 31 (2000): 481 - 531.

乎是每万年一种。[1])

这种重新洗牌的一个直接效果或许可以称之为局地多样性的上升。在地球上随便选一个地方，澳大利亚或是南极半岛或是你家旁边的公园，很有可能在过去一两百年间，这个区域内能发现的物种数量已经增长了，而非减少了。在人类出现在历史舞台上之前，许多类别的生物在夏威夷整个都是不存在的。这之中不仅仅包括了啮齿类动物，还包括两栖类、陆生爬行类以及有蹄类动物。这些岛上曾经也没有蚂蚁，没有蚜虫，没有蚊子。从这个意义上讲，人类大大丰富了夏威夷的生物种类。但是在没有人类的时候，夏威夷是成千上万种不存在于地球上任何其他地方的物种的家园，而这些本地物种中大部分如今已经消失不见。损失的除了几百种陆生蜗牛以外，还包括几十种鸟类与百余种的蕨类和开花植物。然而由于同样的原因，从整体尺度上来看，局地多样性还是增加了，而全球多样性，也就是在全世界范围内能够找到的不同物种的总数，却下降了。

一般认为对于生物入侵的研究始于英国生物学家查尔斯·埃尔顿。他于1958年出版了对后世具有开创性影响的著作《动物和植物入侵的生态学》。为了解释物种到处移动所带来的明显的矛盾效应，埃尔顿用了一组水箱作为类比。想象每个水箱中都装满了不同的化学溶液。再想象每个水箱都用长而细的管道连接着

① Van Driesche and Van Driesche, *Nature out of Place*, 46.

旁边的水箱。如果管道上的阀门每天只打开一分钟，那么这些溶液之间会开始缓缓地混合。这些化学物质将会重新结合，形成新的化合物，而一些原有的化合物则会减少。“可能会需要相当长的时间才能让整个系统达到平衡。”埃尔顿写道。不过，最终所有的水箱都将盛有一样的溶液，差异性将被抹平。这正是把长久以来都隔绝开的植物和动物带到一起将会得到的结局。

“如果我们看得足够长远，生物世界最终的状态将会变得不是更复杂，而是更简单，也更贫乏。”埃尔顿如是写道。[①]

从埃尔顿的时代开始，生态学家们就一直尝试通过思想实验的手段对全球均质化的总体效应进行量化。做这个实验，首先要将地球上所有的陆地压缩成一块超级大陆。然后，用物种-面积关系来估算这样一块大陆可以支持多大的差异性。这一图景之下的多样性与目前世界上实际多样性之差就代表了彻底的彼此连通所能造成的多样性损失。对于陆生哺乳动物来说，差异是66%，也就是说，一个单一大陆的世界将仅仅拥有现存哺乳动物物种的三分之一。[②] 对于陆生鸟类来说，差异将低于50%，意味着单一大陆的世界将只有目前鸟类的一半。

如果我们看得比埃尔顿更长远的话，比如几百万年后，生物世界肯定又将变得更加复杂。假设最终所有的旅行和全球性贸易

---

① Elton, *The Ecology of Invasions by Animals and Plants*, 50-51.
② James H. Brown, *Macroecology* (Chicago: University of Chicago Press, 1995), 220.

都将停止，那么新泛古陆又将开始四分五裂，当然只是在比喻意义上。大陆重新分隔，岛屿重新被孤立。当这一切发生时，新的物种将在已经扩散到全世界的入侵物种的基础上演化出来并辐射出去。夏威夷或许将产生巨大的老鼠，而澳大利亚或许会有巨大的兔子。

在我和阿尔·希克斯及斯科特·达林一起访问风神洞之后的第二个冬天，我与另一组野生动物学家回去了那里。这一次洞里的场景很不相同，但一样骇人。经过这一年的时间，洞里成堆的血淋淋的蝙蝠尸体几乎已经全部腐烂掉了，所剩下的仅是地面上一层纤细的骨头形成的毯子，每一根都不比松针更粗。

这一次的普查工作是由佛蒙特州鱼类与野生动物管理局的瑞安·史密斯（Ryan Smith）和美国鱼类与野生动物管理局的苏西·冯·厄廷根（Susi von Oettingen）来组织的。他们从挂在鸟粪厅最宽处的一群蝙蝠开始。通过仔细的检查，史密斯注意到这一群中的大多数蝙蝠已经死去了，小脚呈僵直的钩子状挂在岩石上。不过他觉得在这些尸体中间也看到了一些还活着的蝙蝠。他向着冯·厄廷根喊出了活蝙蝠的数目，后者身上带着铅笔和便笺本。

“两只小棕蝠。”史密斯说。

“两只小棕蝠。”冯·厄廷根重复道，写下了数字。

史密斯逐步向着洞穴的深处推进他的工作。冯·厄廷根把我叫过去，用手势指着岩面上的一个裂缝。显然曾经有过数十只蝙蝠在那里冬眠，如今只剩下一层黑泥，镶嵌着牙签大小的骨头。她记得在更早一次到这个洞穴来的时候，曾经在这个岩缝里看到一只活着的蝙蝠试图用嘴拱醒死去的同类。“看得我心都碎了。”她说道。

蝙蝠所具有的社会性，竟成了毁灭地丝霉菌的极大利好。在冬季里，当蝙蝠成群聚集在一起的时候，被感染的蝙蝠就把真菌传染给了未受感染的蝙蝠。那些存活下来的蝙蝠直到春天才会四散而去，身上也携带着真菌。通过这种方式，毁灭地丝霉菌就从一只蝙蝠传给了另一只蝙蝠，从一个洞穴传到了另一个洞穴。

史密斯和冯·厄廷根只花了大约 20 分钟就完成了几近空旷的鸟粪厅内的普查。完事之后，冯·厄廷根在本子上加了加：88 只小棕蝠、1 只北美鼠耳蝠、3 只三色蝠，20 只物种不明的蝙蝠，总共是 112 只。这大约是以往典型年份在这个洞厅内普查结果的三十分之一。冯·厄廷根在我们扭动身体挤过打开的板条门时告诉我：“蝙蝠根本就跟不上这么高的死亡率。”她说小棕蝠的繁殖速度非常慢，雌蝙蝠一年只产一只幼仔。所以，即便是某些蝙蝠最终被证明能够抵抗白鼻综合征，我们也很难看到种群能恢复到何种程度。

自从 2010 年冬天起，毁灭地丝霉菌的踪影已出现在欧洲，似乎也广泛扩散开了。这块大陆上有自己的蝙蝠物种，例如从土耳其到荷兰都有分布的大鼠耳蝠。大鼠耳蝠能够携带白鼻病原体，但似乎并不会受其影响。这表明，它们很有可能是与这种真菌共同演化而来的。

与此同时，新英格兰地区的情况仍然是希望全无。我在2011年冬天又一次回到风神洞参加普查。这一次在鸟粪厅只发现了35只活着的蝙蝠。2012年也去了一趟。当我们终于爬到入口处时，同行的生物学家认为进洞将是一个错误：打扰任何蝙蝠所带来的风险将超过对它们计数所带来的好处。2013年冬天我再次爬上山去。此时，据美国鱼类与野生动物管理局的调查，白鼻综合征已经扩散到了22个州和加拿大的5个省，杀死了超过600万只蝙蝠。虽然当时的气温已经在冰点以下了，还是有一只蝙蝠朝着站在板条门前的我飞了过来。在入口附近的岩石表面上，我数出了10只吊挂着的蝙蝠，它们大都一副脱水的样子，就像是木乃伊一样。佛蒙特鱼类与野生动物管理局已经在风神洞入口附近的两棵树上贴了两张告示。一张上写着："此洞已经关闭，开放时间另行通知。"另一张上宣称将对违规者处以"最高达每只蝙蝠1 000美元"的罚款。（也不知道告示上指的是活着的蝙蝠还是那些数量多得多的死蝙蝠。）

不久前，我又给斯科特·达林打了电话，询问最新的情况。他告诉我，曾经在佛蒙特州相当常见的小棕蝠如今已经正式被列为该州的濒危物种了。同样的还有北美鼠耳蝠和三色蝠。"我常常用'绝望'这个词，"他说，"我们正处于绝望境地。"

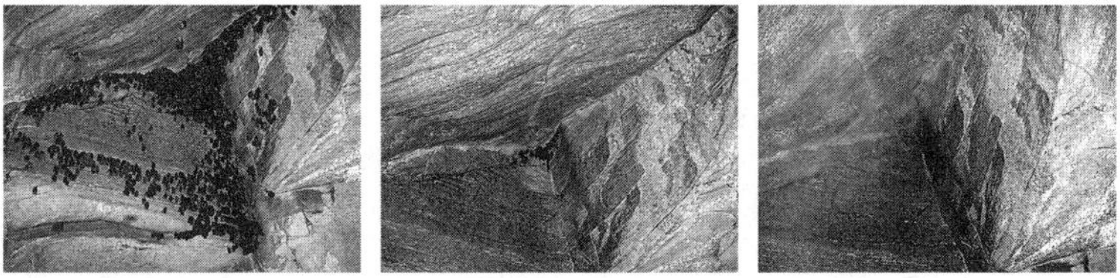

鸟粪厅同一角落的照片，从左至右分别拍摄于：2009 年冬天（有正在冬眠的蝙蝠），2010 年冬天（蝙蝠少了很多），2011 年冬天（没有蝙蝠）

“说点别的，”他继续道，“我有一天读到了这样一条新闻。一个叫作佛蒙特生态研究中心的机构建立了一个网站。人们可以给任何在佛蒙特州的生物拍张照片，然后登记到这个网站上。如果是几年前读到这则新闻，我肯定会笑出来的。我肯定会说：‘你要让大家发来松树的照片吗？’而现在，在小棕蝠所发生的这些事情之后，我真希望他们能早点做这件事。”

第　十　一　章

犀 牛 做 超 声

苏门答腊犀（*Dicerorhinus sumatrensis*）

我看到苏吉（Suci）的第一眼，是她惊人的巨大背影。她体宽约一米，长着暗红色的粗糙毛发。她红棕色皮肤的质地就像是在鹅卵石路表面铺上油毡一样。苏吉是一头苏门答腊犀，2004年出生于辛辛那提公园，并一直生活在那里。我前去访问的那个下午，其他一些人也围在她令人生畏的屁股跟前。他们都在充满爱意地轻拍着她的屁股，于是我也上前去抚摸了一下。那感觉就像是抚摸一根树干。

特丽·罗思（Terri Roth）博士是动物园“濒危动物保护与研究中心”的负责人。她穿着消毒服来到了犀牛的围栏里。罗思个子瘦高，长长的棕色头发打了个圆髻别在脑后。她戴上一只透明塑料手套，覆盖了她的整个右前臂，超过了手肘，几乎到达肩部。苏吉的饲养员之一用某种塑料薄膜似的东西把犀牛的尾巴包了起来，拉到旁边。另一位饲养员拿着一个桶守在苏吉的嘴旁。从苏吉的屁股这边几乎看不到嘴那边，但他们告诉我那个饲养员在给犀牛喂苹果块。我能听到她咬碎苹果的声音。当苏吉因此而分神的时候，罗思又拿了第二只手套戴在第一只外面，并在手里抓了一个游戏机手柄似的东西。然后，她把那条胳膊塞进了犀牛的肛门里。

在犀牛现存的五个物种当中，苏门答腊犀是最小的一种，但也可以说是最老的一种。双角犀属（*Dicerorhinus*）起源于约2 000万年前，这意味着苏门答腊犀的种系一直追溯到中新世都没有什么变化。遗传分析表明，苏门答腊犀是与披毛犀亲缘关系最接近的现存物种。① 披毛犀在最后一次冰川期时生活在从苏格兰岛直到韩国的广大区域。E·O·威尔逊曾经在辛辛那提动物园与苏吉的母亲度过一个夜晚，并且在书桌上保留着一缕她的毛发。他形容苏门答腊犀就是一种“活化石”。②

苏门答腊犀是一种害羞的独居生物，在野外总是寻找茂密的低矮灌木丛。它们有两只角，一只大的位于口鼻部的尖端，一只小的位于其后。它们还长着尖尖的上唇，供攫取树叶和树枝之用。这种动物的性生活极其不规律，至少以人类的视角来看是这样。雌性苏门答腊犀是所谓的诱发性排卵者，除非她们感觉到附

---

① Ludovic Orlando et al., “Ancient DNA Analysis Reveals Woolly Rhino Evolutionary Relationships,” *Molecular Phylogenetics and Evolution* 28 (2003): 485 - 499.

② E. O. Wilson, *The Future of Life* (2002; reprint, New York: Vintage, 2003), 80.

近有合适的雄性，否则她们是不会排卵的。就苏吉的情况来说，距她最近的合适雄性位于万余公里之外，这也就是为什么罗思此时此刻要站在这儿，把胳膊伸到犀牛直肠里。

约一周前，人们给苏吉做了一次激素注射，以刺激她的卵巢。那之后又过了几天，罗思尝试着给她做了人工授精。这个过程要用到一根又长又细的管子，穿过苏吉子宫颈的褶皱，然后向里面打进去一瓶解了冻的精液。据罗思当时做的笔记上写，苏吉在这个过程中“表现得非常好”。现在，是时候做一次后续的超声检查了。在罗思的手肘附近支着一个电脑屏幕，上面出现了带着雪点的图像。罗思找到了犀牛的膀胱，在屏幕上显示为一个暗泡。然后，她继续往前找。在人工授精的时候，苏吉的右侧卵巢中已经有一个卵子可以看见了。罗思的希望是，这个卵子在那之后就被排出来了。如果的确如此，苏吉就有可能怀孕。但是，那个卵仍旧还在罗思上次看到它的地方，位于一片灰云之中的一个黑圈。

“苏吉没有排卵。”罗思对着聚在周围帮忙的六位动物园饲养员宣布道。此时，她的整条右臂都已经消失在了犀牛的身体里。这群人共同发出了一声叹息。还有人说：“哦，不!”罗思拔出了她的胳膊，除去了手套。虽然她很明显对于结果感到失望，但她显然并不吃惊。

苏门答腊犀的活动地域曾经从喜马拉雅山麓的不丹和印度东

北部，一路向南延伸到缅甸、泰国、柬埔寨以及马来半岛，乃至苏门答腊和婆罗洲的岛屿。在 19 世纪，它还很常见，甚至被当成一种农业害兽。随着东南亚森林的砍伐，犀牛的栖息地不断缩小，并碎片化。到了 20 世纪 80 年代早期，苏门答腊犀的种群数量已经减少到了几百头，多数位于苏门答腊岛隔离起来的保护区内，其余则在马来西亚。1984 年，当一群环保工作者聚集在新加坡试图搞出一个拯救策略时，这种动物似乎已经不可阻挡地走向了灭绝。按照这些环保人士的计划，为了保护这个物种，在其他行动之外还要呼吁建立捕获繁育计划，以对抗其个体数量的下降。于是，40 头苏门答腊犀被捕获，其中 7 头送到了美国的动物园。

捕获繁育计划有一个灾难性的开始。在不到 3 周的时间里，马来半岛的繁育中心有 5 头犀牛死于锥虫病，一种由苍蝇传播的寄生虫所引发的疾病。在马来西亚婆罗洲东边尖角处的沙巴州捕获了 10 头苏门答腊犀，其中 2 头死于捕捉过程中所造成的伤害。第 3 头死于破伤风，第 4 头死于不明原因。到了 1990 年前后，没有一头苏门答腊犀产下任何后代。在美国，死亡率甚至还要更高。动物园给苏门答腊犀喂了干草，但实际上这种犀牛不能靠干草存活，而是需要新鲜的树叶和树枝。等到有人搞明白这一点的时候，送到美国的 7 头犀牛中只有 3 头还活着，各自在不同的城市里生活。在 1995 年，《环保生物学》期刊发表了一篇关于这个捕获繁育计划的论文，其题目是《帮助一个物种走向灭绝》。

那一年，在一次放手一搏的最后努力中，纽约市布朗克斯动物园和洛杉矶动物园各自把他们仅存的犀牛（2头均为雌性）送到了辛辛那提，那里有美国唯一幸存的雄性苏门答腊犀，名叫伊普（Ipuh）。罗思被雇来搞清楚到底该拿他们怎么办。作为独居动物，他们不能被放在同一个围栏里，但是不弄到一起的话显然是不可能交配的。罗思全力投入了对犀牛生理的研究，采集了血液样本，分析了尿液，还检测了激素水平。她对这种犀牛了解得越多，反而觉得挑战的难度越大。

“这是一个非常复杂的物种。”当我们一起回到她的办公室时，罗思这样告诉我。这间办公室的装饰是满架子的犀牛，有木头的，有黏土的，也有毛绒做的。来自布朗克斯的那头雌犀牛名叫莴苣公主（Rapunzel）。后来发现她太老了，已经过了生育年龄。埃米（Emi）是来自洛杉矶的雌犀牛，正处于合适的年龄，但似乎从未排卵。这个难题花了罗思近一年的时间去解决。当她意识到问题的症结所在，也就是雌犀牛需要感觉到一头雄性在附近，她开始给埃米和伊普安排简单但是受到了严密监控的“约会”。经过了一两个月的无所事事之后，埃米怀孕了，但接着又流产了。她后来又一次怀孕，又一次同样流产。这样的模式不断重复，前后共计5次。此时，埃米和伊普的眼睛都出了问题。罗思最终确定，是在太阳下待的时间过长所造成的结果。在野外，苏门答腊犀生活在森林树冠层的阴影之下。为此，辛辛那提动物园投入了50万美元建设了一座人工凉棚。

埃米在2000年秋天再次怀孕。这一次，罗思给她补充了激素，方法是把面包片泡在含孕酮液体中，再喂给犀牛吃。最终，在经过了16个月的孕期之后，埃米产下了一头雄性犀牛，取名叫安达拉斯（Andalas）。在他之后又有了苏吉，这个名字在印度尼西亚语中的意思是“神圣的”。再之后又是一头雄性，名叫哈拉潘（Harapan）。在2007年，安达拉斯被运回苏门答腊岛位于韦坎巴斯（Way Kambas）国家公园的一家捕获繁育设施。2012年在那里，他当上了爸爸，有了一头名叫安达图（Andatu）的小犀牛。这也是埃米和伊普的孙子。

辛辛那提动物园里的苏吉

在辛辛那提出生的3头人工繁育犀牛以及在韦坎巴斯出生的第4头显然不足以补足在这个过程中死去的那许多头苏门答腊犀。但那实际上已经是在过去30年间世界各地出生的全部苏门答腊犀了。在20世纪80年代中期以后，野外的苏门答腊犀数量已经骤减。目前据信全世界仅存不到100头。讽刺之处在于，正是人类把这个物种带到了如此之低的数量水平上，以至于似乎只有英雄式的人类努力才能拯救这个物种。如果苏门答腊犀还有未来的话，那肯定要感谢罗思，以及少数像罗思一样懂得如何把一只手臂伸到犀牛直肠里做超声检查的那些人。

事实上，苏门答腊犀所面临的情况，或多或少也是所有犀牛共同面临的问题。爪哇犀曾经生活在东南亚的大部分地区，如今已是世界上最稀有的动物之一，可能只剩下不到50头个体，全都在一个爪哇自然保护区内。（在除此之外的其他任何地方，已知的最后一头爪哇犀于2010年被一名盗猎者杀死于越南。）印度犀是5种犀牛中体型最大的，看起来就像是披着一件有褶皱的厚外套，正如拉迪亚德·吉卜林（Rudyard Kipling）的故事中所描写的一样。印度犀的数量如今已经减少到了约3 000头，大多生活在印度阿萨姆邦的4个公园之中。在100年前，非洲的黑犀牛数量达到100万头。从那以后，这个数字被减至约5 000头。同样来自非洲的白犀牛，是唯一目前还没有列入受威胁物种的犀牛。在19世纪，这种犀牛被猎杀到已经快被人们忘却了，却在20世纪完成了异乎寻常的东山再起。现在到了21世纪，它们又重新受到来自盗猎者的压力。盗猎者盗得的犀牛角，每公斤在黑市上可以卖到超过4.5万美元的价格。犀牛角与你的指甲一样是由角蛋白组成的，却长期被用于传统中药材，[1] 而近年又成为高端聚会中的“药粉”而受到追捧。[2] 在东南亚的夜店里，犀牛粉像可卡因一样被人吸食。

当然，犀牛绝不是个案。对这些“有着迷人魅力”的巨大哺乳动物，人类往往能感受到一种深切而近乎神秘的联系，即使它们身处牢笼之中。这就是为什么各地的动物园愿意投入如此之多的资源，用于犀牛、熊猫以及大猩猩的展览展示。（威尔逊曾经把他与埃米在辛辛那提共度的那个夜晚描述为他生命中“最为难忘的事件之一”。）但是在它们没有被关起来的地方，这些有着迷人魅力的巨大动物几乎都会陷入麻烦。在全世界 8 个物种的熊当中，6 个被列为“易危”或“濒危”。亚洲象的数量在过去三代内已经减少了 50%。非洲象好一些，但也和犀牛一样，正日益受到盗猎的威胁。一项近期研究得出的结论是，仅在过去 10 年间，非洲森林象的数量就减少了 60%以上。[3] 这种象被很多人认为是不同于普通非洲象的独立物种。大多数的大型猫科动物，比如狮子、老虎、猎豹、美洲虎，都在数量下降之中。从现在再过一个世纪，熊猫、老虎和犀牛或许只能好好地活在动物园里，或者就是像汤姆·洛夫乔伊所说的那样，在如此之小、重重护卫的

---

① 我国作为《濒危野生动植物国际贸易公约》的签约国，早在 1993 年起就禁止犀牛角的贸易，并取消了犀牛角的药用标准，在药典中推荐以水牛角替代古方中的犀牛角。——译者

② Adam Welz, “The Dirty War Against Africa’s Remaining Rhinos,” *e360*, published online Nov. 27, 2012.

③ Fiona Maisels et al., “Devastating Decline of Forest Elephants in Central Africa,” *PLOS ONE* 8 (2013).

野生动物保护区内，可以被称为“类动物园”的地方。[①]

苏吉做超声的第二天，我又一次去看她。那是个寒冷的冬日清晨，所以苏吉被关在了她的兽房里。称之为“兽房”是很委婉的说法，这其实是用煤渣砖砌成的一座低矮建筑，里面布满了监狱似的小房间。我在上午 7:30 左右抵达的时候，正是喂食时间，苏吉正在一个兽栏里大口嚼着某种无花果叶子。犀牛首席饲养员保罗·莱恩哈特（Paul Reinhart）告诉我，平常她一天能吃掉差不多 50 公斤的无花果叶子，都是从圣迭戈专门空运过来的。（每年的全部运输成本就接近 10 万美元。）她每天还要吃掉相当于几个礼物果篮总量的水果。这个早上的精选搭配包括苹果、葡萄和香蕉。苏吉吃东西的决然态度在我看来有点悲哀。一旦叶子吃完了，她就开始吃无花果的树枝。这些枝桠有几厘米粗，但她能轻松吃进去，就像一个人类在吃椒盐卷饼似的。

莱恩哈特告诉我说苏吉是她妈妈和她爸爸的“完美混合体”。妈妈埃米死于 2009 年，而她的爸爸伊普仍旧生活在辛辛那提动物园。“埃米从来不会放过任何一个惹麻烦的机会。”他回忆道，“苏吉就很爱玩。但是也更死脑筋，像她爸爸。”这时另一位饲养员从我们身边走过，推着一辆独轮车，里面装满了热气腾腾的棕红色粪便——那是苏吉和伊普昨天夜里拉的。

---

① Thomas Lovejoy, "A Tsunami of Extinction," *Scientific American*, Dec. 2012, 33 - 34.

苏吉非常习惯于人类围在她身旁，有的人可能喂她吃东西，而有的人可能要把手臂塞到她的直肠里。所以莱恩哈特很放心地去忙别的工作了，把我一个人留在苏吉身边。当我轻抚她长着毛发的肋部时，我想到的是一只长过头的狗。（事实上，犀牛与马的亲缘关系最近。）虽然我不能说抚摸的过程令人感到有趣，但我似乎感觉到了她的温柔。当我望向她漆黑的眼睛时，我发誓在那眼眸的深处看到了物种之间的心灵之光。与此同时，我想起了一位动物园官员的警告，他告诉我，如果苏吉突然晃晃她巨大的脑袋，很容易就可以把我的胳膊弄骨折了。过了一会儿，该是这头犀牛称体重的时间了。旁边一间兽栏的地板里安装了一个盘秤，秤前面摆了几根香蕉。当苏吉吃力地走过去吃那些香蕉的时候，秤上的读数是684公斤。

如此巨大的动物之所以如此巨大，当然是有原因的。苏吉刚生下来就有30多公斤重。如果她是出生在苏门答腊岛，就有可能成为一只老虎的腹中餐。不过，如今苏门答腊虎也处于极度濒危的境地。但是，她也有可能得到母亲的保护，而成年犀牛是没有天敌的。这一情况对于其他一些动物也是适用的，也就是所谓的巨大食草动物。完全长大的象和河马都太大了，没有什么动物敢去攻击他们。熊和大型猫科动物也同样不会被别的动物捕食。

这就是尺寸巨大的优势，或许可以称为“大到不用怕”策略——从演化的角度上来讲，这是很好的计策。实际上，地球在历史上的不同时期，都曾经被极其巨大的生物所占据。例如在白垩纪末期，暴龙（*Tyrannosaurus*）只是巨大恐龙之中的一类，其他还有体重达到约 7 吨的萨尔塔龙属（*Saltasaurus*）；最大能长到近 10 米长的镰刀龙属（*Therizinosaurus*）；以及甚至更长的栉龙属（*Saurolophus*）。

在近得多的历史上，到了最后一次冰川期末期，身躯庞大的动物在世界上所有地方都能找到。除了披毛犀和洞熊以外，欧洲还有原牛、爱尔兰麋鹿以及体型超大的鬣狗。北美洲的巨兽包括乳齿象、猛犸和拟驼（*Camelops*），它是现代骆驼健壮的表亲。这块大陆还是以下动物的家园：体型相当于今天棕熊大小的河狸；剑齿虎（*Smilodon*），一类牙齿像刀一样的猫科动物；杰氏大地懒（*Megalonyx jeffersonii*），体重近一吨。南美洲也有其自己的大地懒，此外还有箭齿兽（*Toxodon*），在犀牛一样的身体上长着河马似的脑袋；以及雕齿兽，这种犰狳的近亲有时能长到菲亚特 500S[①] 的大小。最为奇特，也是变化最大的巨型动物存在于澳洲。这之中包括了双门齿兽，一类笨重的有袋类动物，通俗地被称为犀袋熊；袋狮（*Thylacoleo carnifex*），一种像老虎一样大的有袋类食肉动物；以及巨型短面袋鼠，身高能达到近 3 米。

甚至在许多相对较小的岛屿上也有自己的巨兽。塞浦路斯有

---

① 20 世纪 50 年代推出的迷你车型，车长 3 米，以大众甲壳虫为竞争对手，在欧洲有着出色的销量。——译者

一种侏儒象和一种侏儒河马。马达加斯加是三种倭河马的家园，还拥有一科巨大的不会飞的鸟类叫作象鸟，以及若干种巨大的狐猴。新西兰的巨兽与众不同之处在于它是特有鸟类。澳大利亚古生物学家蒂姆·弗兰纳里曾经把这种鸟描述为思想实验走进现实的产物："它向我们展示了，如果 6 500 万年前哺乳动物和恐龙都灭绝了，让鸟类继承了全世界的话，地球将会是什么样子的。"① 在新西兰演化出了不同物种的恐鸟，填充了那些在地球其他地方被犀牛和鹿所占据的生态龛。恐鸟中体型最大的是北岛巨恐鸟和南岛巨恐鸟，能长到 3.5 米高。有趣的是，雌性恐鸟的体型几乎比雄性大一倍。② 据信孵蛋的任务应该是落到了恐鸟爸爸的身上。新西兰还曾有一种巨大的猛禽，称为哈斯特鹰。它们以恐鸟为食，翼展宽达 2.5 米。

所有这些大人国的动物后来究竟发生了什么？最先认识到它们已消失的是居维叶。他相信，这是最近的一次大灾变所造成的："地球表面的变革"就发生在有记录的历史开始之前。后来的博物学家反驳了居维叶的灾变说，却留下一个难题。为什么如此之多的巨兽会在相对较短的一个时期内消失呢？

"我们生活在一个动物学意义上非常贫瘠的世界里，而其中最巨大的、最凶猛的、最奇怪的动物最近都消失了。"阿尔弗雷

---

① Tim F. Flannery, *The Future Eaters: An Ecological History of the Australasian Lands and People* (New York: G. B raziller, 1995), 55.

② Valérie A. Olson and Samuel T. Turvey, "The Evolution of Sexual Dimorphism in New Zealand Giant Moa (Dinornis) and Other Ratites," *Proceedings of the Royal Society B* 280 (2013).

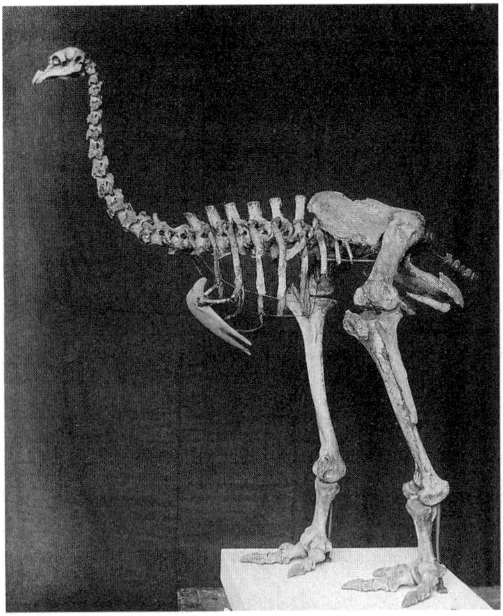

最大的恐鸟能长到将近3.5米高

德·罗素·华莱士评论道，“毫无疑问，它们的消失对于现在的我们来说是件很好的事情。然而，有一个奇特的事实几乎没有人仔细思考过，那就是如此之多的巨大哺乳动物的突然灭亡不仅仅发生在一个地方，而是发生在占地球表面一半的陆地面积上。”①

巧合的是，辛辛那提动物园离大骨舔只有约40分钟的车程。

① Alfred Russel Wallace, *The Geographical Distribution of Animals with a Study of the Relations of Living and Extinct Faunas as Elucidating the Past Changes of the Earth's Surface*, vol. 1 (New York: Harper and B rothers, 1876), 150.

正是在那里，隆格伊找到了乳齿象的牙齿化石，而这些化石又启发了居维叶，令他发展出了物种灭绝的理论。作为州立公园，大骨舔给自己打的广告是“美国古脊椎生物学的发源地”。网站上还有一首诗来颂扬其在历史上的地位。

在大骨舔，最初的探险家
找到了他们说是象的骨架，
找到了真猛犸的肋和獠牙。
这些骨头
似乎像是非凡之梦的残骸，
坟墓之中的一个黄金时代。①

在苏吉那儿做客的一个下午，我决定去那个州立公园看看。这里早已不是隆格伊那个时代连地图都没有的边远地区了，而是正在逐步被辛辛那提市吞没的近郊地区。在开车过去的路上，我经过了各种各样的常见连锁店，然后是一栋栋开发之中的房产，有些刚刚开建的房屋还在搭架子。最后，我发现自己身处马场之中。刚过了一个叫作“猛犸林场”的地方，我就拐进了公园的入口。第一个牌子上就写着“禁止捕猎”。其他牌子上指示着去往

① Robert Morgan, “Big Bone Lick,” posted online at<http://www.big-bone-lick.com/2011/10/>.

不同地点的方向：一座宿营地、一面湖、一家礼品店、一块迷你高尔夫场地、一家博物馆，还有一群野牛。

在18世纪至19世纪初期，从大骨舔的泥沼中拖走了难以计数的标本，包括乳齿象的股骨、猛犸的獠牙还有大地懒的颅骨。有些去了巴黎和伦敦，有些去了纽约和费城，还有一些则丢失了。（有一整船的标本在基卡普族印第安人攻击殖民商贩时丢失了，另一船标本则沉到了密西西比河底。）托马斯·杰斐逊曾把白宫的东厅改成了一个临时博物馆，骄傲地向人们展示了来自大骨舔的骨头化石。莱尔在1842年来美国时专程到这里参观，还给自己买了一块幼年乳齿象的牙齿化石。[①]

现在，大骨舔已经被化石收藏者们彻底捡干净了，几乎没剩下任何大骨头。公园的古生物学博物馆只有一间大部分空着的展厅。一面墙上是一幅壁画，描绘了一群样貌哀怨的猛犸在一片冻原之上艰难跋涉。墙对面有几具玻璃柜，展示了一些散碎的獠牙残块以及大地懒的脊椎。与博物馆几乎一样大的是旁边的一间礼品店，里面出售木制硬币、糖果，还有印着“我不胖——只是骨头大!”的T恤。我走进礼品店的时候，一位欢快的金发女孩正在操作收银机。她告诉我，大多数人不太在乎“公园的重大意义”。他们来这里是为了那个湖，为了迷你高尔夫场地。不巧的

---

① Charles Lyell, *Travels in North America*, *Canada*, *and Nova Scotia with Geological Observations*, 2nd ed. (London: J. Murray, 1855), 67.

是，迷你高尔夫在冬季是关闭的。递给我一张公园地图之后，她鼓励我沿着店后面那条有指示的小路走走。我问她能不能带着我走一走，但她说不行，因为这会儿太忙了。就我所看到的情况，我和她是这个公园里仅有的两个人。

我出了礼品店，沿着那条小路向前走。就在博物馆后面，我看到一头跟真实大小差不多的乳齿象塑料模型。它头低着，好像是要发起冲击一样。旁边是一头 3 米高的塑料大地懒，用后腿站着，一副吓人的样子。还有一头猛犸，似乎正惊恐地陷入泥沼之中。另外有一头塑料野牛，不过是死去的，半腐烂的样子。再有就是一只塑料秃鹫，几块塑料骨头，共同组成了这幅恐怖的场景。

走得更远一些，我来到了已经彻底结冰的大骨溪。在冰层之下，溪水懒洋洋地冒着泡。小路的一条岔道伸向一片沼泽边的一处木台。这里的水没有结冰，闻起来有硫磺的味道，表面覆盖着一层粉笔末一样的物质。木台上的一块牌子上解释道，在奥陶纪期间，海洋覆盖了这个地区。正是这处远古海洋积累下来的盐吸引了动物们到大骨舔来喝水，并在很多情况下死于此处。第二块牌子上写道，在大骨舔发现的古生物遗迹之中，“至少有八个物种是在约一万年前灭绝的”。当我沿着小路继续前行的时候，遇到了更多的牌子。它们对于巨兽的消失给出了解释——实际上是两个不同的解释。一块牌子上是这样写的：“大骨舔的灭绝动物在整个大陆范围内的消失是由从针叶林到阔叶林的转变引起的，或者也可能是导致这种转变的气候变暖所引起的。”另一块牌子上则把罪责推给别的事情：“在人类到达这里之后的1 000年里，大型哺乳动物就消失了。史前印第安人很可能也在它们的消亡中起了一定作用。”

早在19世纪40年代，对于巨兽灭绝的这两种解释就已经被提出来了。莱尔是支持前一种解释的人，并认为冰川期带来了“巨大的气候改变”。[①] 达尔文也习惯性地站在莱尔一边，不过在这件事情上有些勉强。他曾写道：“关于冰川期和大型哺乳动物灭绝的问题，我总觉得没那么轻松。”[②] 华莱士本人最初也倾向于气候的解释。“这一重大改变一定有着某种外力的原因。”他于1876年评论道，“这一原因存在于近期发生的称为‘冰川期’的重大自然变化之中。”[③] 后来，他又改变了心意。“再次审视整个问题，”他在自己的最后一本书《生命的世界》中评论道，“我相信如此之多的哺乳动物的迅速灭绝实际上是借由人类之手完成的。”[④] 他说，这整件事情实在是“非常显而易见”。

自莱尔以来，人们在这个问题上忽左忽右，其影响已经扩展到了远远超越古生物学之外的领域。如果气候变化的确导致了巨

① Charles Lyell, *Geological Evidences of the Antiquity of Man, with Remarks on Theories of the Origin of Species by Variation*, 4th ed., revised (London: J. Murray, 1873), 189.

② Quoted in Donald K. Grayson, "Nineteenth Century Explanations," in *Quaternary Extinctions: A Prehistoric Revolution*, edited by Paul S. Martin and Richard G. Klein (Tucson: University of Arizona Press, 1984), 32.

③ Wallace, *The Geographical Distributionof Animals*, 150 - 151.

④ Alfred R. Wallace, *The World of Life: A Manifestation of Creative Power, Directive Mind and Ultimate Purpose* (New York: Moffat, Yard, 1911), 264.

丽纹双门齿兽（*Diprotodon optatum*）是有史以来最巨大的有袋类动物

兽的灭绝，那么这就给出了全球变暖确实值得我们担心的另一个理由。如果是另一种情况，人类应当承担责任，那么物种入侵就更值得忧虑——实际上似乎有越来越多的证据表明人类才是史前巨兽灭绝的罪魁祸首。这也就意味着，当前的物种灭绝早在最后一次冰川期中期就已经开始了。这还意味着，人类从一开始就是个杀手，或者用更文艺的话说是个“过度杀戮者”。

有若干条证据更倾向于，或者应该说指证了，是人类导致了巨兽的灭绝。其中之一是事件发生的时间点。现在已经清楚，巨兽的灭绝并非像莱尔和华莱士所认为的那样是全部同时发生的，而是分不同批次发生的。第一波发生在约 4 万年前，澳大利亚的巨兽灭绝了。第二波于大约 2.5 万年前冲击了北美洲和南美洲。

马达加斯加的巨大狐猴、倭河马和象鸟则一直存活到了中世纪时期。新西兰的恐鸟则活到了文艺复兴时期。

很难想象这样一系列事件全都是由单一的气候改变造成的。然而，这些冲击波的序列与人类迁移定居的序列几乎完全重合。考古学证据表明，人类最先于大约5万年前到达澳大利亚。此后很久他们才到达了美洲。又过了数万年，他们才到了马达加斯加和新西兰。

亚利桑那大学的保罗·马丁发表了一篇在这个领域具有开创性影响力的论文，题目是《史前的过度杀戮》。他在文中写道："当把灭绝的年表与人类迁移的年表进行严密的对比时，人类的到达已经成为了唯一的合理答案，可以来解释"巨兽的消失。①

沿着类似的脉络，贾雷德·戴蒙德曾经评论道："就我个人来说，我无法理解的是，澳大利亚巨型动物在澳大利亚几千万年的历史中何以历经无数的干旱而不死绝，后来却决定几乎同时倒毙（至少在几百万年这个时间范围内），而时间又正好和第一批人类到达的时间碰巧一致。"②

除了时间点之外，也有强有力的实际证据暗示了问题出在人类身上。其中一些证据是以粪便的形式出现的。

---

① Paul S. Martin, "Prehistoric Overkill," in *Pleistocene Extinctions: The Search for a Cause*, edited by Paul S. Martin and H. E. Wright (New Haven, Conn.: Yale University Press, 1967), 115.

② Jared Diamond, *Guns, Germs, and Steel: The Fates of Human Societies* (New York: Norton, 1997), 43.［译文参考贾雷德·戴蒙德《枪炮、病菌与钢铁——人类社会的命运》（修订版），谢廷光译，上海译文出版社，2014年，第12页。——译者］

巨型食草动物会产生巨大的粪便，任何一个曾经站在犀牛屁股后面的人都会清楚这一点。这些粪便为一种叫作小荚包腔菌（*Sporormiella*）的真菌提供了养料。小荚包腔菌的孢子非常微小，裸眼几乎是看不见的，但却有着极强的生命力。它们在沉积物中包裹了数万年之后，仍旧能被鉴别出来。有很多的孢子就意味着有很多的大型食草动物在到处吃到处拉。有很少的孢子或没有孢子则意味着巨型食草动物的缺失。

几年前，一队研究人员分析了澳大利亚东北部林奇（Lynch）火山口的沉积岩心样本。他们发现5万年前小荚包腔菌的数量惊人。后来，在4.1万年前，小荚包腔菌的数量突然就减少到了零。[①] 紧接着这次锐减，整片地区都燃起了大火（证据就是沉积核中微小的炭颗粒）。在此之后，这个地区的植物发生了改变，从能在雨林找到的植物变成了更适应干旱的植物，比如金合欢。

如果是气候导致了巨兽的灭绝，植物的改变应该发生在小荚包腔菌的减少之前：先是陆上的植物发生了改变，然后依赖于原有植物的动物才会消失。但实际情况却是恰恰相反。这个团队的研究者得出结论：唯一能与这些数据匹配的解释就是“过度杀戮”。小荚包腔菌数量的下降发生在陆地植被改变之前，这是因

---

① Susan Rule et al., "The Aftermath of Megafaunal Extinction: Ecosystem Transformation in Pleistocene Australia," *Science* 335 (2012): 1483 - 1486.

为巨兽的死亡导致了植被的改变。当没有大型食草动物在森林里进食之后，可燃物质就会堆积起来，导致更频繁、更严重的火灾。这反过来推动了植物朝向耐火型物种的转变。

巨兽在澳大利亚的灭绝“不可能是由气候所引起的”，克里斯·约翰逊（Chris Johnson）如是告诉我。他是塔斯马尼亚大学的一位生态学家，也是上述沉积岩心研究的领导者之一。当我打电话给他时，他在自己位于霍巴特的办公室里对我说：“我认为我们可以确定无疑地下结论了。”

来自新西兰的证据甚至更为清晰明确。当毛利人在但丁的时代到达新西兰的时候，他们发现在北岛和南岛上一共生活着 9 个物种的恐鸟。当欧洲定居者于 19 世纪伊始来到这里的时候，一只恐鸟都看不到了，留下的只有恐鸟骨头堆成的巨大垃圾堆，还有巨大的室外烤炉留下的废墟——都是巨大的鸟类烧烤留下的残迹。一项近期的研究得出结论，恐鸟可能是在几十年内就被消灭光了。毛利人留存至今的一句谚语侧面描述了这场杀戮：“*Kua ngaro i te ngaro o te moa.*”意思是说：“像恐鸟一样一去不返。”

那些坚持相信是气候改变杀死了巨兽的研究人员认为，马丁、戴蒙德和约翰逊把确定性搞错了。在他们看来，对于这些事件的研究中没有什么是“确定无疑的”，而前面几段中谈到的问题都被过度简化了。灭绝的日期并不是明确的时间点，它们也并不全然恰好与人类的迁移相吻合。而且，无论是在任何情况下，相关并不等于因果。他们提出的最为深刻的反驳意见，或许是他们对于人类的致命性所持的怀疑——而这正是所有这一切成立的大前提。在澳大利亚或是北美洲这么广阔的地域上，一小群在技术上极其原始的人类怎么可能杀光如此之多巨大强壮甚而凶猛的动物呢？

如今在澳大利亚的麦夸里大学（Macquarie University）工作的美国古生物学家约翰·阿尔罗伊已经花了很多时间来考虑这个问题。在他看来，这是个数学问题。“一种非常大型的哺乳动物就其繁殖速率来说，其实是生活在一种边缘状态中。”他告诉我说，“例如说大象的怀孕期是22个月，它们也从不生双胞胎。小象要长到十几岁才能够繁育下一代。这些问题极大地限制了它们的繁殖速度，就算一切顺利也不会有多快。它们之所以能够存在，是因为当它们达到一定的体型大小之后，就不再会有天敌能够捕猎它们。它们不再易于受到攻击。这在繁殖方面成了一个糟糕的策略，却在避免被捕食方面有着巨大的优势。可是，当人类出现后，这个优势彻底不存在了。因为无论这种动物有多大，我们人类对于食物的大小可是没有任何限制的。”这又是一个活生生的例子，说明一个已经成功应用了数千万年的方法策略如何就在一夕之间失效了。就像V字形笔石或是菊石或是恐龙一样，巨兽什么也没做错。只不过当人类出现以后，“生存游戏的规则”发生了改变而已。

阿尔罗伊使用计算机模拟来验证了“过度杀戮”的假说。[1]他发现，人类只要对巨兽施加适度的影响，就将导致它们的灭绝。“如果你已经有了一个物种可以提供持续的收获，那么其他物种任其灭绝也不会让人类饿肚子。”他如此评论道。例如在北美洲，白尾鹿有着相对较高的繁殖速率，因此即便在猛犸数量下降的时候，仍能保持着较高的个体密度。“猛犸变成了一种奢侈的食物，是你隔上一段时间才能吃到一口的东西，就像是大块的松露一样。”

当阿尔罗伊对北美洲的情况进行模拟的时候，他发现即便是只有很小一群人类，比如 100 人左右，过了 1 000 多年之后就会增长到相当多的人口，足以完成历史记录的任何一次巨兽灭绝。这一结果的前提还是在假设这些人类只不过是中等水平猎手的情况下。他们所要做的只不过是当机会出现时，拿下一头猛犸或一头大地懒，并照此坚持几个世纪就行了。这就足以让繁殖速度低的物种形成数量上的下降，尔后最终走向灭绝。当克里斯·约翰逊对澳大利亚的情况进行模拟时，他也得出了类似的结果：如果每 10 个猎人每年只杀死一头双门齿兽，在差不多 700 年的时间里，方圆几百公里范围内的所有双门齿兽都将彻底消失。（由于澳大利亚不同地区可能是在不同时间里扫荡完的，约翰逊估计全

---

① John Alroy, “A Multispecies Overkill Simulation of the End-Pleistocene Megafaunal Mass Extinction,” *Science* 292 (2001): 1893 - 1896.

大陆范围内的灭绝可能花了几千年的时间。）从地球历史的角度来看，几百年时间，甚至是几千年时间，其实根本就算不上什么。然而从人类的角度来看，这是极其巨大的时间跨度。从身处其中的人的角度来看，巨兽数量的下降更是慢得难以觉察。他们不可能知道就在几个世纪以前，猛犸和双门齿兽还是如此常见的动物。阿尔罗伊把巨兽的灭绝描述成为一场“在地质学的一瞬间发生的生态灾难，其速度又太缓慢，以至于一手造成它的人类却几乎察觉不到”。他曾写道：这就证明了人类“实际上有能力让任何一种巨大的哺乳动物物种走向灭绝，虽然他们也同样有能力保证它们在尽可能长久的时间里不灭绝”。①

人类世通常被认为始于工业革命，或者可能还要更晚一些，是随着第二次世界大战之后的人口爆炸式增长才开始的。在这种认识中，是涡轮机、铁路、链锯等现代化工具的引入才让人类成为改变世界的力量，进而开启了人类世。但是巨兽的灭绝说明事实并非如此。在人类出现在地球舞台上之前，体型更大、繁殖率更低本来是个成功的策略，这让特大号生物主导了这颗星球。后来，在地质学上的某一瞬间，这个策略成了失败者的把戏。至今仍是如此。这也就是为什么象、熊以及大型猫科动物陷入了麻烦之中，也是苏吉成为世界上仅存的少数几头苏门答腊犀之一的原

① John Alroy, “Putting North America's End-Pleistocene Megafaunal Extinction in Context,” in *Extinctions in Near Time: Causes, Contexts, and Consequences*, edited by Ross D. E. MacPhee (New York: Kluwer Academic/Plenum, 1999), 138.

因。与此同时，消灭巨兽并不仅仅是消灭了巨兽。至少在澳大利亚，它引发了一场生态连锁反应，最终改变了地貌。虽然我们或许可以怀着美好的愿望，想象人类与自然曾经有过和谐共处的时光，然而事实上我们并不清楚人类是否真的做到过这一点。

第　十　二　章

疯　狂　基　因

尼安德特人（*Homo neanderthalensis*）

尼安德河谷，即德文中的内安德塔尔（*Neandertal*），位于科隆以北 30 多公里处，旁边就是杜塞尔河的一道河弯，而这条波澜不兴的小河是莱茵河的一条支流。在历史上的大部分时间里，尼安德河谷两岸都是石灰岩的崖壁。就在这些山崖表面的一个洞穴中，1856 年，人们发现了一些骨头，尼安德特人从此进入了全世界的视野。今天，这道河谷已经成了算是旧石器时代主题公园的游览地，里面有一座尼安德特人博物馆。这栋令人吃惊的现代建筑墙体全是酒瓶绿玻璃。除此之外，这里还有售卖尼安德特牌啤酒的咖啡厅，种着某种兴盛于冰河时代的灌木植物的花园，以及通往当年发现地点的步道。当然，那些骨头、那个洞穴甚至那块崖壁都已经不复存在了（这里的石灰岩已经作为建筑材料采掘下来运走了）。一进博物馆的入口就能看到一位老年尼安德特人的模型站在那里。他脸上挂着和蔼的微笑，斜倚着一根棍子，就像是一个蓬头垢面的约吉·贝拉（Yogi Berra）[①]。他旁边就是这家博物馆最受欢迎的游乐设施之一：变形站。只要花上3欧元，游客就可以在这里拍一张自己的侧面照，旁边还有一张经过加工的侧面照与之相对。在经过处理的照片中，你的下巴向后退去，前额变得倾斜，后脑鼓了出来。孩子们会很高兴看到自己变形成了尼安德特人，或者说更高兴看到自己的兄弟姐妹们变成了尼安德特人。他们会兴奋到尖叫起来。

实际上，自从尼安德河谷有此发现之后，人们在全欧洲乃至中东都找到了尼安德特人的骨头。涉及地域北到威尔士，南到以色列，东到高加索山脉。大量尼安德特人的工具也同时出土。其中包括了杏仁形的手斧，边缘锋利的削刮器，以及可能用来装在矛上的石尖。这些工具被用于割肉，削木头，可能还用于制皮。尼安德特人在欧洲生活了至少10万年，其中大部分时间是非常寒冷的，还有几段时期是极度寒冷的，冰层甚至覆盖了整个斯堪的那维亚半岛。虽然还不能十分确定，但是人们总体上相信，尼安德特人为自己搭建了遮蔽处，还缝制了某种算是衣物的东西。然后，就在差不多3万年前，尼安德特人突然消失了。

人们提出了各式各样的理论来解释尼安德特人的突然消失。

---

① 前美国职棒大联盟的著名捕手，被认为是棒球史上最出色的捕手之一，也是目前获得美国棒球世界大赛冠军戒指最多的球员。——译者

其中常常涉及气候改变的影响。有的说是气候的整体不稳定性导致了地球科学界所说的末次冰盛期。有的说是离伊斯基亚（Ischia）不远的坎皮佛莱格瑞地区（Phlegraean Fields）发生了一次巨型火山喷发，导致了“火山冬季”。有些理论也会把疾病当成原因之一。还有些理论则认为尼安德特人只是赶上了坏运气。不过，在最近十几年，人们越来越确信，尼安德特人其实是步了大地懒、美洲乳齿象以及其他许多不幸巨兽的后尘。换言之，就像一位研究者所说的那样：“他们的坏运气就是我们。”

现代人类到达欧洲的时间大约是 4 万年前。考古学证据一次又一次地显示，此后只要他们推进到了某个有尼安德特人生活的地区，那里的尼安德特人就会消失。或许尼安德特人是被有意猎杀的，又或许他们只是在竞争中落败了而已。无论是哪一种情况，其数量下降都符合我们熟悉的灭绝模式，不过又有着重要而令人不安的差异。在人类最终消灭尼安德特人之前，人类还曾与他们交配。其结果就是，今天的大多数人都有少量尼安德特人血统，最多可达到 4%左右。在变形站附近出售的一件 T 恤上写着这样一句话，算是对于这种继承来的血缘最为积极乐观的态度：“*ICH BIN STOLZ, EIN NEANDERTHALER ZU SEIN.*”这句大写印刷体德文意为：“我自豪，我是尼安德特人。”我太喜欢这件 T 恤了，于是给我丈夫买了一件。不过最近我才意识到，他几乎没怎么穿过这件衣服。

马克斯·普朗克演化人类学研究所位于尼安德河谷以东近500公里远的莱比锡市内。这个研究所占据着一栋崭新的建筑，样子有点像根香蕉。在这个还带着东德印记的社区里，这样一栋建筑显得鹤立鸡群。北边是一片苏维埃风格的公寓楼。南边矗立着一栋有着金色尖顶的巨大建筑，曾经是个苏维埃展览馆，而今闲置着。研究所的大厅里有一个小餐厅以及一个关于大猿（great ape）[①]的展览。餐厅里的一台电视机上播放着莱比锡动物园里猩猩的实时直播画面。

① 人科的一种通俗说法。人科除了现代人类之外，还包括已灭绝的古人类和几乎所有的猩猩。——译者

斯万特·帕博（Svante Pääbo）是研究所演化遗传学部门的负责人。他的体型又高又瘦，一张长脸下面有个窄窄的下巴。他时常挑起浓密的眉毛来强调某种嘲弄意味。帕博的办公室里有两样人形的东西引人注目。一是帕博自己的一幅大半身的画像，是他的研究生们在他50岁生日的时候送的礼物。（每个学生都出力画了画像的一部分，整体的效果却出奇地像，不过混搭的颜色让他看起来就像是得了皮肤病似的。）另一样则是一个尼安德特人的真实比例骨架模型，整体支在一个架子上，双脚悬空。

帕博是瑞典人。他有时被人们称为“古遗传学之父”。对远古DNA的科学研究多多少少可以算是他的“发明创造”。在早期工作中，还是研究生的帕博尝试着从古埃及木乃伊的躯体中提取遗传信息。他当时想弄清楚那些法老之中谁跟谁是亲戚。后来，他的注意力又转向了塔斯马尼亚虎以及巨型地懒。他还从猛犸和恐鸟的骨头中提取过DNA。所有这些工作在当时都是开创性的，但其实都可以看作是帕博当前研究工作的热身练习。他现在的所做的事情才是最为野心勃勃的尝试——为尼安德特人做全基因组测序。

帕博于2006年宣布了这一研究计划，恰值尼安德特人发现150周年之际。当时，完整的人类基因组已经公布。此外还有不同版本的黑猩猩、小鼠和大鼠的基因组。给已经灭亡的物种进行基因测序则要困难得多。当一个生物死亡之后，它的遗传物质就会开始破碎，所剩下的不再是长链的DNA，即便在最好的情况下也仅仅是一些片段而已。要想搞清楚这些片段是如何拼接在一起的，可能就像是要拼起一本曼哈顿的电话簿一样困难，而且这些书页已经用碎纸机粉碎过，跟隔夜的垃圾混作一堆，扔在垃圾填埋场里等着烂掉。

当这项研究完成的时候，我们就能把人类的基因组与尼安德特人的基因组并排放在一起，一个碱基一个碱基地进行比较，从而鉴别出两者到底哪里不一样。其实，尼安德特人与现代人类极其相像。或许他们是我们非常近的近亲，但又肯定并非人类。在我们 DNA 中的某个地方一定存在着某个关键的突变，或者更可能的情况是若干个关键的突变，从而让我们变得不同。正是这些突变令我们成为一种可以消灭自己近亲物种的生物，成为一种可以再把他们的骨头挖出来并拼接其基因组的生物。

“我想知道，与尼安德特人相比，现代人类身上究竟发生了什么改变，才令两者有所不同。”帕博告诉我说，“是什么让我们有可能建立这样宏大的社会，扩散到全世界，并开发出无疑是人类专有的科学技术？这一切必定有着遗传上的基础，并且就隐藏在这些基因序列之中。”

尼安德河谷的那些骨头是由这里的采石工人发现的。他们一开始把这些骨头当成垃圾扔掉了。如果不是这些工人的工头听说了这件事，并坚持要把这些骨头找回来，我们很可能就永远也看不到它们了。这些骨头包括：一个头盖骨，一根锁骨，四根臂骨，两根大腿骨，五根残缺的肋骨以及半个骨盆。这位工头相信这些骨头属于一头洞熊，于是一并拿去给当地一位叫约翰·卡尔·富尔罗特（Johann Carl Fuhlrott）的老师看，而他的第二职业是化石学家。富尔罗特立刻意识到他手里的东西比一只熊要更奇怪，也更熟悉。他宣称，这些残骸是一位“我们这个种族的早期成员”留下的遗迹。

巧合的是，此时正值达尔文出版《物种起源》之际，于是这些骨头立刻就被卷入了关于人类起源的争论之中。进化论的反对者对富尔罗特的主张不屑一顾。他们说这些骨头属于一位普通的人类。有个理论说这是一位哥萨克骑兵，在拿破仑战争之后的动荡期间流落到此处。尼安德特人的股骨有着不同于人类的奇怪弯曲，而他们对此的解释是：这位哥萨克骑兵在马上待的时间太久了。另一个理论认为这些骸骨属于一位佝偻病患者，所以才会有永久性绷紧的前额，以及突出的眉骨。至于一位饱受佝偻病折磨之苦的病人为什么要攀爬到崖壁上的一个洞穴中，这个问题从未真正得到过解释。

在接下来十几年间，在尼安德河谷中不断找到了更多类似的骨头，比人类的骨头更粗，还有着奇怪的头颅形状。显然，所有这些发现不可能都用迷路的哥萨克骑兵或得了佝偻病的洞穴探险者来解释。但是，支持进化论的学者们同样发现这些骨头难以解释。尼安德特人有着相当大的头颅，平均而言，比今天的人类更大。这使得他们很难与进化论者们信奉的理论相符，因为当时在进化论基础上的推理认为人类是从小脑袋的猿类起步，逐渐发展到了维多利亚时代[①]的大脑袋。在达尔文于1871年出版的《人类的由来》中，对于尼安德特人的事情只是一带而过。“必须要承认，某些非常古老的头骨，比如著名的尼安德特人，演化得非常完善，有着相当大的脑容量。”他如此评论道。[②]

既是人类又不是人类，尼安德特人明显成了我们的一面可以比照的镜子。自《人类的由来》之后，又有大量的著作反映了尼安德特人与人类之间的尴尬关系。1908年，在法国南部的圣沙拜尔（Chapelle-aux-saints）镇附近的一个洞穴中发现了一具近乎完整的骨架。它最终来到法国国家自然历史博物馆的古生物学家马塞兰·布勒手中。在一系列著作中，布勒发明了或许可以称之为“不要太尼安德特”的尼安德特人形象：弯曲的双膝，驼起的背部，野蛮的外表。[③] 布勒写道：尼安德特人的骨骼显示了“明确的类人猿骨架特征”，他们的头骨形状表明“纯粹的植物性或动物性神经功能占据了主要地位”。[④] 据布勒的观点，“能够感知艺术或宗教”的发明创造力以及抽象思维的能力显然超越了这种浓眉生物的大脑功能。许多与布勒同时代的学者研究了他的结

---

① 这些争论发生的时候正值英国的维多利亚时代。——译者

② Charles Darwin, *The Descent of Man* (1871; reprint, New York: Penguin, 2004), 75.

③ James Shreeve, *The Neanderthal Enigma: Solving the Mystery of HumanOrigins* (New York: William Morrow, 1995), 38.

④ Marcellin Boule, *Fossil Men; Elements of Human Palaeontology*, translated by Jessie Elliot Ritchie and James Ritchie (Edinburgh: Oliver and Boyd, 1923), 224.

论之后，都表达了赞同的意见。例如英国的人类学家格拉夫顿·埃利奥特·史密斯爵士（Sir Grafton Elliot Smith）把尼安德特人的行走姿态描述为“半弯着身子懒散地坐在奇怪而毫不优雅的两条腿上”。（史密斯还宣称，尼安德特人“覆盖全身的粗重毛发更加令他们不具吸引力”。不过，从那时候一直到现在都没有任何实际证据说明他们身上长满了毛。）

1909 年描绘的尼安德特人

20世纪50年代，解剖学家威廉·施特劳斯和亚历山大·凯夫决定重新检查来自圣沙拜尔的那具骨架。当时，第二次世界大战已经展示了现代人类中最现代的我们能够达到多么凶残的程度，更不要提第一次世界大战了。所以两位科学家认为是时候重新评估尼安德特人了。他们发现，布勒认为理所当然的尼安德特人的天然姿态可能是关节炎所导致的。尼安德特人走路的时候并不是弯着双膝，或是一副懒散的样子。两位科学家写道：实际上，如果给尼安德特人一把刮胡刀和一身新衣服，他在纽约市的地铁里不会“比其他某些纽约市民”更引人侧目。[①] 最近获得的研究成果倾向于这样一种观点：尼安德特人就算不能隐藏身份通过红外线热成像仪（IRT），其直立行走的姿态多多少少也会让我们把他们当成是同类。

20世纪60年代，美国考古学家拉尔夫·索莱茨基在伊拉克北部的一个洞穴中发现了几具尼安德特人的骸骨。其中一位尼安德特人被称为沙尼达尔1号（Shanidar I），昵称南迪。他的头部曾经遭受过一次严重的伤害，可能导致他部分失聪。但他的伤口愈合了，这说明他肯定得到了社会群体中其他成员的照料。另一位称为沙尼达尔4号的尼安德特人则明显是被埋葬的，而对其坟墓土壤的分析令索莱茨基相信，沙尼达尔4号入土的时候有鲜花

---

① William L. Straus Jr. and A. J. E. Cave, “Pathology and the Posture of Neanderthal Man,” *Quarterly Review of Biology* 32 (1957): 348 - 363.

如果一位尼安德特人得到了一把刮胡刀和一身新衣服的话……

陪伴。他认为这是证明尼安德特人精神性的深刻证据。

“我们突然就有了这样一种认识：人类的普适性和对于美的热爱其实并不仅限于我们这个物种。”索莱茨基在一本介绍其发现的著作《沙尼达尔：最初的葬花人》中如是写道。[1] 从那以后，他的一部分结论受到了挑战：似乎那些花更有可能是由掘地的啮齿动物带入洞中的，而非来自伤心的亲属——不过，他的想法还是产生了广泛的影响。在尼安德河谷中所展示的也是索莱茨基心目中充满情感、近乎人类的尼安德特人。在那家博物馆的模型场景中，尼安德特人生活在圆锥形的帐篷中，穿着兽皮制成的类似

① Ray Solecki, *Shanidar, the First Flower People* (New York: Knopf, 1971), 250.

瑜伽裤的东西，若有所思地眺望着冰天雪地的远方。“尼安德特人可不是什么史前的兰博[①],”一块展板提醒人们，“他们是有智慧的个体。”

DNA 常常被比作一篇文本。这个比喻只有在一种情况下才是恰当的，那就是如果毫无意义的字母组合也能算作“一篇文本”的话。DNA 由称为核苷酸的分子组成，它们编织在一起，形成阶梯状，也就是著名的双螺旋。每一个核苷酸含有四种碱基之一：腺嘌呤（adenine）、胸腺嘧啶（thymine）、鸟嘌呤（guanine）、胞嘧啶（cytosine），分别用单词首字母 A、T、G、C 来代表。所以，人类基因组中的一小段可能会是“ACCTCCTCTAATGTCA”。这其实是来自人类第 10 号染色体上的一段真实序列，大象基因组中的对应位置是“ACCTCCCCTAATGTCA”。人类的全基因组共有 30 亿个碱基，或者更准确地说是 30 亿个碱基对。就目前的研究结果来看，基因组中大部分序列并不承担编码。

生物一旦死亡，其长长的 DNA 链转变为碎片的进程差不多是立刻就开始了，从“一篇文本”变成了某种类似五彩纸屑的东西。这个毁灭过程的大部分在死后的最初一两小时内就完成了，

① 美国越战动作电影《第一滴血》系列中的英雄主人公，由著名影星史泰龙扮演。——译者

靠的是生物自己体内的酶。没过多久，剩下的就只有零星的碎片了。再过一会儿，这些碎片也将进一步破裂，至于具体要多久则取决于腐败过程的外部条件。一旦事情到了这一步，再有本事的古遗传学家也是“巧妇难为无米之炊”了。“如果是在永久冻土地带，你或许可以追溯到50万年前。”帕博告诉我说，“但无论如何也不会超过100万年。”在50万年前，恐龙已经灭绝了6 500万年，所以很可惜，《侏罗纪公园》的幻想也只能是幻想而已。另一方面，在50万年前，现代人类还不存在。

为了完成尼安德特人基因组计划，帕博设法获得了克罗地亚一个洞穴中找到的21块尼安德特人的骨头。（为了提取到DNA，帕博或其他古遗传学家必须要切开骨头样本，并将其溶解。显而易见，这样的过程是博物馆和化石收藏者不愿意接受的。）在这21块骨头中，只有3块提取出了尼安德特人的DNA。令问题变得更复杂的是，这些DNA还淹没在了其他DNA中间，这些混杂的DNA来自过去3万年间啃噬着这些骨头的微生物。这就意味着，大量的测序努力都将是白费力气的。帕博告诉我：“曾有很多次让人绝望的时候。”旧的问题还没解决，新的问题接踵而来。“这就像是坐过山车一样。”艾德·格林（Ed Green）这样回忆道。他是来自加利福尼亚大学圣克鲁兹分校的一名生物分子工程师，已经在这个项目上工作了好几年。

这个项目最终还是产生了有用的结果——基本上，就是一长串的A、T、G、C。而帕博团队中的一位成员，来自哈佛医学院的遗传学家戴维·赖希（David Reich）注意到了一些奇怪的事情。尼安德特人的基因序列正如预期的一样，与人类的序列非常相似，但相似的程度不同。有些人类的序列比其他人类的序列更像尼安德特人的序列。特别是欧洲人和亚洲人与尼安德特人共有的序列多于非洲人与其共有的序列。“我们当时试图清理掉这样的结果。”瑞奇告诉我，“我们当时认为，‘这肯定是搞错了’。”

在过去的25年间，对于人类演化的研究主要受一种理论的支配，即大众媒体上常说的“走出非洲”，或者用学术圈的话说就是“晚近单一起源”理论或“替代”假说。这一理论主张，所有的现代人类都是大约在20万年前生活在非洲的一个小族群的后裔。大约12万年前，这个族群中的一部分人迁移到中东地区，然后又从那里继续分出一部分人最终向着西北方向推进到了欧洲，向东推进到了亚洲，以及更东边的澳洲。在他们向北向东迁移的过程中，现代人类遭遇了尼安德特人以及其他所谓的早期人类。这些早期人类已经定居于这些地区了，而现代人类“替代”了早期人类。这其实是在委婉地表达：现代人类把早期人类赶尽杀绝了。上述迁移模型以及“替代”实际上暗示了尼安德特人与人类之间的关系与当今世界上人与人之间的关系没什么两样，无论他们是来自哪里。

帕博团队的许多成员怀疑欧亚偏差实际上是污染造成的结果。在实验的不同阶段，样品都曾经被欧洲人或亚洲人处理过。或许是这些人把自己的DNA意外混入了尼安德特人的DNA样品里。为了评估这种可能性，又进行了若干不同的测试，可结果全是否定的。“我们不断地看到这种情况。我们得到的数据越多，它就在统计上变得越显著。”瑞奇说。渐渐地，团队里的其他成员开始接受这一结果。在 2010 年 5 月发表在《科学》上的一篇论文中，他们介绍了帕博称之为“渗透替代”的假说。[①]（这篇论文后来被票选为《科学》当年的杰出论文，给研究团队赚回了 2.5 万美元的奖金。）根据这一假说，在现代人类“替代”尼安德特人之前，两者之间还发生了性行为，并产下了孩子。这些孩子也加入到了继续向欧洲、亚洲以及新世界推进的进程之中。

假设渗透替代假说正确的话，这就为尼安德特人与现代人类的相似性提供了最为强有力的证据。这两者之间可能是有爱才有性，也可能仅仅只是有性没有爱。他们杂交的后代有可能被当成怪物，也有可能没有被当成怪物。然而无论如何，有人承担了照料他们长大的责任，或许是尼安德特人，又或许是人类。这些混血儿中有一些又有了自己的后代，一代又一代，直到今天。即便是现在，已经过去了 3 万年之久，那隐藏的血统仍然清晰可辨：除了非洲人以外的所有人类，无论是新几内亚人还是法兰西人还是汉族人，都携带着 1%～4%的尼安德特人 DNA。

帕博最喜欢说的一个英语单词是“酷”。他告诉我，当他最

① Richard E. Green et al., “A Draft Sequence of theNeandertal Genome,” *Science* 328 (2010): 710 - 722.

终得出结论，认为尼安德特人已将他们的一部分基因赠予现代人类时，“我当时觉得这太酷了！这就意味着，他们并没有彻底灭绝，他们的一小部分仍旧活在我们身体里”。

莱比锡动物园与演化人类学研究所位于城市相反方向的两端，但是研究所在动物园里有属于他们自己的实验大楼，并在猿类展馆中有专门设计用于进行测试的设施，称为“黑猩猩世界”。由于和我们非常近的近亲物种全都没有存活下来（除了还活在我们身体里的那一点以外），研究人员做实验的对象不得不退而求其次，选取我们相对最近的近亲，也就是黑猩猩和倭黑猩猩，或是更远一点的近亲，大猩猩和猩猩。（相同或类似的实验也常常在幼儿身上开展，以比较两者的结果。）有天早晨我去了那个动物园，希望能观摩一次进行中的实验。当天，一个 BBC 的摄制组也去了黑猩猩世界，想要拍摄一个关于动物智力的节目。当我到达猿类展馆的时候，发现那里到处都是运送拍摄装备的大箱子，上面写着“动物爱因斯坦”。

为了满足拍摄的需要，一位名叫赫克托·马林·曼里克（Héctor Marín Manrique）的研究人员重复了一系列他之前出于纯粹的科研目的来实施的实验。一只名叫多卡娜（Dokana）的雌性猩猩被领到其中一间测试室里。与大多数猩猩一样，她有着铜红色的皮毛和一副厌世的表情。在第一个实验中用到了红色的果汁和细长的塑料管子，多卡娜显示了自己能够区分可以使用的吸管和无法使用的吸管。在第二个实验中用到了更多的红色果汁和更多的塑料，她显示了自己理解吸管的意思，因为她从一段管子中取出了一段固体棒，然后用剩下的空管子去吸水喝。最后，在一个门萨[①]级别的实验中，多卡娜展示了猩猩科类人猿的足智多谋：她设法取出了曼里克放在一根塑料长圆管底部的花生。（圆管固定在墙上，无法直接推倒。）多卡娜首先四肢着地走回了她喝水的地方，含了一口水在嘴里，又四肢着地走到了圆管旁边，把水吐进管子里。她重复了这一过程很多次，直到花生浮到了可以够到的位置。后来，我又观看了 BBC 摄制组安排一个五岁小孩来做这个实验，把花生换成了小小的塑料糖果盒。虽然有一个盛满水的罐子此地无银三百两地摆在旁边，但所有孩子之中只有一个小女孩设法利用浮力达成了目标，而且也是在一系列驱策之下才做到的。（“水能帮上什么忙啊？”一个小男孩在最终放弃之前如此抱怨道。）

要回答“是什么让我们成其为人类？”这个问题，可以试着搞明白“是什么让我们区别于大猿？”这个问题。或者说得更准确一些，“是什么让我们区别于非人类的大猿？”因为我们自己当然也是大猿之一。差不多所有人现在都知道，非人类大猿极为聪明，就像多卡娜再一次证明的那样。它们有能力进行推理，解决

① 门萨（Mensa）是一个世界顶级智商俱乐部。作者借此形容最后一个实验对于猩猩的难度。——译者

复杂的难题，并且理解其他猿有可能知道（或不可能知道）的事。当莱比锡的研究人员对黑猩猩、猩猩以及两岁半的儿童实施一系列实验时，他们发现，在涉及理解这个物理世界的任务时，三者在很大范围上的表现都具有可比性。[①] 举例来说，在一个实验中把某种奖励放进三个杯子之一，然后移动这些杯子的位置，猿与儿童准确找出奖励所在杯子的频率是一样的——实际上黑猩猩还要稍高一些。猿类掌握数量概念的能力似乎也与儿童差不多。它们总是不断选择食物更多的盘子，甚至当选择过程涉及一些勉强算是数学的内容时，它们仍能做出正确的选择。它们似乎还能像人类儿童一样理解因果关系。（例如猿类懂得一个摇晃时会发出响声的杯子比摇晃时没有声音的杯子更有可能装着食物。）而且它们在操作简单工具方面跟儿童一样灵巧。

也有一些任务是儿童总比猿类做得好的。这些任务都涉及对于社会性信号的理解。在寻找奖励时，如果给孩子们一个提示，比如让某个实验人员指着一个容器，或者朝那个容器使个眼色，儿童们都能够理解这些提示。对于类似的提示，猿类要么不理解实验人员正在帮它，要么不能准确地领会提示。类似的，如果让实验人员做给儿童看该如何获得奖励，例如撕开一个盒子，他们就会毫无困难地领会其中的含义，重复实验人员的运作。而猿类

---

① E. Herrmann et al.,"Humans Have Evolved Specialized Skills of Social Cognition: The Cultural Intelligence Hypothesis," *Science* 317 (2007): 1360 - 1366.

又一次不知所措。不得不承认的是，在这些社会性领域的实验中，儿童占了很大的便宜，因为实验人员与他们属于同一物种。但是总体来讲，猿类似乎还是缺乏合作解决问题的念头。而这种能力恰恰是人类社会的核心所在。

“黑猩猩能做很多令人难以置信的聪明事情。”研究所演化与比较心理学部门的负责人迈克尔·托马塞洛（Michael Tomasello）告诉我，“而我们已经看到的主要差别在于‘集思广益’。如果你去动物园的话，你永远不会看到两只黑猩猩合力抬重物。他们没有这类合作规划。”

帕博通常都要工作到很晚。大多数时候，他会在研究所吃晚饭，那里的小餐厅一直开到晚上7点。不过有天晚上，他说可以早点下班，带我看看莱比锡的市中心。我们参观了巴赫长眠的教堂，最后来到了奥厄巴克斯·凯勒。这家酒吧出现在歌德的戏剧《浮士德》第五场中，魔鬼靡菲斯特带着浮士德来到这里。（歌德上大学期间应该是很喜欢来这家酒吧的。）此前一天我刚去过动物园，所以我问了帕博一个假想实验的问题。如果他有机会让尼安德特人来参与我在黑猩猩世界所看到的那类测试的话，他要怎么做？他认为尼安德特人会表现得如何？他是否认为他们能够讲话？他坐回椅子里，双臂交叉在胸前。

“推测总是有着很大的诱惑力。”他说，“所以我总是尽力拒绝这种诱惑，具体来说就是拒绝回答诸如‘我认为他们是否会讲话？’这类问题。因为老实说，我不知道答案是什么。而且在某种意义上，你自己做出推测的正确性与我的推测也不相上下。”

发现尼安德特人遗骸的诸多地点对于他们是什么样的人给出了很多线索，至少对于那些愿意做出推测的人来说是这样的。尼安德特人极为强壮。这一点从他们较粗的骨头上可以得到证明。他们大概能够直接把现代人类打成肉酱。他们同时精于制作石器工具，虽然他们似乎花了几万年的时间做着同样的工具，一遍又一遍。至少在某些情况下，他们懂得掩埋死亡的同伴。同样也是在某些情况下，他们似乎会杀戮并吃掉同类。除了南迪之外，还有很多尼安德特人的骨架显示出疾病或受伤的迹象。最初那位来自尼安德河谷的尼安德特人似乎曾经遭受过两处严重的伤害，一是头部，二是左臂。圣沙拜尔的尼安德特人除了忍受着关节炎以外，还有肋骨和膝盖骨两处骨折。这些伤害或许反映了尼安德特人用他们有限的武器库去狩猎时的艰苦程度。尼安德特人似乎从未发展出投掷型的武器，所以他们不得不与猎物近身搏斗才能杀死它们。与南迪一样，尼安德河谷和圣沙拜尔的尼安德特人受的伤都痊愈了，这意味着尼安德特人必然是彼此照料的，也就暗示着他们具有移情的能力。从考古学证据来推断，尼安德特人是在欧洲或是西亚演化出来的，并从那里扩散开来，遇到水或巨大障碍时才停住脚步。在最后一次冰川期内，海平面比现在低得多，也就不需要面对英吉利海峡这个难题。这是现代人类与尼安德特人的根本性差别之一。在帕博看来，这也是最令人感兴趣的问题之一。当现代人类到达澳大利亚的时候，虽然还处于冰川期中，但也要跨过广阔的开放水域才行。

帕博告诉我，像直立人（*Homo erectus*）这样的早期人类“扩散的方式和许多旧世界的哺乳动物一样。他们从未到达马达加斯加，从未到达澳大利亚。尼安德特人也是如此。只有真正的现代人类才开始有这种冒险行为，敢于在望不到陆地的大洋之上漂。当然，其中一部分原因在于技术的进步，你得有船才能做到这一点。但是，这之中也有某种我愿意称之为‘疯狂’的东西。要知道，得要有多少人出发远航并消失在茫茫太平洋之上，才能保证其中有人发现了复活节岛？我是说，这其实很荒谬。他们为什么要这么干？能换来荣誉吗？能得到永生吗？还是仅仅为了满足好奇心？现在，我们又要去火星了。人类从不驻足。”

如果说浮士德式的焦虑是现代人类标志性的特征之一，那么在帕博看来，一定有某种浮士德基因的存在。他曾经好几次告诉我，他认为有可能通过比较尼安德特人与人类的 DNA 找到我们的“疯狂”背后的遗传基础。其中一次，他是这样说的：“如果有一天，我们确定知道了是哪个怪异的突变令我们变得疯狂、到处探险，那简直太棒了！想想看，那就意味着，正是某个染色体上的一个小小的转变让所有这一切成为可能，改变了这颗星球的整个生态系统，并让我们得以支配一切。”而另一次他又说道：“我们在某些方面的确是疯狂的。背后的推动力是什么？我很想找到这个答案。要是能知道的话，那会非常非常酷。”

人类

TACACTCACATTTTTTTGCATATTATCTAGTCCCATGACATTA

尼安德特人

TACACTCACATTTTTTTACATATTATCTAGCCCCATGACATTA

黑猩猩

TACACTCACA-TTTTTTACATATTATCTAGTCCCATGACATTA

第 5 号染色体上同一位置的一段基因序列，分别来自人类、尼安德特人和黑猩猩的基因组①

一天下午，我又去了帕博的实验室，他给我看了一张头盖骨的照片。这个头盖骨是一位业余化石收藏者最近发现的。他就住在离莱比锡半小时车程的地方，用电子邮件发来了这张照片。根据照片，帕博判断这块头盖骨可能相当古老。他认为它可能属于早期尼安德特人，甚至是海德堡人。后者被有些人认为是现代人类和尼安德特人的共同祖先。帕博决定要得到这块头盖骨。它是在采石场里一个水塘中发现的；他推断，这样的条件或许对骨头起了保护作用。所以，如果他能早点拿到这块骨头的话，就能从中提取到 DNA。可是，化石收藏者已经把那个头颅许诺给美因茨（Mainz）的一位人类学家了。帕博怎样才能说服那位教授给他足够的骨头样品用于检测呢？

① 基因序列中的横线表示缺失或缺失突变。这并不是说该位置没有碱基，因为 DNA 链必须是连续的。这种表达方式通常出现在序列比对时，用以表示该序列比对应序列短，而横线两侧的序列都能与对应序列比对上，说明这种变短是在横线位置缺失了一个碱基造成的。当然，也可能是对应序列在横线位置多了一个碱基造成的。——译者

帕博给所有可能会认识那位教授的人打了电话。他让他的秘书联系了那位教授的秘书，要来了那位教授的私人手机号码。他还开玩笑说，只要那位教授愿意，让他陪睡都成——或许他不全是开玩笑的。这通来来回回横跨德国[①]的疯狂电话游说行动持续了一个半小时之后，帕博与他自己实验室的一位研究员谈了谈。这位研究员曾亲眼见过那块头盖骨，并断定它根本就不是很古老。帕博立即就对此丧失了兴趣。

对于古老的骨头，你永远都不知道能从中得到什么。几年前，帕博设法弄到了来自所谓霍比特人（hobbit）骨架的一小块牙齿。霍比特人是直到 2004 年才在印度尼西亚的弗洛勒斯岛上被发现的，通常认为是一种小得出奇的早期人类，学名为弗洛勒斯人（*Homo floresiensis*）。那块牙齿的年代是大约 1.7 万年前，也就意味着差不多只有克罗地亚发现那些尼安德特人骨头年份的一半。但是帕博却无法从中提取到任何 DNA。

过了一年左右，他得到了一块指骨的碎片和一颗不太确定是否属于人类的奇怪臼齿，全都出土于西伯利亚南部的一个洞穴中。指骨的大小跟块橡皮差不多，已经有 4 万年以上的历史了。帕博估计它要么属于现代人类，要么属于尼安德特人。如果被证明是后一种情况，这个洞穴将是发现尼安德特人遗骸的地点之中最东边的一个。与那块霍比特人的牙齿不同，这块指骨碎片中得

---

① 前文说过莱比锡位于东德，而美因茨位于西德，在法兰克福附近。——译者

到了令人吃惊的大量DNA。当最初的分析结束时，帕博恰好在美国。他给他的办公室打了个电话，他的一位同事在电话里对他说："你坐稳了没有？"DNA显示，那根手指既不属于现代人类，也不属于尼安德特人。实际上，手指的主人代表了一个全新的、此前未知的人科物种。2010年12月发表在《自然》上的一篇文章中，帕博给这个新的物种取名为丹尼索瓦人，源于发现指骨和牙齿的丹尼索瓦洞。[①]《给已确定的史前历史一根手指》[②] 是介绍这一发现的某篇媒体报道的标题。令人称奇的是——或许现在来看是完全可以预计的——现代人类肯定也和丹尼索瓦人发生过性行为，因为现在的新几内亚人携带着6%的丹尼索瓦DNA。（为什么是新几内亚人，而不是西伯利亚本地人或者亚洲人，这个原因还不清楚，但是应该与人类迁移的路线有关。）

与霍比特人和丹尼索瓦人有关的发现给现代人类带来了两个新的兄弟。如果对其他古老的骨头进行DNA分析的话，似乎有可能发现更多的人类近亲。就像一位杰出的英国古人类学家克里斯·斯特林格（Chris Stringer）对我说的那样："我确定还会有更多的惊喜等着我们。"

目前，还没有证据表明是我们消灭了霍比特人或丹尼索瓦人。不过，他们灭亡的时间与更新世晚期的总体灭绝模式提示，

---

① David Reich et al., "Genetic History of an Archaic Hominin Group from Denisova Cave in Siberia," *Nature* 468 (2010): 1053 - 1060.

② 英语口语中"给某人一根中间的手指"是指做出竖中指的辱骂性动作。此标题为双关语，隐含了"这根指骨带来的发现颠覆了对史前历史的认知"的意思。——译者

我们现代人类显然是值得怀疑的嫌犯。可以推测的是，由于霍比特人和丹尼索瓦人都是人类的近亲，所以他们都有着较长的孕期，因此也就有着巨兽所具有的致命的脆弱性——低繁育速率。要使他们灭绝，唯一需要做的事情就是持续压低育龄成年人的数量。

同样的情况也适用于我们稍远的那些近亲。这正是为什么除人类之外的大猿如今也都面临着灭亡的命运。野外的黑猩猩数量已经下降到了50年前的一半。山地大猩猩的情况也与此类似。西部低地大猩猩的下降速度还要更快，据估计其种群在过去20年间已经缩小了60%。造成这些冲击的原因包括盗猎、疾病以及栖息地的丧失。最后这个因素在非洲的几场战争影响下愈加恶化，一波又一波的难民潮涌向大猩猩本已非常有限的领地。苏门答腊猩猩已经被列为“极度濒危”物种，这意味着它们处于“野生种群灭绝的极度高危状态”。在这一情况下，威胁更多的来自和平而非暴力。大多数现存的苏门答腊猩猩生活在印度尼西亚的亚齐省。随着当地持续数十年的政治动乱结束，一股伐木风潮正在兴起，既包括合法的，也包括非法的。人类世有许多无意造成的结果，其中之一就是“修剪”掉我们谱系图上的分支。我们已经在许多个世代之前剪去了我们的兄弟物种——尼安德特人和丹尼索瓦人，如今又在处理自己现存的第一和第二近亲。等到我们完事的时候，大猿之中很有可能不会再剩下任何别的代表物种，除了我们自己以外。

在同一地点出土最多的尼安德特人骨头——涉及7个尼安德特人——发现于约一个世纪之前的费拉西（La Ferrassie）。该地位于法国西南部的多尔多涅省（Dordogne），距离圣沙拜尔不算太远，距离其他几十个重要的考古学地点也都在半小时的车程之内，其中就包括拉斯科（Lascaux）壁画窟。在过去几年的夏季，一直有一支考古队在费拉西从事发掘工作，其中一名成员还是帕博的同事。因此，我决定要去那里看一看。考古队的指挥部是烟草仓库改造的，我到的时候正好赶上饭点，后院临时搭的桌子上摆了法国名菜红酒炖牛肉。

第二天，我开车载着几位考古学家一起前往费拉西。发掘地点位于一片恬静的田园风光之中，紧挨着道路旁边。几万年前，费拉西曾是一个巨大的石灰岩洞，但是后来有一面洞壁坍塌了。现在，洞穴的两面都呈开放状态，一块巨大的岩石伸出地面达6米，就像是半个拱顶一样。场地周围用铁丝网围着，顶上搭着油布，整体感觉就像是个犯罪现场。

那天天气很热，尘土飞扬。6个学生蹲伏在一道长长的壕沟中，用小铲子扒拉着地上的土。在壕沟的一侧，我能看到有几根骨头从发红的土壤中伸了出来。他们告诉我，底层的骨头才是尼安德特人留下的，而表层的骨头是现代人类留下的，他们在尼安德特人消失之后占据了这个洞穴。尼安德特人骨架很早以前就从这里移走了，但是仍有希望可以找到某些小东西，比如牙齿。所有出土的骨头碎片，所有的燧石薄片，以及任何哪怕有一点点可能会令人感兴趣的其他东西，都放在一边，等着带回那个烟草农场进行标记。

看了一会学生们的辛苦劳作，我躲回阴影下。我试着想象费拉西的尼安德特人会过着怎样的生活。虽然这个地区现在是绿树成荫，但在当时应该是一棵树也没有的，只有麋鹿在山谷里悠闲地漫步，旁边可能还有驯鹿、原牛和猛犸。除了这些零散画面之外，我无法想象出更多的场景。于是，我把这个问题抛给了与我同来的考古学家们。来自马克斯·普朗克研究所的香农·麦克费伦（Shannon McPherron）自告奋勇地答道：“他们会感到很冷。”

“身上很难闻。”来自加拿大西蒙·弗雷泽（Simon Fraser）大学的丹尼斯·桑德加特（Dennis Sandgathe）说道。

“可能总是很饿。”宾西法尼亚大学的哈罗德·迪布尔（Harold Dibble）补充道。

“而且没有谁会特别老。”桑德加特说道。晚些时候，回到烟草仓库，我翻看着过去几天里挖出来的小东西。其中有几百块动物骨头的碎片，每一块都已经清理干净，编了号，各自放在小塑料袋里。此外还有数百块燧石薄片，大多是制作石器时打下来的碎片，相当于石器时代的木屑。不过有人告诉我，其中一些薄片本身就是工具。一旦知道要找的东西是什么样子，我自己也能从中发现那些尼安德特人有意制作出来的带斜面的石片边缘。其中有一件石器尤其与众不同：这块手掌大小的薄片有着泪滴的形状。用考古学术语来说，这是一件手斧。不过在那个时候它的用途可能与今天斧子的用途不太一样。它是在壕沟的底部发现的，所以估计已经有 7 万年的历史了。我把它从塑料袋中取了出来，放在手中左右翻看。它的形状几乎完美对称，而且至少以人类的视角来看是很美的。于是我说：我认为制造这件手斧的尼安德特人应该有着敏锐的设计意识。麦克费伦表示反对。

“我们知道了故事的结局。”他告诉我说，“我们知道人类最终的现代文化是什么样子，于是我们总是想要去解释我们是如何走到今天这一步的。有一种趋势，总是对过去进行过度的解读，其方式就是把当前投影到过去。所以，当你看到一件漂亮的手斧，你会说：‘看那技艺啊！它简直就是艺术品！’可这只是你今天的角度。你无法由此认定你想要证明的那些论点。”

在已经出土的数千件尼安德特人制品中，几乎没有一件呈现了明确的艺术或装饰意图。某些已经被如此解读的物品，例如在法国中部一个洞穴中发现的象牙吊坠，则会陷入无穷无尽的深奥争辩。（有些考古学家相信，这些吊坠是尼安德特人与现代人类接触之后，尝试着模仿的产物。另一些人则认为这些吊坠是由人类制作的，他们在尼安德特人之后占据了那个洞穴。）尼安德特人在这方面的缺失令某些人提出，尼安德特人没有艺术相关的能力，或者对艺术不感兴趣。这两种说法多多少少其实是一回事。我们可以把手斧视为“美的”，但尼安德特人会视之为有用的。从基因组的角度来讲，他们缺少某种或许可以称为审美突变的东西。

我在多尔多涅省的最后一天去访问了附近一处称为贡巴来尔(Combarelles)洞穴的人类考古地点。这个洞穴非常狭窄，在石灰岩的崖壁中蜿蜒曲折达300米之深。自从它在19世纪末期被重新发现以来，这个山洞已经被拓宽了，并安装了电灯，即便仍旧让人感到不舒服，但至少可以安全地通过。大约1.2万年之前，当人类最初进入这个洞穴时，这里情况完全不同。当时洞顶很低，要进洞就只能爬进去，而要在绝对黑暗的山洞中看到东西就只能带着火。然而，人类还是进来了，或许是受某种创造力的驱动，或许是受某种精神力量的驱动，又或许仅仅只是受了“疯狂”的驱动。在这个洞穴的深处，洞壁上绘着数百幅壁画。画中的所有内容都是动物，许多都已经灭绝了：猛犸、原牛、披毛犀。其中画得最精细的那些动物栩栩如生：一匹野马似乎抬起了它的头，一头驯鹿倾身向前，正在喝水。

常见的一种推测是，那些在贡巴来尔洞穴的岩壁上作画的人类认为他们的画具有某种魔力。在某种意义上来讲，他们是对的。尼安德特人在欧洲生活了超过10万年的时间，但他们在此期间对于周边环境的影响却没有超过任何其他大型脊椎动物。有足够的理由相信，如果人类从未登上历史的舞台，尼安德特人仍会生活在地球上，有野马和披毛犀陪伴在身边。人类有了以形象和符号来表达世界的能力，也就有了改变世界的能力。而巧合的是，这也恰恰是毁灭世界的能力。微不足道的几个基因差异令我们有别于尼安德特人，却也造就了所有的不同。

第　十　三　章

长羽毛的东西[1]

① 语出美国著名诗人艾米莉·狄金森（Emily Dickinson，1830～1886）诗作，原句为“希望是个长羽毛的东西/它在灵魂里栖息”。译文参考《狄金森全集》，蒲隆译，上海译文出版社，2013 年，第一卷，第 175 页。——译者

智人（*Homo sapiens*）

“未来学从来不是一个得到广泛认同的研究领域。”作家乔纳森·舍尔曾经这样写道。[①]心存这一告诫，我出发前往动物保护研究所。它是圣迭戈动物园位于市区以北 50 公里处的一个分支机构。驱车赴研究所途中，经过了若干块高尔夫球场、一座葡萄酒厂以及一个鸵鸟农场。到达研究所的时候，我发现这里安静得就像是一所医院。一位专业领域是组织培养的研究人员玛利斯·霍克（Marlys Houck）带着我走过了一条长长的走廊，来到了一间没有窗户的房间。她先是戴上了一副像是加强版的隔热手套，然后撬开了一个大型金属罐的盖子。一股如同仙气一样的水雾从开口处溢了出来。

罐子底部蓄有一汪液氮，温度是－196℃。悬吊在液氮之上的是一盒又一盒的塑料小管。这些盒子像塔一样堆叠起来，盒中小管全都直立放着，就像是一颗颗螺栓，各有各的孔位。霍克首先定位到要找的盒子，数了几排，又倒回去。她取出两支小管，当着我的面放在钢制平台上。“这就是了。”她说道。

这些小管里收着的就是地球上仅存的毛岛蜜雀，旧称黑脸蜜雀。这种生活在夏威夷毛伊岛上的矮胖小鸟长着一张可爱的小脸和奶油色的胸膛。有人曾对我说，毛岛蜜雀是“世界上样貌不算浮夸的鸟类之中最美丽的”。2004 年秋天，圣迭戈动物园和美国鱼类与野生动物管理局对这种蜜雀实施了最后的救助努力。在此后一两年内，它就彻底灭绝了。在那次救助行动的时候，已知仍然存活的毛岛蜜雀还有三只。人们的本意是捕捉它们并进行人工繁育，但是最终只成功捕获了一只毛岛蜜雀。大家本以为它是雌鸟，结果却发现是只雄鸟。这一情况令鱼类与野生动物管理局的科学家们怀疑，仅存的毛岛蜜雀可能只剩一个性别了。捕获的这只鸟是在感恩节的第二天死去的，尸体立即送往圣迭戈动物园。霍克以最快的速度赶回研究所处理尸体。“这是我们最后的机会了。”她回忆着自己当时的想法，“这就是渡渡鸟。”最后，霍克成功地培养了这只鸟眼睛里的一些细胞。这次努力的成果如今就装在我面前的这两支小管里。她不想让这些细胞受到损害，所以只过了一分钟左右，她就把两支小管放回盒子里，重新装入液氮罐中。

---

① Jonathan Schell, *The Fate of the Earth* (New York: Knopf, 1982), 21.

这间让毛岛蜜雀以某种方式继续存活的无窗房间被称为“冷冻动物园”。这个名称已经进行了商标注册，其他机构也想用的话，就会被提示违法。这个房间里有 6 个液氮罐，每个都跟霍克打开的那个一样大，在那极寒的氮气云雾间，存储着近 1 000 个物种的细胞系。（实际上，这只是这个“动物园”的一半。另一半液氮罐存放在另一处建筑里，但具体地点在哪里却是个秘密。所有的细胞系都一分为二，两家机构中各存一半，以防其中一家遭遇意外的断电。）冷冻动物园维护着世界上最大的冷冻物种库，不过也有越来越多的研究单位在组建自己的冷冻小动物园。比如辛辛那提动物园就运行着一座“冷冻生物银行”，而英格兰的诺丁汉大学则有一个“冷冻方舟”。

目前为止，圣迭戈几乎所有处于深度冷冻之中的物种都还存在有血有肉的同伴。但是，随着越来越多的植物和动物走上了毛岛蜜雀的不归路，这种情况可能就要发生改变了。当霍克忙着重新密封液氮罐的时候，我想起了在风神洞的地上收集到的数百具蝙蝠尸体，它们都被送去了美国自然历史博物馆的冷冻库。我还试着计算需要多少个小管和液氮罐才能把所有处于全球变暖、物种入侵、栖息地碎片化等威胁之下的各式各样物种的细胞保存起来，包括处于壶菌威胁之下的蛙类，处于酸化威胁之下的珊瑚，还有处于盗猎威胁之下的犀牛与大象。但很快我就放弃了。我脑子里需要计算的数字太多了。

这是唯一的出路吗？对于世界上最华美的生物，以及那些最不华美的生物，最后的希望真的就只存在于那一汪汪液氮之中吗？既然我们已经知道了我们会伤害到其他物种的那些行为方式，就不能采取一些行动来保护其他物种吗？窥见未来的根本目的不就是为了看到前方的危险，然后改变路线来避开危险吗？

人类当然可以是破坏性的、短视的，但人类同样也可以是有远见的、利他的。一次又一次，人们已经证明了他们在乎蕾切尔·卡森所说的“与其他生物共享我们的地球这一问题”，[①] 他们也愿意为了那些生物做出牺牲。阿尔弗雷德·牛顿描述了当年在英国沿岸地区发生的鸟类大屠杀，结果促成了《海洋鸟类保护法案》的立法。约翰·缪尔用笔记录了人们对于加利福尼亚的山脉所造成的破坏，约塞米蒂国家公园得以建立。《寂静的春天》曝光了化学农药的使用所带来的危险，在此后 10 年之内，DDT 的使用基本遭到禁止。（这一情况带来了许多令人欣喜的结果，其中之一就是美国如今还生活着白头海雕[②]，且其数量在增长之中。）

DDT 禁用两年之后，美国国会于 1974 年通过了《濒危物种保护法》。从那以后，为了保护这部法案中开列出来的濒危生物，人们所做努力的程度远远超乎一般人的想象。可举例子太多，以

---

① Carson, *Silent Spring*, 296.

② 白头海雕是美国的国鸟，因此在美国人心目中有着重要的地位。在 20 世纪中期，美国的白头海雕数量急剧下降，最后达到了局地灭绝的程度。造成这一结果的原因是多方面的，其中之一就是《寂静的春天》中所写的 DDT 的使用，经由食物链进入白头海雕体内累积，干扰其钙质代谢，导致其产下不正常的蛋。——译者

下只是其中之一。在20世纪80年代中期，加州神鹫的数量已经减少到22只。为了拯救这个北美洲最大型的陆生鸟类物种，野生动物学家使用秃鹫玩偶来抚育加州神鹫的雏鸟。他们还制作了假的高压电线来训练这种鸟，让它们学会不要触电。为了教它们不吃垃圾，科学家们给垃圾堆通上电，给加州神鹫一个温和的电击警示。他们还给多达400只加州神鹫接种了疫苗，用以对抗威胁它们健康的西尼罗河病毒。值得指出的是，对于这种同样会威胁人类健康的病毒，用于人的疫苗都还没有被研发出来。科学家们还常常检验加州神鹫的铅中毒情况，因为它们在吃被猎杀的鹿的尸体时往往也会吞下铅弹。为此，他们已经给许多只加州神鹫做了螯合疗法的治疗，有的加州神鹫还接受了不止一次的治疗。对于美国鹤的拯救努力则耗费了更多的人力和时间，大多是由志愿者完成的。每年都有一队飞行员会驾驶着超轻型飞行器[①]，教一群人工繁育的美洲鹤从威斯康星州迁徙到南方的佛罗里达州去越冬。飞行全程达到2 000公里，耗时3个月，中间要经停数十站，全都是热心人为这些鸟无偿提供的私人土地。还有数百万的美国人虽没有直接参与这类行动，却以间接的方式给予了支持，比如加入诸多的公益组织，包括“世界自然基金会”“美国国家野生动物联合会”“野生动物守护者”“野生动物保护学会”“非

① 在美国，超轻型飞行器的定义不包括一般的轻型飞机，专指机体没有蒙皮，大小接近三轮车的飞行器，且不按飞机注册，驾驶无需飞行执照。——译者

洲野生动物基金会”“大自然保护协会”以及“保护国际”。

专注于我们为了物种保护能够做什么以及正在做什么，比起悲观地推测一个把生物圈缩小到小小塑料管中的未来，无论从实践上还是从伦理上来看，前者不是都要强于后者吗？在阿拉斯拉的一个保护组织负责人就曾经这样对我说过：“人们需要心怀希望。我需要心怀希望。这才是推动我们前进的动力。”

在动物保护研究所的隔壁有一栋样式差不多但颜色稍暗的建筑，是一家兽医院，同样由圣迭戈动物园管理运作。医院的大多数动物都是过客，但也有永久性的住客：一只名叫奇诺希（Kinohi）的夏威夷乌鸦。夏威夷乌鸦在当地土语中称为阿拉拉（ʻalalā），目前仅存约 100 只，全都生活在人造环境之中。在圣迭戈期间，动物园繁殖生理学主任芭芭拉·达兰特（Barbara Durrant）带我去看了奇诺希。有人告诉我，达兰特是唯一真正理解奇诺希的人。在我们去看鸟的路上，达兰特在一处像是物资供应站的地方稍做停留，挑了几样奇诺希喜欢的小吃。其中包括面包虫；一只还没长毛的新生鼠，通称“粉粉”；还有一只成年鼠拦腰截断的下半身，一头是两条后腿，另一头是一团肠子。

没有人确定夏威夷乌鸦到底为什么会在野外灭绝。或许原因与毛岛蜜雀一样是多重性的，包括栖息地的丧失、被猫鼬等入侵物种捕食以及蚊子等其他入侵物种带来的疾病。无论原因是什么，最后一只住在森林中的夏威夷乌鸦被认为死于 2002 年。奇诺希是20多年前在毛伊岛上的捕获繁育中心出生的。无论怎么看，他都是一只奇怪的鸟。由于从小在隔绝的环境中成长，他不觉得自己与其他夏威夷乌鸦之间有什么联系。不过他也没有把自己当成人类。“他活在自己的世界中。”达兰特告诉我，“他还曾经爱上过一只琵鹭。”

奇诺希是在2009年送到圣迭戈的，原因是他拒绝与其他人工繁育的夏威夷乌鸦交配。于是，人们决定必须要尝试点什么新鲜方法，才能说服他为这个物种本已有限的基因库做出贡献。最后，责任落到了达兰特肩上，要搞清楚怎样才能赢得这只鸟的芳心，或者更准确地说，赢得他的生殖腺。由于乌鸦没有外生殖器，达兰特只能轻抚泄殖腔的部位。奇诺希几乎是很快就接纳了达兰特的“殷勤”，但是直到我去参观的时候，他仍没有成功完成一次达兰特所说的“高质量射精”。又一个交配的季节正在来临，达兰特决定要再试试，每周3次，坚持5个月。如果奇诺希能够成功射精，她要争分夺秒地把这些精液送去毛伊岛上的繁育中心，用于给那里的某只雌鸟进行人工授精。

来到奇诺希的笼子前，我发现那其实更像是套房，一间前厅大得足以让几个人一起站进去，一间里屋满是绳子和其他的乌鸦娱乐设施。奇诺希蹦过来跟我们打招呼。他从头到爪都是乌黑的颜色。在我看来，他跟美国常见的普通短嘴鸦非常相像，但达兰特向我指出，奇诺希有着更厚的喙和更粗的腿。他的头向前低着，就像是在避免与我们的眼神接触。我心中好奇，当他看到达

兰特的时候，是不是会有某种鸟类式的下流想法？达兰特把带来的小吃给了奇诺希。他回应了一声沙哑的呱呱叫声，听着有种诡异的熟悉感。乌鸦是能够模仿人类说话声的。达兰特说奇诺希刚才的叫声意思是说：“我知道。”

“我知道。”奇诺希又一次重复着，“我知道。”

奇诺希悲剧式的性生活更加证明了人类对于物种灭绝的问题有多么重视——虽然这其实已经无须再证明了。我们愿意给犀牛做超声检查，愿意给乌鸦手淫，这些其实都是单一物种灭绝带来的痛苦。像特·罗思和芭芭拉·达兰特这样的人，以及像辛辛那提动物园和圣迭戈动物园这样的研究机构所做出的努力，当然可以被当成抱持乐观态度的原因。如果这本书要讲的是别的事情，我自己也会这么想的。

虽然前面的很多章节都着墨于单一生物物种的灭绝或濒临灭绝，比如巴拿马金蛙、大海雀、苏门答腊犀，但我真正的主题是这些物种所参与其中的一个宏大趋势。我努力在做的事情是要追踪一场大灭绝事件的踪迹，你可以称之为全新世大灭绝，或是人类世大灭绝，或是更顺口一点的说法——第六次大灭绝；同时还要把这次灭绝事件放在生命历史这个更为宽广的背景上来考察。生命的历史既不是均变论的，也不是灾变论的，而是两者的混杂。这部跌宕起伏的历史揭示了生命是极有韧性的，但并非没有极限。在生命的历史上有着平安无事的悠长阶段，也有着非常非常偶然才会出现的“地球表面的大变革”。

这些变革背后的原因，在我们所能确知的程度上，是极为多变的：冰川化引发了奥陶纪末期大灭绝，全球变暖和海洋化学组成变化引发了二叠纪末期大灭绝，在白垩纪最后几秒钟内发生的小行星撞击也引发了大灭绝。而当前这次灭绝又有了属于它自己的全新原因：不是小行星，也不是大规模火山爆发，而是“一个像野草一样的物种”。就像沃尔特·阿尔瓦雷斯对我说的那样：“我们当下正在亲眼目睹，人类足以引发一场物种大灭绝。”

这些全然不同的灭绝事件却有着一个共同的特征，那就是改变，或者更准确地说是，改变的速率。当世界改变的速率快于物种适应的速率时，这些物种大都会崩溃。事实就是如此，无论那个致命因素是从天上拖着一条火龙飞下来的，还是在地上开着一辆本田车去上班的。有人主张，当前的大灭绝是可以避免的，只要人们更关心身边的环境，并愿意为之做出牺牲就行。这种说法并不全然错误，但根本没有说到重点所在。人们关心与否，这并无所谓。真正有所谓的是，人们改变了这个世界。

人类的这种能力早在人类的现代性之前就已经显现了。当然，现代性其实是这种能力的最全面体现。实际上，这种能力可能与那些令我们开始成其为人类的品质是无法分割的，比如我们的不安于现状，比如我们的创造力，比如我们合作解决问题并完成复杂任务的能力。一旦人类开始使用形象和符号来呈现这个自然世界，他们就已经超越了这个世界本来的界限。“在很多方面，人类语言与遗传编码都是很相像的。”英国古生物学家迈克尔·本顿曾经写道，“信息可以储存其中，并在经过修改之后一代又一代地传下去。通讯交流保持了社会的完整性，也让人类得以逃脱演化的束缚。”[①] 要是人类真的漫不经心，或是自私，或是暴力，也就不会有动物保护研究所这样的机构，甚至都没有这样的需求。如果你想知道人类对于其他物种是多么的危险，你可以想象一位在非洲手持 AK-47 步枪的盗猎者，或是想象在亚马孙手

---

① Michael Benton, “Paleontology and the History of Life,” in *Evolution: The First Four Billion Years*, edited by Michael Ruse and Joseph Travis (Cambridge, Mass.: Belknap Press of Harvard University Press, 2009), 84.

持一把大斧的伐木工人，或是更简单一些：你可以想象你自己，膝上摆着一本书。

在美国自然历史博物馆的生物多样性大厅中央，有一些嵌入地板之中的展品。这些展品全都围绕着中央的一块展板，上面说自从5亿年前复杂动物演化出来以后，曾经发生过五次主要的物种大灭绝事件。据展板上介绍，“全球气候变化和其他一些原因，可能包括地球与地外天体之间的撞击”是导致这些灭绝事件的主要原因。展板上还评论道：“现在，我们正处于第六次大灭绝之中，这一次的原因仅仅只是人类对于生态地貌的改变。”

从这块展板向四周辐射出来若干块厚重的树脂玻璃板，在它们下面就是灭绝事件中一些代表性受害者遗留下来的化石遗迹。这些树脂玻璃板每天都被来此参观的数万名游客从上面走过，或许他们之中大多数人并不在意踩在脚下的是什么东西。但蹲下来仔细观看的话，你就会发现每块化石的旁边都标了物种的名称，以及导致其种系走向末日的灭绝事件名称。这些化石都是按照时间先后顺序排列的，来自奥陶纪的笔石离中心最近，最晚的雷克斯暴龙（*Tyrannosaurus rex*）则远离中心。如果你站在这些展品的边缘，即唯一可以纵观整个展览的地方，那你就恰好站在了第六次大灭绝的受害者们所该处的位置上。

在我们亲手制造的灭绝事件中，我们自己会有怎样的结局？可能性之一正是生物多样性展厅所暗示的这种可能性：我们自己也将最终被我们“对于生态地貌的改变”所消灭。这种想法背后的逻辑是这样的：虽然逃脱了演化的束缚，但人类仍要依赖于地球的生物系统和地理化学系统。我们扰乱这些系统的行为，比如热带雨林砍伐、大气组成改变、海洋酸化，也令我们自身处于生存的危险之中。在地质学记录呈现出来的许多教训之中，或许最能让人冷静下来的就是：生命就像一支投资基金一样，过去的表现并不代表未来的结果。物种大灭绝发生时，既清除了孱弱的物种，也会干掉强壮的物种。V字形笔石曾经到处都是，后来却哪里也找不到。菊石在海洋中游荡了几亿年，后来却消失不见。人类学家理查德·利基就曾警告说：“现代人类可能不仅仅只是第六次大灭绝的推动力，同时也有着成为其受害者的风险。”[①] 在生物多样性展厅中的一块牌子上引用了斯坦福大学生态学家保罗·埃尔利希（Paul Ehrlich）的一段话：“在把其他物种推向灭绝的过程中，人类也在忙着锯断自己栖息的那根树枝。”

而其他一些更为乐观的人认为会有另一种可能性：人类智慧可以战胜人类智慧所引发的任何灾难。例如，有重要科学家主张，如果全球变暖变成一种过于严重的威胁，我们可以通过工程方法来改造大气，逆转这一趋势。有些计划牵涉到向平流层中释放硫酸盐，把更多的阳光反射回宇宙空间中；另一些计划则要向

---

① Richard E. Leakey and Roger Lewin, *The Sixth Extinction: Patterns of Life and the Future of Humankind* (1995; reprint, New York: Anchor, 1996), 249.

太平洋上空发射水滴，形成更明亮的云层。如果这些计划都不起作用，形势越来越糟的话，只要有办法能让人类存续下去就行，比如我们可以撤到其他的星球上去。最近出版的一本书就建议，“要在火星、泰坦[①]、欧罗巴[②]、月亮、小行星还有任何其他我们能找到的无人居住的天体上”建造城市。

“不用担心，”那本书的作者写道，“只要我们不断探索，人类就能生存下去。”[③]

显而易见，我们自己这个物种的命运才是我们更操心的事情。但是，哪怕冒着听起来有点反人类的风险——要知道，我的好朋友之中可颇有几个是人类！——我还是得说：到了最后，这并不是最值得关注的事情。在当下这个我们称之为“现在”的伟大时刻，我们无意间决定了哪条演化之路要继续走下去，而哪条演化之路要永久关闭。没有其他生物曾经做到这一点。不幸的是，这恰恰将成为我们留存最久的遗产。在所有那些由人类撰写、绘制与建造的一切统统归于尘土之后，无论是不是巨鼠接管了地球，人类所制造的第六次大灭绝仍将继续决定着生命的发展进程。

---

① 即土卫六，太阳系第二大卫星。有着比地球还厚重的大气层，以氮气为主，还含有甲烷等有机气体，卫星表面既有陆地也有冰层。——译者

② 即木卫二，木星的第四大卫星。有极为稀薄的大气层，主要由氧构成，卫星表面全被冰层覆盖，冰层下有液态海洋。因为有液态水，被认为是除地球之外最有可能具有生命的太阳系天体，但目前还没有相关的直接证据。——译者

③ Annalee Newitz，*Scatter*，*Adapt*，*and Remember: How Humans Will Survive a Mass Extinction*（New York：Doubleday，2013），263.

最近5亿年内生命历史上的主要事件

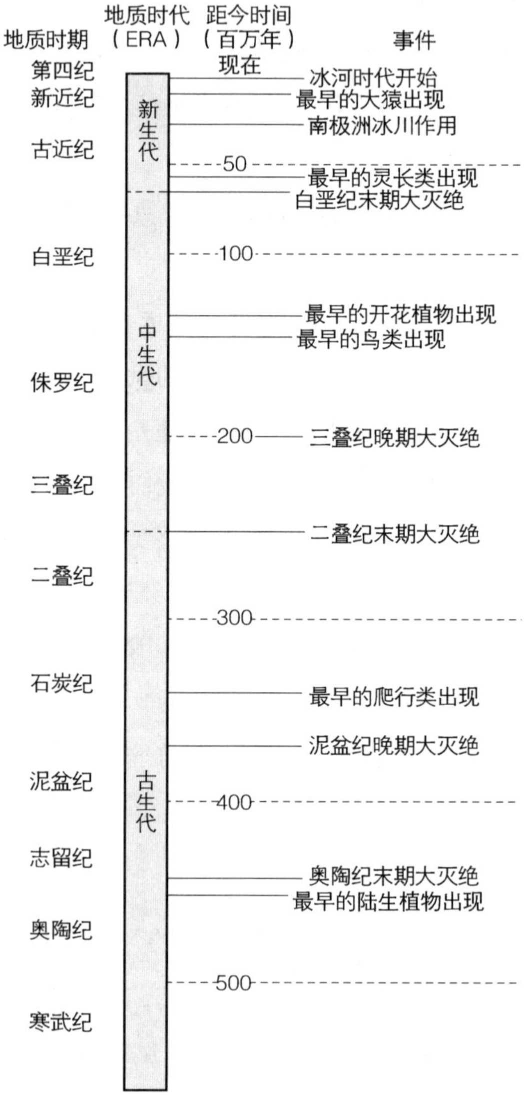

致 谢

让一位记者写一本关于物种大灭绝的书，得需要很多人的帮助才行。有许多博学、慷慨而又耐心的人将他们的时间和专业知识献给了这一项目。

为了搞明白什么是两栖动物的危机，我求助了埃德加多·格里菲思、海蒂·罗斯（Heidi Ross）、保罗·克伦普、万斯·弗里登堡、戴维·韦克、凯伦·利普斯（Karen Lips）、乔·曼德尔森、埃丽卡·布里·罗森布卢姆（Erica Bree Rosenblum）和阿兰·派西尔（Alan Pessier）。

对于在法国国家自然历史博物馆的幕后之旅，我要感谢帕斯卡尔·陶希。对于带我看了大海雀和它们生前生活的地方，我要感谢格维兹门迪尔·格维兹门松、雷聂尔·斯文森、哈尔多尔·阿尔曼森以及马格努斯·伯恩哈德松（Magnus Bernhardsson），是他让埃尔德岩之行成为可能。尼尔·兰德曼慷慨地带我去看了位于新泽西州的白垩纪遗迹，以及他无与伦比的菊石收藏。感谢林迪·埃尔金斯-唐东（Lindy Elkins-Tanton）和安迪·克诺尔（Andy Knoll）与我分享了他们在二叠纪末期大灭绝方面的专业知识。感谢尼克·隆里奇（Nick Longrich）和史蒂夫·东特（Steve D'Hondt）与我分享了他们在白垩纪末期大灭绝方面的专业知识。

我欠简·扎拉斯维奇一个大人情。他不仅仅带我去苏格兰寻找笔石化石，还在最近几年间回答了数不清的问题。我还要感谢丹·康登和伊安·米拉尔让我有了一次值得回忆的，同时也是湿漉漉的探险；并感谢保罗·克鲁岑给我解释了他关于人类世的想法。

海洋酸化是个很棘手的话题。如果没有以下这些人的帮助，我永远也不可能写出相关的文字。他们是：克里斯·兰登、理查德·菲利（Richard Feely）、克里斯·萨拜因、琼妮·克莱帕斯（Joanie Klaypas）、维多利亚·法布里（Victoria Fabry）、乌尔夫·希博塞尔、李·孔普和马克·帕加尼（Mark Pagani）。我特别要感谢杰森·霍尔-斯宾塞在冰冷的海水中领着我游到了阿拉贡堡的近海，并在此后耐心地回答了我的很多问题。还要多谢玛丽亚·克里斯蒂娜·布亚安排了那一次的行程。

我曾经一次又一次地向肯·卡尔代拉寻求帮助，以图理解在气候科学和海洋化学方面的一些问题。我得到了他以及他妻子莉莉安巨大的帮助。当然也要感谢我在独树岛上遇到的科考队全体成员：杰克・西尔弗曼、肯尼・施耐德、丹耶・里夫林（Tanya Rivlin）、珍・赖费尔（Jen Reiffel），还有独一无二的罗素・格拉汉姆。还要谢谢戴维・克兰（Davey Kline）、布拉德・奥普代克（Brad Opdyke）、塞利娜・沃德和欧夫・霍格-古尔德贝格。

迈尔斯・西尔曼是世界上一个非同寻常之地的非同寻常的向导。他与我分享了大把的时间和大量的知识，让我如何感谢他都不为过。我还要向他的两位博士生表示敬意：威廉・法范・里奥斯和卡琳娜・加西亚・卡布雷拉（Karina Garcia Cabrera）。还要多谢克里斯・托马斯。

如果没有汤姆・洛夫乔伊的帮助，可能永远也不会有这本书的写作计划。就我所知，他的慷慨与耐心是无界的。我要深深地感谢他对我的帮助和鼓励。马里奥・科恩-哈夫特既是一位亚马孙雨林方面的专家，又是一位很有幽默感的出色向导。我还想要感谢丽塔・梅斯基塔、若泽・路易斯・卡马戈（José Luís Camargo）、古斯塔夫・丰塞卡（Gustav Fonseca）和维尔吉利奥・维亚纳（Virgilio Viana）。

斯科特・达林和阿尔・希克斯是最早意识到白鼻综合征严重性的一批人之一。他们总是第一时间与我分享了他们获知的情况，并给予我巨大的帮助。瑞安・史密斯、苏西・冯・厄廷根、阿莉莎・贝内特（Alyssa Benntt）非常友好地一次又一次带我前往风神洞。乔・罗曼（Joe Roman）慷慨地花费时间阅读了书中关于入侵物种的章节，并提出了意见。

特里·罗思和克里斯·约翰逊帮助我了解了过去和现在的巨兽。特别要感谢约翰·阿尔罗伊对于灭绝速率的计算。同样要感谢安东尼·巴诺斯基。

斯万特·帕博花了很多个小时的时间向我概要性地解释了古遗传学的复杂性，特别是尼安德特人基因组计划的困难之处。我想要谢谢他。还要感谢香农·麦克费伦，他热情地带我参观了费拉西；谢谢艾德·格林，他总是愿意回答我没完没了的最后一个问题。

玛利斯·霍克、奥利弗·赖德（Olive Ryder）、芭芭拉·达兰特和珍妮·梅洛（Jenny Mehlow）在我访问圣迭戈期间给了我非常热情的接待。

我要感谢威廉斯大学负责文献管理的图书馆员，他们帮我找到了几乎不可能找到的书籍和论文。还要谢谢杰伊·帕萨科夫（Jay Pasachoff），他把关于白垩纪末期大灭绝的资料好心借给了我。

2010年，我幸运地得到了“约翰·西蒙·古根海姆纪念基金会”的一笔资助。如果没有这笔钱，我将无法前往这么多地方。这本书的写作还间接得到了“兰南文学奖金”以及“海因茨家族基金会”的支持。

这本书的部分章节最初发表于《纽约客》。为了他们在本书写作中所给予我的建议、支持和耐心，我要深深地感谢戴维·雷姆尼克（David Remnick）和多萝西·威肯登（Dorothy Wickenden）。我要谢谢约翰·贝内特（John Bennet）给予我的睿智建议。还有一些章节曾发表于《美国国家地理》和耶鲁大学的 e360 环保网站上。我想要感谢罗布·孔齐希（Rob Kunzig）、杰米·施里夫（Jamie Shreeve）和罗杰·科恩（Roger Cohn）的帮助，以及他们提出的想法。还要多谢史蒂文·巴克利（Steven Barclay）和伊丽莎·费希尔（Eliza Fischer）持续不懈的帮助。

感谢劳拉·维斯（Laura Wyss）、梅里尔·莱瓦维（Meryl Levavi）、卡罗琳·赞坎（Caroline Zancan）和维基·海尔（Vicki Haire）把手稿整理成书。

当你撰写这样一本书时，吉利恩·布莱克（Gillian Blake）是你能指望遇到的最好的编辑。她聪慧，善于追问，并且淡定。无论何时，当事情快要偏离轨道的时候，她都能冷静地让一切回归正轨。凯茜·罗宾斯（Kathy Robbins）像以往一样无与伦比。她的忠告和见解是无价之宝，满满的正能量简直取之不尽。

我的许多亲友也为这项长达数年的辛勤工作给予了帮助，而他们之中的一些人可能对此全然不知。感谢吉姆和凯伦·谢泼德、安德烈·巴雷特、苏珊·格林菲尔德、托德·珀德姆、南希·皮克、劳伦斯·道格拉斯和斯图尔特·阿德尔森，还有马琳、杰拉尔德和丹·科尔伯特。特别要感谢巴里·戈尔茨坦。还要感谢内德·克莱纳，他帮我理清了书中最后一部分的思路。感谢阿龙和马修·克莱纳，他们从未责怪他们的妈妈没能去看他们踢足球赛。

最后，我想要谢谢我的丈夫约翰·克莱纳，他又一次给予了我各方面的帮助，远超过他所需要做的。我在他的陪伴下写了这本书，并把这本书献给他。

参考书目

Alroy, John. "A Multispecies Overkill Simulation of the End-Pleistocene Megafaunal Mass Extinction." *Science* 292 (2001): 1893–96.

Alvarez, Luis W. "Experimental Evidence That an Asteroid Impact Led to the Extinction of Many Species 65 Million Years Ago." *Proceedings of the National Academy of Sciences* 80 (1983): 627–42.

Alvarez, Luis W., W. Alvarez, F. Asaro, and H. V. Michel. "Extraterrestrial Cause for the Cretaceous-Tertiary Extinction." *Science* 208 (1980): 1095–108.

Alvarez, Walter. *T. rex and the Crater of Doom*. Princeton, N.J.: Princeton University Press, 1997.

———. "Earth History in the Broadest Possible Context." Ninety-Seventh Annual Faculty Research Lecture. University of California, Berkeley, International House, delivered Apr. 29, 2010.

Appel, Toby A. *The Cuvier-Geoffroy Debate: French Biology in the Decades Before Darwin*. New York: Oxford University Press, 1987.

Barnosky, Anthony D. "Megafauna Biomass Tradeoff as a Driver of Quaternary and Future Extinctions." *Proceedings of the National Academy of Sciences* 105 (2008): 11543–48.

———. *Heatstroke: Nature in an Age of Global Warming*. Washington, D.C.: Island Press/Shearwater Books, 2009.

Benton, Michael J. *When Life Nearly Died: The Greatest Mass Extinction of All Time*. New York: Thames and Hudson, 2003.

Bierregaard, Richard O., et al. *Lessons from Amazonia: The Ecology and Conservation of a Fragmented Forest*. New Haven, Conn.: Yale University Press, 2001.

Birkhead, Tim. "How Collectors Killed the Great Auk." *New Scientist* 142 (1994): 24–27.

Blundell, Derek J., and Andrew C. Scott, eds. *Lyell: The Past Is the Key to the Present*. London: Geological Society, 1998.

Bohor, B. F., et al. "Mineralogic Evidence for an Impact Event at the Cretaceous-Tertiary Boundary." *Science* 224 (1984): 867–69.

Boule, Marcellin. *Fossil Men: Elements of Human Palaeontology*. Translated by Jessie J. Elliot Ritchie and James Ritchie. Edinburgh: Oliver and Boyd, 1923.

Bowen, James, and Margarita Bowen. *The Great Barrier Reef: History, Science, Heritage*. Cambridge: Cambridge University Press, 2002.

Brown, James H. *Macroecology*. Chicago: University of Chicago Press, 1995.

Browne, Janet. *Charles Darwin: Voyaging*. New York: Knopf, 1995.

———. *Charles Darwin: The Power of Place*. New York: Knopf, 2002.

Browne, Malcolm W. "Dinosaur Experts Resist Meteor Extinction Idea." *New York Times*, Oct. 29, 1985.

Buckland, William. *Geology and Mineralogy Considered with Reference to Natural Theology*. London: W. Pickering, 1836.

Burdick, Alan. *Out of Eden: An Odyssey of Ecological Invasion*. New York: Farrar, Straus and Giroux, 2005.

Burkhardt, Richard Wellington. *The Spirit of System: Lamarck and Evolutionary Biology*. Cambridge, Mass.: Harvard University Press, 1977.

Butlin, Roger, Jon Bridle, and Dolph Schluter, eds. *Speciation and Patterns of Diversity*. Cambridge: Cambridge University Press, 2009.

Caldeira, Ken, and Michael E. Wickett. "Anthropogenic Carbon and Ocean pH." *Nature* 425 (2003): 365.

Carpenter, Kent E., et al. "One-Third of Reef-Building Corals Face Elevated Extinction Risk from Climate Change and Local Impacts." *Science* 321 (2008): 560–63.

Carson, Rachel. *Silent Spring*. 40th anniversary ed. Boston: Houghton Mifflin, 2002.

———. *The Sea Around Us*. Reprint, New York: Signet, 1961.

Catenazzi, Alessandro, et al. "*Batrachochytrium dendrobatidis* and the Collapse of Anuran Species Richness and Abundance in the Upper Manú National Park, Southeastern Peru." *Conservation Biology* 25 (2011) 382–91.

Chown, Steven L., et al. "Continent-wide Risk Assessment for the Establishment of Nonindigenous Species in Antarctica." *Proceedings of the National Academy of Sciences* 109 (2012): 4938–43.

Chu, Jennifer. "Timeline of a Mass Extinction." MIT News Office, published online Nov. 18, 2011.

Cohen, Claudine. *The Fate of the Mammoth: Fossils, Myth, and History*. Chicago: University of Chicago Press, 2002.

Coleman, William. *Georges Cuvier, Zoologist: A Study in the History of Evolution Theory*. Cambridge, Mass.: Harvard University Press, 1964.

Collen, Ben, Monika Böhm, Rachael Kemp, and Jonathan E. M. Baillie, eds. *Spineless: Status and Trends of the World's Invertebrates*. London: Zoological Society, 2012.

Collinge, Sharon K. *Ecology of Fragmented Landscapes*. Baltimore: Johns Hopkins University Press, 2009.

Collins, James P., and Martha L. Crump. *Extinctions in Our Times: Global Amphibian Decline*. Oxford: Oxford University Press, 2009.

Crump, Martha L. *In Search of the Golden Frog*. Chicago: University of Chicago Press, 2000.

Crutzen, Paul J. "Geology of Mankind." *Nature* 415 (2002): 23.

Cryan, Paul M., et al. "Wing Pathology of White-Nose Syndrome in Bats Suggests Life-Threatening Disruption of Physiology." *BMC Biology* 8 (2010).

Cuvier, Georges, and Martin J. S. Rudwick. *Georges Cuvier, Fossil Bones, and Geological Catastrophes: New Translations and Interpretations of the Primary Texts*. Chicago: University of Chicago Press, 1997.

Darwin, Charles. *The Structure and Distribution of Coral Reefs*. 3rd ed. New York: D. Appleton, 1897.

———. *On the Origin of Species: A Facsimile of the First Edition*. Cambridge, Mass.: Harvard University Press, 1964.

———. *The Autobiography of Charles Darwin, 1809–1882: With Original Omissions Restored*. New York: Norton, 1969.

———. *The Works of Charles Darwin*. Vol. 1, *Diary of the Voyage of H.M.S.* Beagle. Edited by Paul H. Barrett and R. B. Freeman. New York: New York University Press, 1987.

———. *The Works of Charles Darwin*. Vol. 2, *Journal of Researches*. Edited by Paul H. Barrett and R. B. Freeman. New York: New York University Press, 1987.

———. *The Works of Charles Darwin*. Vol. 3, *Journal of Researches*, Part 2. Edited by Paul H. Barrett and R. B. Freeman. New York: New York University Press, 1987.

———. *The Descent of Man*. 1871. Reprint, New York: Penguin, 2004.

Davis, Mark A. *Invasion Biology*. Oxford: Oxford University Press, 2009.

De'ath, Glenn, et al. "The 27-Year Decline of Coral Cover on the Great Barrier Reef and Its Causes." *Proceedings of the National Academy of Sciences* 109 (2012): 17995–99.

DeWolf, Gordon P. *Native and Naturalized Trees of Massachusetts*. Amherst: Cooperative Extension Service, University of Massachusetts, 1978.

Diamond, Jared. "The Island Dilemma: Lessons of Modern Biogeographic Studies for the Design of Natural Reserves." *Biological Conservation* 7 (1975): 129–46.

Diamond, Jared. *Guns, Germs, and Steel: The Fates of Human Societies*. New York: Norton, 2005.

Dobbs, David. *Reef Madness: Charles Darwin, Alexander Agassiz, and the Meaning of Coral*. New York: Pantheon, 2005.

Ellis, Erle C., and Navin Ramankutty. "Putting People in the Map: Anthropogenic Biomes of the World." *Frontiers in Ecology and the Environment* 6 (2008): 439–47.

Elton, Charles S. *The Ecology of Invasions by Animals and Plants*. 1958. Reprint, Chicago: University of Chicago Press, 2000.

Erwin, Douglas H. *Extinction: How Life on Earth Nearly Ended 250 Million Years Ago*. Princeton, N.J.: Princeton University Press, 2006.

Erwin, Terry L. "Tropical Forests: Their Richness in Coleoptera and Other Arthropod Species." *Coleopterists Bulletin* 36 (1982): 74–75.

Fabricius, Katherina E., et al. "Losers and Winners in Coral Reefs Acclimatized to Elevated Carbon Dioxide Concentrations." *Nature Climate Change* 1 (2011): 165–69.

Feeley, Kenneth J., et al. "Upslope Migration of Andean Trees." *Journal of Biogeography* 38 (2011): 783–91.

Feeley, Kenneth J., and Miles R. Silman. "Biotic Attrition from Tropical Forests Correcting for Truncated Temperature Niches." *Global Change Biology* 16 (2010): 1830–36.

Flannery, Tim F. *The Future Eaters: An Ecological History of the Australasian Lands and People*. New York: G. Braziller, 1995.

Fortey, Richard A. *Life: A Natural History of the First Four Billion Years of Life on Earth*. New York: Vintage, 1999.

Fuller, Errol. *The Great Auk*. New York: Abrams, 1999.

Gaskell, Jeremy. *Who Killed the Great Auk?* Oxford: Oxford University Press, 2000.

Gattuso, Jean-Pierre, and Lina Hansson, eds. *Ocean Acidification*. Oxford: Oxford University Press, 2011.

Gleick, James. *Chaos: Making a New Science*. New York: Viking, 1987.

Glen, William, ed. *The Mass-Extinction Debates: How Science Works in a Crisis*. Stanford, Calif.: Stanford University Press, 1994.

Goodell, Jeff. *How to Cool the Planet: Geoengineering and the Audacious Quest to Fix Earth's Climate*. Boston: Houghton Mifflin Harcourt, 2010.

Gould, Stephen Jay. *The Panda's Thumb: More Reflections in Natural History*. New York: Norton, 1980.

Grant, K. Thalia, and Gregory B. Estes. *Darwin in Galápagos: Footsteps to a New World*. Princeton, N.J.: Princeton University Press, 2009.

Grayson, Donald K., and David J. Meltzer. "A Requiem for North American Overkill." *Journal of Archaeological Science* 30 (2003): 585–93.

Green, Richard E., et al. "A Draft Sequence of the Neandertal Genome." *Science* 328 (2010): 710–22.

Hallam, A. *Great Geological Controversies*. Oxford: Oxford University Press, 1983.

Hallam, A., and P. B. Wignall. *Mass Extinctions and Their Aftermath*. Oxford: Oxford University Press, 1997.

Hall-Spencer, Jason M., et al. "Volcanic Carbon Dioxide Vents Show Ecosystem Effects of Ocean Acidification." *Nature* 454 (2008): 96–99.

Hamilton, Andrew J., et al. "Quantifying Uncertainty in Estimation of Tropical Arthropod Species Richness." *American Naturalist* 176 (2010): 90–95.

Hannah, Lee Jay, ed. *Saving a Million Species: Extinction Risk from Climate Change*. Washington, D.C.: Island Press, 2012.

Haynes, Gary, ed. *American Megafaunal Extinctions at the End of the Pleistocene*. Dordrecht: Springer, 2009.

Heatwole, Harold, Terence Done, and Elizabeth Cameron. *Community Ecology of a Coral Cay: A Study of One Tree Island, Great Barrier Reef, Australia*. The Hague: W. Junk, 1981.

Hedeen, Stanley. *Big Bone Lick: The Cradle of American Paleontology*. Lexington: University Press of Kentucky, 2008.

Hepting, George H. "Death of the American Chestnut." *Forest and Conservation History* 18 (1974): 60–67.

Herbert, Sandra. *Charles Darwin, Geologist*. Ithaca, N.Y.: Cornell University Press, 2005.

Herrmann, E., et al. "Humans Have Evolved Specialized Skills of Social Cognition: The Cultural Intelligence Hypothesis." *Science* 317 (2007): 1360–66.

Hoegh-Guldberg, Ove, et al. "Coral Reefs under Rapid Climate Change and Ocean Acidification." *Science* 318 (2007): 1737–42.

Hoffmann, Michael, et al. "The Impact of Conservation on the Status of the World's Vertebrates." *Science* 330 (2010): 1503–9.

Holdaway, Richard N., and Christopher Jacomb. "Rapid Extinction of the Moas (Aves: Dinornithiformes): Model, Test, and Implications." *Science* 287 (2000): 2250–54.

Hooke, Roger, José F. Martin-Duque, and Javier Pedraza. "Land Transformation by Humans: A Review." *GSA Today* 22 (2012): 4–10.

Huggett, Richard J. *Catastrophism: Systems of Earth History*. London: E. Arnold, 1990.

Humboldt, Alexander von. *Views of Nature, or, Contemplations on the Sublime Phenomena of Creation with Scientific Illustrations*. Translated by Elsie C. Otté and Henry George Bohn. London: H. G. Bohn, 1850.

Humboldt, Alexander von, and Aimé Bonpland. *Essay on the Geography of Plants*. Edited by Stephen T. Jackson. Translated by Sylvie Romanowski. Chicago: University of Chicago Press, 2008.

Hunt, Terry L. "Rethinking Easter Island's Ecological Catastrophe." *Journal of Archaeological Science* 34 (2007): 485–502.

Hutchings, P. A., Michael Kingsford, and Ove Hoegh-Guldberg, eds. *The Great Barrier Reef: Biology, Environment and Management*. Collingwood, Australia: CSIRO, 2008.

Janzen, Daniel H. "Why Mountain Passes Are Higher in the Tropics." *American Naturalist* 101 (1967): 233–49.

Jarrell, Randall, and Maurice Sendak. *The Bat-Poet*. 1964. Reprint, New York: HarperCollins, 1996.

Johnson, Chris. *Australia's Mammal Extinctions: A 50,000 Year History*. Cambridge: Cambridge University Press, 2006.

Kiessling, Wolfgang, and Carl Simpson. "On the Potential for Ocean Acidification to Be a General Cause of Ancient Reef Crises." *Global Change Biology* 17 (2011): 56–67.

Knoll, A. H. "Biomineralization and Evolutionary History." *Reviews in Mineralogy and Geochemistry* 54 (2003): 329–56.

Kudla, Marjorie L., Don E. Wilson, and E. O. Wilson, eds. *Biodiversity II: Understanding and Protecting Our Biological Resources*. Washington, D.C.: Joseph Henry Press, 1997.

Kuhn, Thomas S. *The Structure of Scientific Revolutions*. 2nd ed. Chicago: University of Chicago Press, 1970.

Kump, Lee, Timothy Bralower, and Andy Ridgwell. "Ocean Acidification in Deep Time." *Oceanography* 22 (2009): 94–107.

Kump, Lee R., Alexander Pavlov, and Michael A. Arthur. "Massive Release of Hydrogen Sulfide to the Surface Ocean and Atmosphere during Intervals of Oceanic Anoxia." *Geology* 33 (2005): 397.

Landman, Neil, et al. "Mode of Life and Habitat of Scaphitid Ammonites." *Geobios* 54 (2012): 87–98.

Laurance, Susan G. W., et al. "Effects of Road Clearings on Movement Patterns of Understory Rainforest Birds in Central Amazonia." *Conservation Biology* 18 (2004): 1099–109.

Lawton, John H., and Robert M. May. *Extinction Rates*. Oxford: Oxford University Press, 1995.

Leakey, Richard E., and Roger Lewin. *The Sixth Extinction: Patterns of Life and the Future of Humankind*. 1995. Reprint, New York: Anchor, 1996.

Lee, R. *Memoirs of Baron Cuvier*. New York: J. and J. Harper, 1833.

Lenton, Timothy M., et al. "First Plants Cooled the Ordovician." *Nature Geoscience* 5 (2012): 86–9.

Levy, Sharon. *Once and Future Giants: What Ice Age Extinctions Tell Us about the Fate of Earth's Largest Animals*. Oxford: Oxford University Press, 2011.

Longrich, Nicholas R., Bhart-Anjan S. Bhullar, and Jacques A. Gauthier. "Mass

Extinction of Lizards and Snakes at the Cretaceous-Paleogene Boundary." *Proceedings of the National Academy of Sciences* 109 (2012): 21396–401.

Longrich, Nicholas R., T. Tokaryk, and D. J. Field. "Mass Extinction of Birds at the Cretaceous-Paleogene (K-Pg) Boundary." *Proceedings of the National Academy of Sciences* 108 (2011): 15253–57.

Lopez, Barry. *Arctic Dreams*. 1986. Reprint, New York: Vintage, 2001.

Lovejoy, Thomas. "A Tsunami of Extinction." *Scientific American*, Dec. 2012, 33–34.

Lyell, Charles. *Travels in North America, Canada, and Nova Scotia with Geological Observations*. 2nd ed. London: J. Murray, 1855.

———. *Geological Evidences of the Antiquity of Man; with Remarks on Theories of the Origin of Species by Variation*. 4th ed, revised. London: Murray, 1873.

———. *Life, Letters and Journals of Sir Charles Lyell*, edited by Mrs. Lyell. London: J. Murray, 1881.

———. *Principles of Geology*. Vol. 1. Chicago: University of Chicago Press, 1990.

———. *Principles of Geology*. Vol. 2. Chicago: University of Chicago Press, 1990.

———. *Principles of Geology*. Vol. 3. Chicago: University of Chicago Press, 1991.

MacPhee, R. D. E., ed. *Extinctions in Near Time: Causes, Contexts, and Consequences*. New York: Kluwer Academic/Plenum, 1999.

Maerz, John C., Victoria A. Nuzzo, and Bernd Blossey. "Declines in Woodland Salamander Abundance Associated with Non-Native Earthworm and Plant Invasions." *Conservation Biology* 23 (2009): 975–81.

Maisels, Fiona, et al. "Devastating Decline of Forest Elephants in Central Africa." *PLOS ONE* 8 (2013).

Martin, Paul S., and Richard G. Klein, eds. *Quaternary Extinctions: A Prehistoric Revolution*. Tucson: University of Arizona Press, 1984.

Martin, Paul S., and H. E. Wright, eds. *Pleistocene Extinctions: The Search for a Cause*. New Haven, Conn.: Yale University Press, 1967.

Marvin, Ursula B. *Continental Drift: The Evolution of a Concept*. Washington, D.C.: Smithsonian Institution Press (distributed by G. Braziller), 1973.

Mayr, Ernst. *The Growth of Biological Thought: Diversity, Evolution, and Inheritance*. Cambridge, Mass.: Belknap Press of Harvard University Press, 1982.

McCallum, Malcolm L. "Amphibian Decline or Extinction? Current Declines Dwarf Background Extinction Rates." *Journal of Herpetology* 41 (2007): 483–91.

McKibben, Bill. *The End of Nature*. New York: Random House, 1989.

Mendelson, Joseph R. "Shifted Baselines, Forensic Taxonomy, and Rabb's Fringe-limbed Treefrog: The Changing Role of Biologists in an Era of Amphibian Declines and Extinctions." *Herpetological Review* 42 (2011): 21–25.

Mitchell, Alanna. *Seasick: Ocean Change and the Extinction of Life on Earth*. Chicago: University of Chicago Press, 2009.

Mitchell, Christen, et al. *Hawaii's Comprehensive Wildlife Conservation Strategy*. Honolulu: Department of Land and Natural Resources, 2005.

Mittelbach, Gary G., et al. "Evolution and the Latitudinal Diversity Gradient: Speciation, Extinction and Biogeography." *Ecology Letters* 10 (2007): 315–31.
Monks, Neale, and Philip Palmer. *Ammonites*. Washington, D.C.: Smithsonian Institution Press, 2002.
Moum, Truls, et al. "Mitochondrial DNA Sequence Evolution and Phylogeny of the Atlantic Alcidae, Including the Extinct Great Auk (*Pinguinus impennis*)." *Molecular Biology and Evolution* 19 (2002): 1434–39.
Muller, Richard. *Nemesis*. New York: Weidenfeld and Nicolson, 1988.
Musgrave, Ruth A. "Incredible Frog Hotel." *National Geographic Kids*, Sept. 2008, 16–19.
Newitz, Annalee. *Scatter, Adapt, and Remember: How Humans Will Survive a Mass Extinction*. New York: Doubleday, 2013.
Newman, M. E. J., and Richard G. Palmer. *Modeling Extinction*. Oxford: Oxford University Press, 2003.
Newton, Alfred. "Abstract of Mr. J. Wolley's Researches in Iceland Respecting the Gare-Fowl or Great Auk." *Ibis* 3 (1861): 374–99.
Nitecki, Matthew H., ed. *Extinctions*. Chicago: University of Chicago Press, 1984.
Novacek, Michael J. *Terra: Our 100-Million-Year-Old Ecosystem—and the Threats That Now Put It at Risk*. New York: Farrar, Straus and Giroux, 2007.
Olson, Valérie A., and Samuel T. Turvey. "The Evolution of Sexual Dimorphism in New Zealand Giant Moa (Dinornis) and Other Ratites." *Proceedings of the Royal Society B* 280 (2013).
Orlando, Ludovic, et al. "Ancient DNA Analysis Reveals Woolly Rhino Evolutionary Relationships." *Molecular Phylogenetics and Evolution* 28 (2003): 485–99.
Outram, Dorinda. *Georges Cuvier: Vocation, Science and Authority in Post-Revolutionary France*. Manchester, England: Manchester University Press, 1984.
Palmer, Trevor. *Perilous Planet Earth: Catastrophes and Catastrophism through the Ages*. Cambridge: Cambridge University Press, 2003.
Peale, Charles Willson. *The Selected Papers of Charles Willson Peale and His Family*. Edited by Lillian B. Miller, Sidney Hart, and Toby A. Appel. New Haven, Conn.: Yale University Press (published for the National Portrait Gallery, Smithsonian Institution), 1983–2000.
Phillips, John. *Life on the Earth*. Cambridge: Macmillan and Company, 1860.
Plaisance, Laetitia, et al. "The Diversity of Coral Reefs: What Are We Missing?" *PLOS ONE* 6 (2011).
Powell, James Lawrence. *Night Comes to the Cretaceous: Dinosaur Extinction and the Transformation of Modern Geology*. New York: W. H. Freeman, 1998.
Quammen, David. *The Song of the Dodo: Island Biogeography in an Age of Extinctions*. 1996. Reprint, New York: Scribner, 2004.
———. *The Reluctant Mr. Darwin: An Intimate Portrait of Charles Darwin and the Making of His Theory of Evolution*. New York: Atlas Books/Norton, 2006.

———. *Natural Acts: A Sidelong View of Science and Nature*. Revised ed., New York: Norton, 2008.

Rabinowitz, Alan. "Helping a Species Go Extinct: The Sumatran Rhino in Borneo." *Conservation Biology* 9 (1995): 482–88.

Randall, John E., Gerald R. Allen, and Roger C. Steene. *Fishes of the Great Barrier Reef and Coral Sea*. Honolulu: University of Hawaii Press, 1990.

Raup, David M. *The Nemesis Affair: A Story of the Death of Dinosaurs and the Ways of Science*. New York: Norton, 1986.

———. *Extinction: Bad Genes or Bad Luck?* New York: Norton, 1991.

Raup, David M., and J. John Sepkoski Jr. "Periodicity of Extinctions in the Geologic Past." *Proceedings of the National Academy of Sciences* 81 (1984): 801–5.

———. "Mass Extinctions in the Marine Fossil Record." *Science* 215 (1982): 1501–3.

Reich, David, et al. "Genetic History of an Archaic Hominin Group from Denisova Cave in Siberia." *Nature* 468 (2010): 1053–60.

Rettenmeyer, Carl W. et al. "The Largest Animal Association Centered on One Species: The Army Ant *Eciton burchellii* and Its More Than 300 Associates." *Insectes Sociaux* 58 (2011): 281–92.

Rhodes, Frank H. T., Richard O. Stone, and Bruce D. Malamud. *Language of the Earth: A Literary Anthology*. 2nd ed. Chichester, England: Wiley, 2009.

Ricciardi, Anthony. "Are Modern Biological Invasions an Unprecedented Form of Global Change?" *Conservation Biology* 21 (2007): 329–36.

Rose, Kenneth D. *The Beginning of the Age of Mammals*. Baltimore: Johns Hopkins University Press, 2006.

Rosenzweig, Michael L. *Species Diversity in Space and Time*. Cambridge: Cambridge University Press, 1995.

Rudwick, M. J. S. *The Meaning of Fossils: Episodes in the History of Palaeontology*. 2nd revised ed. New York: Science History, 1976.

———. *Bursting the Limits of Time: The Reconstruction of Geohistory in the Age of Revolution*. Chicago: University of Chicago Press, 2005.

———. *Lyell and Darwin, Geologists: Studies in the Earth Sciences in the Age of Reform*. Aldershot, England: Ashgate, 2005.

———. *Worlds Before Adam: The Reconstruction of Geohistory in the Age of Reform*. Chicago: University of Chicago Press, 2008.

Ruiz, Gregory M., et al. "Invasion of Coastal Marine Communities in North America: Apparent Patterns, Processes, and Biases." *Annual Review of Ecology and Systematics* 31 (2000): 481–531.

Rule, Susan, et al. "The Aftermath of Megafaunal Extinction: Ecosystem Transformation in Pleistocene Australia." *Science* 335 (2012): 1483–86.

Ruse, Michael, and Joseph Travis, eds. *Evolution: The First Four Billion Years*. Cambridge, Mass.: Belknap Press of Harvard University Press, 2009.

Schell, Jonathan. *The Fate of the Earth*. New York: Knopf, 1982.

Sellers, Charles Coleman. *Mr. Peale's Museum: Charles Willson Peale and the First Popular Museum of Natural Science and Art*. New York: Norton, 1980.

Semonin, Paul. *American Monster: How the Nation's First Prehistoric Creature Became a Symbol of National Identity*. New York: New York University Press, 2000.

Severance, Frank H. *An Old Frontier of France: The Niagara Region and Adjacent Lakes under French Control*. New York: Dodd, 1917.

Shen, Shu-zhong, et al. "Calibrating the End-Permian Mass Extinction." *Science* 334 (2011): 1367–72.

Sheppard, Charles, Simon K. Davy, and Graham M. Pilling. *The Biology of Coral Reefs*. Oxford: Oxford University Press, 2009.

Shreeve, James. *The Neandertal Enigma: Solving the Mystery of Modern Human Origins*. New York: William Morrow, 1995.

Shrenk, Friedemann, and Stephanie Müller. *The Neanderthals*. London: Routledge, 2009.

Silverman, Jacob, et al. "Coral Reefs May Start Dissolving when Atmospheric CO_2 Doubles." *Geophysical Research Letters* 35 (2009).

Simberloff, Daniel, and Marcel Rejmánek, eds., *Encyclopedia of Biological Invasions*. Berkeley: University of California Press, 2011.

Simpson, George Gaylord. *Why and How: Some Problems and Methods in Historical Biology*. Oxford: Pergamon Press, 1980.

Soto-Azat, Claudio, et al. "The Population Decline and Extinction of Darwin's Frogs." *PLOS ONE* 8 (2013).

Stanley, Steven M. *Extinction*. New York: Scientific American Library, 1987.

Stolzenburg, William. *Rat Island: Predators in Paradise and the World's Greatest Wildlife Rescue*. New York: Bloomsbury, 2011.

Straus, William L., Jr., and A. J. E. Cave. "Pathology and the Posture of Neanderthal Man." *Quarterly Review of Biology* 32 (1957): 348–63.

Sulloway, Frank J. "Darwin and His Finches: The Evolution of a Legend." *Journal of the History of Biology* 15 (1982): 1–53.

Taylor, Paul D. *Extinctions in the History of Life*. Cambridge: Cambridge University Press, 2004.

Thomas, Chris D., et al. "Extinction Risk from Climate Change." *Nature* 427 (2004): 145–48.

Thomson, Keith Stewart. *The Legacy of the Mastodon: The Golden Age of Fossils in America*. New Haven, Conn.: Yale University Press, 2008.

Todd, Kim. *Tinkering with Eden: A Natural History of Exotics in America*. New York: Norton, 2001.

Tollefson, Jeff. "Splinters of the Amazon." *Nature* 496 (2013): 286–89.

Tripati, Aradhna K., Christopher D. Roberts, and Robert A. Eagle. "Coupling of

CO_2 and Ice Sheet Stability over Major Climate Transitions of the Last 20 Million Years." *Science* 326 (2009): 1394–97.

Turvey, Samuel. *Holocene Extinctions.* Oxford: Oxford University Press, 2009.

Urrutia, Rocío, and Mathias Vuille. "Climate Change Projections for the Tropical Andes Using a Regional Climate Model: Temperature and Precipitation Simulations for the End of the 21st Century." *Journal of Geophysical Research* 114 (2009).

Van Driesche, Jason, and Roy Van Driesche. *Nature out of Place: Biological Invasions in the Global Age.* Washington, D.C.: Island Press, 2000.

Veron, J. E. N. *A Reef in Time: The Great Barrier Reef from Beginning to End.* Cambridge, Mass.: Belknap Press of Harvard University Press, 2008.

———. "Is the End in Sight for the World's Coral Reefs?" *e360,* published online Dec. 6, 2010.

Wake, D. B., and V. T. Vredenburg. "Colloquium Paper: Are We in the Midst of the Sixth Mass Extinction? A View from the World of Amphibians." *Proceedings of the National Academy of Sciences* 105 (2008): 11466–73.

Wallace, Alfred Russel. *The Geographical Distribution of Animals with a Study of the Relations of Living and Extinct Faunas as Elucidating the Past Changes of the Earth's Surface.* Vol. 1. New York: Harper and Brothers, 1876.

———. *Tropical Nature and Other Essays.* London: Macmillan, 1878.

———. *The Wonderful Century: Its Successes and Its Failures.* New York: Dodd, Mead, 1898.

———. *The World of Life: A Manifestation of Creative Power, Directive Mind and Ultimate Purpose.* New York: Moffat, Yard, 1911.

Wegener, Alfred. *The Origin of Continents and Oceans.* Translated by John Biram. New York: Dover, 1966.

Wells, Kentwood David. *The Ecology and Behavior of Amphibians.* Chicago: University of Chicago Press, 2007.

Welz, Adam. "The Dirty War against Africa's Remaining Rhinos." *e360,* published online Nov. 27, 2012.

Whitfield, John. *In the Beat of a Heart: Life, Energy, and the Unity of Nature.* Washington, D.C.: National Academies Press, 2006.

Whitmore, T. C., and Jeffrey Sayer, eds. *Tropical Deforestation and Species Extinction.* London: Chapman and Hall, 1992.

Wilson, Edward O. "Threats to Biodiversity." *Scientific American,* Sept. 1989, 108–16.

———. *The Diversity of Life.* 1992. Reprint, New York: Norton, 1993.

———. *The Future of Life.* 2002. Reprint, New York: Vintage, 2003.

Wilson, Leonard G. *Charles Lyell, the Years to 1841: The Revolution in Geology.* New Haven, Conn.: Yale University Press, 1972.

Wollaston, Alexander F. R. *Life of Alfred Newton.* New York: E. P. Dutton, 1921.

Worthy, T. H., and Richard N. Holdaway. *The Lost World of the Moa: Prehistoric Life of New Zealand.* Bloomington: Indiana University Press, 2002.

Zalasiewicz, Jan. *The Earth After Us: What Legacy Will Humans Leave in the Rocks?* Oxford: Oxford University Press, 2008.

Zalasiewicz, Jan, et al. "Are We Now Living in the Anthropocene?" *GSA Today* 18 (2008): 4–8.

Zalasiewicz, Jan, et al. "Graptolites in British Stratigraphy." *Geological Magazine* 146 (2009): 785–850.

图书在版编目(CIP)数据

大灭绝时代/(美)科尔伯特(Kolbert,E.)著;
叶盛译. —上海:上海译文出版社,2015.4(2024.7 重印)
(译文纪实)
书名原文:The Sixth Extinction:An Unnatural
History
ISBN 978-7-5327-6871-4

Ⅰ.①大… Ⅱ.①科… ②叶… Ⅲ.①纪实文学—美
国—现代 Ⅳ.①I712.55

中国版本图书馆 CIP 数据核字(2014)第 294070 号

Elizabeth Kolbert
The Sixth Extinction: An Unnatural History

图字:09-2014-823 号

大灭绝时代
[美] 伊丽莎白·科尔伯特/著　叶盛/译
策划编辑/张吉人　责任编辑/莫晓敏　装帧设计/邵旻　观止堂_未氓

上海译文出版社有限公司出版、发行
网址:www.yiwen.com.cn
201101　上海市闵行区号景路 159 弄 B 座
上海盛通时代印刷有限公司印刷

开本 890×1240　1/32　印张 12.75　插页 2　字数 200,000
2015 年 4 月第 1 版　2024 年 7 月第 12 次印刷
印数:58,001—60,000 册

ISBN 978-7-5327-6871-4/I·4160
定价:58.00 元